suhrkamp taschenbuch 169

Uwe Johnson, geboren 1934 in Kammin (Pommern), lebt heute in Westberlin. 1960 erhielt er den Fontane-Preis der Stadt Westberlin, 1971 den Georg-Büchner-Preis. Veröffentlichungen: *Mutmaßungen über Jakob; Das dritte Buch über Achim; Karsch, und andere Prosa; Zwei Ansichten; Jahrestage; Jahrestage 2; Jahrestage 3; Jahrestage 4; Eine Reise nach Klagenfurt; Berliner Sachen.* Übersetzungen Herman Melville und John Knowles.

Der Journalist Karsch fährt durch die DDR. Er beabsichtigt, den Lebenslauf des gefeierten Radsportlers Achim T. zu beschreiben, eines berühmten Mannes, über den bereits zwei Bücher geschrieben worden sind. Karsch unternimmt Reisen, beobachtet Achim beim Training und beim Rennen, interviewt ihn selbst, seine Freunde und Sportkollegen und forscht den Lebensumständen Achims nach, der, 1930 geboren, die letzten Nazi-Jahre, den Einmarsch der Russen, die Kollektivierung der Landwirtschaft erlebte, der in die Mühlen der Politik geriet und später dann doch in die Volksvertretung seines Landes abgeordnet wurde. Aber das dritte Buch über Achim wird nicht geschrieben werden. Die Schilderung dieses Scheiterns ist der Roman. Er ist die Beschreibung einer Beschreibung. Sie erschöpft sich nicht in der ästhetischen, sondern wird zur politischen Reflexion. In solcher Brechung werden die Schwierigkeiten des Erzählens erzählt. Was die Beschreibung des wahren Lebensbildes des Rennfahrers Achim T. unmöglich macht, ist nichts anderes als die Grenze selbst, die Ost und West trennt.

Uwe Johnson

Das dritte Buch über Achim

Roman

Suhrkamp

suhrkamp taschenbuch 169
Zweite Auflage, 13.–20. Tausend 1975

Druck: Ebner, Ulm · Printed in Germany. Umschlag nach Entwürfen von Willy Fleckhaus und Rolf Staudt.

Das dritte Buch
über Achim

da dachte ich schlicht und streng anzufangen so: sie rief ihn an, innezuhalten mit einem Satzzeichen, und dann wie selbstverständlich hinzuzufügen: über die Grenze, damit du überrascht wirst und glaubst zu verstehen. Kleinmütig (nicht gern zeige ich Unsicherheit schon anfangs) kann ich nicht anders als ergänzen daß es im Deutschland der fünfziger Jahre eine Staatsgrenze gab; du siehst wie unbequem dieser zweite Satz steht neben dem ersten. Dennoch würde ich am liebsten beschreiben daß die Grenze lang ist und drei Meilen vor der Küste anfängt mit springenden Schnellbooten, junge Männer halten sie in den Ferngläsern, scharf geladene Geschütze reichen bis zu dem Stacheldrahtzaun, der heranzieht zum freundlichen Strand der Ostsee, in manchen frei gelegenen Dörfern auf der einen Seite waren die Kirchtürme von Lübeck zu sehen der anderen Seite, zehn Meter breit aufgepflügt drängt der Kontrollstreifen in den eigens gerodeten Wald, die Karrenwege und Trampelpfade sind eingesunken und zugewachsen, vielleicht sollte ich blühende Brombeerranken darüberhängen lassen, so könntest du es dir am Ende vorstellen. Dann hätte ich dir beschrieben die Übergänge für den Verkehr auf der Straße auf Schienen in der Luft: was du sagen mußt bei den Kontrollen (und was man dir sagt) auf der einen und der anderen Seite, wie die Baracken unterschiedlich aussehen und die Posten unähnlich grüßen und das schreckhafte Gefühl der fremden Staatlichkeit, das sogar Karsch anfiel beim Überfahren des Zwischenraums, obwohl er doch schon oft in fremden Ländern gewesen war ohne auch nur ihre Sprache zu haben. Aber der und sein Aussehen und der Grund seiner Reise sind bisher weniger wichtig als der naturhaft plötzliche Abbruch der Straßen an Erdwällen oder in Gräben oder vor Mauern; ich gebe zu: ich bin um

Genauigkeit verlegen. Ich meine nicht die Zahl von zehn Metern, es können ja sieben sein unter dem Schnee oder unter der ersten wärmenden Sonne, die aus dem aufgerissenen Boden einen grünen Flaum unnützer Keime holt, ich meine: der Boden soll in ausreichender Breite locker sein, damit Schritte erkennbar sind und verfolgt werden können und noch angehalten. Nun erwarte von mir nicht den Namen und Lebensumstände für eine wild dahinstürzende Gestalt im kalten Morgennebel und kleine nasse Erdklumpen, die unter ihren Tritten auffliegen, wieder reißt der stille Waldrand unter menschlichen Sprüngen auf, eifriges dummes Hundegebell, amtliche Anrufe, keuchender Atem, ein Schuß, unversehens fällt jemand hin, das wollte ich ebenso wenig wie der Schütze es am besten behaupten sollte gegen Ende seines Lebens; ich hatte ja nichts im Sinn als einen telefonischen Anruf, der nicht als Kundenwunsch erledigt sein sollte vor dem Westdeutschland-Schrank des Fernamtes mit der Stimme des Mädchens, das den Kunden zum Warten abhängt, die Leitstelle ruft und sagt: Gib mir Hamburg. Hamburg – und nach einer Weile eine von den Leitungen in die gewünschte Kontaktbuchse stecken kann, ich habe das selbst gesehen, es wird auch in Filmen gezeigt, irgend wo sind die Drähte zwischen Ostdeutschland und Westdeutschland zusammengefaßt, da gehen sie also über die Grenze, wen wundert das. Ungern setze ich hinzu daß es aber unverhältnismäßig wenige Leitungen sind, die demnach leicht im Ohr zu behalten wären: man könnte an angeschlossene Tonbänder denken und meinen ich sei gehässig; ich wollte es nur jedenfalls gesagt haben und zu verstehen geben daß einer lange warten muß an einem beliebigen Alltagsabend und sogar nachts, wenn es denn ein solches Gespräch sein soll: und daß sie nach allem nicht sicher sein durfte ob das Fernamt ihr sagen ließ: Gewiß ja, oder: wo denken Sie hin. So ist nach der Wartezeit unglaublich die Stimme zu hören: Ihre Verbindung mit Hamburg, melden Sie sich. Das ist nicht alles. Zum Glück auch war Karsch noch wach, er hatte getrunken, er erkannte ihre Stimme sofort und sagte ohne zu fragen ja. Ja: sagte er und legte die Verbindung still, die eigentlich undenkbar war und nicht möglich, wiederum war er hinter der Demarkationslinie. Du wirst aus unserem Mißverständnis mit dem Flüchtenden und den Schüssen im Morgengrauen ersehen können welche Art von Genauigkeit ich meine; ich meine die Grenze: die Entfernung: den Unterschied.

Karsch wohnte am Rande von Hamburg; er war aber in der Stadt zu regelmäßigen Zeiten erreichbar zwischen Postamt und Abendessen und Café, bei jeder Reise hinterließ er Nachricht. Er soll nach dem Krieg mit einer Schauspielerin zusammengelebt haben, das war in Berlin, die war aus dem Osten; augenscheinlich hatten sie bei ihrer Trennung einander gesagt: Wenn etwas ist, will ich dich nicht vergessen haben, oder ähnlich. Denn als sie ihn anrief und zu kommen bat, fuhr er ab von einem Tag auf den anderen. Er hinterließ Nachricht weder über Abreise noch Rückkehr, er durfte ja nicht einreisen für mehr als vierzehn Tage. Da war er unerreichbar, und das Gerücht noch gar nicht kräftig.

Er soll von einem Augenblick auf den anderen abgereist und verschwunden sein, als sogar seine Freunde noch zuversichtlich das Telefon an sich zogen, seine Nummer wählten und beim ersten Pfeifton unverändert gewiß waren er werde die linke Hand von der Schreibmaschine nehmen unachtsam den Schallarm abheben und ans Ohr holen, da er den Blick nicht vom Geschriebenen entfernte (so hatten sie ihn beobachten können): Karsch. Erst bei der Vorstellung unüberraschten alltäglichen Weitersprechens, die nun aber mit dem zweiten Rufzeichen zusammenkam und mit dem dritten ermüdete, fiel die Erinnerung seiner Wohnung (in der er am Tisch saß, die Hände von den Tasten nahm, blicklose Bewegung zum Telefon) so sehr auseinander, als sei seine Stimme gleich anfangs vergessen gewesen. So habt ihr gesagt, nachdem er in der zweiten Woche nicht zurückgekommen war und die unvermutete Enttäuschung eurer Anrufe nur zu erinnern als vorausgewußte Bestätigung aller Warnungen, die ihr ihm gar nicht hattet aussprechen können.

Wie war es denn?

Die ostdeutsche Grenzpolizei bedeutete ihm geübt und nachsichtig daß er ohne Umweg und Abweichung das Ziel seiner Reise (ich möchte eine alte Freundin wiedersehen) aufzusuchen habe; auch dürfe er danach einen Umkreis der Stadt nicht verlassen außer zur Rückkehr. Sie wünschten ihm eine gute Fahrt: er ihnen einen angenehmen Dienst. Er verstand ihr dünnes sportliches Lächeln. Die Uniformen kannte er nur aus Filmen.
Etwas mürrisch im nachmittäglichen Staub und Grasduft fuhr er weiter auf der ostdeutschen Seite der Autobahn
und grübelte an der Bedeutung ihrer Einladung. Er hatte sie seit mehreren Jahren nicht gesehen. Sie schickte ihm Programmhefte und Fotografien; er vergaß nicht ihr seine Bücher zu schicken. Erst in der letzten Zeit hatte sie sich offenbar daran gewöhnt daß er in seiner Entfernung von sechshundert Kilometern geduldig bereit war zu Auskünften über seinen Tageslauf und zu Gesprächen über die Freunde, die sie gemeinsam hatten aus der Zeit eines möblierten Zimmers in einer Parkstraße von Westberlin: als wohnten sie in einer Stadt nebeneinander und hätten gleiche Worte für Vergleichbares. Ihre Einladung war beiläufig gewesen und ohne Freundlichkeit und erklärt mit nichts. Er hielt in der schweren Dämmerung zwischen fremden Autos wie alltäglich und stieg aus. Die Gehsteige waren geräumig, kleinköpfige Pflastersteine in regendunklen Fugen, große alte Bäume mit halboffenen Knospen. Der gewichtige rauchschwarze Stuck der Hausfronten hätte heller ausgesehen, wäre er früher gekommen. Bekannt war noch das kurze Schnappen der Wagentür,

dann kam das hohe Treppenhaus ganz aus Marmor über reinlich zerschlissenen Teppichbahnen.
Sie drückte das Fenster auf und sah ihm beim Aussteigen zu; von oben hatte sein Wagen ein langes herrschaftliches Aussehen, und als er vor der Tür gebückt sie abschloß, schien er Abschied zu nehmen. Enttäuscht bemerkte sie das Mißtrauen, das ihn nach wenigen Schritten innehalten ließ und in der Tasche nach den Papieren fühlen, die seine Anwesenheit erlaubten. Er hatte sich aber nicht umgesehen, trat rasch und gleichmäßig auf die Haustür zu. Er stand zwischen den verbrauchten Möbeln und wandte sich um. Sie beschloß in ein andres Zimmer zu ziehen, das zu seiner Ankunft paßte. Das Wiedererkennen griff zu als hätten sie einander vergessen.
Ihr Zimmer war vollgestellt mit Möbeln, die seit dreißig Jahren vermietet wurden. Sie hatte auf dem Bett gelegen am zerkratzten Schleiflack und geraucht. Die beiden Fenster zur Straße hin standen halb offen. Er wandte sich wieder um. Sie lehnte am Rahmen und zog mit beiden Händen hinter sich die Tür zu. Er verglich die Kanten ihres Gesichts mit seiner Erinnerung. Nicht die Augen sondern ihre Umgebung aus Brauen Haut Muskelbewegung bilden den Ausdruck. Erst als sie in einer halben Wendung ihren Nacken zeigte mit den gewaltsam ungeduldig übereinandergeklammerten Nadeln im harten schwarzen Haar, überfiel ihn ihre Ähnlichkeit. Sie lösten die schnelle unwillkürliche Umarmung im selben unveränderten Atem.
– Wie geht es dir: sagte sie: was möchtest du trinken.
Das war an dem Tag, der mittags so schwer verregnete. Zwar war Karsch gekommen wegen der Erinnerung an ein großes düsteres Zimmer in einer schmalen Straße mit Bäumen und die Kastanienblüte und Sommerabende auf einem rostigen Balkon vor mehreren Jahren; vielleicht auch entsann er sich der unmöglichen alltäglichen Zusage hinsichtlich der Hilfe in Notfällen, die aber damals in der Wartereihe vor dem Omnibus nur den Abschied hatte verkleinern sollen. Darauf

kam es gar nicht an. Sie hatte Achim von Karsch erzählt. Lad ihn doch ein: sagte Achim.
Am Ende der dritten Woche bat Karsch seine zurückgelassenen Freunde in einem Brief: sie möchten doch seine Wohnung in Ordnung halten und gelegentlich benutzen, damit sie sich nicht ausschaltete: als wolle er Telefon Gaszufuhr Elektrizität gleich zur Hand haben und weiterhin erwartet werden; er hätte jedenfalls sagen können: das habe ich euch zu verstehen gegeben. Der Ton war gleichmütig, die Unterschrift unzweifelhaft die von Karsch. Aber nach einiger Zeit war er so unverständlich entfernt, daß sie nicht einmal mehr über ihn reden mochten.
Jetzt war er hier, war in jeder Öffentlichkeit (auf der Straße im Theater auf den Sportplätzen) zu sehen zwischen ihr und Achim, die Öffentlichkeit gewöhnte sich an den Anschein seiner Zugehörigkeit und kannte ihn so. Locker und neugierig und westdeutsch ging er zwischen ihnen in ausgelassenen Gesprächen, war zu Besuch gekommen, wollte eine ganze Woche bleiben. Mochte er doch vorsichtig und glücklich ihren Arm berühren zuweilen, morgens mit überraschtem Lächeln sie begrüßen, den Abschied vergessen. Auf ihn kam es gar nicht an. Frag mich was anderes.

Wer ist denn Achim?

Da Karsch Achim nicht kannte, zeigte sie ihm eine Veranstaltung zu Ehren des Radsports. Sie wollte nicht vor der Halle sondern in einer Nebenstraße aussteigen, ging dann aber unter dem hohen breiten Licht unbekümmert quer durch die Gruppen von Zuschauern, die nicht mehr eingelassen wurden; einmal griff sie hinter sich und zog Karsch am Arm näher heran, so daß er halb seitlich neben ihr war. Vor den Drehkreuzen warnte sie ihn blickweise und machte ihn aufmerksam, so daß er sich verbeugte vor den Pförtnern, die

die Hand an die Mütze nahmen und Karins Namen murmelten. Er sah sie keine Karten vorweisen für den Eintritt. Sie saßen in einer Loge dicht am Zielstrich. Es waren zwei Sessel frei, aber der Platzanweiser hatte den Eingang sofort mit einem Seil verhängt und strebte zu auf jedermann, der hinter ihnen stehenblieb.
Die Bahn war gerade leer. In den gewaltigen Hohlraum hingen die breit geschwungenen Ränge an Stahlgeflecht, das die Scheinwerfer in vervielfältigten Schatten ausbreiteten über die fleckig aufsteigenden Bögen aus Gesichtern und unverdeckten Rückenlehnen; im vollen Licht standen die unteren Zuschauerblöcke um die ovale Schlinge aus gerundeter Holzbahn und weißer Trennwand, die in ihrer ganzen Höhe mit schwarzen Buchstaben bedeckt war. Karsch hatte gleich anfangs seinen Stuhl zurückgezogen, aber als der dicht flakkernde Kugelblitz der Fotografen am Fahrerlager bröckelte und sie einzeln unterscheidbar über die schräg ansteigende Bahn vorrückten zum Zielstrich, griff Karin wiederum über seinen Arm und führte ihre Hand flach ausgestreckt darüber vorwärts, so daß er halb erhoben sich vorschob. Einige Berichterstatter schwenkten im Vorübergehen die Kameras von ihren Schultern und ließen sie kreisen, auf dem höchsten Punkt schoß der Blitz in die Loge, fast sofort weitergehend zogen sie die gesenkten Apparate auf. – Halloh, Karin: sagten sie gelegentlich. Sie hatte sich ihrem Nachbarn zugewandt. Er verstand nicht was sie sagte, da aus den Lautsprechern Lärm aufschrie mit unvorstellbarem Druck, er erwiderte die höflichen (lächelnden) Bewegungen ihres Gesichtes und erinnerte sich seiner vorsichtigen langsamen Bewegungen im leeren fremden Treppenhaus. Plötzlich verstand er sie, unterschied ihre Stimme in der Geräuschramme aus Blasinstrumenten, da sie nun den ganzen Mund zum Sprechen benutzte, vorgebeugt bewegte er die Lippen, so kamen sie von verschiedenen Blickwinkeln zusammen auf druckbare Bilder: die Schauspielerin S. im vertraulichen Gespräch mit

einem Herrn, der nicht Achim war, das wird man doch herausbekommen. Die Musik bekräftigte sich durch Wiederholung. Als schon vom Fahrerlager her Maschinen auf die Bahn gegen den Zielstrich geschoben wurden, erschien in der Loge der Zielrichter ein junger Mann von etwa dreißig Jahren in grauem Straßenanzug. Der Rennleiter war beim Ansagen eines neuen Laufes, leise im Hintergrund seines erheblich verstärkten Sprechens fing das Mikrofon den Laut einer hellen trägen Stimme als undeutliches Gemurmel. Um die Loge der Zielrichter herum kam Unruhe auf, hatte schon breite Bahnen gefressen, als die Lautsprechersäulen endlich die Stimme des Mannes im grauen Straßenanzug als Nebengeräusch über die Ränge streuten. Der Aufschrei war unvorstellbar. Unmenschlich fiel aus der Dachwölbung die vergrößerte Summe aller Laute des Erstaunens und des freudigen Aufatmens in den Hohlraum zurück. Der nächste Einsatz war allen gemeinsam, weit hinten in der Kehle bildeten sie die erste Silbe von Achims Namen, erschöpft nach dem Anstieg sank die zweite ab, in beschleunigtem Rhythmus verfolgten sie einander, zweite Silbe überlagerte erste, erste in zweiter umschlossen, Beine schwangen über die hohen schwarzen Buchstaben, Armschwenken sprengte die Sitzreihen hoch, der Stimmenlärm kam als Getrampel zurück. Der Mann im Straßenanzug war vorgetreten, streckte beide Arme weit seitlich, führte sie über den Kopf, senkte sie entschieden vor der Brust, hielt unbeweglich. Schmerzhaft griff die Stille zu: festlich allein kam die Blasmusik zurück in die Schallsäulen und bereitete sanfter den Boden für die Stimme des Ansagers, die nun überhöht schwankend den Ankömmling begrüßte. Die Erstatter der Bildberichte kletterten gebückt die glatte Schräge hinan. Karsch wandte den Blick schräg hinter sich, da nun neben Karin atemloses Sprechen auffiel, neben ihr saß einer übers Mikrofon gebeugt, lange Haare fielen ihm an den oberen Rand der eleganten Dunkelbrille, sein Oberkörper zuckte mit den Schwingungen des Mikrofons in seiner Hand, der Stimmlaut stieg, die freie Hand stieß gegen die Halle vor. Karsch entnahm dem Vortrag Vertraulichkeit. Beispiellose Ehrung sei Achim bereitet worden zum dreißigsten Geburtstag, Jubel erfülle die Halle, die Sätze brachen ihm, er sprang auf, er schrie, Karsch wandte sich wieder zur anderen Seite. Die Umgebung der Rennleitung war nun mit schwarzen Anzügen verstellt, in einer Spalte sah er Achims Kinn geneigt über eine unsichere Hand, die ihm am Rockaufschlag etwas befestigte, weißblusige Kinder mit Blumen überstürmten die schwarzen Anzüge, im Hintergrund des Massengesanges dämmerte die Blasmusik. Vom Ufer der überhohen Spitzkurve setzte ein vielstimmiges Wort in selbstvergessenem Sprung auf die Ränge, überschlug sich vervielfacht, das Wort zerriß zu krachenden Rhythmen, man kann es am besten graphisch notieren. Der mit dem Mikrofon war nunmehr auf den Sessellehnen zwischen Karsch und Karin gelagert, mit aufgestütztem Arm streckte er den Schallfänger hoch in die Zonen dichteren Geräuschs, während er mit Karin gelassene kurze Antworten wechselte. Indessen stieg Achim über den Tisch der Rennleitung in die Bahn, ein Rennfahrer in buntem Trikot kam angelaufen mit einer Rennmaschine über der Schulter, setzte sie ab, legte Achim einen Arm über die Schulter, lachte, sagte etwas. Zu hören war nichts in der Entfernung von fünf Metern, da die anfeuernden Rufe knieender Bildreporter Achim umringten, der mit dem Mikrofon war in unerhörtem Sprung aus der Loge gesaust und zog im Fluge die wild schleifende Leitung hinter sich her, Achim auf dem Fahrrad wankte unter seinem Ansturm, er umarmte Achim, er stieß das Mikrofon in die Höhe, er schrie, die Stimme brach ihm, von unten blitzten die Fotoapparate, während die Scheinwerfer des Dachstuhls große Lichterkreise über der Gruppe träg gegeneinander verschoben. Achim sprach streng und gesammelt in die emporgereckte Hand, sah in die dunkle Brille, nachdenkend neigte er den Kopf, wie winziges Scherbengeklapper zuckte der

Umkreis Achims unter der mächtigen Kuppel von Lärm. Zögernd gaben sie ihn frei. Achim wandte sich seitlich zum Logenring, fand Karin, lächelte. (Es nahm sich als freundliche Bewegung aus in seinem knochigen Gesicht.) Er hob die Schultern an, senkte sie, drückte die Lippen vor, war ratlos, kehrte sich ab. Dermaßen lustig stützte er sich auf den Lenker, trat fest, ließ sich anschieben und begann die riesige Bahn abzufahren im grauen Straßenanzug mit Schlips und hellbraunen Halbschuhen. Wieder und wieder erhob er die Blumen mit der rechten Hand gegen das heitere Geschrei, das in ovaler Kurve mit ihm zog, lachend zeigte er die Zähne im Gesicht des berühmten Rennfahrers der er war. Auf der Höhe von Karin schleuderte er fast ohne hinzusehen die Blumen in die Loge, blickte zurückgerissen Karsch an, hob leicht die Hand und nickte. Karsch nickte. Dann fuhr er weiter. Sie gingen sehr schnell nach draußen. Als Karin die Nelken fing, war der Beifall noch einmal hoch angewachsen.

Wieso?

Denn sie war bekannt. Man sah sie auf der Straße, denn sie war auf der Bühne zu sehen; sie war so oft in städtischen Veranstaltungen sichtbar und beschäftigt, daß sie dazugehören konnte und dem Bürger in die Rede kam, wenn es ging um die Kennzeichen der Stadt im Vergleich zu anderen. Mehr aber noch war sie erinnertes Bild und fast Vorschrift des Verhaltens geworden mit den Spielfilmen, in denen sie zunächst vorkam als ein Mädchen mit weiten Röcken, das eigensinnig war und auf eine ungeschickte Weise herzlich, die Welt nicht verstand und nicht erklärt haben wollte und doch ganz unversehens hereinfiel auf eine einzige gütige Gebärde, weil alles ganz anders war. Die Person konnte so unwillkürlich weinen, da war kein Trost abzusehen, von Menschen kam er nicht, wohl aber von großzügigen geschmückten Ereignissen unter viel Sonne, an denen waren doch so viele beteiligt; und trug die Darstellerin die Haare offen die Sandalen ländlich die Röcke schwingend, so war sie fähig zu nahebei glaubwürdiger Umsetzung von Freude in Bewegungen der Gesichtsoberfläche: »die kann einmal elend schön strahlen«, davon ließ sich träumen; die meisten Briefe jedoch waren ihr zugekommen nach dem letzten Film, der sie in engen Röcken biegsam und bösartig zeigte als staatsfeindliche Frau verführbaren Wissenschaftlers, da führte sie vor wie böse der Mensch kann sein und dem Zureden der Gutwilligen, die es besser wissen, großbürgerlich starr sich verschließen: das Drehbuch hatte ihr aber einen vierjährigen Sohn beigegeben, mit dem sie mütterlich spielte und saß im grünen sonnigen Gras, sie durfte sich überlegen betragen, sie mußte hilfreich sein, so daß aus der Verstocktheit überraschend und doch erwartet das große Strahlen hervorkam letzten Endes und sie erschien als eine Frau, die das Leben kennt wie es ist und jung genug ist um dich zu verstehen, dir helfen wird, du mußt dich nicht schämen, schreibe ihr einen Brief. (So ist es Karsch erzählt worden. Er hat diese Filme nicht gesehen, weil sie sofort sagte: Geh da nicht hin. Daß du dir das niemals ansiehst!) Man hielt sie an auf der Straße und trug ihr Grüße auf für Achim, sie wurde gefragt warum die kluge Ehefrau ihren Mann doch schließlich abhält vom Verlassen des Staates, muß man denn am Ende alles einsehen, wirklich? und Karsch stand neben ihr, als sie in einem Schuhgeschäft hochatmenden Mädchen erklärte wie es zu machen sei wenn man das Haar durchaus so aufstecken wolle wie sie. Dann in einer Konditorei holten zwei alte Frauen sie in ein langes Gespräch wie eine Nachbarin auf der Treppe: über die Butter, über Karins reine Haut, über Westdeutschland und kleine Hunde, die man auf dem Arm tragen kann; die eine fuhr immer der anderen über den Mund, die hätte gern um eine Gabe gebeten von dem vielen Geld. Sie war beliebt,

»der ist es nicht zu Kopfe gestiegen, sie ist ganz wie ein Mensch«, sie war bekannt.
Aber Achim war berühmt. Von ihm war nichts zu wollen, um was sollte man ihn noch angehen, der hatte Größeres zu tun. Von seinem Leben war weniger sichtbar; über das Training der Radrennfahrer hörte Karsch allgemein die Meinung äußern: daß es ohne Pause war und hart ohne Vergleiche. So daß er unbegreiflich eine halbe Stunde geblieben war zum Jubiläum des Radsports, er hatte seinen Geburtstag dafür hergegeben, es hatte ihm aber nichts eingebracht. Sein Ruhm schien uneigennützig, denn seine Siege gehörten nicht ihm; unvorstellbar war die Leistung, die sie ermöglichte, »wie der das geschafft hat zehn Jahre lang, ich könnte das nicht«: in ähnlich bedeutende Entfernung rückte seine Person, wenn sie den Staat ausdrücklich lobte und siegreich zurückkam aus dem westlichen Ausland, so daß er das eigentliche Vorbild war: ihm ließ sich nicht widersprechen.

Was sollte Karsch denn da?

Etwas mürrisch in der kalten Helligkeit des Mittags stand Karsch an der Ecke eines weiten leeren Platzes und beobachtete den Straßenverkehr der Hauptkreuzung. Die Farben der Ampel wechselten nicht automatisch sondern bedient von einem weißbemützten Polizisten, der in einem Holzhäuschen über dem Bürgersteig saß. Karsch sah ihm eine Weile beim Schalten zu und konnte daran nichts finden, und als der Ordner über sein Mikrofon eine alte Frau zurückrief vom Überlaufen der Fahrbahn bei falschem Licht, hörte Karsch an was er ihr von seiner Höhe herab zwischen Schalten und Blicken zu sagen hatte, er fand es vernünftig, er hätte es auch so ausgedrückt, nur wäre er nicht gern so angehalten worden. – Die junge Frau im grauen Kostüm! rief der Polizist. Die Frau im grauen Kostüm schrak in zwei Schritten rückwärts wieder auf den jenseitigen Bürgersteig. Der Ordner lächelte erheitert. Mager und großäugig kam sie über den Damm, ging auf Karsch zu, gab ihm die Hand, zog neben ihm weiter. Unversehens fuhr sie herum, betrachtete ihn wie überrascht und schlug ihn mit der Handkante kräftig ins Genick. – Ich war nur müde: sagte sie, und Karsch zog vor zu reden über die Begrenzung eines solchen Platzes, indem er die überhohen Geschäftshäuser des einen Randes verglich mit der anmutigen Front der Bildergalerie aus vorigen Jahrhunderten, die niedrig von höheren Bäumen durchwachsen mit zierlichen ausgebrannten Fenstern die blanke Fläche viel sicherer dämmte; solche Fremdheiten überkamen ihn oft in den ersten Tagen, er fand sich nicht in die Sprache des Landes. Sie blickte auf, maß die lockere geschwärzte Front beiläufig ab und nickte. Sie sahen zusammengehöriger aus je weiter sie sich entfernten quer über das offene Feld aus verwittertem Asphalt: er in großen Sprüngen über die wasserbestandenen Risse und Löcher, sie gesenkten Kopfes die Hände hinter sich dazugehörig, je weiter der Lautsprecherlärm an der Ampelkreuzung und das schwere Donnern der Straßenbahnzüge quer wie längs des Platzes und die Ausrufe der Blumenfrauen und die wartenden Gruppen an Überweg und Haltestellen zurückblieben unter der großen Farbe des Himmels.

Sie sahen vom Balkon aus den Park, der noch kahl und licht die Bewegung der jenseitigen Straße durchließ, zur Seite hohe Kräne über Gerüstgitter geknickt und vor dem Park die leere Fahrbahn an der breiten Gartenfläche, aus deren dünnem Grasschimmer die Scheinwerferblöcke schräg empor starrten gegen den schmal gebogenen Hausring; nachts wurde er beleuchtet und saß mit roten Sandsteinlaibungen und dicklichen Erkervorbauten im Licht wie ein zu früh gealtertes Denkmal. Sie hatte Karsch eines der vierschrötigen Treppenhäuser hinaufgeführt bis vor eine Wohnung, deren Eingang einen Zettel mit ihrem Namen trug; beim Aufschließen

wandte sie sich um und sah Karsch knurren, er verstand nicht, sie mochte sich nicht um alles kümmern, sie war müde vom Vormittag. Die Wohnung sah mehr benutzt aus als das Zimmer, in dem er sie anfangs angetroffen hatte. Zwei große Räume waren fast gleich eingerichtet und hell. Dies war Achims Wohnung, aber Achim saß um diese Zeit in einer Vorlesung über Sportmedizin, nach dem Essen würde er zum Training fahren, und so oft das Telefon sich rührte, ging Karin nicht dahin. Karsch lehnte in der Küchentür und sah ihr beim Kochen zu.
– Wohnst du hier? fragte er.
Sie ging rasch hin und her zwischen den Schränken, kniete vor dem Kühlschrank, wendete das Fleisch in der Pfanne. Sie kam zu ihm, ließ sich das Schürzenband zubinden, wandte das Gesicht klar und höflich über die Schulter.
– Manchmal: sagte sie.
Sie machte ihn nicht glauben daß er eingeladen sei um ihr Fragen zu stellen. Auch Achim kam in den ersten Tagen nicht zur Stadt, sie sahen Karsch nicht oft und schienen es zufrieden daß er allein durch die Stadt ging und über die Stadt wie Karins mehrere Wohnungen eine Meinung erwarb, für die nicht sie würden aufzukommen haben.

Verhielt er sich auf dieser Reise anders als auf seinen üblichen?

Karsch nahm es auf mit dieser Stadt wie mit allen denen seiner Welt, die er besucht hatte nach dem Krieg. Beim Frühstück saß er über einem Plan der Straßenführung und ergrübelte die Geschichte dieser weitläufigen Siedlung, wie sie erschien in den Hauptstraßen, die ehemals als Chausseen die Dörfer an den kräftig gegliederten kleinen Kern herangezogen hatten und in breitem Schwung seitwärts die ebenerdigen Bauernhäuser schliffen oder aufstockten mit großartigen italienischen Zierstücken, deren Alter sich schon nicht gefügt hatte in das Zeitalter nach dem letzten erfolgreichen deutschen Krieg, der Schornsteinruß der Jahrzehnte hatte den Anspruch auf Würde vergröbert, die ärmlichen Hinterhäuser in Bombenlücken höhlten ihn aus. Dies war ihm bekannt. Im übrigen fotografierte er wahllos nur was ihm gefiel; ihm gefielen die beiden Häuser aus dem sechzehnten Jahrhundert, die verwittert und fremd allein standen inmitten der öden Leere, zu der ihre Nachbarschaft geglättet lag; auch versuchte er sich an dem Unterschied zwischen hölzernen Wurstbuden auf dem Markt und dem Rathausturm, der in der langen Front aus Galerien und Arkaden den Goldenen Schnitt vergangener Baukunst markierte im Verein mit dem Verzeichnis Kurfürstlicher Privilegien, das als echte altertümliche Schriftzeile das Gebäude umklammerte; aus dem Turm dröhnte grob verstärkt anmutiges Glockenspiel als Schmeichelei für die folgende Stimme, die den Besucher aufforderte die Ausstellung sozialistischen Wiederaufbaus zu besichtigen, denn sie gehe ihn an; er besichtigte sie; begriff im Blick durch die schweren Fensterlaibungen die hoch zusammengehörige Umbauung des Marktes, die der Krieg ihm ausgebrochen hatte; sah von der Galerie hinunter auf den dichten Strom nachmittäglicher Fußgänger und war sicher daß er nichts verstehen werde mit Vergleichen (du hast mich nach den Unterschieden gefragt): dies war etwas für sich allein und zu erfassen nur von sich aus; er kannte es nicht. Er verzichtete sogleich darauf aus dieser Reise ein Buch zu machen wie aus den anderen. Er kam sich vor wie zu Besuch, er meinte: morgen noch nicht aber nächstens fahre ich zurück.

Läßt sich faßlich und genau beschreiben wie die Unterschiede der beiden deutschen Staaten ihm entgegenkamen auf der Straße?

Nach denen könnte auch Achim ihn gefragt haben abends, wenn sie einander vor dem Theater trafen, um Karin abzuholen, locker und ermüdet lag er mit erhobenen Beinen auf der hinteren Bank und fragte Karsch sehr beiläufig: wie es ihm denn hier gefalle. Auch Karsch war müde, und in diesem Zustand gelassenen Wartens sprachen sie träge und genau über die Geschichte, mit der Karsch antwortete: als er zum ersten Mal nach Norwegen kam, kannte er die Sprache nicht und mußte seine Hemden selbst waschen, und da er überall an Hauswänden und Reklametafeln den Namen eines Waschmittels sah, das er von zu Hause kannte, sprach er in einem Geschäft für Haushaltwaren unbekümmert den Namen dieses Artikels aus wie er nach seiner Meinung norwegisch klang, und er bekam ihn also ohne die Verkäuferin mitzuziehen auf die Straße und ihr die passende Hauswand zu zeigen. Achim lachte leise vor sich hin, er saß ganz still und stieß erheitert Luft durch die Nase. Sie glaubten einander zu verstehen. Karsch wollte eigentlich hinaus auf die Ähnlichkeit aller Städte seiner Welt, sie erinnerten im äußeren Bild von Reklameplakaten und Inhalt der Schaufenster und Form der Autos und Benehmen der Kellner so sehr an einander, daß er da bald von diesen Ähnlichkeiten abgesehen hatte und zu anderen Vergleichen hin; hier aber an dieser Straßenecke überlaufen von den Gruppen und Paaren der Theaterbesucher, die zur Haltestelle der Straßenbahn und zur Gaststätte auseinandergingen, während aus der kleinen Nebenstraße leise das Gespräch der Leute in den offenen Fenstern zu hören war: hier offenbar aß und trank man nicht das selbe, es wurde mit anderen Mitteln gewaschen, es gab andere Mengen und Arten von Autos, und nur mitunter: sagte Karsch: wenn ich in einem Vorort so ein schmales

Privatgeschäft sehe, das Schaufenster ist seitlich und oben umrahmt von schwarzen Glasplatten, die Schrift redet altmodisch in stumpfem Goldschwung, Sickerwasser macht sie mürbe –. Achim dachte nach und fragte nach der Richtung der Vororts. Es erwies sich daß er das Schaufenster kannte. – Selten also: sagte Karsch: könne er sich erinnert fühlen an die gemeinsame Vorgeschichte der beiden deutschen Staaten. Anfangs nämlich war er nach dem Straßenbild gegangen und hatte kurz und knapp zensiert: dies sei einförmiger, da hatten sie ihn ausgelacht; inzwischen verglich er nicht mehr sondern versuchte zu unterscheiden wie das wirtschaftliche Gesetz im Aussehen der Straßen erschien: einmal in unzähligen Initiativen konkurrierend bunt als Angebot höherer Güte größerer Nützlichkeit dickerer Bequemlichkeit auf Tafeln neben der Autobahn oder als betuliche Bedienung im reichlich bestückten Geschäft, hier wiederum wirkte es als einmal zusammengefaßter Plan und trat nicht bunt auf mit Verschiedenheiten und deren Anpreisung, ich muß das natürlich noch nachlesen: sagte er. – Und damit willst du erklären warum wir ...: fragte Karin, die dazugekommen war, sie saßen einander zugewandt still im Auto und hatten das Abfahren vergessen, – Kümmere dich lieber ...! sagte sie, und Karsch kam die Heftigkeit ihres Tons bekannt vor, so erwartete er vorher ihr plötzliches Herumfahren zu Achim, der aber nachdenklich sagte: Er kümmert sich wohl. Karsch sah sie verstehen. Sie ließ sich zurückfallen, schwieg aber. Das hatte sie früher noch nicht gekonnt. Karsch versuchte es noch einmal. Die Sprache, die er verstand und mit der er verständlich über den Tag gekommen war, redete ihn noch oft in die Täuschung von Zusammengehörigkeit hinein, wieder hielt er beide Staaten für vergleichbar, wollte in Gedanken sie reinweg zusammenlegen, da doch ein vergessenes Ladenschild oder die Sprache oder das vertraute Aussehen öffentlicher Gebäude in einem Land an das andere erinnerten; dann aber gingen die Ähnlichkeiten nicht auf in einander: die golden und schwarz aufgemalte Zigarettensorte hatte man dort vor fünfzehn Jahren zum letzten Mal kaufen können, die öffentlichen Gebäude regierte ein anderes Gesetz, dessen Sprache nämlich ordnete das Bild der Straße und nicht das Gespräch der Leute, die da gingen oder hier aus den Häusern niederblickten in der kühlen ruhigen Luft des Abends auf Kissen gestützt und redend: die Sprache der staatlichen Zeitungen verstand Karsch nicht. Achim war sehr betroffen. – Ach: sagte er enttäuscht. Dann fuhren sie los.

Warum schreibst du so rum um das Waschmittel; wem liegt schon an dem Namen

dir nicht und niemandem. Bei so viel Gleichgültigkeit hätte er dastehen sollen als genaue Einzelheit und Hilfe für die Vorstellung. Der Verlag, der dies verkaufen soll, läßt jedoch sagen daß die Hersteller anderer Waschmittel die Erwähnung dieses Namens ansehen könnten als Herabsetzung oder Werbung dafür auf einem Boden, in dem sie nicht wachsen soll nach Übereinkunft und Anstand. Bezahlt werden soll nur für die Geschichte, in die es gehört, wofür du willst: nicht dafür.

Fühlte Karsch sich von Beobachtern verfolgt?

Er glaubte es müsse ihm so vorkommen. Denn als die munteren vorschriftsmäßigen Soldaten an der Grenze ihm den Ausweis abgeschrieben zurückreichten und ihn anwiesen wie weit er allenfalls gehen dürfe unter dem anwachsenden Licht der Jahreszeit, das auffiel durch Helligkeit aber die Wärme noch erwarten ließ, da standen die dicken listigen Männer vor ihm auf, von denen Bücher Filme Zeitungen ihm abgeraten hatten zu Hause; so war er oft versucht den vertrauenswürdigsten Straßengängern neben ihm sein Vertrauen auf Verlangen nicht zu geben, sie mußten nur einige auffällige Zeit den gleichen Weg haben wie er. Er dachte also an die Anzahl der Karteikarten, die entstehen mochten bei der Abfertigung eines Wagens an der Grenze und geschickt werden wer weiß wohin als Handschrift in die von Maschinen umgesetzt; auch hatte er niemandem versprochen sich in einem Umkreis der Stadt zu halten, es war ihm nur auferlegt, wollten die Beamten für treuherzig gelten? So äußerte er sich gegen Karin träumerisch über die denkbare Bauart der Karteikästen im Amt für die Meldung auswärtiger Besucher, er hatte auch Freude an der Erfindung einer Lesemaschine aus Stahl und edlen Hölzern, die saß fromm und reizbar auf einem Stuhl im Keller des Rathauses und war bemüht sich seinen Namen zu merken. Sie fuhr wild und heftig auf ihn los. – Sei nicht so eingebildet! sagte sie: Sei nicht so nervös!

Wie geht es ihr?

Karsch nach einer Woche zurückgefahren hätte seinen Freunden gesagt: Ihr kennt sie ja. In der verlangten Kürze nämlich wußte er keine Antwort, die Erkundigung faßt nach allen Umständen und Ansichten eines Lebens: wie geht es ihr, was hält ihr den Tag zusammen, gefällt es ihr? Karsch sah sie in Achims Küche hocken vor sämtlich geöffneten Schränken, sie nickte lernend vor sich hin, bewegte die Lippen, wandte sich krausstirnig ab und schickte Karsch mit einer langen Liste zum Einkaufen. (Damit du das Leben lernst, du.) Als er zurückkam, war sie mit dem Staubsaugen fertig und saß genießerisch auf dem sauberen Teppich mit um das Telefon gekreuzten Beinen, legte achtlos den Hörer weg, kam tückisch schleichend auf Karsch zu und zog bißbereit die Oberlippe zwischen den Zähnen haltend ein Päckchen nach dem anderen aus dem Netz. – Hast du mich erkannt? fragte sie, aber Karsch konnte sie gar nicht erkennen, denn sie war der junge Tiger gewesen, der im städtischen Tierpark neugierig an den Gittern lehnte. Diese gefährliche kleine Katze hatte kurz nach ihrer Geburt den Namen Achims bekommen, unzählige Zuschriften an die städtische Zeitung hatten danach verlangt; sie saß vergeßlich auf ihren Beinen und versuchte mit der Hand pfotenhaft durch nicht vorhandene Gitter zu langen und lachte auf vor Erstaunen als die Bewegung ihr glückte. Sie bezeichnete wie ungeduldig während der öffentlichen Tauffeier der Tiger sich geräkelt hatte in Achims Armen und die Pfoten zärtlich ausstreckte nach Achims pflichternstem Gesicht. – Du sollst nicht über mich lachen sondern über ihn: sagte sie, ihre Hand war noch tigerhaft tastend nach einem Gesicht erhoben, unversehens in weichem Pfotenkrümmen erstarrt. Sie bückte sich, räumte das Telefon auf, sammelte die Einkäufe und trug sie auf den Armen weg. Ihre Stimme hatte enttäuscht geklungen. Er sah sie Achims Hemden bügeln, sie legte ihm die Post in den Griff, hielt die Küche in Ordnung, stand mit seitlich eingestemmten Armen vor den Fenstern und murmelte die Regenflecken an, war jetzt achtundzwanzig Jahre alt und half Achim wohl erheblich bei seinem Leben. Karsch weiß nicht mehr als ihm auffiel.

Wie kam er mit Achim aus?

Der lud Karsch ein zum Training und verschaffte ihm einen Platz auf einem der Motorräder, die die achtköpfige Gruppe begleiteten. Fast eine Stunde lang rasten die acht durch den staubigen Duft einer auswärtigen stillen Landstraße in der genauen Geschwindigkeit von stündlich dreißig Kilometern hinter dem Wagen des Trainers her, auf dessen Handzeichen fielen alle in die Eile von fünfunddreißig Kilometern in der Stunde, wechselten nach zehn Minuten auf dreißig, gingen auf vierzig vor. Der Schweiß schwärzte den Staub in ihren Gesichtern, die Reifen rauschten auf dem polierten Pflaster, leichter Wind drückte zwischen den Bäumen hindurch. Sie fuhren in einer Staffel schräg links hintereinander, so daß jeder den Windschatten des Vordermannes ausnutzen konnte, der Führende aber war der Keil für alle. Die Richtung ging südlich zwischen Sonne und Wind, so fiel die Staffel zur Sonne hin ab; der jeweilige Führer verständigte sich durch Blick und Nicken mit dem Nachbarn ob seine Zeit um war, ging nach rechts und ließ sich neben einen nach dem anderen zurückfallen, bis er mit plötzlichem Antritt das Hinterrad des Letzten umgehen konnte, jetzt selbst der Letzte war und ganz links außen. Nach einer Weile lagen die Rücken nicht mehr ruhig, zwei aus der Gruppe mußten Gewalt anwenden gegen sich, blieben endlich doch zurück. In diesem Augenblick fuhr Achim als dritter. Der Fahrer vor Karsch wandte den Kopf und wies mit dem Kinn auf Achim. Der war in großem Sprung aus der Staffel geschert und ließ langsam tretend die Zurückgebliebenen herankommen, zog sie sofort in schnellem Tempo hinter sich her. Karsch sah den Begleitwagen stoppen. Der Trainer lag schwer über dem Wulst des geöffneten Verdecks nach hinten und rief etwas Lautes Lachendes. Achim kehrte sehr langsam sein Gesicht aufwärts, es war ernst und schmutzig, lachte nicht, war vorbei. Wenig später wurde die Übung beendet. Während die Räder auf den Lastwagen getragen wurden, kam Achim auf Karsch zu und fragte ihn wie es gewesen sei. Er war nicht besorgt wegen der Antwort, er bewies nur die Höflichkeit, für die alle ihn lobten. Hier war es die des Gastgebers. Karsch ließ sich die Technik der Ablösung erklären. Das hat Achim sehr gefallen.

Glaubte Achim solche Fragen?

Karsch war einen halben Kopf kleiner als Achim, so standen sie nebeneneinander. Die harte schweißige Haut Achims war dreißigjährig, sein Blick hielt freundlich neben Karsch zu Boden, sie hätten nun auseinandergehen können. Achim hob die Unterarme an, hielt die rechte Hand der Länge nach aufrecht mit erhobenem Daumen vor sich und sagte: Wir haben aber auch die Ablösung nach vorn. Seine linke Hand am rechten Unterarm bewegte sich zügig vorwärts, bis sie neben der anderen stand wie zweites Vorderrad neben erstem Hinterrad, ging in kleinen Bögen auswärts zurück und deutete weitere Fahrer an, die linke Hand war der letzte, der jetzt in großem Schwung seitlich vorzog, die rechte Hand überholte, vor ihr nach rechts ging, neben sie kam (die Hände lagen jetzt über Kreuz), die rechte lag links, ging langsam zurück, die linke führte. – Wenn der Wind so kommt wie heute: sagte Achim, er ließ die Hände fallen, blickte auf, sagte lächelnd: Klar? Karsch nickte. Die Bewegungen der schmutzigen Hände im Bremshandschuh setzten sich deutlich um in mehrere abhängige Fahrten neben seitlichem Wind, die er verstand. Er hatte Achim nicht beikommen wollen. Er erfuhr von Karin daß Achim diese Frage gefallen habe, er war sie nicht gewohnt von Außenstehenden, Karsch stand außen. Sie saßen nebeneinander im Trainerwagen auf der Rückfahrt ins Lager. Karsch erinnert Achims helle unbiegsame Stimme im Gespräch, das Glänzen schrägen Sonnenlichtes in den schweißigen Stirnfalten und im blonden wehenden Haar über dem staubschwarzen Gesicht. – Wollen Sie mit mir in die Stadt zurück? fragte Karsch, jeder andere hätte Achim gern gefahren, Achim war überrascht. – Das ist sehr nett sagte er.

Am nächsten Morgen beim Frühstück mit Blick auf Park und Kran fragte Karin: ob Karsch sie nicht einmal allesamt spazierenfahren wolle. Er wußte nicht ob sie spöttisch war. Sie blieb lange verschlafen morgens, nur allmählich nahm sie ihr Gesicht zusammen, vergewisserte sich ihrer Bewegungen; sie saß vor ihm mit drei Fingern an leicht geöffneten Lippen, die Augen waren halb geschlossen, das Lächeln unbeaufsichtigt. Morgens war sie sich noch nicht ähnlich.

Karsch sagte ja. Er war erstaunt, daß sie gebeten hatte. Sie verabredeten sich für einen Abend, an dem ein Fußballspiel viele Fahrzeuge aus der Umgebung heranholen und dann wieder auf die Autobahn schicken würde, sie trafen sich vor dem Theater, sprachen über die Unterschiede der beiden deutschen Straßenbilder, fuhren los. Die Nacht war grau und kühl. Von der Brücke der Zufahrt aus sahen sie auf der einen Fahrbahnseite die fast unendliche Kette roter Rücklichter, großer Lärm marschierte voran zwischen den dunklen Wällen des umgebenden Waldes und erneuerte sich stetig. Sie sprangen hinein. Eine Weile blieb Karsch links außen und zog unablässig vorbei an den lauten Maschinen, überzog ihr Hinterteil mit Licht, nahm ihre Beleuchtung mit durch das Rückfenster; das Motorengeräusch sauste ihnen entgegen, schlug im Überholen hart zu, fiel sehr plötzlich nach hinten. Es war aber schon so hell, daß die Fahrer einander erkennen konnten, solange sie nebeneinander waren. Achim war auf dem Rücksitz und weit vorgebeugt mit den Armen auf Karins Sitz gestürzt, wie schlafend lag sein Kopf auf ihrer Schulter. Im Spiegel sah Karsch seinen strengen gebannten Blick auf den dünnen Wirbel aus Staub und Licht, der vor ihnen über die hellen Betonplatten fegte. Bei einer amtlichen Begrenzung der Geschwindigkeit ging Karsch auf die geforderten vierzig Kilometer zur Stunde herunter. Sie wurden leicht gerüttelt, Karin seufzte bedauernd. – Nein: sagte

Achim überzeugt, im Ton einer Zensur setzte er hinzu: Gut! Karsch hatte es anders gemeint (der Vorschrift weniger vertraut als mißtrauisch ihr gehorchen wollen), aber ein Seitenblick erreichte Achim nicht, er starrte voraus und nickte zuweilen. Von da an zog Karsch nach jeder Überholung auf die rechte Fahrbahn zurück und verwies auf die Unebenheit der äußeren Platten, als Achim aufgeregt fragte. Zum Beweis schwenkte er auswärts, führte das leichte Schüttern der abgefahrenen Bahn vor, ging zurück. – Klar: sagte Achim: Panzer. – Das ist ein guter Fahrer: sagte er etwa aus seiner harten Kehle, wenn ein Wagen mittlerer Leistung sie überholte und sich sofort wieder rechts einordnete; besonders schien ihm das unverzügliche und freiwillige Einschwenken zu gefallen: Der weiß genau, wieviel er kann, mutet sich nicht mehr zu. Überholt, schwenkt ein. Führen kann er nicht, weiß er, also: sagte Achim. Karsch versuchte Karins Gesicht zu erkennen, wenn fremdes Licht in den Wagen kam. Sie saß seitlich und lehnte nur mit einer Schulter neben Achims Kopf und sah an Karsch vorbei in die undeutliche Dunkelheit über der wieder und wieder erleuchteten Straßenhöhlung. – Wie vernünftig: sagte Achim sehr angeregt, wenn ein Wagen vor ihnen mit Lichtzeichen Ausschwenken ankündigte, Karsch aber ganz links außen auch warnend blinkte, der Vordermann sich zurückzog und sie vorbeiließ; angestrengt und sachlich beobachtete er Verfolger, schüttelte den Kopf, nickte befriedigt. – Der hängt sich an, er kann sich darauf verlassen daß wir ihm den Weg freimachen: sagte er, zu einem andern, der sich auf einen Wettlauf hätte einlassen können aber nicht einließ: Es ist ein Jammer. Karsch fuhr selten zu seinem Vergnügen, er verstand nicht Achims Begeisterung und Eifer, bis er begriff daß Achim ja aufging in der Situation gemeinsamen Fahrens mit anderen, daß er Karin die Nützlichkeit oder Unvernunft allen vorkommenden Verhaltens erklären wollte: daß er seinen Beruf liebte. Von nun an war Karsch bemüht Achim zu Gefallen zu fahren. Der schnelle ungehinderte Rückflug

auf der leeren Gegenrichtung schien ihn in trockenen heftigen Rausch zu setzen, und als Karsch in der Stadt genau an der Grenze der verbotenen Geschwindigkeit um sichtbare Sekunden schneller war an den Ampeln als gelassenere Fahrer neben ihnen, als die Entscheidungen an Kreuzungen und in Kurven immer schneller wurden und uneinsehbar für einen, der ein Auto und die Regeln des Verkehrs nicht genau kennt, als sie mitten im Sprung vor Achims Hauswand anhielten und in schwerem Zurückwurf standen, lachte Achim begeistert, rüttelte Karins Schulter, schlug Karsch in den Rücken, bewegte sich sehr. – Was habe ich dir gesagt wie er fährt! rief er außer sich. – Entschieden fährt er!
Sie hatte Karsch um diese Fahrt gebeten weil es nicht ihr Wunsch war sondern Achims.

War das alles nun sehr böse für Karsch?

Er war sechs oder sieben Jahre älter als sie, der Unterschied war inzwischen nicht günstiger geworden, er war auch langsamer jetzt, das wußte er alles, sie ließ es ihn nicht vergessen. Beim Frühstück und Mittagessen waren sie ohne Achim; bisweilen erwähnten sie einen verjährten Balkon in Westberlin, sie schien belustigt. In der Kantine des Theaters stellte sie ihn vor als erfolglosen Cellisten unter einem befremdlichen Namen und setzte bescheiden aufblickend hinzu: mein Onkel; abends hatten sie eine weitreichende Familie zusammengegründet und erklärten Achim die Beziehungen und Erbverhältnisse von Tanten und Großnichten, die es nicht gab. Er sah ihnen unbeteiligt aber vergnügt zu. Er fragte nicht woher sie einander kannten. Karsch fühlte sich nicht unbehaglich zwischen ihnen. Sie stritten sich nicht, sie hatten ihn also nicht zum Schlichten geholt (sie zeigten ihm nicht daß sie sich stritten). Offenbar hatte sie ihn wiedersehen wollen. Manchmal glaubte er das eher. Er hatte allerdings feste Vorstellungen wie einer mit ihr umgehen sollte, auf die sah er, Achims Vorsicht gefiel ihm. Achim trug eine Sonnenbrille auf Wegen durch die Stadt, und wenn er doch erkannt wurde und um Unterschriften oder Äußerungen gebeten, konnte er sehr bestimmt fast achtlos den Kreis durchbrechen, der aus meist Jugendlichen um ihn zusammenwuchs, – Liebe Freunde: sagte er: ich habe meine Arbeit genau wie ihr; haltet mich nicht auf. (Da ging er mit Karsch Hemden kaufen.) Gegen Karin aber war er freundlich und schüchtern wie ein Hund. Karsch hielt sich zurück wo es anging, so erinnert er aus der ersten Zeit viele Eindrücke wie diesen: Beide stehen inmitten lauter und vielfältiger Bewegung von Fahrern Wagen Polizisten Lautsprechern und Zuschauern hinter Absperrseilen. Sie steht neben ihm, sie macht sich bedrohlich, sie redet streng auf ihn ein, sie steigert ihren Zorn mit verkniffenen Augen und brutal vorgeschobenen Lippen, sie krümmt sich und schüttelt ihm bittere Fäuste unterm Kinn, unversehens lächelt sie locker und überzeugend, als hätte sie es gleich gesagt. Achim steht neben ihr mit hängenden Armen schlappen Halses, er sieht sie nicht an, hört auf ihre Stimme, versucht ungeschickt ein Schuldbewußtsein mitzuspielen, muß laut auflachen, steht wieder sehr still vor ihrem finsteren Anblick, in seiner Kehle bewegt sich etwas. Er nimmt sie an den Schultern und drückt sie zur Seite, wieder sieht er sie nicht an, geht weg. Später von fern sehen sie ihn noch einmal, jetzt steht Karsch neben ihr. Achims überwältigtes Lächeln ist so unwillkürlich inmitten der dichten Konzentration auf den Start, daß es auf Karsch übergleitet und fast ein Nicken wird. Das war Karsch alles sehr recht. Ich habe dir schon gesagt daß es auf ihn gar nicht ankam.

War sie verändert?

Sie war veränderlich. Sie hatte Karsch vor acht Jahren verlassen, sie war älter, sie hatte sich und ihren Körper erzogen (– So kann ich auch aussehen: hörte Karsch einmal auf der Straße über sie sagen: wenn ich zehn Stunden in der Woche tanzen kann, keine schweren Sachen heben muß, Schwimmen Reiten Gymnastik Diät! Und das Geld! Die Frau, die das sagte, war im gleichen Alter mit Karin, Karsch hatte sie für hübsch gehalten, einen Beruf sah er ihr nicht an. Sie bemerkte Karschs Aufmerksamkeit, wandte sich ihrem Mann zu und sagte daß es ihr auch zu anstrengend wäre. – Und wenn du dir mal die Gegend ansiehst um ihre Augen . . .). Ich würde sagen daß ihr Blick kühler war und nichts mehr auslieferte, aber das ist verglichen mit der Vergangenheit und mag dir am Ende gar nichts sagen. Sie hatte immer noch nicht mehr Fleisch im Gesicht, die dunkle Haut war fest über Wangenknochen und Kiefer gespannt, diese tiefe manchmal steile Mulde (die das Hauptkennzeichen war für den Versuch ihr Gesicht zu erinnern) sah morgens mitunter trocken und hart aus, auch die Stirn. Wer glaubte sie hätte geweint mußte sie ebenso für übermüdet halten. Ich halte für sinnlos dir ihr Gesicht zu beschreiben, es ist das Leichteste am Menschen zu vergessen; die Worte vergleichen und sind offen nach überallhin. Und Achim meinte ein anderes Gesicht. Will man beim Aussehen übrigens nach der Gefälligkeit gehen, muß ihrs streng: bisweilen unansehnlich genannt werden. Wiedererkennen ließ sich was Karsch an ihr geliebt hatte: daß sie ihr Gesicht so bei sich hatte und benutzen konnte für nicht zählbare Arten von Verhalten, deren ein Mensch überhaupt fähig ist; ich versuche es genauer zu sagen: sie war vergnügt sich kenntlich zu machen auf eine nicht wörtliche Art. Das ist nicht genauer. Sie hatte Gewohnheiten angenommen, die Karsch nicht bekannt waren. Sie hatte Spaß an Gesten oder Redensarten, mit denen sie Personen aus der vergangenen

Zeit ihres Lebens zurückholen konnte; da sie aber nie bekannt machte wen sie zitierte mit einem unaufhörlichen Lippenzucken oder einer Faltenrundung über der linken Braue zum Zweck des Erstaunens, meinte Karsch im Grunde daß sie hier wie immer (so zu sagen) hinter sich stand, ihren Haltungen zusah und sie prüfte auf ihr Recht hin. Seit der Trennung von Karsch schien sie bemüht gewesen ohne fremde Hilfe zu leben.

Deswegen bliebst du da? Blieb Karsch da?

Nicht früher aber nach zehn Tagen blieb er abends vor der Pförtnerloge stehen und bat für den kommenden Morgen um die Rechnung. (Er packt seinen Koffer, sie lehnt am Schrank und sieht zu; er nimmt ihr die Krawatten aus der Hand, laß nur, das mache ich alles allein. Dies habe ich dir mitgebracht zum Abschied, ich wünsche dir eine gute Reise, es hat mich gefreut dich wiederzusehen. Da hätte er früher fahren können.) Der feiste junge Mann, dessen runder Kopf stets selbstbewußt über der Theke baumelte und nur im Gespräch mit ausländischen Gästen zu nicken anfing aus dem Nacken, saß innig über das Mittelblatt einer illustrierten Zeitung gebückt und sah bei Karschs Worten lächelnd wie betroffen auf. Karsch verstand den Blick nicht. Er wiederholte seine Bitte. Der Pförtner blieb sitzen, legte das Blatt zusammen ohne die Augen von Karsch zu lassen, faltete das Papier auf die Hälfte und reichte es hinüber. – Wünscht der Herr eine Zeitung? sagte er.
– Lesen Sie nur weiter: sagte Karsch.
Für den Abend war er mit seinen Gastgebern verabredet im Restaurant des Bahnhofhotels, das mit neuen weißen Wänden und hellen frischen Möbeln altertümlich städtischer Überlieferung treu in den Keller gebracht war, die enge Treppe des Außeneingangs war leicht gewunden und doch

mit innenpolitischen Plakaten ausgehängt. Hier pflegte er zu Abend zu essen immer im Bereich des selben Kellners, der würdig mit mächtigen Fettfalten vor dem Tisch sich verbeugte, sich der Vertraulichkeit enthielt wie gekränkt; knapp und leise wünschte er guten Abend, rückte kleine Blumenvase neben Bierfilzturm, breitete die Karte aus, stand mit den Händen rücklings und blickte in jene Ferne, in der einst das gepflegte Publikum mit guten Manieren angemessen gekleidet ihm Ehre erwiesen haben mochte. An der Schmalseite gegenüber war ein Packen Zeitungen liegengeblieben, den trug er aufrechten Ganges auf vorgestreckten Händen weg. Er nickte selbstgerecht, als Karsch nach der Bestellung eine Zeitung verlangte. Im Vorbeigehen schob er sämtliche illustrierten Wochenblätter auf die Tischdecke, gab zu verstehen, daß er etwas dachte, sagte nicht was.

Karsch hielt sich an die Mittelblätter. Das zweite aufgeschlagen trug den Bildbericht von der Eröffnung der Radsportsaison. Bei dieser Veranstaltung hatte er Achim kennengelernt. Die Fotografien zeigten das Fahrerlager, aufgereckte Gesichter neben oder hinter schimmernden Radspeichen, der Rennleiter während der Ansprache, Fahrer schräg in der Steilkurve, Achim Blumen schwenkend in der Ehrenrunde. Der begleitende Text rühmte die Kräftigung des sportlichen Radfahrens seit dem Krieg und befaßte die Aussichten für das diesjährige große Rennen in die östlich benachbarten Staaten und zurück, zu dem Achim aufgestellt war. Am Rande in einen Kasten war eine ältere Aufnahme Achims gesetzt neben ein Interview. Die Rede ging zunächst an die Ergebnisse des Trainings. Die letzte Frage machte sich auf dem größten Raum an Achims Geburtstag und schien scherzhaft. Wann wirst du denn nun heiraten, Achim? Achim antwortete: Eine Frau mußt du erst finden, Einwände erstaunten sich, dies ging ihnen nicht zusammen mit dem Ruhm. Achim erklärte daß ihn jede Öffentlichkeit umringe mit Bitten um Autogramme und Meinungen und Andenken.

Schon wenn ich mir ein Pfund Äpfel kaufen möchte, komme ich kaum vorwärts. Da kann ich nicht suchen. Daneben immer die künstlerische Aufnahme im Profil drängte karge Zimmereinrichtung auf aus dem Hintergrund. Und die vielen Heiratsanträge in Achims Post? Kurzum die Antwort: So oft kann ich mich gar nicht verabreden. Ein Rennfahrer hat nicht viel Freizeit. Frage: Bist du etwa auch zu anspruchsvoll? Gelassen fast überdrüssig Achim: Ist da wohl jeder. Eines Tages werde ich die Frau fürs Leben noch finden. Ihr könnt euch darauf verlassen: dann heirate ich.

Ein Verweis auf die Rennen des Sommers folgte in kühn gezeichneter Schrift: Das ist noch lange hin! So sah es die Redaktion. Ohne Trennstrich daruntergesetzt zeigte eine Fotografie jubelnde Zuschauer an der Bahn. Der untere Rand war die Logenbrüstung, hinter der Karin zu sehen war in lebhaftem Gespräch mit einem Karsch, der zu ihr geneigt auf sie einredet. Sie hört ihm zu, ihr Mund ist schon zur Antwort geöffnet. Der Betrachter hält sie für ein geübtes und entschlossenes Paar.

Karsch aß allein. In die Geschichte hineingezogen verstand er sie noch weniger. Karin hatte am selben Nachmittag wegfahren müssen zu Filmaufnahmen auf dem Lande. Das Hotel schickte einen Zettel. Sie hätte Karsch ja gern noch einmal gesehen vor seiner Abreise: ließ sie ihm sagen. Sie hatte gar nicht gewußt ob er abfahren wollte.

Am anderen Morgen traf Karsch den dicken Jungen in der Pförtnerloge verschlafen sitzen, sein müder Kopf hing zwischen Fäuste gestützt, die Nacht hatte ihn gedämpft. Er sah gar nicht auf bei Karschs Begrüßung, schwenkte das Gesicht hilflos über seine Zettel, hatte Karsch Abreise nun für unwahrscheinlich gehalten. Begreifend stutzte er, immer noch langsam erhob er sich, unversehens rannte er die Treppe hinauf, wollte lieber fragen. Karsch wartete im Wagen vor der Empfangstür. Als ihm die Rechnung durch das Fenster gebückt wurde, reichte er mit dem Geld eine Tablette gegen

Kopfschmerzen hinaus. – Trinken Sie reichlich Wasser dazu: sagte er.
– Entschuldigen Sie bitte: antwortete der verwirrte Angestellte, und in der Betrachtung seines nun sehr ländlichen Gesichtes merkte Karsch einen plötzlichen heiteren Spaß, der machte ihn neugierig auf dies Land und wie darin zu leben wäre. Also blieb er noch. Für eine Weile: dachte er.

Was wollte er denn fragen?

Karsch hielt schon vor dem Amt für die Vermittlung privater Unterkünfte. Er bekam Wohnung in der Nähe des Stadtkerns bei der Witwe eines Postbeamten im mittleren Dienst, sie hieß Frau Liebenreuth und lebte von den Übernachtungen durchreisender Besucher, da sie die staatliche Rente sparen wollte für etwas. Sie führte ihn in das Arbeitszimmer ihres verstorbenen Mannes und war nach einigen Tagen stolz auf einen Mieter, der den dicken gedrechselten Schreibtisch anerkannte und mit beschriebenen Papieren belegte arbeitsam den ganzen Tag. Die verschreckte betuliche Frau gewöhnte sich an ihren Mieter und begann ihren Tageslauf einzurichten auf seine Anwesenheiten, sie band für die Überreichung des Frühstücks eine weiße Schürze eigens vor und benutzte sie zu nichts anderem, Unterhaltungen beendete sie mit kurzen kleinen Verbeugungen aus seitlich vorgedrückter Schulter. Nach kurzer Zeit einer Woche begannen die Hausbewohner ihn freundlich zu grüßen auf der Treppe.
Karsch behielt die Stimmung fast lustiger Erwartung (die Voraussicht unvermuteter Kenntnisse), die ihn begleitet hatte am Morgen des Einzugs in den rötlichen Sonnendunst der kahlen engen Straße; eine Woche lang saß er zufrieden zwischen den schweren unpraktischen Möbeln, der Wind wehte wärmer in den Gardinen und riß den Lärm spielender Kinder oder Gespräche am Gemüseladen vor das Fenster.

Nachmittags wurde das lange düstere Zimmer erhellt durch den Sonnenschein, der auf den Fenstern des Hauses gegenüber lag. An einem solchen Nachmittag klopfte Frau Liebenreuth leise und hastig an die Tür, zog sie in großem Schritt rückwärts auf, legte die weisend geöffnete Hand altmodisch an den Körper und kündigte an: Eine Dame. Ein Herr. Sie war aufgeregt. Karin kam sehr eilig herein als fiele sie durch die Tür, zog Achim an der Hand hinter sich her, besann sich aber vor dem rechten Augenblick und machte der schüchtern lächelnden Frau eine Verbeugung. Karsch blickte auf als habe er sie vergessen.
Wie vergeßlich trat sie auf ihn zu und begrüßte ihn auf die gleiche ausdrücklich wiederholende Art, schräg von unten blickte sie ihn an. Karsch kannte diese Haltung als Darstellung vertrotzter Zerknirschung, Achim neben ihr sah ihr zu. Alle trafen einander in einem Lächeln und dem Gefühl: einander seit längerem bekannt zu sein.
– Was tust du eigentlich: fragte sie. Sie hatten sich vorsichtig auf den kunstreich gestickten Kissen neben der Schreibtischkante niedergelassen. Achim saß steif und verlegen entfernt in der anderen Ecke des Sofas und betrachtete das prächtige Öl der Jagdgemälde. Karin hatte erzählt von Filmaufnahmen im Schnee. Ihre Haut war von der Sonne verbrannt, sie hatte besser Ski zu fahren gelernt. Und was tat Karsch?
Er hatte sie nicht gefragt. Er legte die Papierbogen zusammen und stieß sie auf dem Tisch kantengleich. – Ich schreibe ein Buch über einen Rennfahrer: sagte er höflich.

Wie kam das?

Karsch sah es noch gar nicht, da wurde es ihm nahegelegt. Eines Mittags in der Stadt trat ein Herr an seinen Tisch und erklärte ihm daß es möglich war. Das war so ein Magerer Langer (weißt du), er verbeugte sich eckig und brachte mit schnellen Reden und mit Blicken auf den Wagen vor dem Fenster heraus daß Karsch Karsch war, deswegen war er gekommen und setzte sich gern zu ihm. Seine Blässe schien ganz unveränderlich. Er trug eine Brille mittlerer Stärke, deren Aussehen erinnerte an die Zeiten, da es nichts gab; später erfuhr Karsch: das sollte sie auch, und ähnlich verhielt es sich mit der sehr abgetragenen Kleidung des Herrn Fleisg, die sagte grob und ausgebeult das selbe: darauf kam es noch nicht an. Er war nach einem Studium an die städtische Zeitung gekommen, – Fleisg: sagte er, aber nicht nur in dieser Eigenschaft wollte er zu Karsch getreten sein mit der Bitte um eine Antwort. Sein Aussehen ließ sich sofort vergessen über seiner Unbeirrbarkeit.

– Sie sind doch schon über eine Woche hier: sagte er.

– Wie sind Ihre Eindrücke?

– Ich sehe ja immer nur das Straßenbild: antwortete Karsch, und aß weiter. – Ich glaube nicht daß eine Woche ausreicht: sagte er.

Herr Fleisg hatte zurückgelehnt ihm zugesehen, nun aber in einem Zug fuhr er vorwärts, ruckte unruhig, kippte sein langes Nasenbein. – Selbstverständlich: stimmte er zu. Es klang begeistert. – Sie müßten die Oberfläche des Straßenbildes abheben können! Das Wichtigste geschieht unter ihr!

– Ja: sagte Karsch: eben.

– Und selbst das Straßenbild gibt Aufschlüsse, wenn man nämlich an früher denkt! sagte Herr Fleisg.

Das gestand Karsch ihm zu. Wie jetzt so auch später kam es ihm vor daß Herr Fleisg aus seinen eigenen Worten Bestätigung und Ansporn bekam, er bedurfte der Antworten nicht, in stummer Aufregung drang sein Blick auf der Stelle tretend nach innen. Sein Anliegen riß ihn zurück. Wie erwachend atmete er auf, zwang sich an die Lehne, nahm Karsch wieder in Blick.

Die Zeitung für Stadt und Bezirk, deren Redaktion er vertrete: sagte Herr Fleisg: wisse die Interessen der regierenden Partei nicht weniger wahrzunehmen als die der gesamten Bevölkerung. Nun sehe man einen Gast aus dem westlichen Bruderland mit seinem Besuch den guten Willen zeigen. In herzlichem vertrauensvollem Gespräch treten die Gemeinsamkeiten der deutschen Nation hervor. Wie schon die Unterhaltung mit dem Straßenbild erwiesen habe. Sei da ein bloßes Interview nicht krämerisch? Es sei kein Geheimnis bei wem Karsch zu Besuch sei, und besonders nach dem letzten Bildbericht (er legte die illustrierte Zeitung auf den Tisch ohne sie aber zu öffnen. Karsch sah neugierig auf) werde Herr Karsch den herzlichen Anteil verstehen, den die Bevölkerung und die regierende Partei an Achim nehme. Sei er doch ein Sinnbild für die Kraft und Zukünftigkeit des Landes. In Herrn Karsch jedoch treffe die westdeutsche Publizistik auf dies Sinnbild.

– Nana: sagte Achim, als Karsch so weit erzählt hatte. Er zog die Brauen zusammen, er war ärgerlich. Karin stellte aber ihr Glas hin und wiegte sich tief belustigt über verklammerten Unterarmen. Sie warf sich zurück gegen die Kissen und wartete. – Was für eine Geschichte: sagte sie auflachend.

– Doch. Ich kenn den. Der ist so.

Ob Herr Fleisg nun so war wie Karsch vorführte oder ob er wirklich eine Geschichte gab gut zum Erzählen, ein solches Zusammentreffen ließ nach der Meinung des Redakteurs ein bedeutsames Schriftstück erwarten, er redete mit kleinen scharfen Gesten vor sich hin, sehr gefangen von seinem Plan knüllte er die Zeitung. »Meine Begegnung mit Achim« auf der sonntäglichen Seite für Kunst und Literatur werde einmal zeigen daß Achim für das gesamte Deutschland nicht wahr. Wiederum fiel die Dichte seiner Ansprache ab gleichsam ins Leere, denn Karsch hatte sich nicht bemerkbar gemacht. Wie überrascht traf er in Karschs Blick, der voll und gegenwärtig

– Ach so: sagte Achim.

auf ihn gerichtet war. Wollte Herr Karsch diesen Vorschlag

einmal durch seinen Kopf gehen lassen? Karsch nannte ihn bedenkenswert. Denn Herr Fleisg hatte während seiner Erläuterungen mehrmals eine Hand mit ausgestreckten Fingern auf der Kante senkrecht zum Tisch gehalten, die andere stellte er in gleicher Haltung übereck zu ihr, er wechselte die Ecken und stellte den Plan seiner Einbildung dar als umbauten schon gefüllten Raum so wirklich, daß man davon reden konnte. Und war Herr Karsch wie bisher in seinem Hotel zu erreichen? – Ja: sagte Karsch. Da war er aber schon seit zwei Tagen umgezogen.

Warum war das gelogen?

Karsch wollte zwar bedenken wie er Achim begegnet war. Er wußte nur noch nicht ob ihm dazu etwas einfallen würde. Er hatte nichts für Herrn Fleisg und nichts gegen ihn; er glich auch nicht den tückischen Dicken, von denen ihm abgeraten war zu Hause. Ich habe dir schon gesagt daß die dürftige bleiche Kantigkeit seines Gesichts unter der verjährten Brille eifrig erfüllt war, wenn sein Gedanke ihn ergriff, man mußte ihn nur verstehen, Karsch hatte ihn nicht verstanden. Je mehr er also seine strahlende Schärfe vergaß, desto möglicher schien sein Anliegen, nach zwei Tagen hatte Karsch beschrieben wie er Achim begegnet war. Es war eigentlich der Text, den du jetzt als Antwort auf die Frage »wer ist denn Achim« gelesen hast; der erste Absatz ist neu, überhaupt war Karin da nicht erwähnt und der Geburtstag ausführlicher. Die umfängliche straffgeschnürte Vorsteherin des Schreibbüros atmete hoch und erstaunt, als sie die Handschrift durchlas. – Wollen Sie das vervielfältigen lassen? fragte sie: dazu brauchen Sie eine Genehmigung. Schwer seitlich auf die Schranke gestützt hob sie den Blick vom Papier erst am Ende der Frage, sie suchte in dem Gesicht des

Kunden mit einem Verständnis, für das er den Inhalt nicht hatte, ich bin nicht von hier.

– Und: sagte sie, fing langes Zögern an, dehnte das Schweigen mit einseitig erhobenen Stirnfalten an schrägerem Kopf. Karsch räusperte sich, denn anderes fiel ihm nicht ein. Er wollte es nur einmal in Maschinenschrift umgesetzt haben und darauf warten. Die Vorsteherin blickte nur noch einmal unter zweifelnden Brauen hervor, als er ihr die Adresse der städtisch regierenden Zeitung ansagte. Dann saß sie selbst würdig in ihrem Umfang und schlug aus fast unbeweglichen Unterarmen mit ihren kurzen fetten Fingern die Buchstaben aufs Papier, wies ihm den Schreibsatz zum Nachzählen und betrug sich insgemein, als habe er sie ermahnt zur Zurückhaltung. Steif und förmlich begleitete sie ihn zur Tür. Mit der Klinke in der Hand verbeugte sie sich und wurde Karsch erstem Eindruck von Gutmütigkeit wieder ähnlich. – Sie können bei mir auch eine Schreibmaschine mieten: sagte sie. – Dann brauchen Sie keine Genehmigung und nichts.

Auf dem Briefumschlag gab Karsch die Wohnung von Frau Liebenreuth an. Siehst du. Das hatte er vorher nicht wissen können. Er war kaum je vorher so unsicher gewesen in einem fremden Land: in diesem war ihm der Rückhalt seiner Lebensweise gänzlich abgegangen, wurde blaß, war fast nicht anzuwenden. Das hatte er hier aber tun sollen.

Was gab Karsch den Gedanken ein zu einem Buch über Achim?

Das fast vertraulich lärmende Gedränge unzählbarer Menschenmasse (aus einzelnen Gesichtern gepreßt) um den Hallenausgang, der wie ein Schacht in die Tribüne gestanzt war, Gestalten hingen wie überkochend an seinen Kanten; der Titel: Meister im Straßenfahren. Der hochatmende Ansturm junger Mädchen, die einander mit ihren Ellenbogen vordrückten zu Achim an ihn gepreßt mit Schenkeln und Busen und Haut, seine wachsame Kopfneigung inmitten all der hochgereckten duftenden Arme inmitten strahlend gläubigen Aufblicks; seufzend erfüllt wandten sie sich ab, wenn sie den dünnen scharfen Strich des großen A besaßen, verglichen ihn noch einmal mit Achims gefestigtem Gesicht, das von der Nervosität seiner langsamen Schriftbildung nichts zu erkennen gab. Achims gerühmte Tugenden: Höflichkeit, Bescheidenheit, Kameradschaft (die fast stets gesenkten Lider). Der offen verkrampfte Mund: die weit gesperrten Kiefer zu sehen auf einer Momentfotografie aus einem vorjährigen Rennen; seit zehn Jahren. Stell dir zehn Jahre vor. Auf jeden der hieß wie er fiel Glanz kostbaren Gefühls: zärtlicher wurde sein Name gebildet. Morgens in den Straßenbahnen und auf seinen Reisen zu den Orten von Achims Jugend fing Karsch die Bewegung, die die Zeitungen vorbereitete zum Lesen: geübter Griff schlug das Titelblatt mit Nachricht und Ansporn und Kommentar mit dritter und vierter Seite zusammen zwischen zwei Fingern oben und unten, zog das Papier straff zwischen den Daumenballen, fünfte Seite: Sport. Er war da und lebte öffentlich, die staatliche Hochschule für Körperkultur bezahlte ihn. Der Staat liebte ihn, er liebte den Staat: er hatte es selbst gesagt. Was sollte einmal daraus werden? Wie erklärt von den hohen schwarzen Buchstaben auf Weiß zuckten schreiende Personen am Rand der Bahn wie genährt aus der Schriftzeile: DER SPORT IST EIN MITTEL ZUR SOZIALISTISCHEN ERZIEHUNG. Der faserige Rand der Zeitung, ihre verstellte Sprache. Das muß doch herauszukriegen sein. Das verjährte Porträtfoto sagte: Eine Frau mußt du erst finden. Achims ausgelieferter Blick auf Karins harten haarigen Nacken bei jedem Abschied. Der unkenntliche Ton ihrer Stimme, der etwas bezeichnen sollte, was Karsch noch nicht verstand: Du sollst nicht über mich lachen sondern über ihn. Und was sollte einmal aus ihm werden? Sorgsam saß er gebückt über die Lehrbücher

für den Beruf eines Sportlehrers, wie ist der menschliche Rücken gebaut, in offener Freude kam er aus bestandener Prüfung. Die kleine reizbare Katze lag im Tierpark an den Stäben, zerriß und verschlang blutfrisches Fleisch, tappte nach dem Futterstock, folgte dem Wärter mit den Augen, gähnte gedankenlos. Schwer würde er werden und geachtet wegen der anstelligen Tücke seiner dressierten Brüder, die durch bespannte und brennende Reifen sprangen und ungefährliche Pfote vorführten auf mutigem Kopf des Dresseurs streichelnd hin und her und Zuschauer anzogen als Gefahr auf Ehrenwort, die man allerdings auch hätte einsperren können; warum sollte ein Tiger Achim heißen? Wir werden unser Bestes geben: beantwortete er streng und vertrauenswürdig lächelnd die erste Frage des Interviews. Dies und mehr gab Karsch den Gedanken ein, nach dem du fragst, und wurde bestärkt durch den unversehens kühlen Blick, mit dem Achim ihn prüfte nach dieser Ankündigung.
– Über mich? sagte Achim. – Von mir gibt es schon zwei Bücher. (Er meinte: über ihn, und: daß er sie möglich gemacht hatte.) – Soll deins etwa besser werden? sagte er.

Wie dachte Karsch aber anzufangen?

Das Buch, in dem ein Durchreisender namens Karsch beschreiben wollte wie Achim zum Ruhm kam und lebte mit dem Ruhm, sollte enden mit der Wahl Achims in das Parlament des Landes, das war die Zusammenarbeit von Sport und Macht der Gesellschaft in einer Person, so scheint sie dem Durchreisenden abgeschlossen; auf dies Ende zu sollte der Anfang laufen und sein Ziel schon wissen. Er dachte anzufangen wie du und wie ihr es gebilligt hättet; darüber wußte er nicht Bescheid, durch diese Frage dachte er oft. Wo fing das an?

Zunächst hielt er den städtischen Hauptbahnhof für ein Mittel glücklicher Erklärung; er dachte da an einen Morgen im Jahr von Achims Geburt und an eine zufällige Gruppe von Personen, die durch ihre Gespräche und Reiseziele und Zeitungslektüre und Kleidung den Zustand menschlichen Zusammenlebens vorstellten, von dem aus es gekommen ist zu dem heutigen, der Achims einunddreißigstes Lebensjahr machte und festhielt. Der Bahnhof saß so breit auf dem unbebauten Platz (in dessen Mitte früher eine dichte Kette von Hotels die Ankömmlinge begrüßt hatte) daß er seinen amtlichen Namen zur Seite drückte, damals wie heute trafen sich die Straßenbahnen fast sämtlicher Richtungen auf dem Bahnhof-Vorplatz und nicht auf dem der Republik oder dem des geschlagenen Generals, der vor dreißig Jahren dem deutschen Staat vorgestanden hatte. Auch faßten getrennte Fahrbahnen an seinen Kanten den städtischen Ziel- und Quellverkehr und schleusten ihn nach allen Seiten. So war der Bahnhof Treffpunkt für die Bewohner entgegengesetzter Stadtteile, er lag inmitten, und überhaupt günstiger für den Aufenthalt, da die Straßen der Innenstadt nur die Hälfte des Tages Mahlzeiten oder Waren oder Unterhaltung anboten. (Darum wollten Abend und Nacht Karsch mitunter noch benutzbarer vorkommen.) Das mächtige graue Gebäude zog östlich und westlich mit hohen Hallen auf den Platz und betrat die Straße, vor der zurückgesetzt verbindenden Front begaben sich die Anfahrten der Mietautos und Lieferwagen. Wie die Ziegelmauer außen verkleidet war mit heldenhaft zerklüftetem Sandgemisch (das heißt rustiziert), so waren innen die hohen Deckengewölbe aus klassischen Kassetten gebildet und von stämmigen Säulenpfosten unterstellt und zeigten nicht den Stahl, der sie eigentlich hielt. Nur ein kleiner Teil der unbenutzbaren Höhe war besetzt mit Verkaufsräumen für Blumen Lebensmittel Fahrkarten Reiseandenken Tabakwaren, in ihrer Größe auch hielt sich die lange Höhle des unteren Durchgangs zur Schwesterhalle; war einer die

flachen Stufen zu den Zügen hinaufgestiegen, sah er winzig im Raum geduckt die Holzbuden der Fahrkartenausgabe von oben und ihre staubigen Dächer. Von der Treppe aber trat man auf die geräumige quere Plattform, die auf Stahlbögen in Höhe des Himmels schwere Überglasung trug und überging in den vergitterten Zugang zu dreißig Bahnsteigen nicht auf einen Blick zu übersehen. Unterteilt in sechs Hallen kam das rauchgeschwärzte Dachgewölbe über den Gleisen an die Pfeiler der Querplattform gestützt, dicht unter ihnen hielten die Lokomotiven, überqualmten Kontrollhäuschen und Verkaufsbuden und Gepäckfahrstühle, und waren zu sehen aus den oberen Etagen der Restaurants Treppenhäuser Diensträume, die die hohe und sanfter rustizierte Fassade gegen die eigentliche Zughalle füllten. In diesen Gewölben aber oben und unten kreiselte und strömte tags unendlich und nachts noch dicker Gewimmel von Menschen, von denen weniger abfuhren oder ankamen oder Gäste begrüßten. Bis spät in die Nacht war hier Zeit hinzubringen in den Gaststätten beim Friseur in den Geschäften mit Verabredungen und Spazierengehen inmitten von Gesichtern und Gesten, die unablässig in andere übergingen und andere wurden, selbst das Erwartete kam überraschend und regte auf und bedeutete ferne Städte und die Nacht jenseits der Häuserversammlung und die kräftige Schnelligkeit der Maschinen und plötzlich kenntlich gemachtes (fremdes verwandtes eigenes) Gesicht: zusammengefaßte Bewegung des Lebens und mehr als zu sehen war.
Achim aber war nicht zu denken abseits der Stadt, die hier zusammentraf und sich verband mit der umgebenden Welt. Warum also sollte Karsch nicht sechs Personen ehemals hinstellen in einen hartluftigen Oktoberabend unter die leise zischenden Lampen vor hupende Gepäckkarren an klappernde Biergläser und inmitten vielfältigen Lärms und Geschreis sie auch reden lassen über die Ereignisse, die Achims Aufstieg zu einer der höchsten staatsbürgerlichen Ehren vorbereiteten: oder ermöglichten: oder zumindest zeitlich davor geschahen?

Der Zusammenbruch der nordamerikanischen Wirtschaft lief mit kurzen schweren Flutwellen in Europa und Deutschland aus und schwemmte viele Arbeitnehmer aus dem Verdienst, das ist ein Vergleich, sog die Preise des Lebens auf wachsende Wellenkämme, wusch jede Zuversicht auf den kommenden Tag aus dem Gefühl des Daseins und würde heil lassen und höflich umspülen nur die rustizierten Mauern, in denen das Geld saß in ungerechter Massigkeit und lebte und wuchs von der Kraft derer, die Gerät und Nahrung des Lebens dennoch herstellten in acht Stunden täglicher Arbeit? Die kommunistischen und sozialdemokratischen Parteien zogen durch die Straßen und versprachen unterschiedlich auf Fahnen und Plakaten die Besserung des Unheils, sofern die Herrschaft des Kapitals beendet werde mit vereinter Kraft aller Ausgebeuteten und ohne Verzug; der Verein der Nationalsozialisten hingegen schlug sich mit ihnen und versprach statt glückhaften Umsturzes einzeln erkennbare Besserungen und Bewahrung der Ordnung, sofern nur jüdisches Kapital in deutschstämmige Hände kam und das Volk sich besinne auf seine Abkunft mit vereinter Kraft aller Enttäuschten und gleichfalls ohne Verzug? Das Kapital jedoch bot diesen die Hand und zog sie nicht ab von ihnen, getäuscht und bestochen ließ die Regierung sie gewähren? Vermischt mit den aktuellen Sportberichten. In dieser Form abgekürzt sollte die Mitteilung des damaligen Jahres zusammenwachsen aus der Begegnung von sechs oder sieben Reisenden in einem Vorortszug und gesondert hervorgehen aus der Anzahl und Güte ihrer Koffer, aus ihrer Laune und ihrem Betragen, aus den Rufen der Männer mit den rollbaren Zeitungskarren, aus dem verhältnismäßigen Preis der Fahrkarten, aus dem Zustand der Gleise und Wände und Wagen: des Bahnhofs insgesamt in einem Eindruck gesehen, aus Bruchstücken von Gespräch unter Fremden. Aber schon hier war Karsch nicht wohl.

In der Folge überleitend waren anzugeben die Geschehnisse

des Zwischenraums: die Übernahme der staatlichen Macht durch den Verein, der für kleine Verbesserungen eingetreten war, Ausbreitung wirtschaftlichen Ebenmaßes und einigen Wohlstands durch Aufrüstung für den Krieg, nach der Beseitigung der inländischen Gegner Ansatz zur Vernichtung der ausländischen, nach fünf Jahren Krieg drang die verbündete Welt über den deutschen Staat und zerschlug ihn und teilte Land und Menschen und Vieh auf an die nunmehr entstandene östliche Hälfte der Welt und die westliche, von denen die eine eng zusammengebunden die kapitalistische Ordnung befestigte, während die andere eng zusammengebunden vom Umsturz dieser Ordnung lebte, die Grenze ihres Verhaltens war mitten durch die Reste des deutschen Reiches gelegt, ist das so, kann man das so sagen? Karsch war nicht sehr glücklich über diesen Zwischenraum und war nicht sicher wie er in einem Zugriff zu sagen war.
Fünfzehn Jahre nach dem verlorenen Krieg war Achim in Ostdeutschland berühmt für schnelles Fahren auf einer zweirädrigen Maschine, die angetrieben wurde durch die kreisende Tretbewegung seiner Beine mit Zahnrädern und Kette in die Drehung des Hinterrads übersetzt, zu eben der Zeit war er einstimmig gewählt worden in die Volksvertretung seines Landes als Vertreter des Volkes mit den folgenden Pflichten: das Volk zu kennen, und nicht zu verachten, sein Recht zu bewahren, und stets zu entscheiden über sein Geschick nach seinem Willen und zu seinen Gunsten. Beauftragt aber war er von der neu formierten Partei für Sozialismus und Kommunismus, die von der siegreichen sowjetischen Besatzungsmacht unterwiesen wurde im Zerschlagen der privatwirtschaftlichen Ordnung und im Errichten einer neuen, in der alles dem Volk gehören, in seinem Namen von ordentlich gewählter Regierung verwaltet werden und ihm allein zugute kommen sollte. Karsch war gewiß dies alles voransetzen zu müssen, sonst ließ sich nichts erklären als was einzeln zu sehen war und nicht freiwillig zusammenschoß zu

umfassendem Bild; nur zweifelte er ob das Leben unter den handelsüblichen Namen wohnte.
Immer noch zufrieden allerdings stimmte ihn weitläufige Bezogenheit und Stauraum des städtischen Hauptbahnhofs. Die gegenwärtige Folge der Züge an den dreißig Bahnsteigen war (verglichen) spärlich locker, denn das Land unterhielt wenig Verkehr mit den westlichen Gebieten; auch war die Reisegeschwindigkeit lahmer als vor dreißig Jahren, so daß die Ankunft der ausrollenden Maschinen weniger stolze Freude und Gewalt in die Hallen brachte. Die Hallen hatten acht Jahre lang inzwischen nackt unter den Stufen des Dachgerüstes gelegen, dann wurden die waagerechten mit Holz und die senkrechten mit Drahtglas abgedeckt, der Regen wartete nicht mehr mit den Reisenden auf die Züge, aber die Halle war dunkler als sie gewesen war. Den Querbahnsteig hatten Bomben im letzten Kriegsjahr bis in die untersten Stockwerke der Lagerräume aufgerissen, noch vor der Kapitulation wurden Zementplatten verlegt und unter ihnen Böden neu eingezogen, bis vor wenigen Monaten aber hatten die Lampen auch den dunklen Himmel beleuchtet, wir standen und redeten in der freien Luft, der Wind schlug von oben herein, das unverstellte Licht erinnerte uns daß vor dem Bahnhof der Abend stand oder der frühe Nachmittag: erzählte Karin, das hat er von ihr. Jetzt standen auch die Pfeiler zwischen den Längshallen und der queren erneut, einzeln und unverbunden ragten sie entlang der einen Hälfte, während hinter Absperrwänden auf der anderen ein überhoher Kran auf breiter Schienenspur schreitend den fertig montierten neuen Dachstuhl auf Pfeiler und Fassadenkante senkte; manche Fenster standen noch hohl und ausgefranst offen gegen den Himmel, aber über den unverdrossen leuchtenden Neonröhren krochen Maurer in ihren weißen Kitteln auf Gerüsten und bauten die Front wieder hoch bis zur Kante des künftigen Dachs. Das Menschengedränge heutzutage war eher dichter, denn abwechselnd waren die beiden großen

Unterhallen zugestellt für Leitern und Balkenetagen, von denen aus die Kassetten und Säulen abgescheuert und ausgebessert wurden; unter Gerüstleitern und zwischen gewundenen Bretterwänden rieben sich die Fäden entgegengesetzter Gehstörme an einander, vor den verbliebenen Verkaufsständen wuchsen die Schlangen mit jedem Glied krümmer, der Verkehr mit den Bahnsteigen wurde durch enge Tunnels gepreßt und quoll dicker auf in der Enge des offenen Raums. Gepäckkarren umgingen die blockierten Fahrstühle über den dichtbestandenen Gehweg Schritt für Schritt als gingen auch sie, Frauen in blauen Kitteln holten mit meterbreiten Besen Staub und Abfall zwischen den Beinen geruhiger Passanten hervor, aus den nicht mehr sichtbaren Lautsprechern dröhnten die Ansagen, zwei Betrunkene schlugen sich und waren zehn Meter weiter nur zu vermuten als Kern kreisenden Gedränges, um die freien Bahnsteigöffnungen standen Halsreckende beim Warten zu Bögen gepreßt, die Verkäuferinnen arbeiteten zu dritt an ihren kleinen Fensterläden und bewegten sich schnell und schweigend, die Restaurants waren voll besetzt, das Nonstopkino wurde von dichten Gruppen bedrängt, vor den nur zur Hälfte geöffneten Fahrkartenschaltern setzten Molen an aus Menschen Gepäckstücken ohne abzureißen quer zum Strom der Fortgehenden oder Ankommenden, der jeden an der kunststeinernen Tafel neben den Schwingtüren vorbeischwemmte und ihn wissen ließ daß die Westhalle an einem Mittag im Juli von amerikanischen Terrorbombern in Schutt gelegt worden und wieder aufgebaut sei mit Hilfe der siegreichen Sowjetunion, die damals offenbar noch nicht genug Terrorflugzeuge hatte bauen oder kaufen können für den Einsatz über Deutschland, sonst stände es anders zu lesen. Übrigens mag das ein Tag gewesen sein wie die, an denen Karsch hier umherging und nach den sechs oder sieben zufälligen Leuten suchte, die nun Achims Gegenwart bedeuteten und erläutern konnten.

Nun ist es unzweifelhaft mißlich daß einer bloß wahrscheinliche Leute hinstellt wo sie nicht gestanden haben, und sie reden läßt was sie nicht sagen würden: dies war das nächste Hindernis; weder aus ihren Mienen noch aus ihren Reisezielen erhöbe sich kenntlich die veränderte Lage, aus der ein Sportler und Sohn bescheiden lebender Leute aufwuchs zu einem Sinnbild (wie Herr Fleisg es nannte) und zum Vertreter des Volkes gegenüber der regierenden Partei des Volkes (was schon im Augenblick der Benennung verschwimmt). So wie die Reisegefährten damals nicht im Gespräch sich darauf einigten daß das jüdische Volk oder die kapitalistische Organisation der Wirtschaft an allem schuld sei: wie weder der Tod im Gefängnis noch der im Angriff noch der in einem einstürzenden Haus sie zu einer dermaßen eindeutigen fast wissenschaftlichen Auffassung hatten nötigen können, eben, so würden heute sieben Unversehrte oder Davongekommene oder Jüngere nicht im Getümmel des Hauptbahnhofs ihr Dasein erklären wollten mit Behauptungen, die schon vor dreißig Jahren herumstanden wie nicht bestellt und abgeholt. Sinnfällig wohl aber nicht die benötigte Auskunft wären die Schlagzeilen der Zeitungen, die sie lasen; sie konnten aus ungreifbarem Anlaß heiter sein oder mürrisch; schönste Koffer aus Leder sind mitunter bloß vererbt. Schließlich widerstrebte es Karsch: dir in halben Worten eines erfundenen Gesprächs und Andeutungen von der Beschaffenheit des Bahnsteigpflasters eine Meinung über die Vorgeschichte der deutschen Verschiedenheiten (und besonders dieser einen) tückisch und heimlich beizubringen, da du sie lieber nehmen solltest aus dem was da ist, was ist da? und wie kam es dazu? das wollte er darstellen auf die angesagte Art, es fügte sich aber nicht. Zu aller Letzt bot dies Verfahren wohl nicht den spannenden Anreiz, wie man ihn vom Lebensbilde eines deutschen Sportlers verlangen darf; zudem entfernte die neuere deutsche Geschichte die Aufmerksamkeit von Achims Person in fast unleidlichem Maß, wenn sie auch über ihn entschieden hatte, bevor er die Welt überhaupt sah.

Karsch entschied daß er solche Anmerkungen über den weiteren Gang des zu schreibenden Buches verteilen müsse. Er unternahm den Anfang noch einige Male von wechselnden Ansichten und Umständen, immer enttäuschter am Ende ließ er das sein. Leid tat es ihm nur um den Hauptbahnhof: die prall quirlende Versammlung von Achims Stadt und Achim in sie wie anwesend hineingezogen.

Und die vier Seiten für Herrn Fleisg? Die am Anfang, gleich weiß jeder

Denkst du auch an den alten reichen Mann in der Wärme und Stille seines Hauses, das gebaut ist ganz für ihn allein, als Junge mußte er an einer zugigen Ecke Schnürsenkel verkaufen, nun hat er es doch zu etwas gebracht? Vom Vergleich mit dieser Art Überraschung kam Karsch nicht los, als er es so versuchte (denn natürlich versuchte er es); und hatte Achim es wirklich gebracht zu allem was der Mensch sich wünscht? Seine gesamten irdischen Güter wollte Karsch lieber einzeln zusammensetzen, da der ahnungslose Blick des ersten Abends sie nicht erfaßte: denn was Karsch mit dem guten Willen dieser Meinung aus Achim fragen wollte, das fiel wieder und abermals ab wie ins Leere, war gar nicht vorhanden. Es ging ihm auf, als er Achim einmal allein sah inmitten seiner vorzüglichen sehr begehrten Wohnung, leise pfeifend mit den Händen eingestemmt besah er seine Möbel und das breite sonnige Fenster und ging auf nichts zu, tat wie ein Fremder; er hatte sich gar eingerichtet auf das, was Karsch zunächst in ihm sehen wollte. Das ist nicht mehr als ein ungefährer Eindruck. Die Notwendigkeit des Buches aber wollte ich dir nicht an den Kopf schmeißen als Geschrei der Fünftausend, dazu mußt du nicht auch noch über die Barriere springen die schräge Rennbahn hinab und Achim auf die Schultern heben, vier trugen ihn schon, vier reichten für ihn, auch mußte die Bahn wieder geräumt werden für den näch-

sten Lauf. Allerdings als Äußerung eines Durchreisenden hätten ihm die vier Seiten gefallen in der Zeitung. In die kamen sie nicht.
Sie gefielen Herrn Fleisg noch nicht so gut wie sie für seine Seite hätten sein sollen: sagte er bedauernd und vornübergebeugt, kastig und ungenau blätterte er immer von neuem durch die gehefteten Seiten. Er hatte Karsch in sein zweites Büro gebeten. Das war die Dachkammer einer Villa am westlichen Stadtrand. Das flach gerundete Fenster ging zwischen einzelnen Hausgiebeln und langen kahlen Pappeln auf einen schattigen Tennisplatz. Die Straßen waren ganz still. Das Haus hatte etwa hundert Jahre lang der Familie eines Arztes gehört, der vor kurzem heimlich über die Grenze gegangen war; nun hatte der staatliche Verlag für junge Literatur es übernommen. Herr Fleisg war Berater des Unternehmens. Aus dem Erdgeschoß drang Geräusch von Schreibmaschinen über die breite Treppe aufwärts in das ehemalige Dienstbotenzimmer, in der Diele war erregtes scherzhaftes Gespräch. Herr Fleisg horchte besorgt in sich, nickte schweigend zu seinen Gedanken, blickte kahl und begeistert auf. Mit schweren Atempausen zögernd begann er zu erklären: Er habe es sich nicht leicht gemacht. Unaufhörlich dachte er seinem Sprechen voran, ein schwierig abgewarteter Satz wurde unterbrochen von überstürzendem (eben gesichteten) Zwischenruf: Er dürfe es doch seinen Freunden zeigen. Karsch gab Einverständnis zu erkennen. Herr Fleisg hatte bereits mit dem Meister seiner Setzerei darüber gesprochen, beim Vorlesen sei eine kleine Versammlung entstanden, die Lehrlinge sogar seien herangekommen und hätten den Text zum Nachlesen erbeten. Nach lebhaftem Gespräch habe der Meister geäußert: so müßte ein Buch über Achim geschrieben sein!
– Ach: sagte Karsch. Er wollte nur Herrn Fleisgs aufhorchende Pause abkürzen, indem er auch etwas tat. Er gähnte. Warum erzählt er das mir.

Aber es gibt doch schon zwei Bücher über Achim!

– Über den Sportler: sagte Herr Fleisg und hob die Hand als Haltezeichen aufgerichtet. Sehr schmal kam das Handgelenk mit überschwerer Armbanduhr aus stramm geknöpfter Manschette. Herr Fleisg trug bunte Hemden und stülpte den Kragen über den Rock. Die Finger knickten ein als würfen sie das Folgende weg: mit der Beschreibung sämtlicher Radrennen nach dem Krieg und mit Anekdoten aus Achims Kindheit und dem Rennfahrerleben (nun ja! sagte er: die Bücher erfüllen ihren Zweck!) sei nicht die ganze Person gegeben. Die ganze Person aber sei der Einmarsch der sowjetischen Armee und der Aufbau einer neuen Wirtschaft und die neue Zufriedenheit des Lebens und die fahnenschwenkenden Zuschauer am Rande der Rennstrecken alles in allem! Wie also der Meister sich wünsche (Sie werden ihn ja kennenlernen) daß Achim einmal so gründlich von außen und ohne voreilige Gefühle erzählt werde wie da, kurz, gut, er denke da an ein rundes: ein ganzes Buch.
– Ach: sagte Karsch. Der Meister hatte das Letzte vorgeschlagen.
– Sie müssen bedenken: fuhr Herr Fleisg fort. Karsch kann ihn sich gar nicht anders als sitzend vorstellen, da er in großen Räumen wie etwa bei dieser Versammlung im Setzersaal auf zu kleinem Raum bleiben mußte mit seinen heftigen Bewegungen und seiner eindringlichen aber nicht lauten Stimme. Hier unter dem nahen Dach an großer Tischfläche vor der Wand schien sein Zurücklehnen Lächeln Vorbeugen Handausstrecken in vernünftigem Verhältnis zu passender Umgebung, – Es sind darin: sagte er, zögerte, suchte nach Bezeichnung, sie überfiel ihn: Züge gibt es da, wissen Sie! es sieht so aus? als ob die begeisterten Menschen ja hysterisch wären, müßte da der Schreiber nicht mehr Anteil nehmen...? All diese kleinen Verbesserungen sollte man aber besser auf den großen Zusammenhang verwenden. Ach so. – Wo finden

Sie je wieder eine solche Gelegenheit: fragte Herr Fleisg und streckte eine Hand so lässig, als müsse man diese Frage mit Anstrengung nicht mehr unterstützen.
– Ich bin Journalist: sagte Karsch.
Dann wollte er mit ihm ein Bier trinken gehen. Herr Fleisg hatte nicht Zeit ein Bier mit ihm zu trinken, die Mappen lagen hoch vor ihm gestapelt, Karschs Begegnung legte er in einer neuen obenauf. Er raffte noch einen Arm voll mit Veröffentlichungen des Hauses, die gab er Karsch mit, das lesen Sie mal. Karsch warf den Packen in den offenen Wagen und ließ alle Romane da liegen, als er ausstieg zu einem Bier vor der neuen äußeren Stadt. Er nahm einen Platz am Straßenfenster und sah zu ob jemand eines von den Büchern stehlen würde. Karsch hätte sich schon eins genommen. Da dachten die Passanten anders.
Am nächsten Tag kam Karin zurück. Karsch dachte an Herrn Fleisg lange nur wie an eine unbekannte auffällige Gebärde in großer Ferne, der der Wind die Worte unverständlich vom Munde reißt. Und über Anfänge hatten sie nicht gesprochen.

Es sollte anders sein und ausgefallener als die Hebamme, die mit schreiendem unähnlichem Fleisch in der Tür auftritt und Namen gibt, nicht wahr?

Es war eine Aufgabe der Unterscheidung: Karsch suchte nach den Unterschieden, noch war nichts zu vergleichen. Auch Achim war nicht gebraucht worden. Seine gegenwärtige Arbeit begann nicht mit der Hebamme und nicht in den Schreisälen des städtischen Krankenhauses, (denn er war geboren in dieser Groß-Stadt, in der er jetzt weiterwuchs), da hatten sie noch nicht auf ihn gewartet, es wäre zur Not auch ohne ihn gegangen. Überhaupt fiel Karsch der Plan durcheinander, nun war er schon froh über einzelne Neuigkeiten. Wie wuchs Achim auf?

Er pflegte Karin vor der Abendvorstellung anzurufen in der Wohnung. Meistens war sie eben mit Karsch aus der Stadt gekommen und lief sich umziehend hin und her, sie war aber stets gleich nahe zum Telefon und hatte den Ruf in ersten Klingeln schon angenommen. Sie sprang im Bademantel auf den Teppich, schob das überstürzende Haar vom Gesicht und sagte in den abgerissenen Hörarm: Ja, oder: Nein, sie nannte Daten und Zeiten und verschob sie nach Achims unhörbaren Antworten um kleine Bruchstücke, das Gespräch wirkte chiffriert. Das war zu einer Zeit des Trainings, da Achim abends nicht mehr in die Stadt kommen konnte, Regelmäßigkeit und Enthaltsamkeit im Tageslauf des Sportlers sind Garantie seiner Erfolge, nach Abschluß der Übungen lief er ins Büro der Fahrbereitschaft (das Trainingslager wurde in diesem Jahr von einer Einheit waffentragender Polizei betreut), noch im durchgeschwitzten Trikot und überspritzt saß er am Klappenschrank so dicht neben dem Telefonisten als redete er mit ihm, zwängte was er sagen wollte in die Angabe einer Uhrzeit und war mit ihr so verständigt, daß sie einen schnellen sehr sprachgängigen Zwischenruf beantworten konnte mit dem auch ganz üblichen Eschao, – Eschao! wucherte in weitläufigem Schweigen zu genau umrissener Wirklichkeit von Spott und Erinnerung und Räkelei, so daß der Zuschauer das Gespräch am Ende deutlicher verstehen konnte als der Zuhörer, dem es inhaltsarm vorkam. Wenn sie Karsch blickweise zuwinkte, hatte Achim eben nach ihm gefragt, und was Achim danach noch wissen wollte, beantwortete sie mit einem mitleidigen fast zärtlichen Lächeln, das ließ sich hören als bestätigendes Knurren hin und her gedehnt in ihrem Hals, so daß Karsch allemal begriff daß sie seine Beschäftigung meinten und nicht ahnte wie. Sie verabschiedeten sich für den kommenden Tag ohne zu zögern. Karin hielt die Hand über der Gabel bereit um die Verbindung durchzuschlagen, sobald sie den Schallarm nicht mehr am Ohr haben würde. Dann hatten sie gemeinsam noch diesen Augenblick

und vielleicht den hellen nassen Abendhimmel, unter dem sie sich kämmte und Achim zwischen den Baracken zurückging zur Unterkunft im jungen Gras: jetzt war er langsam genug es zu bemerken.
Einmal aber streckte Karsch die Hand aus. – Karsch: sagte er, als sie fertig war, und dann die tagsüber vorbereitete Frage: Sie sind doch im Jahr neunzehnhundertvierzig, da waren Sie zehn Jahre alt . . .
Nicht ärgerlich aber verdrossen kam Achims Stimme durch die Leitung: Lesen Sie doch meine Bücher. Da finden Sie mehr als wahr ist. Karsch sagte ebenso unverzüglich: Ist gut, und legte auf.
Gleich rief das Läutwerk von neuem. Karsch griff unwillkürlich zu, obwohl Karin sich jetzt verschwiegen hätte. Achims Stimme klang besorgt. – Ich bin müde: sagte er. – So kurz war es nicht gemeint. Karsch erklärte sich einverstanden, aber Achim hatte den Eindruck von Verstimmung behalten, bis sie einander wiedersahen nach einer Woche. (Er hatte die Bücher über seine Laufbahn gemeint. Er wußte daß Karsch sie gelesen hatte.)
Als Karin vor dem Theater ausstieg, wandte sie sich noch einmal zurück, legte sich halb neben Karsch an die Lehne und fragte: Daß die Familie eine Zeit lang wo anders war, da war er fünf bis elf Jahr, das weißt du? Das wußte Karsch. Abwesenden Blicks überdachte sie etwas, richtete sich langsam auf, stieg auf den Bürgersteig. Sie verabredeten sich für die Zeit nach der Vorstellung.

Wo: anders?

Das war eine kleine Stadt am Rande von Thüringen. Die hatte Karsch angesehen, bis dahin durfte er eben noch fahren. Mittelpunkt war überragend ein Schloß aus grauem Sandstein, um seine Nordseite bogen in halben Kreisen die

Geschäftsstraßen der Innenstadt und waren ausgerichtet auf die breite Ausfahrt, die am Rande des sanften Abhangs in Parkanlagen verlief. Schmale Gassen lenkten immer wieder den Blick quer aufwärts zum herrschaftlichen Rundturm über allem. Das Rathaus lag außerhalb der Straßenordnung, nur durch Abstand gesondert aber nicht großmächtig blickte der würfelige gedrungene Bau aus kleingeteilten Fenstern auf die altbürgerlichen Wohnhäuser, die schmal aufgeschossen um den offenen Raum hockten unter ihren steilen blauen Schieferdächern. Sie trugen Fensterreihen bis an den First. Der Platz lag fast immer leer bis auf den Streifen erneuerter Fahrbahn vor der Rathaustreppe, den die Autos der Verwaltung benutzten. Die Fahrer lehnten zusammen am zierlichen Geländer des Aufgangs und färbten das dünne Sonnenlicht mit Rauch. Sie sahen Karsch beim Fotografieren zu und schwiegen gelassen; dann riefen sie ihm zu daß es nicht gestattet war. Karsch fragte warum, denn er hätte sich gern mit ihnen unterhalten. Aber die Fahrer mochten sich nicht unterhalten. Das grobe Pflaster senkte sich in schrägen Wellen zum Rathaus abwärts, das abendliche Licht ließ große lebendige Schatten offen, so daß es aussah wie das Rückenfell eines schlafenden Tieres. Zum Ratskeller mußte man eine steile Treppe hinunter, und auch die Schwellen der Häuser auf der hohen Seite lagen tief unter der Ebene des Gehsteigs. Alles war hier kaum jünger als das kleinäugige runde Schloß, aus dessen Wänden Wasser und Salpeter nach außen schlugen in breiten faserigen Streifen. An der Südseite des Schlosses kippte die Straße jäh ab vor der Mauer und schickte den Blick in weite Ebene über einen Gürtel eng eingegitterter Schrebergärten. Weiter draußen umstanden Laubwaldgruppen den kleinen Fluß, der zwischen flachen Wiesenufern aus dem Süden anzog. Auf der anderen Seite der Stadt jenseits der Parkwiesen waren die Siedlungen aufgestellt für die Industrie, mit der die Stadt vor dem Krieg ausgewachsen war. Vierzigtausend Einwohner. Hier: im unteren Trakt eines einstöckigen Reihenhauses hatte Achim fünf Jahre lang gelebt, solange sein Vater für die Aufrüstung dienstverpflichtet blieb; da wuchs er von fünf zu elf Jahren alt. Die vorhandenen Bücher über Achims Laufbahn erwähnten von dieser Zeit mittelmäßige Zensuren und gutes Betragen beim Schulbesuch, die Abgelegenheit der Stadt von den Bombardements, die Stapel einer Vulkanisieranstalt gegenüber (in denen Achim umhergeklettert war: Kinderspiele), einmal war er zu hoch in einen jungen Baum gestiegen und stürzte mit der Krone ab (Kinderstreiche), und im übrigen sei dies eben für die Familie: wie für alle Menschen guten Willens: eine harte Zeit gewesen.

Er hätte ja auch jemand fragen können

Seinen Vater wollte Achim heraushalten. Der wußte nicht mehr als in den Büchern zu lesen war: sagte Achim. Karin kannte ihn erst seit zwei Jahren. Die mochte Karsch nicht fragen.
Am Abend ihrer Rückkehr aus dem Schnee hatten sie mitten in Karschs Erzählung aufstehen müssen. Von Frau Liebenreuth führte zur Straßenbahn ein abgekürzter Weg durch junge Baumpflanzungen und Bauplätze und Straßenreste. Leicht und zärtlich schlug Frühjahrsregen ihnen von vorn in die Augen, dickte unter ihren Füßen den Sand, von dem mittags noch Staubfahnen aufgestanden waren. Über den Dächern hing der nächtliche Himmel groß und ohne Farbe. Karin ging unter Achims Arm; eigentümlich faßte sein Griff nicht ihre Schultern sondern den langen aufgereckten Hals. Sie atmete tief in der schnellen nassen Luft.
– Das laß sein: hatte sie plötzlich gesagt. Achim ließ sie los und allein vorangehen auf den Bohlen, die neben den Bauzäunen ausgelegt waren, jetzt hielt er sich halb vor Karsch. Er setzte die Füße genau auf dem Hacken auf und rollte sich

über Ballen und Zehen ab, seine Arme schlenkerten. Er schwieg unkenntlich wie oft, wenn er mit ihnen zusammen war, die frühere Bekanntschaft ging ihn nichts an. Er schien ganz aufgesogen von der Beobachtung seines Körpers: wie er sich kräftig und mit der vernünftigsten Anstrengung voranbrachte; er übte sich unablässig. Als sie wieder auf der Straße waren, verabschiedete Achim sich mit Schulterschlag und Abwenden von Karsch. Karin sah ihnen zu und wandte in Karschs Blick leise verneinend den Kopf. Das sollte er sein lassen.

Später fragte sie noch einmal nach Herrn Fleisg. Karsch hatte ihn nicht mehr gesehen. – Du bist wohl zu deinem Vergnügen hier? sagte sie. Aber sie fing an für ihn das Schreibpapier zu stehlen, das er in der Stadt nicht zu kaufen bekam.

Wenn er in der ersten Zeit seines Besuches auf sie wartete, mußte er überlegen an welchem Stück Kleidung oder in welcher Farbe er sie erkennen würde. Inzwischen nahm er sie wieder wahr, bevor er sie sah, als füllte sie eine freigelassene und nur vorläufig abgedeckte Stelle seiner Aufmerksamkeit aus mit der längst erwarteten Wirklichkeit von Schritt und Echo und langgliedriger Bewegung; ich meine: er erkannte sie an dem Nachblick, dessen Welle sie auf dem Wege vom Windfang bis an die Theke aufriß. Karsch hatte diesen Ort vorgeschlagen, weil er einmal durch die Tür die hohen Hocker vor dem Tresen gesehen hatte, die mochte er zu Hause, hier waren sie selten. Im Vorderraum der Gaststätte war der Ausschank für die Stammgäste und Laufkundschaft, die riefen dem Wirt zu was er ihnen brachte; im angrenzenden Saal, dessen Türen aufgeschoben waren, sah man die Tanzenden unter farbigem Papierlaternenlicht umschlungen, während an den umrandenden Tischen einzelne Paare und Gruppen beim Trinken festsaßen und Kellner liefen. Mitunter schwang Massengesang zur Musik durch die offene Tür nach vorn, in den Pausen war der Laut schwerer Schritte und des Stimmengewirrs verstärkt. Zu dieser späten Zeit war das Gedränge schon lichter, aber immer noch in Abständen von halber Stunde kamen zwei Ordnungspolizisten in blauen Unformen Seite an Seite herein, nickten dem Wirt zu und traten in die Tür des Tanzsaals, ohne Bewegung und Gespräch verharrten sie einige Minuten sichtbar. Gleichzeitig umkehrend hoben sie jeder einen Finger an die Mütze, der Wirt hielt ihnen eine Flasche schräg entgegen, sie schüttelten die Köpfe nicht unfreundlich und schoben einander zwischen den jungen Männern hindurch, die rauchend in lockerer Unterhaltung den Windfang umstanden. Karsch saß in der Ecke, die die Theke mit dem großen Schaufenster machte, das Licht der kleinen Tischlämpchen stieg vermischt mit dem der windbedrängten Straßenlaternen und dem grauen Strahlen der Nacht auf sein Notizbuch. Beim Warten schrieb er auf was er behalten hatte von der Reise in Achims frühere Stadt. Karin stieg auf den Hocker neben ihn und legte ihre rechte Hand Kante an Kante mit seiner linken.

– Das Bäumeklettern im Frühjahr begreifst du doch: sagte sie, während sie noch im Klammergriff um den Thekenrand hing und sich zurechtsetzte auf dem dürren Sattel des Holzgestänges: als käme sie eben aus Achims Kindheit. Sie meinte die gegenwärtige Zeit nach den schweren Regen, wenn die Luft unversehens lebendigen Geruch trägt. Als Achim aus dem Haus kam, war es das dicke süße Junggras, das ihn und die ganze Spielgemeinschaft der Straße in den Wald zog. Wo auch an den Laubbäumen zu spüren war wie alles wuchs. Sie gruben auch zu keiner anderen Zeit so gern Verstecke in die nasse schwarze Erde, spielten im dichten Gebüsch Räuber und Prinzessin oder Bankeinbrecher und Detektiv (da durfte die Tüchtigkeit entscheiden), kletterten empor in das duftende Laub und vergaßen sich stundenlang im wilden umwindeten Schwingen der Baumkronen. – Möchtest du das in gefällig schwingenden Sätzen haben: als heiter gestimmtes Bild einer Kindheit! sagte Karsch geärgert: als hätten sie da nicht Heil-

kräuter suchen müssen für die Kraft des deutschen Volkes: die Blüten von Linde und weißer Taubnessel, Schafgarbe und Huflattich, über die sie bei Strafe und Verwarnung ausreichende Quittungen vorweisen mußten am Lehrerpult!
Den Kopf schräg an aufgestützten Arm gelegt nickte sie. Ihr Gesicht war abwesend wie im Schlaf. – Ja: sagte sie. – Und dann hätte ich gern dazu das Mädchen, das in dem Einfamilienhaus an der Ecke wohnte. Von der Stadt zur Siedlung geht doch eine Landstraße, an der war wenig gebaut, und am Ende vor der Tankstelle stand ein Haus mit einer breiten Treppe, darauf saßen sie immer (er hat ja alle die Namen vergessen. Einer hieß wohl Eckehard) und warteten auf das Mädchen, das nicht dazugehörte. Meistens kam es oben an das Fenster zwischen den Gardinen und schüttelte den Kopf, wenn sie pfiffen und riefen; manchmal saß es aber bei ihnen auf der obersten Stufe dicht an der Haustür und hörte zu wie sie ihre Messer verglichen oder die Lehrer nachahmten, sie prügelten sich auch zur Kraftprobe vor ihr, aber sie hielt die Lider gesenkt und die Hände um die Knie. Ihr Blick war so als wär sie über was ohne Ende erschrocken: sagt er, das weiß er noch. Neben der Tür war ein heller rechteckiger Fleck im Verputz mit tiefen Löchern in den Ecken, als sei da ein schweres Emailleschild abgerissen worden. Ihr Vater war ein dicker schüchterner Mann, der sich den ganzen Tag lang in der Stadt um die Straßenecken drückte, sie sahen ihn auch auf dem Bahnhof alle Züge abwarten, höflich fast geduckt stand er hinter der Bahnsteigsperre, aber es kam wohl nie jemand an für ihn. Er sprach nicht mit den Jungen, die um sein Mädchen auf der Treppe saßen, lächelte lahm, sagte nur zu ihr etwas Unverständliches leise und streckte im Türöffnen die Hand aus, so daß sie ihm folgte ohne sich umzuwenden. Dann konnten sie nicht weggehen, blieben noch eine Zeit lang sitzen wie festgehalten und trennten sich endlich einzeln: als hätten sie die Lust zu gemeinsamen Unternehmungen nun verloren. Es kam ihnen nie in den Sinn

sie zu vergleichen mit den Mädchen aus der Siedlung, mit denen man Fußball und Dritten Abschlagen spielen konnte auf den Schotterstraßen, sie wußte nicht was das war. Sie war von ihnen ähnlich weit entfernt wie die Erwachsenen, die sonntags in festlichem uniformiertem Marsch hinter der Soldatenkapelle die Straßen der Stadt ausmaßen: dafür mußte man älter werden. Achim erinnert sich an ein einziges Mal: da kam sie mit ihm in den Stadtwald und ließ sich sein Hauptversteck zeigen, das war unter einem tief ausgestochenen Grasboden, der immer wieder anwuchs, eine mit Brettchen ausgestellte Höhlung im wäßrigen Grund und enthielt eine bunt gemaserte Glaskugel, ein Bündel biegsamer Litze, einen vierzölligen Nagel; sie kniete beflissen und ungeübt neben ihm nieder und ließ es sich zeigen, aber er konnte ihr nicht erklären wozu das war und warum nötig. Ja, ganz gewiß: sie würde es niemals weitersagen. Sie hatten sich da getroffen, aber als sie wieder auf die Straße kamen, lief sie weg. Im Laufen zurückgewandt rief sie etwas, es war nicht zu verstehen. Einmal auch konnte er sie überreden mitzukommen auf den sonntäglichen Spaziergang mit seinen Eltern, da gibt es eine Fotografie, daher kenne ich sie nur. Auf einer Parkwiese. Achim steht etwas entfernt von seinen Eltern und hält sie an den Schultern vor sich, er lacht mit allen Zähnen, sie blickt ernsthaft in die Kamera und ist bemüht seine Hände zu halten wo sie sind. Da hat er das Beschützen gelernt. Daher hat er das Wort »schmal« für manche Mädchen und einen unverwechselbaren Blick, wenn er jetzt eine sieht mit solchen harten dünnen Gliedern, ihr Gesicht ist fremd und ausgeliefert, sie hatte auch schwere dunkle Zöpfe und war eben gut an den Armen zu halten und zu beschützen. Er begreift es nicht: er hat ihren Namen aber vergessen.

Aufblickend geriet sie an die unbewegte Aufmerksamkeit des Wirts, der sich seit einiger Zeit Gläser reibend vor ihnen gehalten hatte. Sie richtete sich auf, griff ihm das Glas aus

der Hand und stellte es vor sich. Während der Wirt gebückt ihr eingoß was Karsch hatte, sagte sie: Ich bin ihr ähnlich, im Aussehen bin ich ihr damals ähnlich gewesen.
(Als sie Achim kennengelernt hatte.)
Sie hob ihr Glas und schwenkte das bräunliche Getränk, dem sah sie zu. – Dann war sie verschwunden. Dann hat keiner sie beschützt. Er kam von der Schule und sah einen Möbelwagen vor der Treppe, neue Mieter trugen ihre Sachen in das Haus, eine Frau mit einem Vogelbauer, eine Standuhr in der Tür gekippt schwenkte in den Flur. Viel haben die wohl nicht hineintragen müssen. Neben dem Haus ein Haufen Gerümpel aus zerbrochenen Möbelteilen und Bilderscherben und Buchfetzen, das weiß er noch: und seine Mutter hatte die Leute nicht gekannt. Sie waren ja noch nicht lange dort. Besonders das Kopfschütteln seiner Mutter machte sie so unauffindbar verschwunden als hätte es sie nie gegeben, und es gab sie auch nicht mehr.
Sie setzte das Glas ungetrunken ab und stellte es vor Karsch, im gleichen Zugriff drückte sie zwei Finger in Karschs geschlossenes Notizbuch und legte es offen. Im Ansatz zum Weitersprechen wurde sie aber angehalten von einem jungen Mann aus dem Gedränge am Windfang, der endlich seinen vorbereitenden Blicken nachkommen wollte. Er war ganz lang und mager und wußte daß er so auffiel, sehr plötzlich zwinkerten die Augen in seinem länglich abgerundeten Kopf Karsch zu. Während er Karin in den Tanzsaal zog, rieb er auf eine ungeduldig erfreute Art immer wieder über das kurze Haargefilz, das ihn von Stirn bis Hinterkopf überpelzte; Karin wandte sich in der Tür und zeigte ihr vergnügt um die Nase verkniffenes Gesicht, sehr hoch winkte die Hand ihres Begleiters. Als dann ihre Jacke in die Schankstube flog und der Wirt sie geschäftsmäßig auf beiden Händen über Wasserbecken und Thekenkante in Karschs Ecke reichte, stand er auch auf und stellte sich in die Tür zwischen die beiden Polizisten, die zu einer neuen Besichtigung einge-

troffen waren. Von hier aus war auch die Kapelle an der Stirnwand des Saals zu bemerken. Sie spielte jetzt zäh und auf sichtbare Zuckungen bedacht ein Stück von den zugelassenen Prozent westdeutscher Tanzmusik, das fiel gegen die sanfteren und sangbaren Tänze der Vorzeit auf durch den trockenen Rhythmus und sang nicht mehr; Karin tanzte nun neben ihrem mageren sehr beweglichen Partner, sie waren an zwei Händen verbunden, sprangen immer schneller über die strenge Unregelmäßigkeit ihrer Schritte, warfen sich mit dem ganzen Leib krumm und krümmend um einander in den beschleunigten Takt, der kleine Jungenkopf auf dem langen Körper hatte seine Starre aufgegeben, sehr weich aufgelöst tanzte sein Gesicht mit, unachtsam fuhr seine Hand an den Hals unter den scharfen Krawattenknoten und zog die Krawatte in triumphierender weiter Schleife durch den Saal, Karin fing das Ende, ihre Hände griffen seinen Händen an dem Band entgegen, während ihre Schritte auf dem Boden mehr und mehr voneinander entfernt wurden, die harten Zutritte stauchten ihr den Rock zu hart springenden Falten um die drehenden Hüften. Die Polizisten stießen einer den andern mit der Schulter, keiner wollte sich zum Gehen vorschieben lassen. Erst als sie die Aufmerksamkeit ihrer Umgebung bemerkten, stieg der Jüngere (der anfangs still lächelnd zugesehen hatte) in seinen harten Stiefeln über die Tanzfläche auf die beiden zu und sagte ihnen etwas Unhörbares, er spreizte die Beine und stemmte die Arme an den Daumen befestigt in seinen breiten glänzenden Gürtel. Es schien ihm etwas nicht recht zu sein. Aus den drängenden Zuschauern um den zurückgebliebenen Beamten verstand Karsch nichts, bis eine Mädchenstimme aus dem Hintergrund aufsagte und den Ton dafür überhöhte bis zum Piepsen: Die Polizei dein Freund dein Helfer? worauf sich viel Gelächter ausbreitete. Karsch fand es nicht grimmig. Der umringte Hüter der Ordnung versuchte den Hals zu drehen und lange abschätzend hindurchzublicken zwischen den völlig von ihm abgewandten Köpfen, aber die Frage war nicht an ihn gerichtet, und war es eine Frage? Karsch kannte diesen Spruch von Plakaten. Indessen hatte Karin auf dem Parkett den Jüngeren beim Ruf zur Sitte unmittelbar und genau wie geplant mißverstanden, sie hing schon an seinem Hals, während die Kapelle mit prompten ernsten Gesten zurückkehrte zu dem stillen Getön eines einheimisch hergestellten Liedes über den Ostseesonnenuntergang, in Gemeinschaft betrachtet von der Terrasse eines staatlichen Heims, sehr behutsam legte der zum Tanz gebetene Polizist seine Hand auf Karins längst gestreckten Rücken, versuchte ihre Hand von seiner Brust zu entfernen, wurde schon mit ihr gedreht, und während vorhin um sie ein nervöser Rand offenen Tanzens entstanden war, erstarrte nunmehr die Umgebung zu einem dicht zuschauenden Ring, einzelnes Gelächter kam auf in das verträgliche Taktklatschen, denn Karin hing mehr und mehr an ihrem Tänzer, zärtlich tastete sie über den Lederriemen, der seinen Uniformrücken überquerte, sie zwang ihn sich über ihren Kopf zu beugen und zumindest auszusehen wie sie aussah: verträumt, für ihn nicht aber für alle sichtbar schmiegte sie ihr Gesicht in seinen steif gewinkelten Arm, unterbrach Innigkeit mit Stirnfaltendruck, immer sehnender glitt Ton wie gesponnen aus dem Saxophon, bei jeder wiederholten Berührung der Pistolentasche ging ihr schmerzlicheres Zucken durch den Leib, so daß die Zuschauer schärfer klatschten, etwas zu laut sangen sie den versöhnenden Refrain: du, und ich. Wir al-le! hetzend zum Ende, die Musiker legten ihre Instrumente weg, der Dirigent wandte den Rücken. Der Polizist fühlte die Last von Karins Armen abgleiten, aufatmend verbeugte er sich vor ihr, ruckte noch einmal ins Leere, kehrte sehr einzeln und tiefsinnig zur Tür zurück, in der viel freier Raum aufwuchs hinter abgekehrten Rücken, die krümmten sich über etwas. Mit strahlendem Lächeln führte Karins erster Tänzer sie zu Karsch zurück, schüttelte ihm die Hand im Übermaß der Anerkennung,

wandte sich sehr zögernd zum Kreis seiner Genossen, die ihm etwas von einem flotten Dampfer entgegenriefen; hatte Karsch schnell noch gefragt: Sagen Sie mal! sind Sie auch aus dem Westen?
– Wenn sie wiederkommen, laden wir sie zum Schnaps ein: sagte sie fröhlich umherblickend, aber die Polizisten waren nicht mehr zu sehen. Sehr aufrecht saß sie neben Karsch auf dem Hocker, kam schlank empor aus dem kräftigen Sitz, erschöpft blies sie lose feine Haare aus der Stirn. Plötzlich erbittert sagte sie: Du mußt es Achim nicht erzählen!
(Karsch schien sie erbittert.) Dann wollte sie weggefahren werden. Ganz verschlossenen Gesichtes kaum die Zurufe mit Lippenlächeln erwidernd ging sie zwischen den Trinkenden auf die Straße, saß während der Fahrt vergrübelt, ließ sich am Hauptbahnhof absetzen und fuhr mit einem Mietauto in die Nacht wer weiß wohin. Als Karsch später am grau beleuchteten Halbringhaus vorbeikam, sah er Licht in allen vier Fenstern Achims. Was sich vornan bewegte mochte ihr Schatten sein. Mochte ihr Schatten nicht sein.

Das konnte er nun doch auch nicht aufschreiben!

Sie gaben ihm wenig zum Aufschreiben. Eine Arbeit für Geld hätte Karsch zurückgegeben: macht es euch allein. Er hatte sie aber freiwillig angefangen. Und Achims Zusammenhang mit seinem Land (das Land und Achim selbst) war ihm unverständlich, das sollte er aufschreiben. Gewiß kannte er den singenden Ton des staatlichen Sachwalters aus den öffentlichen Reden im Filmbericht oder im Radio, er hätte aber gern gewußt, warum die freundliche Meinung von der Polizei so begabt und geübt nachgeahmt wurde von denen, die auch die grauen Riesenwölbungen der Sportstadien anfüllten mit unverstellter Zustimmung (genauer: warum sie an Achim hing, warum er von ihr nicht ließ, da doch das fremde

Mädchen von der Straßenecke ehemals auch in ihr nicht lebend wiederkommen würde und er mit ihr nicht heiraten wollte und zusammen leben mit ihr noch ein paar Jahre wie in den beiden vergangenen). Wie also wuchs Achim auf?
– Ist so lange her: sagte Achim. – Wie alle eigentlich ...
– Sagen Sie einmal etwas über Ihren Vater: bat Karsch.
– Wie war er denn vor zwanzig Jahren?
– Ach ... er hat immer nicht viel gesagt.
Der Vater hat nicht viel gesagt. Sein Gesicht war unlesbar verschwiegen, er verständigte sich mit einzelnen wie hervorgepreßten Worten, nur der Mund war bewegt; erschreckend war der Junge manchmal gefangen von einem grauen schmalen Augenblick, der sah aus wie einverstanden, der sah zu. Das war selten, er blieb in weiter vielbedachter Entfernung, noch jetzt kam sein Anblick wie ein Schlag gegen die Kehle. Die Mutter ging den an mit Beredsamkeit, war immer nahe daran das Gesicht abzuwenden und zu schweigen. Im Umgang mit den Nachbarn war sie lockerer, die Worte gingen ihr unbedacht vom Mund, sie lachte gern: wie überrascht. Mit herzlichen Reden und betulich hielt sie den staatlichen Frauenverband in der Siedlung zusammen, stellte jede Tüte gesammelter Lebensmittel befriedigt nachzählend auf die ausgezogene Servierlade der Kredenz im Wohnzimmer, tat die größte am Ende selbst hinzu: dabei kam es ihr an auf den Zusammenhalt des deutschen Volkes gegen seine Feinde. So hatte man ihr gesagt. Bei den stundenlangen Reden des erregten Hitler, die an den Sonntagvormittagen aus allen Wohnküchen in die leeren Straßen drangen, saß sie ergeben bisweilen mit Kopfschütteln am Strümpfestopfen, während der Vater krumm den Kopf auf die Tischecke stützte, die man nicht einsehen konnte. Wenn ihr wie beim Ultimatum an Polen unversehens die Rede herausfiel und sie mit dem Ton bescheidener Vernünftigkeit auseinandersetzte wie unzumutbar ein solches Betragen sei und wie wenig gut es gehen könne, schwieg der Vater abgewandten Gesichtes als habe er

nichts gehört (vielleicht ist er damals nur mürrisch gewesen), mit kleinerem Ton wie entschuldigend verstummte sie nach einem raschen Blick auf den Jungen, dem der Kopf immer dämmriger wurde unter dem Lautsprecher. Dennoch mußte sie ihm die Schule und das Sichtbare am Staatswesen und die Welt erklären. Der Vater war nicht anzureden ohne daß er gefragt hatte. Die Antworten mußten knapp und geradezu kommen vergleichbar der Ordnung, die von der Kellerwerkstatt ausgehend wortlos und genau in die Wohnung gestanzt war. Der Vater war nicht zu fürchten. Ein einziges Mal sah Achim die Mutter mit den Armen um ihn an ihm lehnen mit dem Gesicht auf seiner Schulter. Sehr langsam ließ er sie los unter dem Blick des Jungen, ging fast offen lächelnd auf ihn zu mit der Mutter, die er an den Armen vor sich führte. Achim war ein gewünschtes Kind. Die Geschenke zum Geburtstag und zu Weihnachten kamen ohne Wunschzettel aber trafen ihn überlegt: es war nicht die Kompanie Infanteriesoldaten zum Spielen mit pappenen Schützengräben und Unterstand und Kanone, auf die Achim bei Familiengängen in die Stadt weisend hinzublicken pflegte (die will ich haben. Alle!); es war eine Bauanweisung zum Ausschneiden für den Modellnachbau eines Jagdflugzeuges, an dessen Herstellung der Vater tagsüber arbeitete. Das gefiel Achim doch noch besser. Als er es richtig wenn auch schief zusammengeklebt hatte aus den bedruckten Papierteilen, kam Sperrholz mit Sägen und Leim für ein größeres Modell hinzu mit der Erlaubnis die Werkstatt im Keller zu benutzen. Achim wußte daß nicht viel Geld ins Haus kam, aber zur Bescheidung wurde er erst wirksam genötigt durch die Aufmerksamkeit, die der Vater ihm beim Auspacken und Benutzen der Geschenke zuwandte. Die sah besorgt aus. Die Mutter bekam nichts Sichtbares zu Weihnachten aber zum Geburtstag Romane, die sie während des übrigen Jahres nicht zeigen durfte, denn der Vater hielt nichts vom unterhaltenden Lesen. Klein und stämmig wusch er sich nach der Arbeit über dem Küchenbecken am ganzen Leibe, las beim Abendbrot die Zeitung der Heimatstadt, arbeitete dann und grübelte im Keller am Bau eines Rundfunkapparates nach einem besonderen Schaltplan. Er wollte Konstrukteur werden, da er sich in der Zusammenarbeit mit den Ingenieuren besser beschäftigt glaubte als mit den immer gleichen Handgriffen in der unterirdischen Fabrikhalle. Jetzt einmal was vom Radfahren! Nachmittags wartete Achim an der Landstraße. Sie führte an der Siedlung vorbei in steilem Anstieg zum Gelände des stillgelegten Kupferbergwerks, dessen Grenzen durch übermannshohen Drahtzaun und waldfarben gefleckte Hallen gesperrt waren. Jeden Tag zur gleichen Zeit erschien auf dem Gipfel die Spitze eines vielgliedrigen Wurms, der dann gleichmäßig dick in unzählig gleichen Bewegungen den Berg heruntergekrochen kam. An der ersten Abzweigung zur Siedlung scherten aus dem Zug schon dichte Rudel Radfahrer über die blaue kleingepflasterte Landstraße, immer noch ohne Lücken huschten die Räder an dem hockenden Jungen vorüber, rasten in schwerem Schwung abwärts, rissen dumpfe Luftaufstöße mit, schliffen in kräftigem Pfiff den schwarz verklebten Splitt des Weges. Krumm auf die Arme gestützt platzte Gestalt nach ähnlicher Gestalt verwechselbar hinter der Rinde und dem Jungwuchs des letzten Chausseebaums hervor, sauste über schnurrendem Beinkreisel auf Achim zu und war ohne Aufblick an ihm vorüber, ehe er das Gesicht hätte unterscheiden können. Er erkannte seinen Vater erst drei Schritte nahe, wenn das Abschwenken des Rades und der Bremston der Reifen ihm den Blick herumzog. Wenn das Rad neben ihm hielt, war er noch beim Aufstehen.

– Ich möcht auch ein Rad.

– Wozu.

– Die andern haben auch alle eins.

– Alle?

– Eckhart, und Dieter Ohnesorge auch.

– Alle. Hm.
Der Vater gab ihm das Rad zum Leiten über die Straße wie immer, ließ ihn auch im Stand auf einer Pedale fahren ein paar Schritte voraus, fragte weiter nicht. Wochen später wieder beim Nachhausekommen vor der Gartentür sagte er, während er das Rad an Sattel und Lenker hielt und darauf finster niederblickte: Muß dein eignes sein, eh?
Achim hatte in diesem Augenblick nicht an seine Bitte gedacht. Es kam ihm fast vor als hätte er sie vergessen. Er schämte sich.
– Neinein!
Der Vater warf ihm das Rad kippend zu, er fing es noch eben. Nach dem Waschen sah Achim ihn auf die Straße zurückkommen mit dem Rad in der Hand. Der Vater sah nicht nach Tadel aus. Er blieb vor ihm stehen.
– Komm. Ich zeigs dir.
Etwa so. So ungefähr. Achim konnte zur Not auch später sagen was anders vorgekommen war als Karsch sich dachte. Karsch ergänzte nun bedenkenlos was er wußte aus dieser Zeit und was er für Achim wahrscheinlich glaubte. Er beschrieb das verbotene Baden in dem seichten aber schnellen Fluß vor der Stadt und wie sie nackt und glücklich schreiend in den jungen Bäumen umherkletterten; die Jungen lagen im Gras über das Verzeichnis der deutschen und ausländischen Flugzeugtypen gestützt und versuchten das schwer rumorende Metallstück im blanken blauweißen Sommerhimmel nach Maßgabe der Form und Schnelligkeit mit dem richtigen Namen zu treffen, ich möchte Flugzeugführer werden, nein: ich wär schon zufrieden wenn ich bloß so fliegen dürfte: aber dann bin ich der Pilot! was wollten sie alles werden in dem Krieg, den sie spielten, weil er vom Hitler versprochen war, aber Hitler mochten sie nicht werden: es war zu fremd und heilig wie er gering und bescheiden erschien zwischen mächtig rauschenden Fahnenwolken und glücklich schluchzenden Frauen und den kräftigen Männern gestrafft in der

militärisch auszeichnenden Uniform, denen der Speichel die Speiseröhre außen sichtbar verkrampfte im Angesicht des deutschen Retters, denn so nannten sie ihn. Der Schauder auf den mageren sonnengegerbten Jungenrücken als erste Information von der Ohnmacht gegen die staatliche Gewalt; möchtest du ihn mal besuchen? Bloß nicht! aber ich möchte ihn mal ganz aus der Nähe sehen, und er darf es nicht merken. Dessen Bild also hinter dem Lehrerpult, was soll der Führer von euch denken wenn ihr nicht in Brüchen rechnen könnt, und der Schulgeruch aus alterndem Staub in der Sonne und kreidigem Schwamm; die ungeheure Länge des Wegs für einen neunjährigen Jungen von der Sitzbank zur Tafel: Alle deine Kameraden haben mehr Knochen und Lumpen gesammelt, und du. Willst du nicht daß Deutschland stark ist? Lumpen: Knochen: Eisen Altpapier: ausgeschlagne: Zähne sammeln wir ... all das sammeln wir! für unsern –: dafür ließ die Melodie nicht mehr Raum, und zu dieser Veränderung des Schlusses mußte man toll und überschwingend sein, sonst ging die Welt aus dem Griff, der die mit faulenden Fleischresten bedeckten Tierknochen aus der Abdeckerei (gestohlen) zusammenhielt mit der Größe der geschichtlichen Person; so hieß sie. Rechnen Schreiben Lesen: gut, Religion: Strich, Betragen: zufriedenstellend bis auf einen Fall. Zu den Winterferien bei den Großeltern in Thüringen, die unbekannte Kraft im eigenen Körper zog ihn sausend abwärts über den bläulich blitzenden Schnee, Unachtsamkeit eines Atemzuges läßt sie zuvorkommen ihn umreißen. Wie ist das jetzt gewesen? Die Ziege ist ein Tier mit gebogenen Hörnern und einem feinsträhnigen Bart (ganz wie auf den Bildern), es kann geschickter in die Schräge klettern als ein Mensch, gibt Milch und kennt die Leute mit dem Futter am Schritt, darf ich ihr heute das Heu bringen? Erstmals das Gefühl zufriedener Erschöpfung bei der abendlichen Heimkehr aus dem Schnee, übermorgen muß ich wieder in die Schule. Ein neuer Trick beim Täuschen des Gegners

im Fußballspiel, auch Völkerball (damit die Mädchen mitspielen), Deutschland gegen Amerika, ich möchte nicht Amerikaner sein, die müssen ja verlieren. Manche von den Mädchen sind immer seltener auf der Straße, unbegreiflich sind sie beleidigt, sie werden unberechenbar. Mit denen kann man ja gar nicht spielen! Das Schloß hat einen unterirdischen Gang, der geht zum Fluß, wenn wir lange genug quer durch den Wald graben. Im Kino gibt es einen Film, der alte Fritz und der olle Reitergeneral, alle mit Perücken, aber da wird vielleicht geschossen sage ich dir! kommst du mit? Ich will nicht immer diese langen Strümpfe tragen, ich bin doch kein Mädchen, und immer streicht sie einem übers Haar, dafür bin ich längst zu groß. Kriege ich fürs Einholen einen Groschen? Manchmal gibt der Vater nach der Arbeit das Rad her. An der Siedlung entlang geht ein schwingender Weg zwischen überhohen Pappeln neben einem dick versumpften Graben zu den Kleingärten, zuerst mußt du lernen wie man Gleichgewicht hält, was ist das, Gleichgewicht? Der Vater hält das Rad am (heruntergesetzten) Sattel fest, während Achim weit zum Lenker hingestützt das schwankende Vorderrad zu führen versucht, wenn es ganz schnell geht ist es leichter. Rechtzeitig kippt er in den schützenden Arm. Du? der Onkel von Dieter Ohnesorge hat gesagt es gibt Krieg.
– Ach was.

Was hatte Karsch damals wissen wollen über 1940?

Da war Achim zehn Jahre alt. Es stand aber nicht in seinen Büchern ob er da in den vormilitärischen Kinderverband der Führerjugend gekommen war wie jeder Zehnjährige in dieser Zeit, die den Büchern nach schwer gewesen war für einen Menschen guten Willens und sonst nichts. Karsch nahm die Mitgliedschaft einfach für wahrscheinlich. Ich gebe zu: als

er irgend wo auf die frühere Zugehörigkeit des Vaters zur (inzwischen verbotenen) sozialdemokratischen Partei gestoßen war, fing er an mit zu spielen mit dem leeren Raum, der zwischen dieser Angabe und einer Wahrscheinlichkeit gelegen Möglichkeiten ansog: wenn Achim sich darum nicht kümmert, muß er es später richtigstellen. Selber schuld.
– Morgen kommen fast Tausend auf die Schützenwiese, ich hab schon die Uniform: sagte Eckhart. – Gehst du mit? Kopfwenden als Zurechtweisung. Nicken. Um neun an der Ecke. Um neun Uhr. Abends beim Zeitunglesen sagt der Vater nichts, es ist aber auch die von der großen Stadt, nicht die von hier. Vielleicht steht es darin nicht. Achim geht in das Schlafzimmer und greift im Dunkeln zwischen den Sachen auf der Nähmaschine umher, nirgend wo der harte Stoff des braunen Hemdes. (Und man braucht auch die schwarze Hose, den Gürtel, Schulterriemen, schwarzes Halstuch mit braunlederner Hülse:) Was man braucht wird nicht geschenkt. Versteckt kann es nicht sein. – Was machst du denn da an der Nähmaschine? Och. – Nichts. Vor dem Fenster leuchtet der Straßenschotter unter dem Laternenlicht. Darf ich noch mal raus? Es ist windig, Sprühregen schlägt warm und dicht auf Lippen und Stirn. Das große Tor zur Vulkanisieranstalt ist zugezogen, rührt sich da was an den Stapeln? Nichts. Er geht wieder ins Haus, horcht auf die schnelle verwegene Musik aus der oberen Etage, niemand ruft ihn. Er tastet sich die dunkle Kellertreppe hinunter, zwischen den dicken Bohlen kommt Licht aus der Werkstatt des Vaters. Eine fremde Stimme spricht unfreundlich und belehrend endlos als redete der Sprecher mit sich selbst und niemand säße ihm gegenüber. Im zögernden Stillstand drückt Achims Fuß einen Kieselstein aus dem lockeren Beton der untersten Stufe, er prallt auf den geriffelten Boden und hüpft in großen Sprüngen abwärts zur Waschküche. Lautlos aus aufschwenkender Tür fällt Licht über Achim und umreißt blendend faserig die Gestalt des Vaters. – Komm rein. Aber

es ist niemand in der Werkstatt. Vorgezogen auf dem Handbrett liegen Schraubenzieher und Zangen nebeneinander geordnet. Sie sehen unberührt aus. Aus dem offenen Chassis des Radios leuchtet eine dicke Röhre, auf die ohne Hals ein winziger Kopf aufgesetzt ist, der glüht. Was ist das was da so brummt? – Der Transformator. Wolltest du was? Unschlüssiges Kopfschütteln. Der Vater beugt sich vor und schaltet das verstummte Radio aus. Er schiebt den Jungen an der Schulter vor sich auf den Gang und schließt ab. – Zeit zum Schlafen.

Am nächsten Morgen bleibt Achim nach dem Frühstück sitzen. – Habt ihr heute später Schule? Mürrisches Knurren. Aber er ist gar nicht verschlafen (habe ich nun ja gesagt oder gesagt nein?). Die Mutter rührt eilig im Wäschetopf, beugt sich zum Gasschalter, bindet die durchnäßte Schürze ab. Aufseufzend und im Kopfschütteln lächelnd greift sie ihn von der Wand, an der er sich entlangdrücken will. Sie hält ihn mit der nassen Hand am Arm vor sich, streicht ihm die langen Scheitelhaare aus der Stirn, dies Mal ist er nicht verlegen. – Du wirst einmal wie dein Vater. Sie senkt von Nachdenken betroffen die Lider, will etwas anderes sagen, läuft wortlos in die Waschküche. Aus dem Treppenschacht schickt ihre Stimme ihn zum Einholen. Unterwegs trödelt er, vergißt fast absichtlich die Lebensmittelmarken, muß zurück. Die Kaufmannsfrau reicht ihm das Geld zwischen den Bonbonvitrinen hindurch und sagt: Du bist wohl noch nicht dran dies Jahr, auf die Schützenwiese? Er muß nicht antworten, eine Frau drängt sich vor ihn, er muß leise lachen über etwas. Zögernd steht er auf der Treppe. Die Luft ist dick und weißlich vom Nebel, das Licht der Sonne scheint gefiltert von allen Seiten zu kommen, es sticht heiß. Er geht um die ganze Siedlung herum auf dem Gummiweg, der ist ganz schwarz von Feuchte. Der Graben dampft. Stillstehend schwingt er die volle Milchkanne am kreisenden Arm und federt in den Knien mit den kurzen gehorsamen Schwingungen des Bodens. Er findet es angenehm nichts zu denken. Schweigend taucht er im Dunst der Waschküche vor der Mutter auf. Über das Abflußgitter gebückt wringt sie Laken aus. – Faß mal an. Und jetzt mußt du gehen.

Die Küchenuhr zeigt halb zehn. Eckhart steht nicht an der Ecke. Achim setzt sich auf den langen Stein, der als Preller die Kante des Gartenzauns schützt, und wartet auf Eckhart. (Um neun.) Aus der Stadt kommen die Gruppen der Altersgenossen an ihm vorbei und reden über den Aufmarsch, den die Schützenwiese nicht wird fassen können. Unter den Nachzüglern kennt er einige, sie sind aus seiner Schule.

– He! Achim!

– He.

– Kommst du nicht mit?

– Ich wart auf Eckhart.

– Ach komm doch schon mit.

– Nenee.

– Laß ihn doch. Wenn er wartet.

Die Straße wird leerer, liegt endlich ganz blank. Um diese Zeit gehen die Hausfrauen noch nicht zum Einholen. Der Nebel wird zunehmend heller und heißer und wirft ihm seinen Schatten zwischen die Füße. Der Tag ist schulfrei. Er hat niemand zum Spielen. Ein Lastauto fährt neben ihn. Zwei Männer in blauen Kitteln rollen die großen Reifen einfach über die Pritschenkante ab, sie springen einmal hoch und hart auf, hüpfen ungeschickt weiter und torkeln endlich schwer auf die Seite, prallen zu Boden, legen sich umständlich flach. Er hätte gern ums Helfendürfen gebeten, aber die Männer haben ihn so erstaunt angesehen. Er stößt sich lahm ab vom Stein und geht mit steifen dann springenden Schritten in die Richtung der Stadt. Am Bahnhof ist immer irgend was.

– Wie wars? fragt der Vater am Abend. Achim will nicht verstehen, aber der Vater meint den Aufruf zur Schützenwiese. Er hat ihn auch gestern schon gewußt.

– Ich bin nicht hingegangen.
– Warum nicht?
(Weil du nichts gesagt hast:) Och.
Der Vater läßt sich das Warten auf Eckhart mit allen Uhrzeiten erklären, einzelne Antworten wiederholt er spöttisch kurrend. Achim begreift daß er nicht auf den Freund gewartet hat.
– Willst dus vergessen haben, oder wegen Krankheit konnte mein Sohn nicht: sagt der Vater. Die Augen zittern ihm leise, es ist sehr lustig.
– Krank! Morgen auch, sonst glauben sies nicht.
So bekam Karsch noch einen schulfreien Tag zustande. Es kümmerte sich ja niemand um ihn. Er nahm also ein neues Blatt von denen, die Karin auf unerfindliche Weise herantrug, und machte darauf Versuche: Achims schulfreien Tag auf dem Bahnhof, im Wald, in der Stadt unterzubringen; besonders entsann er sich einer engen Straße aus Katzenkopfsteinen vor einem Schulgebäude, ein zehnjähriger Junge konnte noch mit den Haaren unterhalb der Simse durchkommen und aus den offenen Fenstern hören wie die andern noch und abermals wiederholend das Vorlesen üben mußten an einem Gedicht über den Fürsten und Reichskanzler Bismarck, der Alte aus dem Sachsenwald nun sprach: las Eckhart stockend und dann in schnellem Singsang; die Straße war trocken und heiß und roch wie in den Ferien. Achim stand am Zaun des Lyzeums die ganze Pause lang und sah den Mädchen zu, in langen Reihen verhakt schwemmten sie über den Hof, bissen zierlich ihr Frühstücksbrot aus dem Pergamentpapier, steckten die Köpfe eng zusammen, die Lehrerin scheuchte sie wie Hühner; sie waren viel älter als der Junge am Zaun und beachteten ihn nicht. Über den Markt kamen drei Panzer gefahren, schwer ratternd kreuzten sie die Schloßausfahrt; ein Polizist sprang auf die Straße und sperrte mit ausgestreckten Armen das einzige Auto aus der anderen Richtung, schnell und knapp hob er eine Hand

an den besternten Tschako, fröhlich winkten die Kommandanten zurück. Die hockten barhäuptig mit bloßen Armen auf den Lukenrand gestützt, überblickten lustig und geringschätzig die niedrigen Menschen auf der Straße und hatten die Macht über all das Eisen. An der Stadtmauer ließ Achim sie allein weiterziehen. Der steile Erdhang war dicht mit buntem Unkraut bewachsen. Das ist Gallapfel, daraus machen sie die Tinte. Riecht aber gar nicht so.

Und wenn es nun doch ganz anders war?

Sicherlich war Achim auf andere Art oder überhaupt nicht um die Aushebung herumgekommen, aber Karsch meinte: den schulfreien Tag würde er immer brauchen können. Irgend wann hatte gewiß auch Achim die Schule geschwänzt: wenn auch vielleicht ein anderes Haus in einer anders riechenden Straße. Um das vorgebliche Warten auf Eckhart war es schade im ganzen, aber was da zusammenkam würde auch bei anderer Gelegenheit zu verwenden sein. Für einen anderen Tag, für andere Umstände. Es waren ja Vorarbeiten, mit denen Karsch sich an Achims damaligem Wohnort überhaupt versuchte; da bestand alles nur aus kurzen Notizen meist mit Fragezeichen so ungefähr ich sie dir eben herausschreiben kann (das Manuskript hat Achim behalten). Übrigens ist er erst ein Jahr später ausgehoben worden, weil er drei Monate jünger war als sein Freund Eckhart (der auch anders geheißen haben mag, oder seinen Namen anders schrieb), und da war es ihm sehr recht: er mochte nicht allein an der Straße stehen und zusehen wie die Fähnlein in die Stadt zurückmarschiert kamen müde und zerkratzt und zerschunden, er wollte sich nicht immer nur erzählen lassen von dem was sie Dienst nannten.
– Heute haben wir vielleicht kriechen müssen, du!
Später zog die Familie in die große Stadt zurück, in der

Achim geboren war; der Vater war Konstrukteur geworden. Das war im zweiten Jahr des Krieges an der russischen Front, jetzt wurden neue Flugzeuge gebraucht. Da verzögerte er die Ummeldung lange (ohne Absicht) und lief ein paar Monate in der wiedergefundenen Stadt umher. Dann aber blieb es dabei bis zum Ende des Krieges. (Ich habe dir diese Geschichte nicht angeboten, weil sie nun einmal aufgeschrieben war. Achim sagte dazu: So könnte er auch gewesen sein. Ich mochte zuerst gar nicht dahinein, und mein Vater wollte keinen Pfennig für die Uniform hergeben. Dann bezahlte er sie doch. Er soll aber gesagt haben: So eine Affenjacke.)

Wieso. Redete Achim darüber nun doch mit Karsch?

Nicht nun: später sagte er Karsch was er noch wußte von der Rückkehr der Familie in diese Stadt. (Er anerkannte daß Karsch es nicht wissen konnte. Er war besorgt was der nun auch noch aus seinem Leben machen würde. – Wieviel Seiten werden es bis 1944? fragte er. – Dreißig, oder vierzig: hatte Karsch vor. Auf Achims Stirnrunzeln sollten wir erst kommen zu seiner Zeit, sonst läuft uns die in einander mit der von Achims Kindheit. Später wann zunächst was er Karsch erzählte:) Es standen also weniger Fragezeichen auf den nächsten Blättern.

Nach denen kam Achim die Stadt anfangs viel enger und wirrer vor als seine Erinnerung ihm vorausgesagt hatte. Die langsame Einfahrt im Möbelwagen auf den breiten Reichsstraßen befremdete ihn; er hatte die Straßenbahnen vergessen: die nach bescheidener Ankunft aus einer seitlichen Kleinstraße sich die ganze Mitte der Straße unter die Räder rissen als großmächtigen Gleiskörper zwischen Hecken und Gittern; zudem die noch unzählbaren Abzweigungen rechts und links der Straße sahen einander alle gleich und verwiesen immer wieder auf den schmalen hohen Tunnel zwischen auf-

gerauht zusammenlaufenden Fassadenzeilen, jede kündigte die Straße an, in der sie vor dem Auszug gewohnt hatten, überraschende Bäume an der Mündung oder ein dichter Verkehrsstrom enttäuschten die Erwartung von neuem. Weit unterhalb der inneren Stadt bogen sie in östliche Richtung, von einer unendlichen Straßenbrücke aus sah Achim Gleisanlagen und Fabrikhöfe mit Schornsteinen und Gaskesseln verzwickt in die Ferne verschwimmen gegen die neblig dünnen Kirchtürme des Stadtkerns; wie mochte das alles zusammenhängen? – Du bist ja so still? fragte die Mutter beim Einräumen, als er stumpf und lenkbar zwischen Möbelwagen und Haustür hinzog und her. Er war daran zu begreifen daß die dörfliche Vertrautheit des verlassenen Ortes verloren war. Die Freunde würden vergessen werden müssen, hier halfen sie einem nicht. Der Wald und der Fluß und daß man jeden Stein im Pflaster kennen konnte: verloren.
Der Vater war nach einem halben Jahr zur Probe endgültig erhoben worden in einen Betrieb des Ministeriums für die Luftfahrt, der die Entwürfe neuer Flugzeug- und Bombentypen zeichnerisch umsetzte in die sparsamsten und handlichsten Bauanweisungen; er zeichnete nun die Norm und Abwandlung der Flugzeugteile, die er vorher hatte bauen müssen. Das Amt gab ihm südöstlich vor der Stadt ein Einfamilienhaus zur Miete. Das waren damals etwa zehn gleichförmige Häuser um einen ungepflasterten Dorfplatz, in dessen Mitte ein Findling aufgerichtet war zum Gedenken an die Toten des ersten deutschen Weltkrieges aber noch nicht für die des zweiten. Die Häuser hatten alle den nämlichen verglasten Treppenaufgang zur Seite, graubraune Satteldächer, die gleichen Fensterordnungen und Schuppen in den großen Hintergärten. (Heute war der Dorfplatz eine Seitenstraße ohne Ehrenmal und eingewachsen in den Vorort, von dem die Siedlung damals noch durch einen kilometerbreiten Ackerstreifen abgehalten war.) Dem Vater wich der graue Schimmer aus dem Gesicht, er war nicht mehr rauhbärtig wie frü-

her die meiste Zeit der Woche, er trug weiße zugeknöpfte Hemden mit Krawatten, er kam gebadet nach Hause wie festtäglich, er saß abends nicht mehr im Keller sondern über großen Papierbogen an einem Schreibtisch, er schien leichter vergnügt. Bei der täglichen Arbeit stand er jetzt in einem großen Glassaal über der Erde am Zeichenbrett in einem weißen Kittel (der viel leichter zu waschen war und angenehmer zu sehen als der oft zerrissene und überfleckte Monteuranzug), sie frühstückten zusammen, sie hörten nicht mehr die sonntäglichen Reden des Hitler. Vor den feiertäglichen Besuchen der neuen Kollegen saß die Mutter fahrig überrötet am neuen Frisiertisch und tat sich Puder und Crême und Farbe ins Gesicht; Achim pflegte daneben lehnend ihr zuzusehen, bis sie seinen Blick im Spiegel festhielt und fragte ob es genug sei, und er verlegen nickte. Sie war viel zärtlicher zu ihm, inzwischen glaubte er sich wieder groß genug dafür.
In der Schule schloß er lange keine neuen Freundschaften, der Briefwechsel mit den zurückgelassenen wurde aber ratlos. Er saß fast scheu auf einer Bank allein und versuchte das städtische Benehmen zu erlernen, er war aber zu dringend aus auf das Gefühl von Sicherheit. So übertrieb er den Eifer im Unterricht wie bei den Schularbeiten bis nahe an den Platz des Klassenersten; drei Mitschüler lauerten ihm auf an der nachmittäglich unbegangenen Straßenecke und schlugen ihn zusammen, ein scharfkantiger Stein hinterhergeworfen riß ihm die Schläfe weit auf, das ist diese Narbe am linken Auge. (– Ist das wirklich alles so wichtig? sagte Achim.) Am nächsten Tag mit dem strahlenden Verband um die Stirn schlug er zwei von ihnen nacheinander nieder mit dem kurzen ausgerechneten Kinnhaken (dessen er sich erst in der Wut erinnerte, er hatte ihn aber lange mit Eckhart geübt bei den Geländespielen), und als er frisch verbunden und vernäht mittags in den Unterricht zurückkam, saß der dritte (der sich verzogen hatte aus dem Prügeln) auf der

Bank allein, und Achim wurde eingeladen in den Mittelblock der Klasse, nun stimmte er endlich zusammen mit dem Bild des Deutschen Jungen, zu dem sie alle auflebten zäh wie Leder hart wie Kruppstahl flink wie die Windhunde. Er meldete sich im Jugendverband. Er brachte es zu einer Befehlsgewalt über hundert Mann.

– Das wollte ich: sagte Achim. – Wenn einer nun nicht über den Schwebebalken wollte fünf Meter hoch, und darunter der faulige Graben. Der bekam ja was zu hören. Der zeigte daß er sich fertigmachen ließ, den machten sie fertig. Da war auch noch ... wir hatten in der Gruppe einen, weißt du ... der hatte dünne Knochen und war leicht zum Weinen zu bringen, er hatte eine Haut wie ein Mädchen. (Hatten wir auch, aber bei ihm sah man es.) Der konnte mitten im Angetretensein ins Träumen kommen, dann schreckte er hoch und wußte gar nicht wo er war, das war nun ärgerlich für alle, die sehr ernst nahmen daß sie auf dem Schießstand waren. Den hatten sie so verschreckt, daß er sich freiwillig meldete zu allem, was er nicht konnte: etwa zum Kampf von Mann gegen Mann, dann bekam er den stärksten Gegner, was sollst du mit so einem machen? haust ihn gleich zusammen. Aber sie schlugen ihn langsam kaputt. Jedes Mal und schon aus Gewohnheit machten sie ihn so wirr, daß er nicht fertigbrachte was er sich doch zu Hause einpaukte wie ein Besessener. Befehl zurück! Los, vorwärts! dann fiel ihm die Handgranate aus den Fingern, oder er schmiß sie einem an den Kopf. Ich hab ihn mal von der Schule bis zur Straßenbahn mit hängendem Kopf gehen sehen, er wechselte den Schritt, achtete nur auf seine Füße, denn damit hatten sie ihn einmal hereingelegt. Bei der nächsten Übung wird gefragt: wer kann Schritt wechseln. Er meldet sich auch, er kann es ja. Den Arm unten behalten wär auch falsch gewesen. Er muß vor die Front. Drei Führer mit Trillerpfeifen im Mund lösen sich über zwanzig Meter ab und treiben ihm den Schrittwechsel aus, er kann es nicht mehr, lang und komisch

versucht er diesen kinderleichten Hüpfschritt, sie fahren ihm mit immer neuen Kommandos dazwischen, er konnte einem nicht einmal mehr leid tun. Aber dann hatte er wieder so eine Art sich lustlos in den Dreck zu schmeißen, er hatte immer noch Zeit Scheiße zu sagen, und wenn sie ihm beim Robben zuriefen daß er die Hacken einziehen sollte, fragte er ziemlich bescheiden: Warum? er wußte aber warum: damit der Feind ihm nicht den Knöchel zerschießt. Dann traten sie ihm mit den schweren Schuhen die Knöchel flach, und er sagte: Ach so. Das gefiel mir doch. Nach einer Weile half ich ihm. Als ich Fähnleinführer geworden war, ließen sie ihn in Ruhe. Der hieß Siegfried. Wir sind übrigens nie Freunde gewesen, er mochte mich nicht, ich war ihm zu hart.
– Und dann ist noch etwas: sagte Achim. – Es kam mir bald gar nicht mehr darauf an daß Der vor dem Glied (vor der angetretenen Mannschaft) die andern in den Dreck schicken kann, er kann sie stundenlang in einer nassen Wiese vorwärts jagen und zurück, Marschmarsch! Viel wichtiger war daß sie mich nun nicht mehr fertigmachen konnten, nicht mich.
– Und daß du von oben zugesehen hast? fragte Karin.
– Verstehst du, daß man es weiß: daß den andern beim Fahnenaufziehen oder in der Feierstunde trocken im Mund wird, sie sind mitten im Glauben und ganz ausgeliefert. Der vor dem Glied kann aber befehlen daß es anfängt, daß die Fahne aufgezogen wird und allen wird heilig zumute – ihm nicht, denn er macht es ja. Er kann befehlen, daß es aufhört.
Achim zögerte. – Würd ich nicht meinen. Immerhin war ich doch ziemlich verhetzt: sagte er, und: Bedenke mal daß wir die reinen Kinder waren.
Wenn er nach der Schule nicht »Dienst« hatte oder auf die Schwester achten mußte (ach ja: er hatte drei Jahre lang eine Schwester), zog er in der Stadt umher. (– So gierig bin ich nie wieder auf eine Stadt gewesen.) Dazu hatte er das Rad des Vaters. Es war das erste Geschenk zu Weihnachten nach der Rückkehr, denn vor der Siedlung hielt allmorgendlich ein

graugrüner Autobus, der die Angestellten aus der ganzen Stadt zusammenholte und abends zurückbrachte nach Hause, wenn das Haus noch stand.

– Mein Vater hat mir alles vom Radfahren beigebracht was er zeigen konnte: sagte Achim. Er erinnerte sich schweigend und sprach wie ratlos weiter, er zögerte, als könne er es doch nicht für erklärbar halten: Erst beim Alleinfahren kriegt man das Bewegungsgefühl des Fahrrads, das ist so ein dummes Wort, ich meine: du fühlst das Rad in deiner Gewalt wie verlängerte Gliedmaßen –? es läßt sich auf Zentimeter genau abschätzen bei welcher Geschwindigkeit du wann vor einem Zaun anfangen mußt zu bremsen, nicht daß du das dächtest, du tust es einfach! der Körper überrascht dich: ich habe erst viel später gemerkt daß ich bei Kurven auf der Geraden davor bremste, daß ich den Oberkörper in die Innenseite der Kurve drückte und das Bein nach innen herausstellte (hätte ich nachgedacht, wäre mir das Auswärtskippen in der Kurve viel richtiger vorgekommen, da fliegst du aber hin) das Bein ging in die Kurve ohne daß ich es ihm sagte: da wußte ich noch gar nichts von der Zentrifugalkraft, der man durch Gegenneigung entgegenwirken muß. Aber noch in der Neigung fing ich wieder an zu treten: genauso unbewußt wie ich vor der Kurve aufgehört hatte. Nun mußt du aber noch unterscheiden zwischen weiten und engen Kurven: sagte er, er legte den Arm locker gerundet auf den Tisch: Die kannst du von außen anschneiden, wenn sie übersichtlich ist. Versuch das mal mit dieser: sagte er und hielt Karsch eine eng geknickte Hand entgegen, in die die andere ebenso eckig hineinfuhr und von der Wucht des Aufschlags am Ballen zur Faust gedrückt wurde.

War das eine von den bombardierten Städten?

Über die Angriffe der vereinigten Welt aus der Luft sagte Achim: Das weißt du ja. Er lernte die Stadt erst wieder kennen, als sie bereits aufgelöst wurde von den Bomben. An einem der ersten Nachmittage nach dem Einzug ließ er die Gartenarbeit liegen, weil die Erinnerung an die trockene Sonnenwärme der ersten Wohnung ihn überfallen hatte: vierjährig lag er über Fensterbrett und Sims hinausgebeugt und starrte in die Straßenschlucht hinunter. Tiefer Schatten bedeckte die Fahrbahn zur Hälfte und brachte den stockigen Geruch des Ladens im Erdgeschoß hervor (immer noch: Kolonialwaren) und die kühlen Steine im Flur und das graue Licht im Treppenhaus: das alles im Schatten versammelt, und daneben auf der uneben gleißenden Asphaltbahn zog ein Mädchen mit einem Kinderwagen den langen baumlosen Gehsteig entlang, er konnte singen hören. Die Stille schwang gewaltiger über dem Schrillen und Rasseln der Rollschuhe, auf denen die Kinder in Bögen um einander kreisten: in den Kurven gebückt zogen sie Kreidestriche hinter sich her, ein riesiges Gesicht wuchs aus der Hitze, das kannte ihn. Im letzten Augenblick hatte die Mutter ihn zurückgerissen und das Fenster verriegelt. Das alles wollte er wiedersehen. Er ließ sich von der Mutter den Weg dorthin beschreiben und fuhr mit der Straßenbahn ans andere Ende der Stadt. Die Leute, die er nach dem Weg fragte, sahen den Jungen betroffen an und entschlossen sich nur zögernd zur Auskunft. Es war ein so warmer Tag wie der erinnerte. Er ging lange parallel der Straße in einer anderen, weil er um die Apothekenecke genau auf das Haus zukommen wollte. Alles flog ihm wieder zu: das Transformatorenhaus in den Büschen an der Kreuzung kannte er, das Gesträuch war damals niedriger gewesen, die Apothekentür stand offen wie immer wenn er um Lakritzen betteln gegangen war, die Häuser waren nicht da. Der offene Himmel schlug ihn einen halben Schritt zurück. Vor ihm lag ein rundlicher langer Wall aus Schutt bis zum Rand der Fahrbahn, die Häuser der Gegenseite neben ihm waren nur Außenmauern und leer, – Es hat gebrannt: dachte er schnell, aber es half nichts, es waren die Bomben gewesen. Er hätte nie geglaubt daß fünf Stockwerke (mit all den Möbeln! und da waren doch noch Böden und Wände dazwischen! und die Menschen?) so flach zusammenzulegen waren. Der Wind trieb Staub von den Hügeln auf den splittrigen Gehpfad, kleine Wirbel standen auf unter ihm und wanderten wie Fahnen tänzelnd über den Kamm des Schuttwalls. Es war sehr still. Eine einzeln hochragende Mauer trug Kachelverkleidung und darüber auf unversehrtem Putz einen blanken Schmuckteller mit weiß und blauem Muster. Da war einmal eine Küche gewesen. Ein Mann in grauer Uniform war beim Graben, an einen Schornsteinrest gelehnt sah eine junge Frau ihm zu. Er bückte sich und holte zwischen seinen Füßen ein kleines buntes Tuch hervor. Es sah ganz heil aus. Er warf es der Frau zu. Sie lachten über etwas. Der Soldat zog seine Jacke aus und legte sie ordentlich gefaltet neben sich. Pfeifend grub er weiter. Achim lief weg.

Er wartete auf das große Erlebnis des Angriffs, das ihm von der erregten Hast aller Menschen nach dem Aufheulen der Sirenen und von ihren angstbesessenen Gesichtern versprochen war. Er hatte davon nur reden hören. Das erste gezielte Bombardement sah er an einem frühen Nachmittag im Vorsommer, sie saßen alle in der Waschküche unter dem Haus und sahen durch die offene Tür weiße freundliche Wolken am Himmel. Der Wind schlug Wellen von Flugzeuggeräusch in der Luft heran und verschwieg sie wieder. Dann zitterte die Erde ein wenig. Achim begann zu lachen, es war ein unwiderstehliches Kichern, das ihn schüttelte. Der Vater sprang auf und schlug ihm von beiden Seiten ins Gesicht. Über dem grünen Rand des Unkrauts um die Waschküchentreppe quollen Wolken in der Ferne hoch, weiß waren sie und zierlich gebildet. Sie verdeckten die anderen. Dann wurden sie grau. Achim krümmte sich in unaufhaltsamem Gelächter. Sie lebten alle noch. Sie waren nicht tot.

Konnte er das zusammenbringen mit den Kriegsspielen im Jungvolk?

Er sagt ja. Denn er erkannte nicht was ihn da schüttelte: ein Deutscher Junge hat keine Angst. So bemühte er sich es zu vergessen. Die Erinnerung war zäher. Er fing an in den Ruinen umherzuklettern, er wollte den übermächtigen Atemdruck bekämpfen. Er sammelte die Bombensplitter. Er nahm auch eine Kuckucksuhr mit, die sein Tritt unter Trümmersteinen hervorgedrückt hatte. Nach ein paar Schritten setzte er sich hin und probierte sie aus. Sie ging noch. Sie schien nirgends beschädigt. Nach längerem Betrachten begriff er daß sie tot war. Sein Arm holte aus ohne ihn zu fragen und schleuderte die Uhr höher hinaus zwischen die Mauerreste als er je mit einer Handgranate vorsätzlich gedrungen wäre. Dann wollte er sich zwingen sie zurückzuholen: ein Deutscher Junge hat keine Angst. Er saß ganz still in der süßlich riechenden Stille und ging gegen sich an. Unschlüssig stand er wieder auf und kletterte an den Haken eines Schornsteins der Uhr nach. Sie lag jetzt auf der Kante eines Stockwerkbodens vornean, dahinter war zwischen drei Wänden und unter dem blanken Himmel ein bürgerliches Wohnzimmer, in dessen schattigen Ecken Regenwasser stand, reglos verstaubt schwebten Sofa und Stehlampe und Schachtisch über der Wüste, die unter dem einsamen Jungen sich dehnte mit verkohltem Holz und zerriebenen Steinen und Fäule in den verschütteten Kellern. Er sprang ab: er ließ sich einfach fallen ohne nachzusehen wo er aufschlagen würde. Hinkend und blutverschmiert zog er nach Hause (früher hatte er sich gewaschen an den alten Pumpen, die an den Straßenecken der

Altstadt standen) und zeigte sich so dem Vater und ließ sich das Klettern in den Ruinen verbieten und konnte wieder glauben daß die Welt nur aus Bosheit die deutschen Städte verheere. Das brachte er gewiß zusammen. Auch der Vater schien ja die Angst vor den Sirenen in einem sehen zu können mit den Flugmaschinen, die er selbst baute.

Wieso hatte Achim eine Schwester: nur drei Jahre?

Die Mutter verschwand mit der Schwester in den Armen, so hatte er sie zuletzt gesehen. Er wußte wohl daß die Toten nicht heil unter den Häusern hervorgeholt wurden, er hatte auch auf dem Friedhof die riesigen Gruben gesehen und die unzählbare Versammlung vierkantiger Kisten davor, da haben sie Beine und Köpfe durcheinander reingeschmissen was gerade kam. Achim, glaubst du nicht? – Doch. In Achims Vorstellung war der Tod bei einer kleinen Gruppe schwarzgekleideter Menschen inmitten eines Kordons brauner Uniformen, auf die man nur durch einen weiteren Sperrgürtel brauner lederverzierter Rücken blicken konnte, Blumenberge verdeckten die eilig aufgeworfene Erde und die schweren Duftschwaden von den Kisten her; der Tod war auch einer von den älteren Sperrmännern, der sich umwandte und sagte so grob wie gutmütig: Geht hier weg Jungens, und nach einer Weile etwas verächtlich: Das ist ein Befehl. Aber die Mutter war nicht in diesen Särgen. Sie war verschwunden. Sie war vormittags in die Stadt gefahren. Sie wollte eine Armbanduhr kaufen für den Geburtstag des Vaters. Danach sollte der Vater sie auf dem Hauptbahnhof treffen, wo sie Einkäufe mit einer Tasse Kaffee zu beschließen pflegte (an die vornehmeren Gaststätten in der Stadt hatte sie sich doch nicht mehr gewöhnen können). Da mußte der Angriff über sie gekommen sein. Weder schien die Westhalle sie erschlagen zu haben, noch war sie wohl in die Kellerräume unter dem

Querbahnsteig hinuntergerissen worden. Denn sie wurde da nicht gefunden. Der Vater kam erst spät in der Nacht nach Hause. Er hatte in der ganzen brennenden Umgebung bergen und löschen helfen. Er hatte eine Puppe gefunden wie die Schwester sie in der Hand gehalten hatte, aber sie war angekohlt und konnte auch anderen Kindern gehört haben. Es war ein sehr häufiges Spielzeug. Der Vater weinte nicht. Er saß graugesichtig und angesengt in der Küche und fragte den Jungen aus bis zum Morgen. Achim verschwieg, daß sie ein Geburtstagsgeschenk hatte kaufen wollen: er mochte ihr die Überraschung nicht verderben. War Achim sicher, war sie wirklich in die Stadt gefahren? Hatte sie ihm auch etwas vom Hauptbahnhof gesagt? War die Schwester nicht nebenan in Obhut gegeben? War die Mutter nicht längst zu Hause und versteckte sich aus Spaß? Was wollte Achim für die Wahrheit geschenkt haben? Lange nachdenkend saß er über die Lehne gekippt auf einem Stuhl mitten in der Küche. Der schlafende Junge erwachte angestarrt aus weit aufgerissenen Augen, über die eine schwarze Hand fuhr und eine halbe Braue wegwischte wie Staub: hatte Achim sie zur Bahn begleitet? Wann hatte sie zurück sein wollen? Hatte er das mit eigenen Augen gesehen? Sie war nicht tot. Sie war nur nicht wieder nach Hause gekommen. Sie war abgefahren in dem blauen weißgepunkteten Sonntagskleid und hatte gewinkt hinter der Scheibe des Wagens, die Schwester saß ihr auf dem Schoß mit der Puppe vor der Brust und blickte freundlich auf ihren großen Bruder, der ungeduldig die Abfahrt erwartete. Die Schwester hatte vorher geweint beim Haarewaschen, steif geflochten standen ihr die kurzen schwarzen Zöpfe vom Kopf. Die Mutter hatte den Mund bewegt beim Winken, aber er hatte sie nicht verstehen können. Sie waren abgefahren in einem der schweren Großraumwagen, die zum Einsteigen eine tiefere Plattform in der Mitte haben und in den Abteilen lederne Bänke, in einem solchen Zug wie sie heute noch durch die Stadt fahren auf der selben Strecke.

Nicht lange danach wurde das Haus polizeilich durchsucht. Es waren drei Herren, die den Vater in der Küche einsperrten und den Jungen ausfragten. Zunächst drohten sie ihm mit Schlägen, aber als sie seine Bücher sahen über die Helden des Krieges und des Staatsvereins, setzten sie sich mit ihm an den Tisch und wurden freundlich wie die Lehrer waren.
– Warum führt Deutschland Krieg.
– Weil wir nicht genug Lebensraum haben, und die andern taugen ja nichts.
– Wenn einer dem Führer schaden will, verstehst du, was muß man mit so einem tun?
– Der Führer wird sie alle vernichten und ausrotten.
– Wer kommt zu euch auf Besuch?
Sie rissen die Kleider der Mutter aus dem Schrank. Einer soll darauf umhergetreten sein aus Versehen. Sie brachen die Spiegelplatte los, vor der die Mutter gesessen hatte. Sie rissen das Spielzeug der Schwester auseinander. Sie brachen den Schreibtisch in seine einzelnen Bretter. Als sie das Bild des verkommenden Kriegführers zertrümmerten, sagte der Junge, der mit den Händen auf dem Rücken stumm ihnen zusah: Das werde ich melden.
Der Vater verschloß alle Räume, als sie wieder allein waren. Er ließ das Haus liegen wie die Beamten es hinterlassen hatten. Sie wohnten in der Küche. Als der Glassaal der Zeichner zerstört war, zeichnete er in der Küche weiter. Er ging nur aus dem Haus, wenn der Omnibus des Amtes zwischen den Gartenzäunen anhielt. Er sah darauf daß der Junge zu essen hatte, aber er ließ ihn gehen wohin er wollte. Einmal fragte Achim den Grund für die Haussuchung aus ihm heraus. In der Bauanweisung für einen ferngesteuerten Bombentyp war ein Fehler versteckt worden.
– Ist gestempelt, unterschrieben, gebaut worden: sagte der Vater.
– Das Modell ist fertig. Es arbeitet aber nicht. Jetzt dauert es ein halbes Jahr länger bis zum Einsatz.

– Ach so: sagte Achim. Insgeheim bat er den Beamten ab daß er wütend über sie gewesen war.

Hatte denn sein Vater den Fehler da untergebracht?

Achim möchte das nicht glauben. Als der Vater ihm die Folgen der Sabotage so genau auseinandersetzte, schien er lediglich verwundert: daß einer das konnte, daß einer das fertigbrachte, was für Gedanken wohl einem solchen Entschluß vorausgingen: daß er nicht selbst darauf gekommen war. Vielleicht hat er es Achim nur erklären wollen, der Junge war fünfzehn Jahre alt, man mußte doch mit ihm reden können.

Aber Achim sagte etwas über die Schändlichkeit einer solchen Tat und noch mehr was ihm beigebracht war. Der Vater griff um die Tischkante ohne auf die knüllenden Blätter zu achten, es ist auch ein Bleistift dabei auf den Boden gefallen.

– Und wer hat den Krieg angefangen! sagte er heftig. Er sah wieder aus wie vor drei Jahren auf dem Heimweg von der Arbeit. Das bunte Hemd war knittrig und um den Hals eingeschlagen, schwarzgrau umwuchs ihn Bart, die Augen starrten. An den Rändern sah Achim blutige Adern.

– Die Juden: sagte Achim.

Dem Vater fuhr die Hand halb nach hinten, aber unversehens brach sein Blick weg. Er ließ sich zurückfallen, dachte mit abgewandtem Kopf weiter für sich allein. – Er mochte nicht mich einmal mehr schlagen: sagte Achim: Ich muß ihm widerlich gewesen sein. (Und es hat doch genug Prügel gegeben bei uns. Ich zerriß mir viel, und die neuen Schuhe waren nach drei Wochen aufgeplatzt vom Umherkriechen. Und wenn er mich dreimal vergeblich ermahnt hatte, schlug er beim vierten Mal eine Viertelstunde lang zu: wir hatten wenig Geld, und später reichten die Bezugscheine nicht aus, das brachte er mir bei. Aber er hat mir immer erklärt wofür er schlug. Hier mochte er mir nichts mehr erklären.) Und er wußte auch daß er selbst es hatte dazu kommen lassen. Er hat ja nicht mit mir geredet. Er mag ja geglaubt haben ich verstehe ihn wortlos, und deswegen sollte Karsch diese Geschichte mit der Einziehung zum Jungvolk so lassen; wenn ich zufällig das Richtige traf, glaubte er: er hätte mir das zu verstehen gegeben. Vielleicht gibt es so ein Verständnis bei anderen Kindern und Eltern, vielleicht bin ich zu stumpf dafür gewesen. Als er immer wieder enttäuscht wurde, gab er mich auf.

– Wenn er doch einmal mit mir geredet hätte! aber er hat mich der Schule und der Hitlerscheiße völlig ausgeliefert.

– Ich muß damals (wenn ich mich erinnere) gelebt haben wie ohne Gefühl. Kennst du das? Gesehen hab ich wohl alles: die Fähnchen, mit denen wir auf der Schulwandkarte die Frontbewegungen aufzeichneten, rückten westlich auf die deutschen Grenzen. Es gab im Norden einen Kessel, in dem die Rote Armee eine halbe deutsche eingeschlossen hatte, und die Zeitungen schrieben: von hier aus wird das deutsche Kriegsglück zurückerobert, ich bin jeder Fanfare von den Sondermeldungen im Rundfunk nachgelaufen, weil ich auf die Nachricht vom Kesselausbruch wartete, wochenlang habe ich daraufhin gelebt; wenn ich mich heute bedenke, weiß ich nichts mehr über den Kessel, ich hab ihn mir auch gar nicht vorgestellt. In der Filmnachrichtenschau haben wir deutsche Panzer durch ukrainische Bauernhäuser brechen sehen, und ich dachte nur: wie groß die sind. Am Markt hatte ein Zigarrenhändler seinen Laden, der legte manchmal was zurück für meinen Vater und ließ es ihm ohne Marken, eines Tages kam ich vor der leeren Schaufensterwölbung an, der Keller war durchgebrochen und Wasser stand bis wo der Fußboden gewesen war, und so verschwand viel in der Stadt, und wenn in ganzen Vierteln niemand mehr lebte: dann hab ich die Gegend eben vergessen, nicht mehr an sie gedacht. Über die Landstraße zur Siedlung kamen Tiefflieger am hellichten Tage und beschossen die Straßenbahn und die Radfahrer und die Wagen mit dem roten Kreuz: ich habe an nichts gedacht als an die Vorschrift für Deckungnehmen. Plötzlich waren Gegenden in der Stadt, da haben sie uns verprügelt, wenn wir die Uniform trugen und in einen Laden kamen mit hochgerissener Hand und dem Hitlergruß; na und? hab ich gedacht. Wir haben an der Stadtgrenze Schützenlöcher gegraben und metertiefe Panzergräben gezogen, tagelang haben wir geschippt, ich weiß nicht was ich gedacht habe die Tage lang. Wir haben auch Kriegsgefangene gehabt bei der verrückten Arbeit, die hatten Hunger und haben sich geschlagen um weggeworfenes Brot, ich hab sie bloß angesehen und brachte es nicht zusammen. Ich habe gelebt wie sprachlos, kann man das so sagen? Wenn mein Vater es mir doch zusammengebracht hätte! dann hätte ich doch um meine Mutter weinen können wie ein Mensch.

– Aber er hatte mich so weit losgelassen, daß er Angst vor mir haben mußte: sagte Achim. – Ist auch wahr: ich hätte ihn ja angezeigt. Das war ein Befehl. Wenn ich abends zu Hause war, hat er mich oft zum Bierholen in die Dorfwirtschaft über die Straße geschickt (weißt du?), dann konnte er ohne Lebensgefahr das Radio auf die verbotene Welle schalten. Die Lebensgefahr war ich. Einmal nachmittags kam einer an die Gartentür und fragte so undeutlich nach meinem Vater, nannte ihn beim Vornamen, grübelte über einen eigenen Namen. Ich hab ihn weggeschickt bis abends. Als mein Vater das hörte, ist er ohne ein Wort aufgestanden und mit dem Rad in die Stadt gefahren. Es sollte ein Verwandter gewesen sein aus Berlin. Wir haben niemand in Berlin. Wenn er mich doch mitgenommen hätte! Sieh mal: ich hab das Pausenzeichen des Londoner Rundfunks nicht ein einziges Mal gehört zu der Zeit, als es etwas bedeutete, nicht ein einziges Mal: Gawrit Moskwa. Jetzt lese ich davon in den Büchern, ich sehe im Film wie das war, aber ich kann es natürlich nicht begreifen. Vielleicht war das Leben damals so richtig. Ist mir nicht gesagt worden.

Ist das genau wie Achim es gesagt hat?

Das ist nach Gedächtnis aufgeschrieben. Achims Sätze waren mehr in der Zeit der unvollendeten Vergangenheit gehalten, und einige Worte würde er nicht freiwillig benutzen. Als er es durchsah, meinte er aber daß er es gern gesagt hätte wie es hier steht. Morgens an einem der Frühjahrstage, die schon das trockene Licht der kommenden Zeit haben, traf Karsch ihn und Karin in einem Restaurantgarten südlich der Stadt. Sie saßen am Rande der weitläufigen Versammlung leerer Gartentische unter hohen Kastanien, deren Knospen schon klebrig waren; ganz am Ende ging eine Bedienerin mit Tischtüchern hin und her, warf sie über die Platten, klammerte sie fest. Manchmal machte das Training Achim launisch, aber hier schien er sehr zufrieden: mit der hellen warmen Stille und der feiertäglichen Zeit des Vormittags, hier kannte er nur wen er kennen wollte, er hatte die Sonnenbrille abgesetzt und saß ganz locker vor seinem Glas Tee. Allerdings soll ihm bange gewesen sein vor den vielen Fragen, die da über den Kies kamen. Karschs Wagen war der erste auf dem geräumigen Parkplatz. Vom Tor her sah er Karin weit über die Tischkante gebückt auf Achim einreden. Achim nickte wartend immer von neuem, wollte zustimmen und widersprechen, griff endlich über den Tisch und hielt ihr die Hände fest. Sie lachten, als sie Karsch heranwinkten über den sonnenstaubigen Platz. Der Betrachter hielt sie für ein angstloses und vertrautes Paar.

In diesen Stunden vor Mittag begann Achim unversehens zu erzählen. – Was wollten Sie neulich eigentlich wissen? sagte er, er unterbrach sich sofort und bat Karsch um Entschuldigung. Er war fast verlegen. Karin betrachtete ihn neugierig. Er blickte gegen das Tischtuch, verschränkte die Finger unbequem, versuchte Karsch mit leiser Stimme zu erklären in welchen Stimmungen kurze Antworten unausbleiblich waren. Karsch war ratlos, bis Karin ihm zunickte und ein Lächeln in seitlichem Abwenden versteckte, sie konnte den Hinweis eben noch in erhobenen Brauen unterbringen. – Ist nicht so schlimm gewesen: sagte Karsch. Aber Achim bestand noch einmal darauf daß niemand in seiner Arbeit aufgehalten werden dürfe. Was hatte Herr Karsch nun wissen wollen? Karsch konnte sich das Elternhaus nicht vorstellen. War der Vater ein Gegner der gehenkten Regierung gewesen? Wie hatte der Pappelweg an der Siedlung geheißen in der Umgangssprache?

Achim antwortete rasch und fast ohne sich zu bedenken. Er fing hochdeutsch und streng überlegt an, aber da Karsch ihm nicht mit dem Notizbuch hinterherlief, wurde seine Aussprache weicher und zog in die Grammatik der Mundart, redensartlich kürzte er ab, manches sagte er leicht weggewandten Blicks und mit belustigten Lippen als sei das Erzählte am Ende doch gern gelebt gewesen. Die Anrede mit »du« in den Erklärungen über die letzten Kriegsjahre war an Karin gerichtet; da waren sie gerade beim Mittagessen, immer wieder legte Achim sein Besteck weg, um mit den Händen abkanten zu können was er sagte. Karin hielt den Kopf an zusammengelegten Händen still, sie hörte nur zu und vergewisserte sich nur manchmal in raschem Aufblick des berühmten Kopfes, der neben ihr redete: nicht durch die Sonnenbrille verstellt und bemüht so gesehen zu werden wie Achim sich Achim vorstellte. Sie fragte nur einmal dazwischen, sie verständigte sich nicht mit Zunicken und Bewegung des Gesichts zu kenntlichem Ausdruck, – Verstehst du: sagte Achim dringend, aber ehe er es abwarten konnte, fuhr ihm die Rede hinein. Am Ende brach er ab wie enttäuscht. Karsch hatte ihn nicht mehr mit Erkundigungen unterbrochen. Ihm kam es vor wie ein Gespräch nur zwischen den beiden über einen anderen und strittigen Gegenstand, er selbst schien sich ein zufälliger Zuhörer. Das kam ihm so vor. Er entsinnt sich daß Achim inzwischen sehr beiläufig eine Hand gegen Karins aufgestützten Arm legte, manchmal glaubte er ihn zu verstehen.

Warum hatte Achim sich zur Mitarbeit entschlossen?

Ja. Warum gab er einen ganzen Vormittag her zu einer Zeit des Trainings, da er nicht einmal im Auto zurückfahren durfte ins Lager sondern sich mit dem Rad um die ganze Stadt herumarbeiten mußte, nur damit ihm keinen Augenblick aus dem Sinn ging welche Bewegungen das Fahren auf dem Rad erforderte?

– Bist du zufrieden? sagte Karin, als Karsch sie in die Stadt zurückbrachte. Vor ihnen glitt Achims heller Windjackenrücken über wirbelnden Drehtritt gebeugt aus dem mittäglichen Sonnenflirren der Waldstraße in die dunkle Kühle zwischen den Stämmen, er verschwand. Sie lachte ihm leise und spöttisch hinterher, stand auch auf hinter der Windscheibe am ganzen Leibe flatternd und versuchte Achim zu erkennen in der dicht durchwachsenen Schneise und den breit gestreckten Schwüngen der elektrischen Überlandleitung. – Geh mal auf vierzig: verlangte sie. In den Wind gestützt versuchte sie wie die verlangsamte Geschwindigkeit die Haut schliff. Das war das ungefähr schnellste Tempo eines Radrennfahrers über längere Strecken. Sie ließ sich zurückfallen und schrie gegen den Luftzug: Wir wollen doch wohin.

Karsch fuhr schneller. Der Waldgürtel endete in breiter Wiesensenke, Villen erschienen in Vorgärten, sie kamen zurück an die Ausfallstraße zwischen die eng verflochtenen Fahrten von Straßenbahnen und Lastkraftwagen. Wartende Menschen an den öffentlichen Haltestellen sahen dem offenen Wagen gleichgültig entgegen und folgten ihm mit den Augen; im Rückspiegel sank die Straße hell und geschäftig zurück, bunt leuchteten neben dem jungen Laub die roten Schrifttücher an den Wänden und über die Fahrbahn gespannt.

Karin griff sich den Mantel um die Schulter, band ihr Haar unter den Shawl. – Ich bin sehr zufrieden: sagte sie ernsthaft mit dem Knoten beschäftigt.

– Mit etwas anderem: antwortete Karsch grinsend. Sie suchte seinen Blick im Rückspiegel, betrachtete grübelnd seine Augen. – Ja: sagte sie: Du hast immer gleich Vertrauen.
Und warum half ihm Achim? Was hatte ihn umgestimmt? Das wußte Karsch sich nicht zu denken? fragte sie. Nein, das ging über seine Einsicht. Was meinte er denn wohl: hatte Achim seine Meinung allein geändert oder in Gemeinschaft mit mehreren? Karsch meinte: allein. Richtig war: in Gemeinschaft mit mehreren. Wer waren die?
Die waren die Partei für Kommunismus. Ach was! ich denke die regieren das Land? Gewiß; aber würdest du ein Land zusammenhalten nur von einer Stelle aus? Siehst du.
Die Säulenreihe des alten Eingangs zur Universität war mit abgeputzten Mauersteinen aus der Ruine verpackt, der Querstrom der Passanten zog die flachen Treppen in den Gehsteig ein. Zu Häupten der allegorischen Gestalten (wer kennt Pallas Athene vom Sehen?) war in schrägem Hang angebracht eine Werbetafel des staatlichen Jugendverbandes. Sie war kreisrund und bezeichnet als Marschkompaß. Ein roter Pfeil wies auf Zehnerzahl und Einerzahl eines der nächsten Jahre, das also zur Zahl der Marschrichtung verkürzt war; wäre der Pfeil beweglich gewesen, so hätte er auch auf andere Zielfelder weisen können wie Hilfe beim Aufbau und Betreuung ausländischer Studenten und Reservistendienst in der staatlichen Armee während der Ferien, er zeigte aber auf die Chiffre für das Jahr, in dem das Land dem wirtschaftlichen Aufbau des kapitalistisch arbeitenden Westteilstaates nachgekommen sein sollte.
Demnach natürlich arbeitet der regierende Verein an allen Stellen der Einbruchsgefahr und der möglichen Aussicht auf Erfolg; nur der geschickteste Sammler allen Vertrauens unter ihnen bekommt den Titel und die Macht des Sachwalters, der Sache walten aber soll jeder nach besten Kräften an seinem Platz. War Achim nun eine von den Sachen, die man gleichgültig ansehen konnte und dahingehen lassen, sie

dauern nicht, sie nützen uns nichts? Nein, das würde Karsch nun auch nicht sagen. Ich verstehe nur nicht ...
Inmitten der Stadt neben dem nachmittäglich dünnen Neonleuchten einer Ganztagsbar war ein Lastwagen mit Früchten aus Jerusalem und Ägypten aufgefahren. Seine glänzende Schnauze blickte schräg in das sandige leere Fenster eines Gemüsegeschäftes, das Hinterteil war aufgeklappt über eine große Marktplatte, an der zwei Frauen in Tüten aus dem Papier der städtischen Zeitung die Früchte verteilten an die wachsende umfängliche Schlange, zu der die Vorübergehenden angesogen eindickten. Der Mann, der die Kisten auf der Pritsche nach vorn zog und sie hinunterreichte, verschwand von Mal zu Mal tiefer in der Dämmerung unter dem Pritschenverdeck. Die überraschten Käufer reckten die Hälse nach dem raschen Schwund der leuchtenden Früchte und nach dem Anwuchs leer zurückfliegender Kisten und murrten Vordrängende bitter an. Der Fahrer war vorn am Steuer sitzengeblieben, entspannt und ganz in sein Geschäft versunken zog er einer Apfelsine die Haut in vorgeschnittenen Segmenten ab, so daß die nackte Frucht am Ende in der Mitte lag wie ein Kranz weiß und rosa getönter Blütenblätter. Achtlos auf das Trottoir geworfen in der Sonne strahlend zog die geleerte Blüte nichts ahnende Menschen um den Wagen herum, ließ sie schreckhaft nach dem mitgeführten Geld greifen und andrängen in die schlangenhaft sich windende knickende krümmende Wartereihe.
Wer war Achim? Er war ein Rennfahrer, denn er fuhr mit anderen auf dem Rade und versuchte schneller zu sein als sie. Aber hatte er nicht Freunde? er war ein Freund von Leuten. War sein Beruf nicht der eines Bauzeichners? er arbeitete mit am Aufbau des Staates. Würde er eine Familie gründen? er würde die Gemeinschaft des Volksteils vermehren. Zeigte er der Welt sein Fahrrad, nicht auch seine Bürgerschaft? Was ist an einem solchen zu beachten für den Verein des Sachwalters: alles, vergiß nichts. Durfte man dies und anderes

trennen, das eine vergessen über dem anderen? Achim! wie geht es dir. Wie werdet ihr durch die Rennen des Sommers kommen, was meinst du. Und

Sie stiegen aus und kamen vorbei an einem schon halb abgesperrten Platz in der Kreuzung zweier Geschäftsstraßen, wo aus dem Ruinenfundament früherer Jahre eine Baugrube gebaggert wurde. Der Schutt war nur bis zur Straßenebene abgetragen worden und mit Mutterboden überschüttet, dichter gesunder Rasen hatte die weite Fläche freundlich bedeckt. Die angrenzenden Brandmauern waren verputzt und trugen die Leuchtwerbung aller Schreibmaschinenwerke des Landes untereinander, sämtlich waren sie dem Staat eigen, keine Fabrik dachte der anderen Käufer wegzuwerben, sie waren da. Der Rasen hing nur noch büschelweise austrocknend an den Rändern der großen Grube, die zwei Greifbagger lärmend vertieften, schräg hinter sie gefahren standen Überkopflader wartend, leise zitterten sie unter dem Aufprall des Schutts in ihre Ladewannen. An den verputzten Mauern war ein schmaler Streifen unangetastet, schlank auf der gefährlichen Dammenge waren Gerüste an die Wand geklammert, von denen aus Monteure mit gemächlichen Bewegungen die brüderliche Reklame abbauten. An dem rot und weiß gestrichenen Lattenzaun standen gemeinschaftlich dicht Passanten und sahen zu wie das Greifmaul der Bagger offen in den Boden schlug, knirschend den erpackten Schutt umschloß, pendelnd hochschwenkte über die erbebenden Dumper. An der am tiefsten ausgeschachteten Kante wurde breit und solide gemauert mit Gewölbeansätzen und Bögen das Fundament des Handelshauses sichtbar, das vor sechzehn Jahren die Straße abgedeckt hatte gegen die Würde des Marktplatzes. – Ob die wohl auf dem Fundament weiterbauen? das ist doch noch gut, das war damals schon zu stark. – Das soll rausgerissen werden: verständigten die Zuschauer einander.

Das mußte man sich als Gespräch unter Freunden vorstellen,

sie nahmen herzlichen Anteil einer an des anderen Ergehen, und wenn Karsch dem Wechsel des Tons in Karins Stimme vertrauen sollte, so war also Achim die helle mundartliche Härte mit ihren Bedenkpausen, die andere jedoch mit den leutseligen Tiefen ein umfänglicher Mann mit dem Kinn auf der Brust, der ins Leben geblickt hat und mehr erfahren ist in den Kämpfen der Klassen:

– Was macht dein Besuch aus Westdeutschland?

– Der sieht sich alles an. Jetzt will er auch noch ein Buch über mich schreiben.

– Ach. Da gratuliere ich dir aber.

– Ich will nichts davon wissen.

– Wieso. Ist er gegen uns? Versteht er dich nicht?

– Nein. Vom Sozialismus hat er kaum etwas gewußt vorher. Nur theoretisch, verstehst du.

– Kann man mit ihm denn nicht reden?

– Doch. Er schreibt sich alles auf was du ihm erklärst.

– Achim! versuch das doch mal.

– Warum immer noch ein Buch über mich. Ich starte in der Mannschaft. Wäre sie schlechter als ich, hätte sie den Titel gar nicht mitfahren können. Warum nicht ein Buch über alle acht? Ich bin ein Fahrer wie alle, und diese Lebensbeschreibungen habe ich satt.

– Du bist kein Fahrer wie alle.

Das Schaufenster des staatseigenen Geschäftes für Sportartikel in den Passagen zeigte keine Waren sondern auf allen achtundzwanzig Quadratmetern eine Ausstellung, die an das bevorstehende Rennen in die benachbarten Länder erinnerte. Den Hintergrund umbog die sehr vergrößerte Wiedergabe einer Fotografie, die von oben gesehen eine staubige Landstraße zeigte überfahren von dichten Rudeln Rennfahrer in fleckigen Trikots. Kleiner werdend zogen sie gebückt voran unter quergespannten Schriftstücken mit dem Wort Frieden in den Sprachen der Gastländer, zwischen den Baumkronen hing ein Hubschrauber erhobenen Schwanzes. Unter den

Bäumen neben dem Pflaster war ein dicht gedrängtes Spalier in heftiger Bewegung von Winken und Springen und Schreien erstarrt, ganz vorn waren die Münder größer als natürlich. Einzeln davorgestellt kam ein Umriß Achims kotig lächelnd blumenschwenkend in rasender Fahrt auf den Beschauer zu. Seitlich vor diesem Hintergrund war die Fahrmaschine aufgebockt, mit der Achim den Titel des einzigen Meisters gewonnen hatte, daneben zwischen Glasplatten gepreßt stand aufrecht das regenbogenfarbene Trikot und streckte die leeren Ärmel, ein Bild von Achim inmitten der Mannschaft in gemeinsamem Freudensprung und enger Umarmung, dazu Urkunden Schleifen Lorbeerkränze Pokale aus den Jahren seines bisherigen Aufstiegs lenkten in gestaffelter Folge den Blick der Kinder, die das Schaufenster umringen, auf das hier vergrößerte Porträtfoto Achims aus künstlerischer Werkstatt. Hier war es eingerahmt vom Werbeplakat für die vorjährigen Wahlen zur Volksvertretung, sauber und über bürgerlichem Hemdkragen blickte Achim dich an wie erklärt durch den darunter angeführten Text. Ich möchte nicht nur als Sportler ein Vorbild sein. Weniger eifrig als die Kinder am Glas aber hingezogen standen Erwachsene locker nebeneinander und verglichen die Maschine mit gewöhnlichen Fahrrädern, lasen noch einmal das längst bekannte Plakat, weil es hier einzeln war und nicht wie während der Wahlvorbereitungen dicht neben dicht lächelnd aber zu häufig zum Lesen die Straßenseiten beherrschte, und weil es abermals die Erinnerung an die Filmberichte aus dem Hause der Volksvertretung vermehrte um die Anwesenheit eines freundlichen und umgänglichen Mannes in jungen Jahren, der höflich bemüht ist zu verstehen was du ihm sagst: für dich da ist: für dich sorgen wird: dich vertritt gegen die Regierung und gegen die Welt.

– Nimm ihn doch mit, Achim. Laß ihn zusehen. Erklär ihm alles. Das kann dich nicht stören.

– Wenn ihr meint.

Das ist der Versuch einer Antwort: nicht mehr als Karsch an diesem Nachmittag verstand. Er verstand daß irgend ein Teil der Regierung Achim zugeraten hatte; er erinnert sich wo ihm das erklärt wurde. Karin lehnte am Schaufenster des Sportladens neben dem hoch aufgeschütteten Haufen aus Briefumschlägen, die Achims Adresse während des vergangenen Jahres erreicht hatten. Auf vielen war in ihrer Handschrift das Datum der Ankunft zu erkennen, sie war entschieden, es wurde hinter Glas gezeigt. Aber Karsch hatte noch gar nicht eigentlich angefangen. Sehr heiter erschüttert nahm sie die eulenhafte Brille aus dem Gesicht, betrachtete ihn als kennte sie ihn doch nicht.
– Entscheide dich mal: sagte sie:
Karsch wollte eine Schreibmaschine kaufen gehen.

Er hatte doch zu Hause eine stehen!

Mit einer Ausreise (um sie herzuholen) hätte er die Genehmigung zum Aufenthalt verloren. Warum er das Land noch nicht verlassen wollte weiß er nicht mehr; er wird den Anfang nicht haben aufgeben mögen, der hier von allen Seiten auf ihn zukam als Neuigkeit so unerwartet, daß die schlichteste Einsicht (ein Rennrad heißt Maschine. In Deutschland liegt eine undurchlässige Grenze) auftrat wie die erste Lösung eines Rätsels, die verlangte eine folgende und würde ganz verloren gehen mit größerer Entfernung. Oder: was ihn beschäftigte hielt ihn. Nicht anders als träge schrieb er seinen zurückgelassenen Freunden den Brief, mit dem er ihnen seine Wohnung anempfahl, und vergaß ihn.
Versuch: eine Schreibmaschine kaufen.
Zu späterer Stunde an einem jener Tage im Frühling, da die weiche Luft die Passanten noch lange nach Schluß der Arbeit wie ziellos durch die Geschäftsstraßen treibt, betrat eine Dame in Begleitung eines Herrn die Verkaufsstelle für Büro-

maschinen, die als kleiner Laden am verbreiteten Auslauf einer Hauptstraße die Kunden anrief mit dem abendrötlichen Reklamegeleucht eines stilisierten Menschenkörpers über stilisierte Schreibmaschine gebückt; auch mag wohl ein Blick in die neu aufgestellte Verkaufseinrichtung aus dehnbaren Sesseln und gläserner Theke Manchen zumindest zum Nähertreten bewegen. Die Dame war im Alter eines möglichen Eheschlusses und keine von denen, die im Schoß geknickt werden von einem engen Rock, so daß der Saum in den Kniekehlen selbst die Oberschenkel noch nach vorn drücken würde; sie ging darin ganz aufrecht und ohne die Entstehung ihrer Bewegungen vorzuführen. Allerdings trat sie so fest und hart auf, daß ihr die Haut unter den Augen bis zum Kinn schütterte; sie ging als leiste sie eine Arbeit. Über den Herrn ist nur zu sagen daß er kurz und träge eintrat wie mitgezogen. Dies ist nach kurzem Bedenken der vollständig erhaltene Eindruck des Verkäufers von den Herrschaften, während er von sich das Bild wohlgefälliger Hemdkrageneleganz und fahriger Bereitschaft zu allem möglichen Dienst am Kunden in dem eingetretenen Paar hinterließ, das den Titel der Herrschaft schon durch Auftreten zu zweit hatte erwerben können, denn anders war die Sitte trotz einiger Veränderungen in der Gesellschaft immer noch nicht. Dies ist ein lokales Detail.
In kurzem Wortwechsel untereinander drückten beide dem Angestellten die Umrisse ihres Kaufwunsches aus, der sich also auf lange Lebenserwartung und geringes Gewicht einer Maschine zum Schreiben bezog, die Dame gebrauchte das Wort Erbstück, richtete aber den Blick so unbeirrbar in die Augen des Verkäufers, daß er über die allenfalls hierin geäußerte Wertung nicht ins reine kam. Mit stündlich eingeübter Handbewegung wies er die Herrschaften zur längeren Wand des Ladens, an der auf vier Tischen nebeneinander die beliebtesten Maschinen in der geforderten Schwere aufgereiht standen. Da die Güte sämtlicher Angebote unbestreitbar

außer Frage kam, begann er die Unterschiede der einzelnen Fertigungen nach Farbe des Gehäuses und Zahl der technischen Tricks zu erläutern vor den Herrschaften, die wortlos dastanden und ihn ansahen. Er sprach zum Beispiel von der Delikatesse der Farbe Hechtgrau. Schließlich entschied sich die Dame, die ohnehin als der Käufer aufgetreten war, für eine der Maschinen, kippte sich zwischen Drehstuhl und Tischkante, legte die Hände auf den Rahmen der Maschine und blickte mit unbestimmbarer Erwartung zwischen ihrem Begleiter und dem Verkäufer hin und her aus über die Schultern gewandtem Kopf. Natürlich läßt es sich einfacher sagen. Von einer Maschine dieser Art dürfen einige Hauptleistungen erwartet werden: das ist das Anschlagen der Typen mit einem Farbband an den Papierträger vermittels eines Hebelgetriebes, sodann die Aneinanderreihung der Schriftzeichen durch den Querlauf der Walze zwecks Herstellung einer Zeile, darauf die Reihung der Zeilen untereinander durch Längslauf des Papiers; das weiß man ja. Ist einmal kein Zweifel an diesen wichtigsten Fertigkeiten mehr, wird die weitere Prüfung noch das Gefühl des Anschlags befassen, einige zufällige Proben anstellen und schließlich sogar die äußere Erscheinung der Maschine gegen das Aussehen anderer halten und je nach Lebensgefühl und Gang der Geschmacksbildung sogar nach diesem letzten Gesichtspunkt entscheiden. Der Überblick des Tastenfeldes offenbarte daß die Anzahl und Art der Buchstaben zur Anfertigung der meisten europäischen Schriftsätze hinreichte, vorhandene Zahlen boten ihre Vereinigung mit Klammern an, auch waren die Zeichen des Ausrufs des Erstaunens des Nichtglaubenwollens des schärfsten Mißbilligens der freudigen Zustimmung der harten Bekräftigung der eindeutigen Frage an auffälliger Stelle oberhalb der wichtigsten Satzzeichen zu erreichen. Während der Herr auf der einen Seite des Tisches und der Angestellte auf der anderen leicht geneigten Kopfes den Fingern der Dame zusahen, die nämlich aus waagerechter Hand nieder-

stoßend in wechselnden Sprüngen einander näherkamen auf dem Tastenfeld und im gleichen Spiel nach Händen getrennt wiederum die äußersten Grenzen anstrebten: den Satz verlängernd und überdies das Abbild dieser Bewegungen klar und regelmäßig auf das quer und aufwärts laufende Probepapier druckend – empfanden sie alle eine Störung der Verkaufsverhandlung. Die Tür ging auf, und lautes sächsisches Gespräch trat ein auf einem Strom kühlerer Luft.
Mit der halb geschlossenen Tür in der Hand war ein älterer Mann auf der Schwelle stehengeblieben und so betroffen von der versammelten Aufmerksamkeit aller Anwesenden, daß ihm das völlige Schließen nur nach mehreren Ansätzen gelang; es lenkte ihn ab daß er zunächst lieber die Tageszeit geboten hätte und sich vorsichtshalber erst erkundigen wollte, ehe er diese Leute aufhielt. Der Verkäufer, der den Wunsch des hinzugekommenen Kunden in kurzer Zeit erledigt voraussah, trennte sich von seinen bisherigen Kunden. Einen einzelnen Mann aber zeichnete er aus mit der Anrede: Mein Herr.
– Ich wollte bloß mal was fragen: begann jener. Pausen in seinem Sprechen und ein breiter mundartlicher Untergrund festigten dem Verkäufer den Eindruck von linkischem Betragen in ungewohnter Umgebung. Er deutete mit sanftem Kopfneigen an daß er sich schon viel habe bieten lassen müssen: dessenungeachtet aber stets zu Diensten sei.
– Sie haben da im Schaufenster ein Kopiergerät, ein tschechisches, fünfhundert Blatt in der Stunde: sagte der Mann: kann man das kaufen?
Dem Verkäufer rannen mehrere denkbare Entwürfe zu Antworten in schnelles Stottern zusammen, kurz atmend brachte er einen Laut der Bestätigung zustande. Wieder gefaßt nannte er den sehr hohen Preis der Maschine in einem Ton, der zu sorgfältiger Überlegung aufrief und jegliche Verantwortung für eine haushaltliche Belastung des Kunden schon jetzt ablehnte.

– Ja das schon: sagte der Mann: Ich meine bloß . . . Er schien von gutmütigem herzlichem Wesen und in der Beherrschung seines Mienenspiels so wenig erfahren, daß er das seiner Umgebung kaum wahrnehmen konnte über der Anstrengung harmloser zu sein als seine Erkundigung.
– Ja: was meinen Sie denn: versuchte der Angestellte ihm weiterzuhelfen. Er zeigt immer noch nicht Ungeduld. Da solltest du einmal in ein Lebensmittelgeschäft kommen. Nebenan ist eins, und du hast ja gehört was durch die offene Tür mitkam.
– Ich meine bloß . . . wird denn da die Nummer vom Personalausweis aufgeschrieben . . .: fuhr der Mann fort. In den Händen krümpelte er eine Mütze um und um wie sie vornehmlich von Arbeitern im Baugewerbe auf dem Weg zwischen Wohnung und Baustelle: aber auch vom Sachwalter bei Zusammenkünften mit größeren Mengen Volks getragen wurde.
– Daß jeder weiß . . .: versuchte er zu erklären. Der Verkäufer nutzte das verlegene Blicksenken zur Vorbereitung eines abfälligen Lächelns, das er den Herrschaften an der Wand hinüberreichen wollte. Die Dame hatte sich im Verlauf des letzten Absatzes unmerklich aber entschieden der Probemaschine zugekehrt, so daß der Lächelblick an ihrem Rücken ins Leere fiel und dann sich nicht mehr aufrichten konnte an der unverwandten Aufmerksamkeit des Begleiters.
Verdutzt erklärte der Verkäufer daß die Nummer des Personalausweises nur beim Kauf von Schreib- und Rechenmaschinen abgefordert werde für die Archive der Polizei, die über jeden Verstoß gegen die Bürgerrechte wachen wolle. Der Mann bedankte sich abermals im rückwärtigen Hinaustreten, er bot auch die Tageszeit, er ging nicht schnell und war doch nach wenigen Schritten kaum noch zu vermuten in dem vielfältig bewegten Vorübergehen anderer Passanten am Schaufenster. Statt seiner würde nächstens nun vielleicht ein junger Mann in verwechselbarer Lederjacke eintreten, einen

oft gesehenen Haarschnitt schwenken und nach Durchsicht des gesamten Angebotes sich kurz und gut für eine tschechische Kopiermaschine entscheiden, so daß nach einigen Wochen erstaunte Haushaltungen in unbeschrifteten Briefumschlägen vervielfältigte Texte erhalten würden mit der Aufforderung: im Interesse der berufstätigen Bevölkerung doch nicht die Abendstunden für den Einkauf zu wählen; natürlich ist das nur eine Annahme. Aber wer wäre nach dem zufälligen Erscheinen und Verschwinden eines schlichten Mannes in zementstaubiger Kleidung eines Tages der vervielfältigten Maschinenschrift an der Hauswand gewiß, die den Notstand der Lebensmittelversorgung mit den Maßnahmen der Regierung in einen ursächlichen Zusammenhang oder einen der Folge bringen wird, je nach der Betroffenheit und Gesinnung? Karsch sah ihn eintreten und mochte ihn augenblicklich wegen seines ungeschickten gutherzigen Betragens, er sah ihn aber wieder unter die (nicht im Laden anwesende) achthunderttausendköpfige Bevölkerung der Stadt zurückgehen und wußte weiter nichts von ihm.
Inzwischen legten die kaufwilligen Herrschaften ein nicht gewöhnliches Betragen an den Tag: indem nämlich die Dame ihren Begleiter vor die Brust schlug, dem ungebrochen Dastehenden hinter dieser Stelle der Jacke ein fremdländisches Ausweispapier hervorholte, es ihm und dem Verkäufer wies und so mit allen verständigt erklärte: man trete von dem Kaufwunsch zurück. Der Verkäufer verbreitete sich mit viel schüchternem Schulterzucken darüber wie wenig die Nummer und Machart dieses Ausweises in die landesüblichen Archive passen werde, es könne ja dieser Irrtum immerhin vorkommen, und so nahm das Gespräch eine Vertraulichkeit an, die der Dame die Frage laut werden ließ: ob denn die Typen einer bestimmten Sorte von Schreibmaschinen alle ununterscheidbar gleich wären?
Das wären sie nicht. Beim Guß der Typen entstehen Unterschiede, die schon mit einem Mikroskop festzustellen sind und

dann nach Vergleich mit den einbehaltenen Schriftproben Nummer und Käufer auffinden lassen für die Maschine, mit der er etwa die Matrize für sein Kopiergerät vorgeschrieben hat.

– Ach: sagte die Dame im Ton vorausgesehener Genugtuung, und so war die Auskunft vervollständigt.

– Ein merkwürdiger Mensch: setzte der Verkäufer hinzu, und da die Herrschaften unter den möglichen Auffassungen auch diese für denkbar halten konnten, trennten sich alle in heiler Einmütigkeit. Ich habe in dieser unnötigen Geschichte genauere Angaben zu den beteiligten Personen unterlassen, denn sie möchte vielleicht jedem vorgekommen sein.

Aber Karsch konnte solche Geräte nicht mehr bezahlen. Er saß noch einige Tage an Herrn Liebenreuths blankpoliertem Schreibtisch und zog die ersten sechzehn Jahre von Achims Leben in ein Nacheinander von größeren Erzählstücken hinüber, aber die längeren warmwindigen Nachmittage entschieden ihn auch zur Rückfahrt mit dem Rest seiner eingetauschten Devisen an die Grenze, wo sein Geld wieder galt und alles ihm half und er sein Vorhaben vergessen würde.

Und wieso sind es dann noch so eine Masse Seiten?

Achim schickte ihn in seine Wohnung und beschrieb ihm einen flachen Schrank, der neben dem Ausgang zum Balkon zu finden sein sollte. Allein und ohne Nachbarschaft stand er vor der hellen Wand und war kaum zu bemerken unter den vollgeschütteten Postkörben, die er trug. Die Tür aus Rollstäben ließ sich mit einem schwierig verzwickten Schlüssel lösen und in die Seitenwände zurückschieben, so daß vor dem knienden Betrachter auf den rohhölzernen Borden still und staublos die Geräte erschienen, die für teures Geld zu kaufen sind gegen den Verlauf der Zeit: Achim benutzte den fotografischen Apparat nicht, er hatte sich nur mit dem in

Händen aufnehmen lassen vor dem Gehege des städtischen Tierparks; er sprach seine Briefe einer Sekretärin der Hochschule vor und schrieb sie nicht auf der tüchtigen Maschine, die er hier stehen hatte; er liebte dauerhafte spielerische Gespräche, aber er hielt sie nicht fest auf den Spulen der tonmagnetischen Maschine, die hier stand; Achim fuhr gegen die Zeit. Die Wohnung überblickte stumm die verändernden Gesten des Krans an der Baustelle und des unbegangenen Parks, der an den Rändern allmählich zuwuchs; hier sollte Karsch bleiben können bis zum Ende des Sommers. Aber er nahm nur die Maschine zum Schreiben mit und schickte Achim den Schlüssel der Wohnung zurück, denn er hatte manchmal abends doch Licht gesehen in den hohen altdeutsch geteilten Fenstern, das hatte sich bewegt mit Schatten und vermutbarem Geräusch ganz allein in der grau angeleuchteten Fassade. Frau Liebenreuth hatte nichts gegen nächtliches Maschinengeräusch. – Ich hab es eigentlich ganz gern: sagte sie. – Man merkt doch daß immer jemand da ist in der Nacht. Mit der Leserlichkeit ging es an.

Nach einer Woche waren die ausstehenden Erlaubnisse auf Karsch zugekommen wie Geschenke, denn er hatte um nichts gebeten: er durfte sich länger aufhalten in der Stadt und sie ungehindert verlassen zu den großen Radrennen im Mai und wohin er wünschte (wozu jedoch sollte ich dir die beiden Häuser beschreiben. Sie standen in der Vorortstraße, die zu den Brücken abfällt. Sie waren vor langer Zeit von zwei verschiedenen Familien nebeneinandergebaut worden in vier Stockwerken von durchgehender Mauer geschieden, zu beiden Kanten saßen die Eingänge auseinander, bis nach den Bombardements Ämter der Stadt und der staatlichen Aufsicht den Block unter sich teilten, in jede der beiden düsteren Dielen eine Sperrholzkabine für je einen Pförtner setzten und schließlich für amtliche Bedürfnisse die trennende Mauer durchbrachen: so daß nun die Schwärme ratsuchender Menschen aus einem vollgedrängten Linkskorridor ratlos in ein stilles Querzimmer trieben, aus dem unkenntlich ein Türloch in die Fortsetzung des Ganges führen sollte auf die andere Seite des vereinigten Hauses zu neuen Türschildern und hinweisenden Pfeilen und befremdendem Treppenhaus und anderem Pförtner, der die Einlaßerlaubnis des ihm entgegengesetzten Wächters weder erkennen noch billigen wollte, so daß der Ausgang wiederum das Haus hinauf längs des zerhackten Flurgangs und altbürgerlich geschweifte Rundtreppen hinunter zu suchen war bis zu dem sehr ähnlichen Häuschen in der getäfelten Diele, aus dem der erste Pförtner mit vorkippendem Oberkörper sich über die Unterschrift des Passierscheins bückte, die nur für ihn und nur für diese Treppe galt. Mit welchem Recht wäre die Einladung erwähnt, die einen Herrn Karsch in das Amt für die Meldung auswärtiger Besucher bat und ihn wie jeden verwirrend schleuste durch verschachtelte Korridore um übereck gesetzte Wände treppauf treppquer bis endlich zu dem lärmlosen vormittäglichen Zimmer, das aus wohlhabend hellem Glasvorbau in das Kleingartengrün zwischen unabsehbar fortlaufenden Hauszeilen blicken ließ und denken an die Familie seßhafter Bürger, die diesen Ausblick gebaut und bewohnt hatten zwischen den mattfarben verdunkelten Tapeten und weggeräumten Möbeln vor dem Einzug der bürgerlichen Ämter; und hättest du Gewinn vom Anblick eines eifrig schreibenden Herrn, der bei Karschs Erscheinen hilfsbereit geschritten kam an die Barriere, die Grenze errichtend über das graugetretene Rhombenparkett hinstand; denn würdest du nicht aus seiner Redensartlichkeit und dem höflichen Armkrümmen beim Bestempeln und Beschreiben von Karschs Aufenthaltspapier die glückhafte Fügung lesen wollen, die märchenhaft zusammenwuchs aus der überhängenden Wohnlichkeit des Amtszimmers und persönlicher Dienstwilligkeit eines Handlangers, dem Karschs Wünsche gefielen, also ließ er sie zurechtkommen, der Mann ist in Ordnung, der soll mal zeigen was er kann? der dachte sich nichts und wünschte ihm für die nächste Zeit eine gute Erholung, ergriff sein Frühstücksbrot auf vergeßliche Art. Es fing nicht an in diesem Haus, Karsch war nur angedeutet in welchem, und selbst wenn wir zusammen die Drahtleitungen abgingen unter der Erde und herauskämen vor einem Telefon und Mann am Schreibtisch: hier ist gesprochen worden aber was, was hilft es uns, was hätte es auch mit dem Radfahren zu tun? nichts), er bekam mit der Post eine Sendung Geld in hiesiger Währung und die Aussicht auf künftiges, offen stand ihm alles mit Ausnahme dessen was auch den Bürgern dieses Landes verboten war. Dazu hatte er einen Vertrag unterschrieben und zurückgeschickt an den staatlichen Verlag für Junge Literatur: zur vertrauensseligen gemeinsamen Arbeit am Lebensbilde eines deutschen Radrennfahrers.

Hatte er denn inzwischen ein Bier trinken können mit Herrn Fleisg, begriff er ihn nun?

Nein. An der Theke der Gaststätte, in der Karin getanzt hatte mit der Macht des Staates, war er fast verabredet mit den oft wiederkommenden Gästen, die aus den hellen Abenden nachdenklich eintraten in die redselige Luft des Schankraums und die Nacht anfingen komme was da will. (Nur an zwei Tagen wurde Tanz gemacht.) Beinahe allabendlich tranken neben ihm zwei Maurer ihre Freundschaft mit sammelsüchtigem Streit zugrunde, versöhnt und wild erheitert über die Ausdehnung gemeinsam gelebter Zeit klopften sie Karsch beim Weggehen auf die Schulter und nannten ihn ein altes Haus, du bist ja so still Mensch, willst du ein Mädchen? Junge Offiziere der Armee saßen paarweise und flüchtig mit ihrem Bier, mißtrauisch beantworteten sie Erkundigung nach ihren Ärmelzeichen, verließen den Tisch vor zutraulicher Gesellschaft mit dem letzten Blick noch ausgespannt in die atemlose Entfernung zu Geruch und Anblick und Stimme der

Mädchen an den anderen Tischen; sie hatten sich im Tag vertan. Auf Motorrädern kamen Jungen den Polizisten für Ordnung grob und lauthals, allein saßen sie in bröckelndem Gespräch gegen die Lehnen gestützt, befeindeten sich zur Unterhaltung, lobten einander lustlos, faßten die Kellnerin pflichtgemäß an, das wäre gewiß sehr viel erregender darzustellen aber wozu. Manchmal luden sie Karsch zum Skat. Gib mal Zigarette. Warum sitzt du bloß immer rum in dieser kaputten Scheune, was machst du eigentlich? Ihr sitzt ja auch hier rum. Karsch schrieb ein Buch über Achim.
– Warum denn das? das kauft doch keiner mehr.
– Doch das kaufen viele. So darüber wie er es macht?
– Fährt der überhaupt noch?
– Na, lesen könnte man es mal.
– Er soll es doch nicht mehr haben mit dieser da vom Film. Kennst du ihn eigentlich?
– Wie kann man bloß über so einen schreiben wollen. Laß den doch!
– Nein nein du. Das mach ihm mal nach.
– Wir arbeiten auch die ganze Woche.
– Aber der verdient ein schönes Stück Geld.
– Wenn einer Abgeordneter ist, darf er frei mit der Eisenbahn fahren.
– Schreibst du das auch auf?
– In der Straßenbahn muß er auch nichts bezahlen. Ich glaube die haben so einen Ausweis.
Und ein älterer Herr, dessen vollständiger Anzug fremd allein saß zwischen den Kitteln und Lederjacken und Pullovern, fragte in einem abgepaßten Moment ob Karsch ihm nicht die Briefmarken verschaffen wolle von Achims Post aus dem Ausland, aber aus Frankreich sind wohl nicht viele dabei? Herr Fleisg kam nicht hierher, den sah er nicht.
Er hätte ohnehin nicht achten können auf abratendes Kopfschütteln oder warnendes Augenverengen, da er sehr beschäftigt war mit dem kaum überholbaren Klicken der Zähl-

räder, die vom Zustrom neuen Benzins in hastige Verfolgung gedrückt wurden: auf den Tankstellen. In den Bäckereien hatte er angefangen zu beachten, was das Brot kostete.

Man lernt doch die Leute kennen, bevor das Geschäft anfängt

Nein. Stell dir vor im großen Wohnzimmer des ehemals bürgerlichen Hauses eine kleine alte Frau in Jacke und Hose, die trug das Haar ganz kurz und graufarben bis zum Nacken, kurz und fragselig lehnte sie an der Tischecke vor dem Stuhl des Besuchers und war besorgt um dessen Verhältnisse. War Herr Karsch gut untergebracht? Hatte er irgend Sorgen?
Nur mit dem Schreibpapier.
Er hatte gefürchtet sie zu beleidigen, denn er war bekannt mit Herrn Fleisg. Unerschüttert gütig versprach sie ihm soviel Blatt er wollte aus den Beständen des Hauses. Wie zernarbt war ihr unteres Gesicht von Altersfalten, in denen dünn und ohne Halt die Lippen schwankten, während über den tiefdunklen Augen die Stirn geordnet zuckte unter sehr beherrschten Muskelschwüngen. Wie waren gefälligst Herrn Karschs Eindrücke von der Öffentlichkeit dieses Landes?
Da konnte er nur das Straßenbild nennen, und wenn er die Passanten mit denen seines Landes vergleichen sollte, kamen sie ihm insgesamt überaltert vor: viel weniger junge Leute.
Das konnte Herr Karsch doch gewiß nicht beweisen! Er würde sich am Ende überhaupt kaum in einer so abzählenden Weise an die Wirklichkeit wenden wollen: nicht wahr? Karsch hatte gedacht daß so rauhe Stimmen nicht dermaßen biegsam sein konnten wie: Nicht wahr? Sie schritt die Längsseite des leeren Konferenztisches ab, hob den lederfarbenen Altfrauenkopf gegen den Geruch des Gartens, der durch die offene Terrassentür hereinschlug, wieder mit hängenden Schultern energisch schritt sie zu Karsch, trat abermals

zurück, so daß ihm das Geräusch ihres Redens lässig von weitem heranschwamm und ihn allmählich von allen Seiten umströmte. Lange stand sie vor ihm und wiegte sich behaglich im Stillstand über fest eingestemmten Händen, gezerrten Halses schräg ihm zugewandt warnte sie ihn halblaut vor den Bedingungen des Vertrages. Nicht mit ihr werde er reden, nicht sie werde kenntlich sein: sondern in ihr die Leute und die Regierung des Landes, denen dringlich gelegen sei an einem nützlichen Buch über Achim. Wollte Herr Karsch sich dazu verstehen?
Man kann es ja mal versuchen.
Aus besorgter Augenenge schweigend starrte sie neben ihn, umfaßte ihn in fürsorglichem Blick, riet ihm seufzend zur Vorsicht, schien ihn fast schützen zu wollen. Erst einmal dürr und trocken setzte sie ihm auseinander daß er vielleicht nicht der Schriftsteller sei wie sie sich einen wünschen würde für dies Haus. Frau Ammann hieß sie.

Was für einen hätte sie denn lieber gehabt?

Die Person (weiblich oder männlich), von der Frau Ammann die Lebensbeschreibung eines deutschen Radrennfahrers mit Zuversicht und ruhigen Mutes hätte erwarten mögen, hatte mit Karsch gemein was nicht zählte: sie war beliebig. Griesgram oder munteres Betragen, Mangel an Rücksicht oder Mißtrauen, schneller Eifer oder Zögerei, Gewandtheit oder sprödes Planen, Ausschweifung oder Nüchternheit: diese Fertigkeiten und Verhalten zur Arbeit wollte sie einem als unabänderlich belassen von einem gewissen Alter ab, nur durfte nichts die Leistung beeinträchtigen. Denn die beanspruchte Leistung begann jenseits der privaten Person wie sie hier im Stillstand vorgestellt war. Stillstehen sollte sie nicht. Der Schriftsteller (männlich oder weiblich) sollte einzelnen Menschen oder größerer Versammlung Vertrauens würdig erscheinen und in seiner so und anders ausgefallenen Menschlichkeit jedweden ermuntern zu Gespräch Bericht und Streit über Mißliebiges wie Angenehmes; in Sonderheit mit dem Arbeiter sollte er kameradschaftliche Verständigung ohne Verzug und Mühe einrichten können: ob er ihn nun vom Essen und Feierabend abhielt, ihn beim Arbeiten störte oder auch durch zudringliche Fragen eigentlich hätte verbittern mögen; nicht nur reden können mit ihm sondern auch von vornherein ihn kennen sollte der Schriftsteller: seine Ärgernisse und Gewohnheiten, die Bedeutung unflätigen Naserümpfens und schnippischer Wendungen der Rede. Und so fort. Von den Arbeitern sprach Frau Ammann als täten sie alle das nämliche und wären insgesamt einer. Sie erwähnte das spöttische Grinsen der vorausgesetzten Freundschaft, den erkennenden Schlag auf die Schulter, die auswendig bekannten Nummern der Telefone, die herzliche Sorge für einander mitschwingend im Ton der Stimme und eingezeichnet in die Umfaltung des Auges, anderes auch als Gesten des Umgangs von Arbeiter und Schriftsteller, weniger der eine mit dem anderen als mehr der andere mit dem einen sollten sie leben in Erwägung gemeinsamen Voranschreitens zu einem unbezweifelten Ziel. Denn woher diese erstaunliche Vertrautheit? Ja: wie der Arbeiter in acht Stunden täglicher Anstrengung Nahrung und Geräte des fortdauernden Lebens herstelle, damit er dieser Dinge eines Tages in gleichberechtigtem Maß teilhaftig würde (in freundlicher Welt auch und gemeinsamem Schritt der Klassen etc.) – so sei eben dem Schriftsteller die Mitarbeit aufgegeben an Befestigung und Ausbau des in Aussicht genommenen Weges. Dies ist ein Vergleich. Denn die einzelnen Bauteile der besseren Zukunft auftauchend in umgischtetem Kantenriß aus dem scheinbar unveränderten Strudel des täglichen Tags als die anwachsende Ehrlichkeit des Arbeiters beim Abrechnen der Leistung gegen die Entlohnung von seiten des Staates, die Zusammenarbeit des Einzelnen mit mehreren gruppenweise zur Vermehrung des angefertigten Geräts zum Wohnen und Fahren und Essen und zu kämpfender Verteidigung, die unvermutet freiwillige Bemühung um die Wohlfahrt aller und nicht nur der eigenen: sollte der Schriftsteller erkennen und kräftig zupackend in ganzer Gestalt herausheben aus besagtem Strudel des täglichen Tags, das ist noch ein Vergleich. Statt Trägheit und Eigensucht und Fahrlässigkeit den Arbeitern zeigen: so sollt ihr es machen und wenn anders dann noch nützlicher dem Staat, der der erste seiner Art ist in der Geschichte menschlichen Lebens auf der Erde. So sagte sie. Sie beschrieb das Gefühl der Verantwortung beim Stellen der Schrift, die das Denken und Verhalten unvorhersehbarer Menschenzahl verändern könne zum Bösen aber solle zum Guten, wie es beschrieben war; sie versprach die Empfindung freudigen Stolzes verursacht vom Sinn solchen Tuns, von begeisterter Ausführung schriftstellerischen Ansporns durch den Leser, der das liest, von also spürbarer Verbesserung der gemeinen Lebensumstände, an welcher Wirkung der Schreibende auch teilhabe und nicht mehr ausgeschlossen sei aus dem Ganzen des Volks wie im westlichen Ausland oder in früherer Zeit. Dessen war sie gewiß. So empfand Karsch mehr und unabweisbarer die Gegenwart eines hoch und breit gewachsenen Mannes in den dreißiger Jahren, der an reinlichem Biertisch irgendwie mit Arbeitern sitzt und die Rede führt über ein Nachlassen in der Herstellung von Personenkraftwagen oder ihnen zusagt auf den Kopf was sie verschweigen: schlimme häusliche Zerworfenheit, und daraus kurz oder lang solche leicht lesbaren Geschichten macht mit der hilfreichen Lehre: der Staat braucht ein Auto mehr, sitz nicht drauf herum; oder: deine Frau wird nicht unansehnlich aus Bosheit sondern in den Jahren der gemeinsamen Arbeit für das Wohl, darum sei von nun an gut zu ihr. Mochte der an schlimmen Kanten oder glückhaften Fügungen seine Leutseligkeit erworben haben, mochte er die Lehren zur Veränderung des jeweilig angetroffenen Lebens lediglich kennen oder ihnen anverwandelt sein, mochte er die Bruderschaft mit den Arbeitern üben aus Klugheit oder leidenschaftlich sie begehrend: so wie er da saß mit zutraulich erzählenden Personen in seinem unerschütterlichen Fleisch, redensartlich sein Verständnis erweisend oder ernst ermahnend zur Einsicht, die er besser wußte: Karsch erkannte sich nicht in ihm und hielt ihn nicht für lernbar. Das war aber gemeint.

Dann war doch von ihm nichts mehr zu wollen!

So deutlich klang es nicht. Nach dieser und solchen Besprechungen mit den Käufern des Manuskriptes war Karsch verabredet mit Karin in Achims Wohnung. Ein für die kommenden Male will ich dir zu diesen beiden Zimmern sagen daß sie heller wurden vom stärker durchlaubten Licht des Vorabends über dem spillrigen Park, wartend war sie eingeschlafen nach der Arbeit ihres Tages neben dem schweigsamen Telefon, hinter dem niemand sie suchen würde und auch Karsch nicht. Da ging er hin und beachtete ob der Zettel mit ihrem Namen noch an der Tür hing, schloß auf und setzte sich an das Fenster bis zur Zeit ihres Aufwachens. Später redeten sie. Er erinnert solche Nachmittage insgesamt als einen, immer sprachen sie über das Leben Achims und ob man es beschreiben könne. Wozu sollte ich dir jedes Mal von neuem bedeutsam abgezögerte Zigaretten hinhalten und mutmaßlichen Ausdruck in der Bewegung von Teetassen vor schweigendem Mund: was gewännest du vom Beschreiben atmenden Aufstülpens ihrer sehr bekannten langen Lippen (was soll das heißen. Und selbst Weinen wäre auszufragen: warum weinst du), wird dir die gläserne Versprödung ihrer Stimme zum Zwecke von Spott nützlicher, wenn ich sie mehrmals nachsage; es war stets die selbe bunte Fransendecke aus der Slowakei, über ihre Beine weißt du Bescheid, leise atmend lag sie gastlich in dem hellen sauberen Hohlraum, den

niemand verlebte, den besitzen konnte wer ihn betrat. Später redeten sie. Sie hielt die Augen noch lange geschlossen, lag reglos den Schlaf verteidigend.
– Hast du unterschrieben: sagte sie.
Karsch hatte unterschrieben.
– Du hättest mir den Wagen verkaufen können: sagte sie.
– Du hättest mir Geld geliehen: sagte Karsch. – Du hast nicht unterschrieben für den monatlichen Postscheck, du warst nur neugierig auf dies auch noch?
– Ja: sagte Karsch.
– Diese nette alte Frau.
– Ja.
– Nicht ich spreche mit Ihnen sondern das Interesse des Staates an einer neuen und nützlichen Literatur.
– Genau.
– Und sie kann auf eine sehr kurze Art sagen: Nein. Nein.
– Das soll sein.
– Rede dich nicht heraus.
– Warum? Sie fragt die Leute: Wie geht es Ihnen? Weißt du . . . (Er wollte sagen was ihm aufgefallen war: die Uneigennützigkeit ihres Alters. Das zugestandene Nachdenken über die Veränderung eines, der dem zusehen konnte. Er war neugierig geworden auf das härtere Mädchengesicht, das inmitten zerfließender Alterswülste zuweilen bestürzend an sich erinnerte als fast eckige Bestimmtheit der kleinen Fläche zwischen Augen und Lippen, zart zerschlissen bewegte sich dünne Haut über Wangen und Stirnbein zu verschiedenem Ausdruck. Woher kam so unverletzlich das: Nein. Da muß ich Ihnen ernstlich widersprechen.)
– Nicht diese sympathische alte Dame: sagte Karin.
– Ich weiß: wiederholte Karsch.
– Stimmt auch das mit dem Rotwein?
– Ja. Sie hat zwischen ihren Mappen ein breites Glas ohne Fuß zu stehen, daraus trinkt sie in den Pausen und macht so bedenkenswert was sie gesagt hat, sieht dich über kleine

langsame Schlucke hinweg an. Diese kurze Person mit den Händen in den Hosentaschen wie sie um den Besucher marschiert und ihn festzerrt in plötzlichen strahlenden Faltenaufblick . . . ich muß also sagen.
– So mit verkniffener Haut unter den Augen, weiser: weil sie sechzig Jahre hat?
– Gewiß. Die ungleichmäßig grauen Haare.
– Was hat sie gegen dich?
– Daß Achim bei mir der selbe ist der er in seiner Kindheit war.
– Ach so.
– Du begreifst das?
– Ich weiß was sie meint. Habe ich dir nicht gesagt . . .: sagte sie. Locker und tarnend lag ihr die verschlafene Haut im Gesicht, sehr weich schlich kleines Haar in die Schläfen, er hatte sie acht Jahre lang nicht gesehen, sie war nicht kenntlich.
– Er wollte niemals Rennfahrer werden. (Was hat er bloß werden wollen?)
– Du sollst mich wundern: sagte sie.
Bis sie die Uhr am Handgelenk aus dem Blick ließ und mit dem Arm vor der Brust in der Decke aufstand und stolpernd über Schleppenfalten und Augenreiben aus dem Zimmer ging, leise lachend umgewandt in der Tür für den begleitenden Blick des Zuschauers. Dann fuhr er sie zurück in die Stadt.

Wird es nun doch die Geschichte von der Dame mit den beiden Herren?

Was sparsam ist an dem Gespräch ist nicht gemeint als angenehme Spannung; es liegt aber an der Erzählung. Denn: kommt einer dahin, begreift nichts, alles in diesem Land will für sich angesehen werden und zeigt sich nicht im Vergleich, er spricht die Sprache und kann sich nicht verständlich machen, sie haben da anderes Geld und andere Regierung: damit soll er sich eines Tages vereinigen; was tut der Besucher? der fragt, der redet in einem mehr als hier steht. Übrig ist dies, weil er deswegen blieb, und an den offenen Stellen hätte er damals schon begreifen können was er nicht wahrnahm: daß er die Vereinigung versuchen sollte.

Zum andern ist dies keine Geschichte.

Und Achim war gar nicht abwesend, obwohl sein Arbeitsjahr angefangen hatte: obwohl er das Schmutzblech von seiner Maschine entfernt hatte und über die bloßen Räder gebückt den nassen Dreck der Staatsstraßen ins Gesicht bekam, die Radfahrmannschaften der städtischen betrieblichen militärischen Sportvereine durchmaßen das arbeitende Land von Grenze zu Grenze oder stürmten je öfter desto wilder um und über ein Gebirge aus dem Mittelalter des Planeten, vom Gipfel in der Abfahrt konnten sie den weiten Schwung des abhängenden Tals erblicken und in Baumgruppen sitzend menschliche Siedlungen mit Eisenbahnschranken und mittäglichem Schornsteinrauch aus strahlenden Dächern und die Schleifen der zu verfolgenden Straße mit dicken Menschentrauben an den Kurven im Tal und über allem die Wolkenschatten regnerisch treiben, beim neuen Anstieg jedoch trampelten sie sich neben steilem Abgrund empor zur höchsten Kehre, im gewaltsamen Wiegetritt schwankend über den schaukelnden Rädern stampften sie zu auf die Wolken selbst, die weiß und blau herausplatzten aus dem unterhaltsamen Himmel der frühjährlich wandernden Tiefdruckgebiete, der Wind wuchs an mit Kälte und drückte die schwächeren Fahrer zurück in die Steile, belohnend schickte der Gipfel die vielfarbig gekleideten Krümmlinge abwärts mit dem vermehrten Gewicht des rascheren Falls, dünner Regenrest salbte die Reifenprofile, sog sie in größere Eile und stieg fahnengleich spritzend aus der schnelleren Umdrehung mit der zentrifugalen Kraft in die härter verzerrten Gesichter; endlich kamen sie an wo sie abgefahren waren und bewiesen daß einer der Erste war. Keinen Augenblick ging Achim verloren, die Wagen des Rundfunks verfolgten ihn und trugen ihn als Bericht und erregenden Anblick in die Wohnungen des Landes und mit ihm das Jubelgeräusch der Zuschauer, die stellvertretend für dich und mich im windigen Getröpfel warteten auf das Wiederkommen der Weggefahrenen, und schrien über ihre Ankunft, so daß die Gespräche auf den Treppen dieses Hauses und in den Treffpunkten der Stadt (und so weiter) nicht anders ausfielen als auf den Tribünenrängen in der Höhe des naß platschenden Spruchbandes ZIEL

– Hättest du das gedacht? daß er bloß Vierter wird?

– Achim ist ja kein Bergfahrer.

– Laß ihn sich erst mal eingefahren haben, die fahren sich erst ein.

– Er muß ja nicht immer vorne sein; paß auf, er hat bestimmt wieder anderen geholfen.

– Klar muß er für die Mannschaft sorgen.

– Ja, Feldarbeit heißt das.

– Darauf könnten wir auch einen trinken

und am nächsten Morgen einhellig die Zeitungen umgewandt wurden nach hinten zur Seite mit dem Sport des Sonntags, hast du das gesehen, während die Titelblätter zu Boden blickten und fielen mit den letzten Meldungen über die Verschwörung des westdeutschen Staates gegen diesen und weitere Maßnahmen des Sachwalters zur Verteidigung der hiesigen Errungenschaften, das kriegen wir noch früh genug, laß mal sehen was er gesagt hat, was hat Achim gesagt? Er war nicht zu vergessen, war sogar erinnert in der Leere seiner hochbezahlten Wohnräume, die öffentlich und auswechselbar waren einem Bahnsteig vergleichbar und der Vorhalle eines Kinos und allen Orten, an denen nicht zu leben ist, da kann man sich treffen und reden über was, du weißt schon.

Na gut. Und was hatte Frau Ammann gegen Karschs Entwürfe?

Zierlich gähnend und würdig in die Erschöpfung des Vormittags zurückgelehnt hörte sie an daß Karsch sie nicht verstanden hatte. – Und in diesen drei Tagen ist Ihnen nichts dazu eingefallen? fragte sie.
Karsch hatte nicht begriffen was sie meinte.
Schweigend bückte sie sich auf den Tisch neben das Tonaufnahmegerät und versuchte blicklos stochernd die Leitungen zwischen den richtigen Buchsen zu verteilen, endlich hinter geschlossenen Augen in nachdenklichen Ellenbogen versinkend fand ihr Kopf den Eingang des Lautsprechers und schickte die linke Hand an die Auslösung des Vorlaufs, die rechte stützte langsam die Schläfe empor in die Schräge des Zuhörens. Ihr glänzend heranwinkender Blick
– das Jahr des Kriegsendes in unserem Staat, verstehen Sie: schob das Band heran aus der Unterredung der vorigen Woche: eine Wende war, eine Umkehr. Was hier anfing mußte früher begonnen haben, wer inzwischen fünfzehn Jahre gearbeitet hat für unseren Sozialismus muß dazu bereit gewesen sein und geeignet, Veränderung ist möglich aber nicht Vertauschung, wer auf unserer Seite steht muß da längst gestanden haben, der Verteidiger der sozialistischen Ordnung muß es schon gewesen sein zur Zeit der Verbrechen, er war es
für die brüchige zähe Stimme eines fremden Alters.
– Wo waren denn Sie bis neunzehnhundertfünfundvierzig: fragte das laufende Band mit Karschs Stimme und brachte den vergangenen Vormittag im bürgerlichen Zimmer und das Licht gefärbt von den niedrigen Obstbäumen vorm Fenster, die Stille zwischen den entfernten Häusern, den Windschlag der herrschaftlichen Türen zum offenen Garten mit der aufbewahrten Leere, dünn schliff das unbesprochene Band wiedergegeben

und traf abermals in Frau Ammanns Handausstrecken zum Glas, hielt die zusammenfließende Arbeit der Muskeln an und knickte die Bewegung zu sichtbarem Schreck für die Dauer eines kürzeren Seitenblicks, die Karsch sich auch eingebildet haben mag, mehr weiß er nicht als ihm schien, er glaubte zu wissen nicht was sie meinte aber wie sie dazu kam: Achim war einer von denen. Er war einer von den hartmäuligen Uniformjungen, die in Massen einzelnen Kriegsgefangenen auflauerten und sie zusammenschlugen mit Knüppeln und Steinen, jagdlustig begeistert krochen sie auf den Güterbahnhöfen umher und schleppten ertappte Flüchtlinge vorschriftsmäßig gefesselt zur Bahnhofswache, ernsthaft und neugierig umstanden sie den Rasenplatz am Südring der Altstadt, da wohnte er heute, damals hatte er der Hinrichtung eines Mannes zugesehen, weiß nicht mehr was der verbrochen hatte, Lebensmittel geschmuggelt oder weiße Fahne rausgehängt, ja da fuhren doch schon Panzer durch die Stadt, den hängten sie auf, der Baum hat immer noch knapp über Mannshöhe den starken Querast, da kletterte einer rein, mußte die Schlinge ziemlich dicht an den Ast bringen, ein andrer holte einen Schemel aus dem Milchgeschäft nebenan, und die Leute alle herum, ließen die Soldaten kaum durch die ihn brachten bloß den Schlips abgerissen hatten sie ihm gar nichts begriff er von hinten schrie immer seine Frau ziemlich weit weg ganz hohe verständnislose Schreie er konnte nicht allein auf den Schemel stützten sie ihn junge Soldaten sah hilfsbereit aus die haben ja auch immer so ehrliche Gesichter Schlinge nahm er selbst um den Hals wollte was sagen schlugen sie ihm mit der Faust rein nicht mit dem Gewehrkolben mit der Faust sah richtig zärtlich aus stießen den Schemel weg naja da starb er eben ging schnell er wurde immer länger nach dem Ruck die Füße spitz nach unten und bunt im Gesicht als er still hing fing er an zu drehen faßten sie ihm an die Hose ob er nSteifen hatte und kreiselten ihn wieder hatte wohl kein Steifen waren ja keine Fachleute gewesen.

Von denen einer, die lernbegierig und unbelehrbar das Henken ansahen mit unbewegt jugendklaren Gesichtern als künftige Henker zwischen den Erwachsenen die still und fromm die Hinrichtung als Schauspiel nahmen und dem Toten in der Nacht das herausgefallene Gebiß unter den Füßen wegstahlen und in der folgenden Nacht die schwarzen Schnürstiefel, die Jacke war angerissen, hatten sie ihm wohl auch ausziehen wollen, alle heute unter uns leben die möglichen Henker und die wirklichen und spielen freundliche Augenfalte beim Leihen von Zeitung oder Streichholz im Verkehrsmittel bieten dir ihren Platz an sind bescheiden und liebenswürdig was bei so einem berühmten Rennfahrer gewiß überraschen kann. Die selben sind berühmt und streifen lächelnd deinen Arm beim überholenden Spaziergang am Sonntag und arbeiten neben dir für die Kräftigung des jeweiligen Staates und schlafen mit dir und sind dir befreundet auf alle wird Verlaß sein wird auf einen Verlaß sein, wir machen also die Annahme.
– Sie meinen demnach: sagte Karsch: daß wer heute ganz anders lebt und nützlich für eine neue Regierung besser damals schon hätte sollen
würgen am Krampf der Magennerven, du Günter
– Ja ja ich kann alles gut sehn. Ob sie ihm wohl ein Schild zwischen die Finger binden wie bei Hermann Löns?
– Du, Günter.
Rings um den kleinen Park wehten Schuttflächen die Blätter und ersten Blüten staubig über den Zuschauern. In der Ferne hinter einem Soldatenriegel bohrten fünf Männer mit Preßluftmaschinen das zweite Stockwerk des verschütteten Luftschutzbunkers an; wenn sie den Deckel abnahmen, würde dicker angstsüßer Geruch ohne Farbe über den Platz wrasen, das ist die Verwesung, ich weiß Bescheid. Die Soldaten blickten neugierig hinüber zu dem drängenden Menschenpulk am Eingang des Parks neben dem Denkmal.
– Achim bleib doch hier! was hast du denn!

Der hat mir gar nichts zu sagen. Wenn wenigstens Eckhart da wäre; den hier kenn ich ja bloß. Hier ist doch sowieso alles tot, warum hängen sie den auf, das haben wir alles schon im Film gesehen.
– Ich muß nach Hause.
Wenn er jetzt sagt Feigling. Er sagt es in der Klasse.
– Ich geh auf die andere Seite. Da kann man besser sehen. Und lief weg über den leergebombten Platz, die Schultasche schlug ihm gegen die Beine das Herz in die Kehle: wenn er jetzt Feigling sagt Schlappschwanz der kann nicht mal zusehen wie sie einen aufhängen: ein Deutscher Junge hat keine Nein. Das kann ich mir nicht recht vorstellen. Er hat es mir anders erzählt.
– Nehmen wir mal was anderes: sagte Frau Ammann geduldig. Sie nickte unter mürrisch erhobenen Brauen, sie hatte nicht das gemeint; Karsch glaubte ihr Zeit zu nehmen. Blind vor unbekannten Erwägungen tastete sie nach ihrer Brille, fand sie nicht, rührte sich arbeitsam. Das Haus umgab sie mit leisem beschäftigtem Geräusch, das nicht nachließ. Blätternd gebückt zog sie zwei von Karschs Blättern heraus, hielt sie mühsam lesend dicht an die Augen, schlug mit dem Handrücken gegen das dumpf tönende Papier, schickte es segelnd über den Tisch. Freundlicher fragte sie: Wie ist es mit der Sabotage?

Das ist doch da nicht drin

Nein warte mal. Laß mal versuchen.
Denn sie war bereitwillig, von ihr kamen die Vorschläge, sie hatte sich vorbereitet auf zwei Stunden wirksamen Gesprächs, Karsch hatte nicht mehr gesagt als Nein und Ich verstehe nicht. Was wollte sie eigentlich?
– Was wir von Ihnen erfahren über Achims Leben gegen Ende des Kriegs: sagte sie: Ist nicht genug. Daraus kann

man nichts lernen. Denken Sie an all die Menschen, die das Buch lesen werden und glauben und ihr eigenes Leben verändern nach dem von Achim.
– Na gut: sagte Karsch. Er hatte daran nicht gedacht (wollte er fremde Erinnerung verändern). Und was sollte sein mit der Haussuchung?
Die wie alles war von Achim gesehen erinnert erzählt. Wer war Achim damals, was wußte er, was begriff er überhaupt? War er so nicht immer noch einer von denen?
– Ach so: sagte Karsch: Sie denken daran daß Achims Vater gelernt haben könnte und mit ihm ein vorstellbarer Leser
aus der Parade ordentlich gereihter Leichen im sommerlichen Park vor dem qualmenden Hauptbahnhof, stille und verzerrte Füße nebeneinander gleich nahe vom Weg im kräftigen Gras, manche Gesichter sind kenntlich. Die Frau ist nicht da. So weich gekrümmt auf der Seite lag sie im Schlaf, so ein Kleid hatte sie nicht. Hat sie nicht vielleicht war sie nicht pünktlich doch wir wollten den Jungen abholen aus der Schule Mittagessen Spazierengehen Geburtstag wie das riecht hoffentlich war sie gleich tot das weiß ich doch gar nicht faß mal mit an. Wären wir nicht hierher zurückgekommen was Besseres werden wollen Nein. Das darf man. Schuld ist
das weiß ich nicht. Ohne Flugzeuge hätten sie es nicht machen können. Ohne Krieg hätten sie es nicht machen können. Ich weiß nicht.
Danach ist zu erwähnen das Abrutschen der stützenden Hand vom Zeichenbrett in den sinnlosen Blick auf verbauten Innenhof und Wachsoldaten, das blicklose Herangrübeln vergessener Erklärungen. Der jähe Schreck der Einsamkeit inmitten leise knirschender Zeichenmaschinen und unkenntlich gebeugter Rücken und unablässig bewegter Arme. Was ist ein Gesicht, dient es dem verläßlichen Ausdruck. Was wollen die, was will ich. Was bedeutet redseliges Wesen, ist es redselig der Parteinahme entgegen, mit welchem Inhalt

ist eine Pause zwischen zwei Sätzen gefüllt oder zu füllen. Er hatte die Verbindung mit den Genossen verloren, er hatte sie nicht mehr haben wollen, hier kannte er niemand. Sie hätten ihm abgeraten. Er mußte es allein machen. Unsicherheit, Zweifel: er weiß nicht genug, er hat nicht studiert. Er kann selbständig eine Lüftung entwerfen oder einen Verschluß, wird ihm ein Versteck für einen Fehler gelingen. Mich sollen sie nicht kriegen. Ich muß aus dem Jungen einen Menschen machen. Ich darf niemand hineinziehen, das ist meine Sache, wollen doch sehen. Wenn ich mit jemandem reden könnte. Macht ein Abschuß weniger etwas aus? Ist ein halbes Jahr etwas wert?

– Haben Sie eigentlich auch Gartenland, so nebenher ist es doch ganz angenehm?

– Nein.

Das betuliche Stopfmuster hebt den alten Riß aus dem Ärmelrand des Kittels heraus. Gestern nacht sollen sie im Norden alles hingemacht haben aber auch alles. Wie hätte sie tot ausgesehen.

Bis ihm gelingt die Angst abzudrängen. Die Veränderung eines Werkstücks vom Gleichen ins Ähnliche ist eine zeichnerische Aufgabe. Wer bekommt das Blatt in die Hand, wer prüft es, wer schreibt seinen Namen darunter. Wann werden die Blätter abgeholt. Um einen Kubikmillimeter kann man sich nur absichtlich irren, wer würde das von mir denken.

Er wird wieder umgänglich, läßt sich auf Gespräche ein. Redet doch was ihr wollt. Mir könnt ihr nichts erzählen. Als die Verpackung des Fehlers unterstempelt und abgeschickt ist, räumt er sein Haus auf. Er kann die Kleider der Frau ohne Schreck berühren. Der ganze Schrank hängt voller Kleider. Das weiße mit den blauen Blumen fehlt.

Natürlich muß der technische Teil der Sabotage noch genauer eingeführt werden, ich will mal jemand fragen, der weiß da Bescheid.

– Ja. Und so ist es noch zu privat: sagte Frau Ammann,

mit den Händen in den Hosentaschen glitt sie vom Stuhlrand in den Stand aufwärts, marschierte krumm und eifrig an den Regalen entlang, in denen die bisher von ihr betreuten Bücher standen. Aufgehalten stand sie still, wandte den Hals über unbewegten Rücken, betrachtete Karsch griesgrämig. Sie lief hinter ihre Tischseite, stellte blicklos nachdenkend ein Glas vor Karsch und goß ihm ein, in abkehrendem Ruck ging sie weiter; und Karsch stellte sich vor das Aussehen ihres privaten Zimmers, in dem sie ihre öffentlichen Gedanken faßte, er stellte sich vor dunkel glänzende Dielen und alte braune Möbel unter schräger Fenstersonne und ihr vergangenes Leben darin aufbewahrt, was für Leute mochten zu ihr kommen, was für Bilder hängte sie an die Wand, wie kam sie zu ihren Meinungen? Im Vorübergehen geriet sie an Karschs Stuhllehne, hielt sich wie im Taumeln fest und bestätigte über ihn gebeugt fast ohne Stimmton hilflos: Zu privat. Zu privat; streng und zierlich war die Mitte ihres zerfließenden Kopfes festgehalten vom Vertrauen, das sie darstellte

Was heißt hier zu privat?

(ihre heisere klare Stimme, das Schaben des Sprechgeräuschs in der überanstrengten Kehle. Noch unerklärlicher der kühlwindige Vormittag, den sie ihr Leben lang nicht würde verbessern können, wollte sie gelebt haben für die Wahrheit über einen Rennfahrer); ja. Sie meinte: das sei immer noch nicht mehr als die Wahrheit für Achims Vater: mit seinen Augen gesehen, die sahen nicht genug. Immer noch nicht genug.

Sie meinte die andere, und Karsch fing an auf dem wieder angelaufenen Tonband, das haben wir nicht, ich wiederhole nach ungefährem Gedächtnis. Erst das Knacken aufgezeichnet vom zu stark aufgeladenen Einschalter, dann Karsch mit Bitte um Auskunft: Sie meinen also:

der Verein für große Verschlechterung des Lebens in Deutschland
– warum sagen Sie nicht: die deutschen Faschisten, die mit den Geldern des Kapitals in seinem Dienst
der (die: such dir aus) verlangte die Billigung für was er tat begeistert und bekam sie nicht durchaus widerwillig; man sollte sich entsinnen der drängenden Trauben deutscher Frauen auf dem Bahnhof der sächsischen Kleinstadt in der verewigten Mittagstunde, als der Sonderzug des Hausanzünders sie durchfuhr: Achims Mutter stand zwischen den weinenden oder still verzückten Frauen und war wie sie gekommen zur unendlichen Ansicht des schwachsinnigen Führers, der filmentrückt am Fenster lehnend im unmerklichen Gleiten der Räder langsam wie sie und ernst die Hand erhob zur atemlosen Versammlung der Gebärerinnen; sie starben in der Gemeinschaft ihrer Söhne oder in der Einsamkeit des zerbrechenden Vorratskellers, das konnten sie nicht voraussehen wie sie nicht gewußt hatten von den Öfen zur Verbrennung der Opfer und Besserwisser, das haben sie nicht gewußt, dem hingen sie an im täglich schlimmer entstellten Alltag und lieferten aus jedermann, der mit hinderlichen Handgriffen oder Zetteln an der Wand oder Übernachtung mit Frühstück für fremde Personen die Wirklichkeit ändern wollte und zumindest die Meinungen von ihr.
– Das sollte nicht in einem Relativsatz gesagt werden.
– Und die größere Menge dieser schluchzenden Verehrung oder mürrischer Billigung ins Verhältnis gesetzt zu den anderen? die Granaten zu Wurfgeschossen fälschten und ungebrauchte Bombenflugzeuge anfällig machten für die anziehende Kraft der Erde, die Verfolgte zu Verwandten annahmen unter den Augen der Polizei, die unter Decken sitzend die Nachrichten des Auslands heranholten und sie verteilten unter denen, die nichts im Rücken hatten als Knüppel und Gewehre und die Einsicht wie Deutschland eigentlich aussehen sollte eines Tages? die waren verabredet

und hingen einer am anderen; wer aber hielt das verdorbene Leben in Gang, wer gab den Verbrechern Brot und Werkzeug zum Töten und Verbrennen als deutsche Wertarbeit, gehören nicht die in den Hauptsatz? Nicht viele waren solche wie dieser derbgewachsene mittelgroße Mann ohne besondere Kennzeichen mit einem harten aber nicht merkbaren Gesicht und gingen umher in ähnlicher Kleidung auf häufig begangenen Wegen und waren unkenntlich wie alle für alle, die nicht wußten wie viele sie waren und nur wie allein inmitten des tarnenden Schweigens, er hatte die Verbindungen schleifen lassen nach dem Umzug, er hatte sie nicht mehr geflickt, er war nicht Genosse sondern allein. In das großstädtische Büro kam Achims Vater als anstelliger wortkarger Arbeiter, am Anfang wurde er leicht verlegen. Nach einigen Monaten war er gern gesehen und besucht von den neuen Kollegen, die in diesem runden eigensinnigen Kopf oder in seinem ungeübt schiefen Lächeln die Verläßlichkeit sehen mochten für Notfälle; sie sprachen aber deutlich von Ferienhäusern in der Mark Brandenburg, undeutlich vom absehbaren Ende des Krieges und gar nicht von Fällen dringend benötigter Hilfe: gab es hier keine? weil er nicht studiert hatte wie diese? Kein Gespräch brach ab in seiner Nähe, keins auch fing an. Nicht weil sie fein sind, aber ich kann mit denen nicht reden. Es gab Erinnerungen an das in der Werkhalle verlassene Gespräch (das eine Ordnung geschaffen hatte, wo gehöre ich hin): am ersten Tag im Mai zog der Festmarsch durch die Straßen, deren graue Fluchten kaum mit Staatsfahnen aber mehr bezeichnet waren mit Betten ohne Bezug, die zum Lüften in den Fenstern lagen, von roten Inletts war ein Hakenkreuz nicht zu verlangen, leuchtend im Feiertag und reichlich waren sie verteilt, hier gehörte er nicht hin, in der kleinen Siedlung besserer Einfamilienhäuser ging es nicht an aus den Fenstern Betten zu hängen. (Wohl zeigte er da von allen die kleinste Fahne, aber war er nicht auch sparsam?) Zu beschreiben wäre die überstürzte Rückreise in die kleine Stadt an einem Sonntag nach zwei Jahren und der Anblick einer kürzlich versiegelten Tür und auf der ganzen Rückfahrt der einsame Schreck zwischen Ausflüglern und Liebespaaren im bummelnden Zug: der hat was gemacht, kann man das alleine machen, hat es sich gelohnt fürs ganze Leben? Man kann ja doch nichts machen. Die Frau hatte Angst vor den Pausenzeichen ausländischer Sender, neulich haben sie einen deswegen abgeholt, denk doch an die Kinder, wollen wir nicht in Frieden leben. Um deinetwillen.

Er soll es ja nicht für richtig gehalten haben, aber wenn überhaupt entschloß er sich erst nach dem Verschwinden von Frau und Tochter: ich laß mir nicht alles wegnehmen; möglich ist die Sabotage, erwiesen ist die Haussuchung, gewiß ist auch der Mann an der Gartentür, den der Junge weggeschickt hatte: mein Vater hat hier keine Freunde. Woher kommen Sie denn?

– Du hast ja einen forschen Jungen. Tut der bloß so?

– Weißt du ich hab mir gedacht: wenn ich ihm was sage. Nachher verquatscht er sich.

– Mensch er ist doch schon vierzehn.

– Also was brauchst du.

– Eine Dienstreisebescheinigung.

– Ist sie für dich?

– Du Arschloch. Meinetwegen kannst du so weitermachen. Es ist für die Partei.

– Kann ja jeder sagen.

– Na bitte.

– Komm weg hier.

Denken ließe sich das; harmlose Straßenecken oder das Bild von zwei zufälligen Männern beim Bier bieten sich an. Auch das Abgeben eines vollständigen Herrenanzugs in der Gepäckaufbewahrung des Hauptbahnhofs oder Flugblätter in der Jackentasche, der plötzlich unterkellerte Alltag, vorsichtiger Spateneinstich im nächtlichen Garten. Und warum nicht eine Übernachtung. Angstlos und redelustig läuft er hin und

her in der Küche, deckt den Tisch mit einem Tuch, ist bemüht das Brot gerade zu schneiden. Zum Essen zieht er die Jacke wieder an. Möchten Sie noch eine Decke? Der Besucher wird sich eines verdrossenen Gastgebers entsinnen und der Empfindung von Sicherheit. Freundlich hält das niedrige Lampenlicht die Küche zusammen gegen die abgedeckte Nacht. Das Haus ist wieder bewohnt.
– Den Jungen hab ich nach Thüringen geschickt, zu Verwandten. Jetzt laßt mich doch mitmachen. Die Amerikaner sind schon über die Grenze.
Aber dies und so erst im halben Jahr vor dem Einmarsch der amerikanischen Truppen und aus persönlichen (privaten) Gründen: um die Anständigkeit zurückzubekommen für das Gefühl nützlichen Lebens. Ungefähr so? Meinen Sie das?
– Verstehen Sie: sagte Frau Ammann einschränkend. Sie gingen nun im Garten umher neben den stillen Bürgersteigen, und wenn Karsch sie über die Treppenecken stützte, fühlte er ihren Ellenbogen klein und zerbrechlich im Jackenärmel. Ihr Eifer ließ sie bedrückt aussehen. Ihre Sorge war heftig wie die älterer Verwandter um Enkelkinder, die nicht die gleichen Fehler machen sollen. Sie hatte noch kein Radrennen angesehen. – Verstehen Sie: sagte sie: In der Ausarbeitung dürfen Sie ihm nun nicht vorwerfen daß er sich als Sozialdemokrat verhielt zu einer Zeit, da die Kommunistische Partei schon die künftigen Bürgermeister heraussuchte; er lebt ja noch. Nicht seine Fehler sind wichtig sondern was ihn mit unserer neuen Zeit verbindet.
– Ja aber so habe ich es gar nicht gemeint: sagte Karsch.
– Haben Sie etwas gegen die Sozialdemokratie?
Und so weiter.

Was sagte denn Achims Vater dazu?

So wie Karin es erzählt ist sie also an einem Nachmittag mit der Straßenbahn hinausgefahren. Man geht von der Haltestelle am alten Feuerwehrschuppen vorbei über den baumdunklen Kinderspielplatz, der sich zum Halbkreis der Siedlungshäuser hin öffnet. Zwischen dem niedrigen Gartengewächs verrostet der Maschendraht, die Türen hängen schief, manche Giebel haben brandige Flecke und Löcher im Putz. Es sind Miethäuser. Unter den ähnlichen ist das Haus von Achims Vater kenntlich an dem Rasen neben dem kiesigen Gehweg, denn er hat den neuen Zaun aus Staketen neben die Front zurückgesetzt. Das enge quadratische Fenster im Dachwinkel war früher Achims: es ist nicht mit Gardinen verhängt. Die strenge Sparsamkeit von Bett und Fenstertisch und die schrägen Wände mit all den Siegerwimpeln und Kränzen aus Achims ersten Rennjahren sind bekannt aus den Bildern, die die illustrierten und fachlichen Zeitungen jährlich wiederholen, auch in den beiden Büchern über Achims Aufstieg ist alles beschrieben als ein Beispiel für die Not der Jahre nach dem Krieg, und Gruppen der staatlichen Jugendverbände (auch Schulklassen) kommen es anzusehen. Die letzte Steinplatte vor dem Treppenansatz kann man mit der Fußspitze hochdrücken, darunter lag der Schlüssel, denn es ist nur noch einer übrig. Aber Achim konnte nicht kommen. Sie schloß auf und ging durch Flur und Küche in den geräumigen Hintergarten, den dicke Zaunbüsche gegen die Nachbarn abdeckten. Sie wartete im Liegestuhl unter einer Decke. Es war Wetter von hastigen Winden, manchmal flackerten die strähnigen Wolken in Sonnenlicht. Die Apfelbäume stehen jetzt schon zwanzig Jahre lang, die Blätter sind nun fast so groß wie sie bleiben werden bis zum Herbst. Aber wo Achims Mutter Gemüsebeete hatte ist überall Rasen. Blumen sind nur an der rückwärtigen Kante eingesetzt, damit sie den Schuppen verdecken. In dem Schuppen haben sie nach der Kapitulation gewohnt, da war das Haus voller Flüchtlinge. Später holten die städtischen Ämter sie heraus und wollten Achim das Haus schenken zur Anerkennung, aber Achim hatte lieber daß sein Vater es zu eigen bekam. Er wohnt in einem einzigen Zimmer mit dem Rest der Möbel, die sie damals mitgebracht haben. Abends sitzt er im Garten oder am Küchenfenster ohne viel zu tun. Er geht nicht gern zu Radrennen; er sagt: davon verstehe ich nichts, das ist so eine Rechnerei.

Im Aufwachen sah sie ihn neben dem Stuhl stehen; er hatte ihr eine zweite Decke übergelegt und hielt die Arme noch halb ausgebreitet. Bedauernd sagte er: Du schläfst immer so viel. Fast wie Achim ... In den Schultern sieht er schmal aus. Sein Gesicht ist stiller geworden, es scheint unablässig mit Nachdenken beschäftigt, aber wenn man ihn fragt, antwortet er langsam und unbestimmt, – Och ...: sagt er, er hat an nichts gedacht. Ungeschickt lächelnd setzte er sich neben ihre Beine und redete in nörgelndem Ton über den kühlen Wind, du wirst dir noch was holen. Dabei sah er sie nicht an, hielt krumm gebeugt die Hände zwischen den Knien, selten kam ein schiefer zwinkernder Aufblick. Er mußte sich an sie gewöhnen.

Sie hat ihm also erzählt: sie kennt einen, der will ein Buch über Achim schreiben. Weißt du er spricht wie Achim wenn er nachdrücklich sein will, es ist so ein hoher abweisender Ton. – Warum denn bloß? sagt er.

Sie erklärt ihm: es ist ein Westdeutscher, Wiedervereinigung für zwei Personen, und so. Na, Karsch?

– Erzähl weiter: sagte Karsch.

Achims Vater sehr gelassen: Der. Ja den kenn ich. Was will er denn wissen?

Wie das mit der Haussuchung war.

Unerschrocken er: Ach ja?

Es versteht sich daß sie das Gespräch begleiteten mit Bewegungen des Ausdrucks und daß es in einem Garten geführt

wurde bis in den härteren Abend; ich kann ja etwas über den Stuhl sagen. Es war ein Liegestuhl, den Achims Vater selbst gebaut hatte; das kräftige Rundgestänge war über eine Rasterleiste zu verstellen und konnte die Segeltuchbahn sowohl in der flachen als auch in der engen Kurve ausbreiten. Während er vor ihr auf dem starren Fußbrett sitzend die Liegefläche aufrichtete und sie anhob, sagte er also: Ach ja?; soll in diesem Vorbeugen und Abwenden zu Beschäftigung aber Zögern zu erkennen sein und Ablenkung, oder sagt es doch nichts und gehört am Ende nicht dazu?
Er hat sich nicht unterbrochen, hat die Hebel in den Raster gedrückt und nachgesehen ob sie nicht unbequemer lag (ihren Nacken auf dem Kissen zurechtgelegt). Es sah unbehaglich aus wie er die Schultern anhob, nach ihrem Arm griff, ihn wieder losließ, endlich sich entschloß. Aber nicht unglücklich. Wer weiß woran er dachte.
– Man kann nichts daraus lernen: sagte er. – Haussuchungen haben sie bei allen gemacht, die zum Büro gehörten. Da war das erste montierte Triebwerk beim Probelauf auseinandergeflogen, ist aber keiner verletzt worden. Was man nicht alles bedenken muß. Aber die Arbeit eines halben Jahres war hin. Du vergißt ja doch was ich dir da erklären könnte, ich schreib es ihm auf, wenn er es brauchen kann. Der Fehler war heimlich eingebaut worden, aber nach der Explosion wußte jeder wo man ihn hinsetzen konnte. Ich bin auch mal auf den Gedanken gekommen. Aber dazu brauchte man zwei. Der zweite hätte offenen Dienstweg haben müssen. Ich war auch nicht klug genug. Was nützt alles, wenn sie dich doch kriegen? Es waren zwei andere. Den einen hab ich nie gesehen, den haben sie aufgehängt. Der andere war aus Berlin, fuhr über Wochenende immer zu seiner Frau, so ein Großer Rotblonder, ganz trocken im Gesicht, ich meine so ganz magere ernste Augen. Das war ein Studierter. Er war gut zu leiden. Natürlich hat er diese Sachen zugleich mit der Hitlerscheiße angefangen, und ich hab lange gegrübelt: was

denkt sich so einer, daß er gleich Bescheid weiß. Wer hätt das nicht gewußt, aber mit dem hätt ich auch was angefangen. Da mußte es sich nicht mehr lohnen um jeden Preis. Aber ich saß da ja allein Mensch! Hab ausländische Sender gehört, hab auch Geld geschickt an Leute, bei denen der Mann weg war, zweimal, hab auch jemand über Nacht bleiben lassen, als es sicher war. Als der Junge in Thüringen war: Achim. Ich hab mich benommen wie die meisten: mit dem guten Willen. Daß mir eine Zeitlang alles egal war kann man nicht rechnen. Jetzt heißt es immer bloß von den anderen. Du der war nicht hochmütig, dabei war ich doch einer von den Dummen. Er hat ein paarmal mit mir gesprochen, er wollt mir auch was zu lesen geben, aber da haben sie ihn gekriegt. Sein Bruder hat ihn verpfiffen. Es gibt ja solche Familien, aber verstehst du das? Sie haben ihn zum Tod verurteilt, aber er hat bis zur Hinrichtung konstruieren müssen im Zuchthaus, wir kriegten doch seine Blätter, er durft sie nicht unterschreiben, aber ich kannte ja seine Schrift. Und wenn du so tagelang diese Schrift vor dir hast beim Umzeichnen, zum Tod verurteilt, und wenn sie dann ausbleibt. Verstehst du. Aber da war es zu spät, da war die Stadt hin, die Amerikaner standen am Rhein. So eine kluge höfliche Handschrift. Da hat es nicht mehr genützt. Ich bin später hingefahren wo seine Familie gewohnt hat. Ich wollt immer mal wissen was für eine Frau so ein Mensch hat, ich hab sie dann nicht finden können.
So hat er es wohl gesagt. Spät in der Nacht waren sie in Frau Liebenreuths Küche gegangen um ihren bröckligen Schlaf nicht wachzureden. Karsch stand am Herd vor dem stöhnenden Wasserkessel, Karin lief schnell und leise zwischen den zerkratzen Möbeln hin und her und redete befremdet vor sich hin: kaum daß sie Karsch mit Blick und Kopfheben anhielt, wie gleichgültig fragte sie am Ende: Was willst du denn jetzt machen.
– Ich weiß noch nicht: sagte Karsch.

– Du: sagte sie, sie war hinter ihm stehengeblieben und drängte ihn ins Licht, er konnte sie sehen. Sie machte die schmalen Augen, die er für ihren Ärger kannte, sie war ruhig.
– Ich geb dir das Geld, du zahlst den Vorschuß zurück und fährst mit steifem Hals nach Hause.
– Bin ich lange genug hier? fragte Karsch.
– Nun komm. Das ist sächsisch: nun komm. Dann soll einer sich besinnen. Welche Fassung willst du denn nun abliefern!
– Schrei nicht so. Ich weiß nicht. Er hat sich doch sehr an diesen angeschlossen, den Roten mit der harten Haut.
– Du bist wie früher. Wem nützt es daß du gerecht bist!
– Leise.
– Entschuldige. Sie war kurz vor Mitternacht von Achims Vater zurückgekommen und hatte Karsch mit Steinwürfen gegen das Fenster geweckt. Mit dem fertigen Kaffee setzten sie sich gegenüber am Tisch, bewegten die Arme auf dem Wachstuch, redeten die Nacht zu Ende. Die offenen Fensterflügel rüttelten in ihren Haken. Von außen gesehen: von außen gesehen höhlte Licht nur eine einzige schmale Zelle aus, während das unzählig verglaste Karree des Innenhofes blicklos verschlossen schlief unter den nächtlich bewegten Wolken.

Woher kannte der übrigens Karsch?

– Vom Sehen: sagte er. – Der sitzt doch fast jeden Abend in dem Bumslokal an der Ecke und fragt die Leute nach Achim. Viel kriegt er ja nicht zu hören. Die denken alle er meint es politisch.
Das war beim Abendessen am offenen Küchenfenster. Die Lampe hing tief mitten im Raum, so daß sie die Hände und Teller im Licht hatten; einander aber sahen sie in der matten

Mischung von Lampenschatten und hellerem Abendhimmel. Allmählich zogen die schwarzblauen Wolkenbänke westlich und verdüsterten die Stelle des Sonnenuntergangs. Ab und zu zerriß einzelnes Motorengeräusch auf der Ausfallstraße die Stille aus leisem Gespräch an entfernterem Gartenzaun und gelb ausgefüllten Fenstern und dem Geruch frischen Blattwerks, die die Siedlung umgab. Sie sahen oft nach draußen. Er versuchte sie zu bedienen beim Essen. Er behandelte sie mit dem Anschein von Nörgelei; er redete mit Genuß und zeigte ihr mühelos Ernst, wenn sie doch einmal aufblickte. Unversehens kam ihm dazwischen zu sagen: Ach komm doch öfter.

– Es ist nur weil er allein ist: sagte sie: Bedenk doch all die Mädchen, die durch die Dachkammer gezogen sind damals, er dann (wie Achim erzählt) immer mit so gewaltsamer Lustigkeit beim Frühstück, die war nicht zum Mitnehmen. Er glaubt nicht an Schwiegertöchter. Mich will er nicht. Ich bin immer ein Arbeiter gewesen (sagt er), das ist nichts für uns.

– Steht da nebenan noch der Schrank mit den Kleidern? Mit den Sachen von Achims Mutter?

– Nein. Die sind alle auf dem schwarzen Markt verkauft worden. Zuerst die Kleider, schließlich der Schrank. Und die Frisiertoilette. Die hatte sie sich ihr Leben lang gewünscht. Jetzt ist das Zimmer immer vermietet. Seit der Staat ihm das Haus leergeräumt hat.

Das alles ist zusammenzubringen mit der vorgebeugten stillen Haltung, in der er seinen Feierabend und lange Zeiten von Gespräch mit Schweigen verbringt, auch fast weiße Haare dicht am Schädel, kurze breite Hände, der Eindruck von Eigensinn und gelegentliche Zärtlichkeit, hätten sie den vor fünfzehn Jahren zum Bürgermeister gewählt? Vom Sehen kennt man keinen.

Danach hatte sie auch gefragt. – Weißt du er macht viel mit dem Mund. Er sieht dich starr und freundlich an und bewegt

die Lippen auf eine langsame harte Weise; es ist als hätte er einen Spaß vorbereitet oder wüßte mehr. So sah er mich an und ich höflich ihn: man muß sich nicht dazu verhalten. Er hat überlegt was er von mir weiß, was ich sagen werde und dann tun.
– Nicht weitererzählen: sagte er lächelnd. Er stand auf und zog die Lampe mit einem an der Aufhängung verknoteten Bindfaden über den Küchentisch, hängte die Schlaufe in einen Fensterriegel und begann unter den Papieren zu suchen, die er in einem Fach des Küchenschranks liegen hatte. Er hob jedes Stück einzeln dicht an die Augen, rieb sich die Brauen, stand lange mit der Hand am Hinterkopf und knetete die weißgrauen Haarstoppeln mit seinen harten Fingern. Küchenschrank und Herd umstanden ihn fremdkantig als gehörten sie ihm nicht.
– Daher kenn ich den: sagte er und schob ihr mit der Handkante ein Bündel gehefteter Blätter mit Maschinenschrift zu, als er wieder ihr gegenübersaß. Krumm auf die Ellenbogen gestützt sah er ihr zu, bewegte die Lippen befriedigt, trank von seiner Bierflasche ohne den Gast aus den Augen zu lassen. Er lachte in tonlosem Halszucken auf, wieder verschob der Mund eckige Falten, als sie ihn fragte: Woher hast du das!
– Was war es denn? fragte Karsch.
– Was in der Zeitung stehen sollte. Deine Begegnung mit Achim.
Aber es waren nicht die altertümlichen Typen aus dem Schreibbüro auf dem harten schlierigen Papier, das Karsch in den Briefkasten der städtischen Zeitung für Bevölkerung und Partei geworfen hatte. Karin entsann sich eines Schreibfehlers am Ausgang einer Zeile, der hier berichtigt stand inmitten einer Zeile aus gängigeren Typen und nämlich auf solchem festen Durchschlagpapier wie Karsch es gern hätte kaufen wollen und hier nicht bekam.
– Begreifst du daß das abgeschrieben ist? fragte sie; sie will

es dem Alten dringlich vorgestellt haben mit vorruckendem Kopf und Stimmton, aber er schluckte erfreut über die gelungene Überraschung und bestätigte knurrend aus dem Mundwinkel: Kann schon sein.

Und Karsch sehr zufrieden wiederholte: Kann schon sein.

Und sie mit fast angehobenen Händen und doch überstürzt von Auflachen: Fang du nicht auch noch an! Fall nicht darauf rein!

Aber sie hatte sich erst zu einer Antwort auf diese Frage verstanden, nachdem Karsch entschlossen war zu einer neuen Fassung von Achims Leben vor dem Krieg; wäre ihm die Abreise deutlicher gewesen, hätte sie ihm vorenthalten daß der Student (der zur Untermiete bei Achims Vater wohnte) vorgestern angekommen war mit dieser zerknitterten Abschrift: Neulich habe ich erzählt bei wem ich ein Zimmer habe, da haben sie mir dies gegeben, möchten Sies mal lesen?

Und Karsch fiel hinein auf die Anteilnahme mehrerer wenn auch undeutlicher Personen, die sich kümmerten um ein noch nicht geschriebenes Buch über Achim; er stellte sich die Maschine vor, mit der der Text abgeschrieben worden war, bevor eine Hand ihn zurücklegte in den Briefkorb von Herrn Fleisg; er dachte nach über die Bleistifte und Tintenschreiber, mit denen nicht näher bekannte Personen mitarbeiten an der Darstellung von Achims Leben: am Rand und zwischen den Zeilen wurde er aufgefordert die Hysterie von Massenveranstaltungen klarer darzustellen, man warf ihm vor die Einheit von Sport und Politik zu vernachlässigen, man bezichtigte ihn zu umständlicher Schreibweise, er solle nicht zu klug tun, er solle sich volkstümlicher ausdrücken: die mögliche Anzahl von Anteilnahme ausgewählt aus den achthunderttausend Einwohnern der Stadt und vorstellbar als Student der mathematischen Wissenschaften (oder mehrere) und Hände über dem Tastenfeld einer Schreibmaschine und manchmal schreiender Sportanhänger auf durchtrampelter

Zuschauertribüne und als möglicher Leser aus verschiedenen Berufen, die redeten ihm zu für einen neuen Versuch, obwohl die schriftlichen Zwischenrufe ihm sehr zufällig vor Augen gekommen waren und er nicht ahnte mit welchen Absichten die ihm unbekannten Personen solche belanglosen Texte weiterreichten und obwohl die Randbemerkungen bis zur Mitte der zweiten Seite gründlich wegradiert waren und dann nicht weiter: als sei da eine Störung oder eine neue Überlegung aufgetreten.
– Und dann?
Dann sind wir rübergegangen in die Kneipe an der Straßenbahnhaltestelle und haben getrunken bis eine Stunde vor Mitternacht. Er war sehr lustig. Er hat mir viel erzählt. Wir brauchen es Achim nicht zu sagen. Als ich abfuhr, stand er lippenkauend da, zog mir die Tür zu, überlegte weiter, und im Anrucken der Bahn hob er den Kopf und sagte mit dieser starren Mundumfaltung (ich könnt es dir nur vormachen, wenn ich wüßte was dieser Ausdruck ausdrückt): Bring ihn doch mal her.

Es ist so gar nicht spannend!

Es war nicht spannend. Sehr aufregend könnte an Frau Liebenreuths Klingelknopf eine sauber um den Nagel gerundete Fingerspitze erschienen sein, die mit Druck und Senkung den offenen Stromkreis schließt und auf der anderen Seite regelmäßige Schläge der Hammerfeder gegen eine isoliert aufgehängte Glockenscheibe auslöst: das bekannte Klingelrasseln dröhnt durch den düsteren Flur, der noch leer zwischen den geschlossenen Türen steht, und endet so entschieden wie es begann. In der hervorgehobenen Stille sind Klinkenknacken und Anschlag der aufgeschwenkten Tür zu vernehmen, leichte schleifende Schritte werden deutlich, der Riegel des Türfensters knirscht, hinter dem stählernen wenn auch kunstreich

verbogenen Gitter erscheint das verschlafene Gesicht der Frau Liebenreuth. Es ist nachmittags, sie pflegt nach dem Essen zu schlafen. Sie ist klein, sie muß den Arm hoch aufrecken zum Fensterverschluß, ihr zierlich geschrumpfter Kopf erscheint an der unteren Lukenkante. Sie hingegen trifft auf den Anblick zweier Herren mittleren Alters, die die Hände in den Taschen halten und ohne Erklärung oder versöhnliche Mimik nach Herrn Karsch verlangen. Sie tun dringlich, sie sind ihr nicht bekannt. Herr Karsch hat keinen Namenszettel an der Tür. Er hat ihr den Besuch nicht angesagt, er erwartet ihn nicht. Die beiden Herren vor der Tür blicken über sie hinweg und nehmen sie nur für den Öffner des Eingangs.
–Ich will sehen ob er da ist: antwortete sie unhöflich, sie ist eine alte Frau, man hat sie im Schlafen gestört. Sie drückt das Fenster so hart daß es aufknallt zu, legt den Riegel fest um. Unversehens (ungesehen) behende hastet sie den Flur entlang zum Ende des Ganges, klopft unhörbar an der Tür des Mietzimmers, drückt die Klinke geräuschlos und tritt eilig ein. Herr Karsch liegt im Stuhl vor dem Schreibtisch, hat die Füße ins offene Fenster gereckt und liest in dieser Stellung das dicke Buch über den Radsport, das sie gestern beim Staubwischen bemerkt hat. Sie weiß womit er sich beschäftigt, er hat sie gefragt was sie denkt über die Förderung des Sports mit den Steuergeldern der nichts ahnenden Bevölkerung, er will es aufschreiben, sie denkt nicht gut darüber. Er hört sie nicht kommen.
– Herr Karsch! sagt sie also. – Herr Karsch!
Noch im Umwenden wird er überrascht mit der geflüsterten Erklärung: daß es nun soweit sei. Jetzt sind sie da. Zwei sonderbare Herren stehen auf der Treppe, er ist nicht da will sie sagen, er geht so lange in ihr Zimmer und hält sich ruhig. – Als sie den Studenten abgeholt haben aus dem Nebenhaus, war es auch so. Ich hab es gleich gewußt, bei so einem Buch.
Schon hier muß die Vorstellung abgebrochen werden. Denn

Karsch hatte seine Wirtin bei anderer Gelegenheit gefragt: Was hat er denn getan, der Student von nebenan?
– Es war ja schon ein Jahr vor Ihnen: sagte Frau Liebenreuth. Wenn aus der Überreichung des Frühstücks ein Gespräch wurde, schob sie das Tablett in eine Armbeuge allein, um die andere Hand für Hinweise und Betonungen verwenden zu können; nahm Karsch es ihr ab, fühlte sie sich hinausgewiesen. – Der hat westdeutsche Zeitungen rumgegeben. Und Freunde hat er sich eingeladen, und darüber geredet mit ihnen. Es hat alles in der Volkszeitung gestanden. Eier soll es erst morgen wieder geben.
Karsch gab keine westdeutschen Zeitungen weiter. Er konnte nicht abgeholt werden von den Beauftragten des Sachwalters, denn was er tat war überschaubar und was davon der Regierung mißfiel versuchte sie ihm einmal in zwei Wochen auszureden. Er berührte das Leben des Staates nicht, er kannte kaum jemand außer Achim.
Anders herum: warum sollte Karsch nicht den Besuch zweier Herren hereinbitten? Sie nicken etwas bestürzt wegen der langen Wartezeit und treten nacheinander durch den Flur voran. Der Letzte nimmt Frau Liebenreuth die Tür aus der Hand und schließt sie; sehr besorgt bleibt sie außen stehen, stützt sich mit verklammerten Händen auf den Klinkenstiel und legt ein Ohr an das Holz in der Nähe der Fuge; während der eine von den beiden etwa an diese Stelle gelehnt stehen bleibt und dem anderen zusieht.
Der andere geht vorsichtig auf den Schreibtisch zu und blickt sich suchend um. – Na? sagt er. – Wo haben Sies denn?
Karsch steht da mit den Häden in den Hosentaschen. Achsel- und armzuckend sagt er: Tut mir leid. Ich hab nichts.
Der an der Tür schüttelt unwillig den Kopf. – Irgend was werden Sie doch haben: sagt er überredend.
Aber Karsch sagt nein: es ist nichts da. Manchmal hatte er wirklich nichts Neues. Er entsinnt sich einer ganzen Woche, während der er auf Frau Liebenreuths Sofa liegend fünf

tägliche Stunden arbeitsam nachdachte über die vier verschiedenen Fassungen von Achims Leben vor dem Krieg; das läßt sich nicht vorweisen.
Der am Schreibtisch also lehnt sich gegen die Kante, verschränkt die Arme vor der Brust und murmelt ungläubig: Zwei Wochen. Und dann nichts.
Der an der Tür könnte ihm durch beredte Enttäuschung oder etwa Bedauern im Ausdruck des Gesichts beipflichten. Aber damit dies alles wahrhaftig so vorgefallen sein könnte, müßte der eine von linkischem Wesen Herr Fleisg gewesen sein und der andere auch ein Mitarbeiter des Verlages für Junge Literatur, die nämlich unterwegs waren um nachzusehen ob die vertraglich gebundenen Schriftsteller auch etwas taten für die Vorschüsse, von denen sie lebten, und konnte ein Entmutigter den Abgesandten einmal nicht ein Manuskriptbündel von erwartbarem Umfang vorblättern, sollten sie ungefähr sagen: Also mein Lieber, woran liegt es denn? Vielleicht hilft es dir, wenn du dich einmal darüber aussprichst? Nur waren es auch diese beiden nicht, denn Karsch hatte sich gegen die übliche Vorschrift des Vertrages gewehrt, da war sie in seinem gestrichen worden. Wahr ist lediglich daß einmal wortkarge Personen fragten nach Karsch, da schlug Frau Liebenreuth das Fenster zu und verleugnete ihren Untermieter wie eben (beinahe); aber dürfte selbst dann mehr gesagt werden als daß sie kamen und weiter nichts? und wäre Frau Liebenreuths Schreckhaftigkeit spannend?
Packend auch ließe sich beschreiben was das Renngeschehen heißt: Achim ist gleich in den ersten Kilometern gestürzt, weil Papiergirlanden von begeisterten Kindern über die Strecke geworfen ihm das Hinterrad und die Schaltung blockierten, er flog hart auf die Seite. Man sieht keine Wunde, nur der Kiesgrus hat Schleifstriemen in die Schenkelhaut gerieben, die Verharschung bricht immer von neuem auf, es war keine Zeit zum Verbinden; er muß auch in den Knochen starke Schmerzen haben, denn seit er den Vorstoß zur Spit-

zengruppe nicht geschafft hat, läßt er sich in der Mitte des Hauptfeldes treiben und kümmert sich um nichts. Die Rundfunkreporter hocken in den Dachluken ihrer Übertragungswagen mit dem Mikrofon am Mund und einem Fernglas vor den Augen, sie beschreiben dem nicht anwesenden Publikum Achims Gesicht mit den Worten verbissen und moralisch und Konzentration und ähnlichen, die zurückgebliebenen Kinder stehen bedrückt neben der vorwurfsvoll tönenden Lautsprechersäule, immer wieder schwenken die Teleobjektive der Fernsehkameras ein um Achims gesenkten Kopf zwischen gesenkten Köpfen herauszupolken, er kümmert sich um nichts, von neuem die Normalobjektive zeigen den Überblick der sonnenstaubigen Rennstrecke und im fernen Anstieg der Straße die Spitzengruppe wie Insekten auf selbsttätige Uhrwerke gefesselt, plötzlich, jetzt! erscheint am unteren Bildrand ein umgekehrter Mützenschirm, zieht einen Nacken nach, geht als krummer Rücken kleiner werdend in die rechte Bildseite, er trägt Achims Nummer, das ist Achim, sofort strähnen die vordersten Fahrer des Pulks ihm hinterher, das Feld hat einen Kopf von halber Straßenbreite bekommen, der in zähen Rucken zusammenwächst, sie haben ihn fast eingeholt, sind krampfhaft neben seinem Hinterrad gebückt, so daß auf der linken Fahrbahnseite zwei Fahrer von Achims Mannschaft unbeachtet davonziehen können, Achim ist umschlossen, nun erst werden die Ausreißer bemerkt, sie sind zu weit unterwegs, sie sind nicht einzuholen, Achim hat die Verfolger getäuscht mit seiner letzten Kraft, das konnte er noch, jetzt läßt er sich zurückrutschen, kurbelt krumm und apathisch in der Mitte des Feldes, ist verbissen und moralisch wie in Konzentration und so ähnlich, er kümmert sich um nichts. Aber das müde listige Lächeln, mit dem er antwortet auf die strahlenden Zurufe aus den Begleitwagen, wird Legende werden und Schauer über Rücken treiben: er hat abgesehen von sich selbst, die andern werden mitsiegen für ihn, wir alle gehören zusammen. Na?

Er fuhr zwanzig Rennen während eines Frühjahrs, die dem Sieger unterschiedlichen Ruhm eintrugen, Achim mußte nur dabei sein. Die Vorgänge wiederholten sich: immer voraussichtlich war Einer der Erste, wer zurückblieb mußte den andern helfen jedes Mal, die Technik stand in den Lehrbüchern beschrieben und wurde mit den Anfängern geübt wie wild. Nicht von ihnen aber von Achim würde die Rede bleiben als Vorbild: das ist wahr; ist es spannend?
Erregend darzustellen das Leben einer Schauspielerin: Karin gehässig fluchend unter den Händen der Masseuse, Karin im Eingang des Friseursalons von drei weißbekittelten Abgeordneten empfangen, Karin im städtischen Wirbelblitz der Gerüchte, mißlaunig und begabt auf der Probebühne, während im Hintergrund des dunklen Zuschauerraums eine Tür aufschlägt und den Umriß eines jungen Mannes rahmt, der steht da eine Weile mit den Händen in den Taschen ohne näherzukommen und sieht den Vorgängen auf der Bühne zu; als Karin aber sich von der Rampe abstützend ins Parkett schwingt und unsichtbar wird im dämmerigen Gestühl neben der Probenleitung, stößt er sich mit den Schultern ab, zuklappende Tür verdeckt ihn: war das Achim? war das der mit dem Westwagen? war das der immer die Blumen schickt? wer geht durch die Korridore des Theaters und durch einen Kellerausgang über den hoch umbauten Hof davon mit knallenden Eisenabsätzen, wer hat ihn gesehen, wollen wir hinterher? Die junge und viel versprechende Schauspielerin, deren Entwicklung wir seit einigen Jahren in den anerkennenden Berichten der Presse verfolgen, ist soeben von Filmaufnahmen in Rumänien zurückgekehrt; bei einem geselligen Beisammensein im Restaurant des Hauptbahnhofes fragten wir sie nach ihren weiteren Plänen. Über die neuerlich wegweisenden Maßnahmen des Sachwalters äußerte sie: darüber sei sie sicherlich einer Meinung mit allen Menschen guten Willens. Unsere besten Wünsche sind mit ihr, winkend verschwindet sie im anfahrenden Taxi. Die seelische Spannung,

die ihre Verkörperung der Emilia Galotti auszeichnete (und zu einem bleibenden Eindruck machte), verweist auf die Vermutung: daß sie seit dem vorigen Jahr in persönlicher Auseinandersetzung mit dem neuen Leben unseres einmaligen Staates gereift und somit wurde was sie ist. Um zum Thema zurückzukehren, wählen wir aus den Möglichkeiten, diese vorausgesetzt, ein Radrennen auf einem Rundkurs mit Start und Ziel an der Tribüne, freudig erregt verfolgen die Zuschauer auf den Holzbänken unter dem Sonnenzelt und an den Absperrseilen was ihnen den Sonntag füllt, Achim liegt vorn, seit der vierzehnten Runde ist Achim vorne. Wenn Spitzengruppe und Hauptfeld in der Nordkurve entschwinden und der ehrenhafte Vorbeizug der Nachzügler gemischt wird mit Funkberichten über die erbitterten Kämpfe auf der Gegengeraden, senken sich die Wogenkämme des anfeuernden Geschreis, das ist ein Vergleich: Windstille breitet sich aus, die See liegt ebenmäßig plätschernd im kleinen Geräusch privater Gespräche, siehst du die da unten, rechts neben der Rennleitung? im blauen Kostüm? Das ist die von Achim. Mit der schläft er. Nein jetzt nicht mehr, jetzt hat sie doch den der ein Buch über Achim schreibt, aus dem Westen der. Mit dem hat sie es jetzt? die führen vielleicht ein Leben kann ich dir sagen! Unermüdet branden vereinigter Stimmton kippende Welle wiederholter Vergleich über die erneute Ankunft der drei führenden Fahrer, schräg hintereinander geordnet ziehen sie durch Augenhintergrund und laufende Filme, in wechselnden Aufschwüngen tosend warten Phonmengen auf das Feld, das eng beieinander quirlend herantreibt und den zweithöchst johlenden Wellenberg durchfährt, nur die Mikrofone an der Barriere vernehmen das Schwirren der Reifen auf dem Riffelbeton und hastiges Aufstöhnen leise Zurufe der atemlos bewegten Fahrer. Jedes Mal und besonders zu der Zeit, die umschrieben wird als Die Positionskämpfe haben begonnen, reißt Achim während der Anfahrt zur Tribüne den schrägen Aufblick zur Glaskabine der Renn-

leitung in sich und vor ihr in ihr gespiegelt Karins langes ernstes Gesicht über strahlendem Blaukragenrand, vielleicht auch Karschs kameradschaftliches Handheben hämmert gegen den Schmerz aus der Verbrennung der Milchsäure, die in den Gefäßen eines erschöpften Körpers verkocht, je weniger er noch fähig ist zur Aufnahme von Sauerstoff; hast du gesehen wie er immer den Kopf hochnimmt zu ihr? das feuert ihn an, klar muß er da durchhalten, eigentlich müßte sie jetzt den Kranz um den Hals gehängt kriegen. Sieh mal wie er strahlt.
Aber Karin hielt Rennfahren für Achims Beruf, sie mochte ihm nicht jedes Mal bei der Arbeit zusehen, sie ging nicht auf Tribünen. Spannend war es nicht, ist dir auch nicht versprochen worden.

Also bitte. Wie wuchs Achim auf?

Achim kam erst nach anderthalb Jahren aus Thüringen zurück. Sein Vater versuchte inzwischen zu leben mit der Frau eines Kollegen, die er vom Selbstmord abgehalten hatte. Kurz nach dem Waffenstillstand gingen sie auseinander, weil er nicht mit den Behörden um das Wohnrecht im Haus streiten mochte und sie das dürftige Leben im kalten Gartenschuppen nicht aushielt, da doch Frieden war. Davon wußte Achim nichts.
Er war indessen bei den Eltern seiner Mutter in Thüringen. Der Marktflecken lag weiträumig auseinander in einer tiefgekerbten Talsenke, die allseits von aufsteigenden Tannenrängen umstanden war; wer den Himmel sehen wollte mußte den Kopf in den Nacken legen. Die Großeltern wohnten in einem der ziergiebligen Fachwerkhäuser am buckligen Markt. Er schlief unter dem Dach und sah morgens den steilen Anstieg des kargen Landes zum Schnee oder kühlen Sonnenaufgang. Sie liebten ihn sehr wegen seiner Ähnlichkeiten mit der verlorenen Tochter. Der Großvater war dürr und eigensinnig, er geriet leicht in Zorn und trank, je mehr die Mitbürger

ihn mieden. Er hatte das Amt des Bürgermeisters angenommen als Ehre, er grübelte viel über das Mißtrauen, das die Vorschriften der Staatspartei ihm einbrachten. Er galt für grausam, denn er wich von den Worten der Zeitung nicht ab; er konnte mit tränenlockerer Stimme reden über ein freundliches Wort oder einen Gruß, den er nicht mehr erwartet hatte. Nicht ängstlich nur verwirrt war er, als die amerikanischen Befehlshaber in aller Freundlichkeit ihn verprügeln ließen und abfuhren in ein Sammellager für staatliche Verbrecher; erbittert und ratlos schrie er Lästerungen mit Segenswünschen für die verbrannte Regierung gegen den Motorenlärm des Lastwagens, der ihn schnell und wendig aus dem lieblichen Tal entführte. Er verließ den Umkreis des Dorfes zum ersten Mal. Er starb im Lager. Er hat nicht viel begriffen.
Von der Großmutter lernte Achim. Klein und rundlich in ihren bunten Röcken lief sie mit kurzen schnellen Schritten durch Haus und Stall und arbeitete für die Mahlzeiten in den engen niedrigen Stuben, die sie nicht bewohnte. Sie war fröhlich. Die Schläfenkante erinnerte an die Mutter. Achim fand zum dritten Mal keine Freunde, mit diesen fünfzehn Jahren war er unlenksam und hochfahrend gegen die lange Weile des Lebens im Dorf; er fürchtete es sei für immer. Sie gewöhnte ihm den Trotz ab mit Äpfeln auf dem Kopfkissen, sie schlug auch hart zu manchmal. Aber das zärtliche Gewicht ihrer Hand, die ihm über die Haare fährt, ist unvergleichlich. Wenn der Großvater mit Achim schrie, sah sie mit verzwickter Miene zu und stieß Achim versöhnend einen Ellenbogen in die Seite wie ein Mann. Zu den Reden des Großvaters unterlief ihr unbewußtes Grimassieren aus Lippenschürzen und angehobenen Stirnfalten, ihr Gesicht schien spöttisch zugespitzt. Sie trauerte ihrem Mann nicht nach. Sie schickte Achim mit einem Korb voll Lebensmittel zur Frau des neuen Bürgermeisters, den die Amerikaner aus den Lagern für Staatsfeinde geholt hatten. Der konnte nur in langsamen Schritten die Treppen des Rathauses hochkommen. Wenn

er sich an die Brust griff, verfiel ihm das Gesicht. – So darf doch ein Bürgermeister nicht aussehen: sagte sie, deswegen schickte sie ihm Eier und Würste. Der Flur roch nach ihren Mänteln, die Samtkragen hatten lange gelebt.
Die Amerikaner blieben nur kurze Zeit und hielten sich abseits; nur zu Kindern waren sie freundlich. Beachtlich waren die Lockerheit des militärischen Grußes und die andere Form der Fahrzeuge und alles, was ihren Sieg erklären konnte. Sie hockten auf ihren Helmen vor der Grundschule in der Helligkeit des Vorsommers und freundlich wie die, sie lachten über die vorbeikommenden Deutschen; ich kann nicht mehr sagen als Achim erzählt hat. Sie blieben nicht so lange, daß er die Rangabzeichen unterscheiden lernte; die Jungen halfen sich mit der Anzahl der Armbanduhren, die einer bis zum Ellenbogen am ganzen Arm entlang trug. Was immer sie vor Zuschauern taten erklärten sie ihnen. How many jews did you kill? Gebärde. Jeep: rundendes Fingerzeigen, schnell aneinander bewegte Fäuste. Sie gaben nicht immer etwas her für Parteiabzeichen oder Alkohol; einer riß Achim die Flasche aus der Hand, setzte sie an den Mund, unterbrach sich und sagte auffordernd: Wine.
– Wine: sagte Achim. Jeep. Nazis. You dirty little brat.
Dann unter der sowjetischen Besatzung waren Kindesabtreibungen nur erlaubt, wenn die Schwangere das Alter des Keims in die amerikanische Zeit zurückschob.
Die Rote Armee kam in die Dörfer auf Pferdewagen. Die Soldaten lagen zu zehn oder fünfzehn auf ihrem klumpigen Gepäck, ihre Uniformen waren schmutzig und durchgeschwitzt. Die sollen ja sogar eine andere Schrift haben. Vor und hinter der Kolonne ritten die Offiziere in glatten Jacken, weißer Kragen hielt ihnen den Nacken aufrecht, sie blickten geradeaus unter ihren strammen Mützen. Die tiefgrünen Satteldecken trugen golden eingewirkt den Stern der neuen Macht. Auf der Landstraße fuhren manche Soldaten mit Rädern neben den müden Pferden her, sie umrundeten auch

einzelne Fuhrwerke oder den ganzen Zug und waren sehr vergnügt über die Lenkbarkeit des Fahrzeugs und die schwankenden Bewegungen, zu denen es den Ungeübten veranlaßt. Vor dem Einmarsch in den Flecken kletterten sie auf die Wagen; singend und neugierig und zutraulich zogen sie ein. Einer hatte wohl eine Ziehharmonika. Als die ersten schon auf dem Marktplatz hielten und hinuntersprangen, kam an den sauberen Offizieren und am Spalier der Deutschen vorbei ein Nachzügler auf dem Rad gefahren, sehr lustig fuhr er kleine Kurven über die Kopfsteine, riß eine Hand hoch bisweilen und schrie was klang wie Begrüßungen für diesen freundlichen kleinen Ort und seine Einwohner, lachte unmäßig über das eigenwillige Kippen, das am Vorderrad anfing. Vielleicht hat ihn einer angestoßen. Als Achim angelaufen kam zu den anderen, die das gestürzte Rad umstanden, lag der immer noch auf dem Rücken ausgestreckt und hielt sehr vorsichtig tastend seinen Ellenbogen über sich. Er lächelte, als der magere Junge mit dem scheuen erschrockenen Gesicht von der Gewalt seines Laufens in die Gruppe hineingestoßen wurde und gerade vor ihm anhielt. – Bolit: sagte er leise und lächelnd. Er lag sehr hilflos.
– Bolit? sagte Achim. Er faßte an seinen eigenen Ellenbogen und zog ein schmerzliches Gesicht. Der Soldat nickte still.
– Bolit: bestätigte er. Es tat ihm weh. Bolniza heißt Krankenhaus, dai mne heißt gib mir deine Hand. Aufgestanden legte er den Arm um Achims Schulter und tat einen lahmen Schritt, dann blieb er wieder stehen. Er wies blickweise auf das überquer verdrehte Fahrrad am Boden und schwenkte den Kopf wieder zu Achim. Die Umstehenden griffen fast gleichzeitig zu. Sie richteten das Rad auf und kippten Achim den Lenker in die freie Hand. Einige gingen mit bis zu einem haltenden Wagen und redeten besorgt über das tiefatmende Stöhnen, das der fremde Soldat durch die Zähne ließ. Er lehnte sich an das Rückbrett des Fuhrwerks und umfaßte Achim mit einem zärtlich erheiterten Blick.

– Kapuut? fragte er dann.
Achim faßte das Rad an Lenker und Sattel und blickte daran herunter. Er ließ es auf beiden Reifen prallen, blickte wieder auf. – Nein: sagte er. Er lachte, weil er deutsch gesprochen hatte. Er schüttelte den Kopf.
Die Augen des Soldaten winkten ihn dichter heran. Achim blickte um sich auf die umstehenden Deutschen und die Russen auf dem Wagen. Die auf dem Wagen nickten ihm ermunternd zu. Er trat einen Schritt vor.
Der Soldat tastete nach dem Sattel. Achim nahm seine Hand weg und hielt nur noch den Lenker. Sie blickten sich an. Achim war sehr verlegen. Er versuchte den Blick hochzuhalten. Die Hand auf dem Sattel schob ihm das Fahrrad zu.
– Dlja tebja: sagte der Russe.
Achim schämte sich. Er trug damals die Haare lang und gescheitelt, er strich sich die verrutschte Strähne aus der Stirn. Alle redeten ihm zu auf deutsch und russisch. Achim nickte.
– Danke: sagte er. Er war aufgeregt gewesen, aber nun wurde ihm der Kopf heiß. Der Soldat wandte sich einverstanden ab, aber die auf dem Wagen riefen ihm zu wie er es auf russisch sagen konnte.
– Spassiwo: sagte Achim.
Sein Freund schüttelte den Kopf. Er war gar nicht viel älter als Achim. Er sah wieder vergnügt aus.
– Njet: sagte er kopfschüttelnd. Denn er wollte ja auf diesem Ding nicht mehr fahren, nachdem es ihn hingeschmissen hatte, das tückische. Er wiederholte und sagte: Spassibo. Nu?
Achim stand mit dem Rad allein auf der Straße und sah dem Wagen hinterher. Sie winkten alle. Er hatte Lust zu johlen und zu lachen, aber er war traurig. Er hatte vorher nicht gewußt wie allein er war.
Vielleicht wäre die Geschichte auch gar nicht vorgekommen, wenn sie nicht paßte zu seiner späteren Laufbahn?

Will der Verfasser damit die Übergriffe der Besatzungsmächte vergessen machen?

Nein. Diesen Lustigen mit den blanken Augen in der gelben Haut auch nicht.
Karsch lag an Achims Erfahrungen und nicht an denen, die andere hätten haben können oder hatten. Gewiß war er darauf bedacht Fehler zu vermeiden: er fuhr den Ort anzusehen. Er konnte also hinzufügen, daß das Tal in halber Höhe des Hangs von einer Kleinbahn durchfahren wurde, die hatte Achim vergessen, denn später war er stets mit dem Rad gekommen. Er fragte Achims Großmutter: was denn im Flecken vorgekommen war in der Zeit, da Achim hier lebte. Sie war gastfreundlich und mißtrauisch beim ersten Mal, sie sprach freiwillig nur vom Tod des neuen Bürgermeisters und vom verächtlichen Betragen der Amerikaner. Er kam zurück und brachte Karin mit und Grüße von Achims Vater. Sie glaubte nicht daß Karin zu Achim gehörte, sie bot ihnen das Dachzimmer für die Ferien an, sie stand mit zusammengelegten Händen in der Tür, als sie abfuhren in die Dämmerung. – Kommt doch einmal wieder: sagte sie tonlos lächelnd und lehnte sich in den Rahmen. Sie war sehr klein geworden. Sie sorgte sich wer sie begraben würde. Achim hatte nichts erzählt von den Frauen, die zu fast allen Zeiten des Tages bei ihr in der Küche saßen ohne Gespräch aber mit Reden. Nun konnte Karsch hinzusetzen: die Russen ließen einen fugenlosen Bretterzaun um die Grundschule hochziehen und strichen ihn grün, der Eingang war ein hölzernes Tor mit stumpfwinkligem Bogen, an den Seitenwänden wechselten die fremden Buchstaben auf dem roten Grund. Sie hatte Achim den Abtransport der staatlichen Verbrecher in ihre eigenen Konzentrationslager nicht erklärt, sie hielt es damals für unverständlich. Kurz nach dem sowjetischen Einmarsch stampfte der Amtsdiener mit der Glocke zwischen den Häusern umher und schrie: Wegen der Ankunft des

Generals ... die Bevölkerung wird gebeten rot zu flaggen; an den Fenstern erschienen die roten Fahnen, von denen das Hakenkreuz des zerschlagenen Reiches hatte abgetrennt werden können aber nicht der vom Regen eingebleichte Abdruck, der nun übrigblieb als lichte weichkantige Durchsicht; leergeschüttete Inletts wehten an den Masten vor dem Rathaus und von halber Höhe des Kirchturmhutes. Die untere Fensterreihe des Rathauses trug in sich die Bildnisse von Herren in Schlips und Kragen, die regierten den Staat des okkupierenden Heeres, darüber hingen die Porträts von Herren in Uniform, die hatten den Sieg geleitet, unter dem Dach hervor blickten Herren mit altertümlichen Bärten in den blauhohlen Himmel, die hatten vorausgesagt, daß die arbeitenden Klassen die Macht und die Welt gewinnen würden; das war der Ordnung halber zu erwähnen. Vollständig vorhanden sollte beschrieben stehen was die Schande der Vergangenheit und den verlorenen Krieg und die Hoffnung besseren Anfangs zusammensetzte (das nie gesehene Stumpf von Grün am Zaun für das fremde Heer und so fort) als allgemeine Bedeutung und Lehre, aber für Achim würde sie immer ein Gesicht haben, das ihm für die Dauer von Atemzügen befreundet war, ihm ein Fahrrad schenkte, das er nicht wiedersah: das war seine Rote Armee:
sagt er, von ihm reden wir.
Nachdem er in diesem Ort die Grundschule hinter sich gebracht hatte, ging er zurück in die Großstadt zu seinem Vater, erlernte den Beruf des Maurers und wurde fast geraden Wegs ein sehr berühmter Rennfahrer im ostdeutschen Teilstaat. Bei der fünften Wiederkehr des Republikfeiertages marschierte er nicht mehr entlang vor den Abgesandten des regierenden Sachwalters sondern stand zwischen ihnen auf der Tribüne.

Was heißt mit einem Mal: Er war allein?

Eine Zeitlang war er allein. Nach dem Waffenstillstand wurde die Schule im Nachbardorf wieder aufgeschlossen (also nicht: hier; das war ein Versehen). Es war eine Stunde Weg dorthin zu Fuß, er fuhr aber mit dem geschenkten Rad. Die oberen Klassen saßen sehr eng beieinander in dem niedrigen verwohnten Raum, dessen Fenster auf den Kirchplatz gingen. Sie wurden in zwei Stunden nacheinander unterrichtet, eine Gruppe sah der anderen zu. Achim hatte schräg vor sich den Nacken eines Mädchens zwischen harten schwarzen Zöpfen. Die Zöpfe zuckten bei schnellen Kopfbewegungen. Nach einiger Zeit erschrack er unerklärlich, wenn er den Umriß des Gesichtes sah seitlich vor dem Novemberlicht und die Schläfen im Schatten oberhalb der Augen.
Vom Vater kam einmal in zwei Wochen eine Ansichtenpostkarte. Die zeigten das Opernhaus wie es nicht mehr aussah und den Marktplatz ohne Schutt und den Hauptbahnhof heil. Achim antwortete: Wir haben Rüben ausgemacht. Mir geht es gut. Er wußte gar nicht warum sie verfeindet waren.
Er arbeitete gern auf den ärmlichen Feldern des Großvaters. Er war sehr gern müde. Er erinnerte sich wo er das Mädchen schräg vor den Jungenbänken gesehen hatte. Er kam auf dem Fahrrad mit der Heugabel in der Hand von der Wiese und fuhr an ihr vorbei. Sie trieb die Kühe des Bauern nach Hause, bei dem ihre Mutter Unterkunft gefunden hatte. Sie war Hütemädchen. Die Hufe der mageren rotbunten Tiere rieben niedrige Staubwolken aus dem Weg. Sie ging barfuß im wirbelnden Sand hinterher, der Stock schwang locker im herabhängenden Arm. Der Weg fiel sanft ab zu den ersten Häusern, die Büsche am Rand waren weiß übersandet, ihr Rock war zerrissen und fleckig. Als er vorbeifuhr, hob sie den Kopf. Er hätte gern etwas gesagt. Sie hob ihren Kopf und sah ihn leise und lustig an. Aus dem Scheitel kamen

kleine runde Haare in die Stirn. Als er sich nach einer Weile umwandte, sah er ihre kleine feste Gestalt im Sprung über den Koppelzaun. Die Wegbüsche schnitten den Anstieg aus dem Himmel, ihr überraschender Blick war überschattet vom farbigen Licht des Abends. Alle in seinem Alter hatten eine Freundin.

Im Winter blieben die Karten des Vaters ein paar Wochen lang aus, aber es kamen Leute von den Städten mit ihren Wollsachen und optischen Instrumenten in den Rucksäcken, die wollten sie eintauschen gegen ein paar Pfund Kartoffeln oder auch eßbare Rüben. Die Großmutter hatte angefangen Achim zu fragen, bevor sie etwas weggab oder kaufte; er war jetzt sechzehn Jahre alt und der Mann in der Wirtschaft. Er saß mit einer durchfrorenen Frau am Herd, während die Großmutter die zerschlissene Einkaufstasche vollpackte, und fragte sie aus. Sie war dankbar, sie hielt ihn für den Bauern. Sie erzählte von den Leichen der amerikanischen Soldaten, die im Umkreis der letzten Hitlerfestung auf dem Gesicht gelegen hätten, keiner war durch den Rücken geschossen. Die Straßenbahnen fuhren wieder manchmal. Die sowjetische Kommandantur war im Rathaus niedergelassen. Die Truppen verteilten keine Lebensmittel mehr, aber die Bäckereien kamen mit dem Mehl noch nicht aus. Das Plündern vorbei aber die Straßen noch unsicher nachts. An der Ecke zum Markt sind jetzt die Ruinen ausgeräumt worden. Herzlichen herzlichen Dank. Soll ich einen Brief mitnehmen? Achim schüttelte den Kopf. Er lebte wie ohne Gefühl. Er sah alles, aber er brachte es nicht zusammen in seinen Gedanken. Hoffentlich war seine Uniform verbrannt. Manchmal war ihm nach langen Briefen an die Mutter.

Nach den Weihnachtsferien überholte er das Hirtenmädchen einige Male auf dem Heimweg. Sie ging nicht immer mit den anderen zusammen. Er fuhr schnell an ihr vorüber. Er sah ihre abgetragenen Schuhe auf dem hartschrundigen Weg und die Wolken ihres Atems in der Frostluft. Dann kehrte er um

und stellte das Rad vor ihr quer. – Brauchst doch nicht zu laufen: sagte er ungeschickt.
Sie sah fragend und freundlich auf. Der bereifte Schal flatterte um ihren Kopf. Sie hatte seine Sprache nicht verstanden. Sie war ein Flüchtling.
– Kannst du fahren? sagte er. Sie nickte. Er nahm die Tasche von der Lenkstange und hielt ihr das Rad hin. – Einmal du, einmal ich: sagte er. Er sah ihr nach wie sie auf dem schwankenden Rad davonbuckelte. Der Sattel war zu hoch für sie, sie mußte in den Pedalen stehen bleiben. Er war bereit glücklich zu sein. Er war enttäuscht.
Nach zweihundert Metern hatte sie das Rad an einen Baum gestellt und war weitergegangen. Ihre Hände waren in den Taschen. Sie blickte still lachend auf, als er sie überholte. Er winkte, als er wieder abgestiegen war und ihr das Rad an den Weg stellte. Sie winkte zurück.
So wechselten sie sich ab über die fünf Kilometer. Sie war schon am Ende des Waldstücks vor dem Dorfeingang den langen Berg hinunter, da sah er die drei Uniformierten aus dem Seitenweg kommen. Sie stellten sich quer über den Weg und warteten ihr mit ausgebreiteten Armen entgegen, bremsten sie mit den Händen auf der Lenkstange, ließen sie absteigen und zogen mit dem Rad davon. Das Durcheinander der kleinen schwarzen Gestalten nahm sich von oben zierlich aus im Schnee. Die versuchten zu dritt zu fahren auf Sattel und Querstange und Gepäckträger, sie kamen bis zum Wegknick außer Sicht. Achim lief längst. Als er heran war, stand sie immer noch wo sie abgestiegen war, hielt die Arme in die Tragriemen des Schulranzens gestemmt und weinte. Sie war vierzehn.
– Du bist doch nicht schuld: sagte Achim. Er versuchte ihr die Tränen aus dem Gesicht zu streichen, aber der steifkalte Handschuh tat ihr weh. Er zog ihn aus. Als seine Finger die Haut unter ihren Augen berührten, war er glücklich. Und sie den Kopf hob. Er blieb anderthalb Jahre mit ihr

zusammen und wartete immer auf die Wiederkehr des springenden Gefühls in den Schläfen, es kam aber nur als Erinnerung und Gedanke an sie und nicht, wenn er mit ihr zusammen war. Er glaubte daß er ihr nun vertrauen müsse.
– Ach, ist sie tot, deine Mutter? sagte sie gelassen, denn auf dem Treck hatte sie viele tot und sterben sehen. Das hatte er nicht sagen können. Er mochte auch nicht reden über die Zerstörung der Stadt und die Kriegsspiele mit der Uniform. Übriggeblieben daher war ihm die Sicherheit und Härte des Zuschlagens, mit dem er sie und sich gegen den Spott und die Eifersucht der Schulkameraden verteidigte; das hatte er gelernt zum Brauchen.
Er bat die Großmutter um das Wohnzimmer für sie und ihre Mutter. Sie mußte viel arbeiten, der Bauer schrie mit ihr und hatte sie auch einmal geschlagen. Dazu ist es dann nicht mehr gekommen. Eines Tages saß der Vater in der Küche, als Achim vom Feld kam. Sie waren beide befangen, sie sahen einander kaum an beim Handgeben. Über dem hellen verlegenen Stimmton der Frage vergaß Achim sich.
– Ja, sagte er. Ich komm mit.
Dann fiel ihm ein, daß er sie vergessen hatte. Sie waren damals zusammen zur sowjetischen Kommandantur gegangen und hatten beschrieben wie ihnen das Rad abhanden gekommen war. Beide in ihrem ungeschickten Russisch versuchten dem Unterleutnant zu erklären daß das Rad nicht mehr deutsch gewesen war. Es war ein geschenktes. Er lachte sehr über ihre Sprache. Dann durften sie auf den Hof gehen und das Rad heraussuchen unter den anderen. Als sie zurückkamen, stand er auf der Treppe, bewegte die Hände in den Hosentaschen und sagte zu Achim auf russisch: Das ist eine Hübsche, deine Freundin.
– Ja: sagte Achim. Nun hatte er eine Freundin. Wie alle in seinem Alter. Sie war auch hübscher als andere. Sie tat ihm leid wegen seines Weggehens. Es kam ihm erst viel später in den Sinn daß er auch hätte bleiben können.

– Ich besuch dich: sagte er. Es war am selben Abend am Hofzaun, er hatte sie aus dem Stall geholt. Sie hielt mit beiden Händen die Staketen umklammert und hörte nicht wie der Bauer nach ihr rief. Sie weinte nicht. Sie sah ihn unzugänglich an und sagte: Nun ist es vorbei.
– Ich besuch dich wirklich: sagte Achim unaufmerksam. Er wußte nicht wohin eigentlich er gehörte, und vielleicht hat er sie nicht ernstnehmen können.
Du magst es weniger für eine Antwort halten als für eine unentschiedene Zusammensetzung von Ungefährem. Karsch konnte als einzelne Bestandteile benutzen:
Achims Vater: »Er ist gleich mitgekommen und gern auch. Aber in der ersten Zeit war er recht still. Das kam unterwegs plötzlich als wär ihm was eingefallen.«
Die Senke des glatten Fußwegs zwischen den Tannen abwärts und die Entlegenheit kleiner Häuser am Waldausgang. Der aus Heu und Sandstaub gemischte Geruch über den gewunden ansteigenden Wiesenwegen. Der Anblick einer jungen Frau, die mit zwei Eimern aus dem Anwesen des inzwischen verstorbenen Bauern trat und sich vorbeugend nach ihren Kindern rief. Das Zaungatter, Oberklassenschüler kamen steif und lärmend zwischen den Kindern aus der Grundschule usw. (Besichtigung).
Die Geschichte: das beschlagnahmte Fahrrad, abwechselndes Fahren, der Wachoffizier, drei heiter betrunkene Soldaten, das ist eine Hübsche.
Frau Liebenreuth: »All die jungen Leute heute, die achten ja gar nicht darauf, und nachher kommt es nicht wieder. Mein Sohn ...«
Die Großmutter: »Das war damals, da hat er manchmal die Kleine aus Ostpreußen zum Essen mitgebracht, die von Lehmanns. Die Mutter war krank. Nachher sind sie in den Westen gegangen, zu Verwandten. Der alte Lehmann hat sich versündigt an ihr mit der schweren Arbeit, sie war so jung. Der ist nun auch gestorben. Sie hatte so zierliche

Knochen. War ja noch ein Kind. Beide waren sie ja noch Kinder.«
Karin war sehr still. Sie hatte die Hände auf dem Rücken beim Gang durch den Ort und blieb oft stehen. Sie grüßten die Leute, denen sie begegneten, aber die Alten wandten den Kopf und boten die Tageszeit nicht. (Zweite Besichtigung; sie waren mitten in die Kollektivierung der bäuerlichen Einzelwirtschaften hineingekommen.) Auf dem Rückweg sagte sie nur: es sei kleinwinklig und eng, Achim komme es doch weiträumig vor und voller Erlebnisse: obwohl er (sagt er) sich nicht habe eingewöhnen können.
»Kann man das so nennen, wenn sie doch fünfzehn Jahre alt war, meinst du kann man sagen ich hab sie sitzen lassen. Meinst du?« (Achim im Gespräch.)

Und wie fing es an mit dem schnellen Fahren?

Bis ins nächste Frühjahr hinein fuhr er sie besuchen. Es waren mit dem Rad nicht ganz vier Stunden Weg. Vormittags kam er an, aß mit der Großmutter und tat die liegengebliebene Arbeit für sie (die Wassereimer wurden ihr schwer, und beim Holzhacken mußte sie sich immer wieder auf den Haublock stützen). Nachmittags versuchte er seine Freundin zu treffen. Die Mutter mochte ihn; es kam ihr treu vor daß er die lange Strecke gefahren war, sie schickte ihre Tochter heraus zu ihm. Dann war es wie sie gesagt hatte: vorbei.
– Ich bin mit dem Rad gekommen.
– Ja?
– Dreieinhalb Stunden.
– Wie ich gerade einen Berg hinunterbrause, springt mir doch die Kette ab.
– Hast du meinen Vater gesehen damals?
– Nein.
Sie war imstande stundenlang neben ihm zu gehen und nicht

zu antworten. Es sah nicht trotzig aus. Fast zufrieden hatte sie die Hände in den Manteltaschen und ließ ihn reden. Er erreichte sie nicht. Der feste fünfzehnjährige Umriß ihrer Gestalt, der zärtlich war in der Erinnerung, wurde fremder wenn er sie sah und unentbehrlicher mit der Entfernung. Sie drehte sich um und lief, wenn er ihr abends die Hand gab. Seine Hand wußte den scheuen höflichen Druck ihrer Finger in den nächtlichen Stunden der Heimfahrt, voll blinder Wut auf sich selber trampelte er sich in pfeifende Schnelligkeit und sah ihr immer noch nach hinter manchmal zufallenden Lidern.

Dreieinhalb Stunden? wieso dreieinhalb?

Er war fröhlich, wenn er am Sonntagmorgen allein aufstand und am schlafenden Vater auf Zehenspitzen vorbei zur Schuppentür ging. Der Garten war kühl und unberührt. Durch die taufeuchte Luft auf den leeren Straßenbändern zwischen sonntäglichen Dörfern hindurch am ganz frühen Morgen fuhr er zu ihr. Sehr lästig wirrten Berufsschule und Baustelle und die fremden Leute im Haus und die Befehle der sowjetischen Kommandantur als unentscheidbare Gedanken durcheinander; es kam vor daß er wie aufwachend sich mit ganz langsamen Tritten fahren merkte, die Beine zögerten gleichsam überlegend. Erst wenn er die Aufmerksamkeit ganz versammelte auf das Verhältnis von Körper und Fahrrad (Bewegungsgefühl) und die Trittzahl vorsichtig atmend hochtrieb zur erträglichen und angenehmen Ausschöpfung der Kraft, war er ungestört in Zufriedenheit. Er stimmte mit sich überein. Bei Bergabfahrten oder gewissen seitlichen Windrichtungen stieg das Gefühl hoch auf.

Die Rückfahrt war unglücklich. Er war ungeschickt genug davon zu reden. – Kannst du das denn nicht vergessen? sagte er, er log schon, er hatte es auch nicht vergessen. Er konnte sich aber nur vorstellen wie vier Wochen Enttäuschungen zu leben waren. Das Schuldbewußtsein kam ihm wie eine Pflicht vor. Sie schlug sehr erbost in seinem Gesicht umher, ihre

Lippen waren hart gespannt und aufmerksam wie bei einer schwierigen Arbeit. Sie weinte noch, als sie ins Dorf zurückkamen, und er schämte sich wegen der Leute. Beim nächsten Besuch glaubte er zu merken daß sie auf ihn gewartet hatte. Viereinhalb (und als ich erzählt habe was der Polier gesagt hat, da ließ ihr Blick los, schwamm so und dann hat sie doch gesagt daß sie in Ostpreußen wo liegt das überhaupt daß sie da eine Freundin gehabt hat, die ist nicht mitgekommen. Oder war das früher. Wie meint sie das, als ich dann stillschwieg, war sie ganz freundlich im Gesicht aber ich hab doch ach ich weiß nicht) Stunden. Die Straßen waren dick verschneit, und er mußte sich in den Autospuren halten. Dann kam er auf unbefahrene Strecken, die schmalen Reifen versanken im harten Schnee, er kippte über dem Vorderrad hin und her. Zehn Minuten lang lag er im Straßengraben und fühlte sich gleichgültig in der weichen nässenden Kälte. Dann kam ein Lastwagen und fuhr ihm die Bahn frei. Ganz dunkler Himmel, und der Wald so schwarz.

Er hätte sie anfassen sollen

Das konnte er nicht. Damals hatte er noch nicht die Scheune vergessen, in der die Besatzungsmächte einträchtig hintereinander die deutschen Frauen aufrissen zwischen den Beinen. Sie lagen in den Bodenfächern im Heu, aber unter dem Dach war ein kleiner Boden eingezogen, auf dem hockten die Jungen aus dem Flecken und starrten auf die harte Mechanik der ineinander verklammerten Körper im nächtlichen Licht. Achim war nur einmal mitgegangen. Sie konnten erst nach Mitternacht hinunterklettern, und auf dem Heimweg mußte er den Lehrersohn festhalten, dem war übel geworden, er hatte seine Mutter gesehen, sie hatte nicht geschrien. Achim sah den Mädchen nicht ins Gesicht, denen er auf der taghellen Straße oder beim Kirchgang wiederbegegnete, ihm war unheimlich wie Gesichter sich in den Lenden auflösen. Er begriff auch die Großmutter nicht, die vor denen ausspuckte. Und er brachte es nicht ein Mal über sich seine Freundin zu küssen. Oder nur ein Mal

Dreieinviertel Stunden. Drei Stunden und zwanzig Minuten.

Sehr plötzlich hatte sie ihm vergeben. Sie wehrte sich nicht mehr, wenn sie in der Schule oder auf dem Dorfplatz mit ihrem städtischen Liebhaber gehänselt wurde; sie wartete am Sonntagmorgen an der Landstraße, sie fuhr abends noch ein Stück mit ihm auf der Querstange und lief nicht zurück in den Wald, bevor er endgültig hinter dem Wegknick an den drei großen Steinen verschwunden war: er durfte sich nicht mehr umwenden, das wollte sie so.

Dennoch wartete er dringlicher auf die harte Freude, die aufstieg aus der schnellen Einfahrt unter den ersten Laternen der Stadt zwischen den ruckweise aufwachsenden Hausfronten: er war wieder zu Hause, hier kannte er alles, er war in Sicherheit.

Drei Stunden und fünf Minuten, aber das war ein zufälliges Ergebnis: auf den letzten fünfzig Kilometern wurde er von einem Radfahrer überholt. Das war er nicht gewöhnt, darum versuchte er hinterherzukommen und es dem zu zeigen, und er war verwundert über die Menge an nötiger Anstrengung. Schräg hinter dem anderen sah er das scheinbar mühelose fließende Kreisen seiner Trittbewegungen, auch klang sein Rad anders. Achim sah zum ersten Mal merklich die dünne Freilaufnabe glänzend neben drei schwarzen Zahnkränzen, Drähte liefen am Rahmen entlang, das Gestänge war viel dünner und anders gebogen. Ja dann. Der andere schwenkte den Kopf unter dem Arm zu ihm und nickte ihn vor. Achim legte den Rücken flach wie der und stampfte wild. Der andere, in dessen aufgeblasenem Blusenkragen der Rand eines Trikots zu erkennen war, ließ sich schwimmen, so daß Achim herankam. Er sah ihm zu. – Zu eckig, du trittst zu

eckig: sagte er. Nach einer Weile schüttelte er bedauernd den Kopf. Er konnte ganz leicht und ruhig sprechen, während Achim keuchte. – Tut mir leid, du: sagte er: ich bin im Training. Und zog davon, ging einfach weg (sagt Achim lachend, will zeigen wie erstaunt und dumm er gewesen sei vor zehn Jahren), war bald uneinholbar, haspelte immer kleiner davon, kam auf übersichtlicher Strecke als Punkt aus den Augen. Achim versuchte noch einige Male auf die Trittfrequenz der wenigen Minuten Nebeneinanderfahrens zu kommen, er sank aber jedesmal atemloser ab.
Drei Stunden und fünf Minuten blieben ihm gewiß in den Gliedern bis in die klammen Montagmorgen dieses Herbstes, und als Erinnerung forderten sie sich wieder heraus; wenn Ziegelstein und Mörtellade ihm die Arme aus den Schultern zerrten oder hinter den Milchglasfenstern der Berufsschule konnte ihm der Gedanke kommen daß alles ganz anders war: alle träge Zeit konnte aufgeputzt werden zu dem hochatmenden Gefühl völliger Beschäftigung, gehorsam arbeitend riß das Rad Körper und Aufmerksamkeit hinein in stolze schnelle Einsamkeit, die Ortschaften anschnitt und zurückließ in einem und rauschend durch fremde Wälder fuhr und Pferdewagen Traktorenzüge radfahrende Bäuerinnen geschickter überholte auf der ausschließlichen Straße. Das Ziel war Verzögerung, von Erwartung gespannte Haut um die Augen eines Mädchens hielt an und warf zurück, im Frühjahr endlich war die Reise sich selbst genug und verwies sich das Ankunftbild eines Kindes im Sonntagskleid, das streng und glücklich im farbigen Gras erschien und anspruchsvoll zukam auf die Öffnung des Waldwegs
(allerdings fühlte Karin sich hiermit erinnert an die letzte Szene eines Spielfilms aus dem eben vergangenen Jahr, der eine Liebe zwischen Kindern in solcher Helligkeit von Frühling enden läßt an der Schwierigkeit der politischen Verhältnisse, und Achim gab zu er könne ihn gesehen haben) –
nach siebenunddreißig Kilometern in einer Stunde sollte der

Stillstand mit weich zugreifender Bremsung ungestört einrasten in die tröstende Erschöpfung und in das Gedächtnis einer eng abkippenden Kurve, die ihn brüllend ergriffen zerdrückt und entlassen hatte.
Für eine etwa gleichlange Strecke in anderer Richtung ohne Aufenthalt benötigte er drei Stunden, und er wendete gleich.

War Achim das so recht?

Sein Leben nach dem Krieg gefiel Achim nicht wie es bei Karsch vorkam. Es befremdete ihn eines Ruhetags im großen Rennen durch die befreundeten Länder des ostdeutschen Teilstaats: Achim im Trainingsanzug innerhalb seiner Mannschaft lag auf angewinkelten Ellenbogen im staubigen Parkgras vor dem Hotel, stützte flachen Rücken hoch auf Armen und Füßen, schnellte sich rückwärts in die Hocke, schleuderte die Beine eins nach dem anderen gestreckt vor, stieß die Arme vor in Schwebe, zweiundzwanzig Arme neben seinen fuhren geknickt auswärts an Schulterblätter, kreisten unverkürzt waagerecht in Achselhöhe und vertikal schwingend an den tüchtigen Körpern, vorgehalten sanken sie mit ab in den Hocksitz, unter ihnen wirbelten die kostbaren Beine, während zufällige Passanten und verabredete Schulklassen am Straßenrand einen Sekundenruck verspätet das Gesehene übersetzten in ähnliche Bewegungen des allgemein nützlichen Frühsports. Dem folgte das Frühstück mit der ersten Pressekonferenz des Tages, Fahrermund nach Fahrermund über Brötchen geschoben sauste als Bild telegrafiert in die heimatlichen Redaktionen, Achim wurde von den Bildberichtern verfolgt in die Reparaturwerkstatt, die Kinder schwärmten inzwischen mit Notizblöcken vor den Türen des Speisesaals, lächelnd über durchschauerte Rücken gebückt verzeichnete er sein großes A vielmals, vor dem Mittagessen sollte er eine Stunde liegen, für den Nachmittag waren Übungen angesetzt zur Geläufigkeit des Fahrens auf dem Rad, und Karsch konnte kaum hoffen daß wenigstens nicht noch die harte Mailuft der Stadt Prag hineinschrie in Achims Antwort zu den zwanzig Seiten, mit denen er am vorigen Abend gleich nach der Siegerehrung verschwunden war. Aber Karsch stand nur wenige Minuten an der Pförtnerloge, da konnte Achim auch ihn noch wahrnehmen, wies ihn mit Kopfwenden auf die rechte Seite des Bürgersteigs hinaus, sagte nachgiebig wiederholend das tschechische Wort für ›gut‹ und hob seine langen Beine vorsichtig aus der wirbelnden Akustik des durchdrängten Foyers. Ein junger Mann in grauem Straßenanzug kam gemächlich aus der Seitenstraße, zog die Sonnenbrille aus seinem abgehärteten Gesicht und riß Karsch am Arm flache Stufen empor zu einem dick umsäulten Eingang, hinter dem er eine halbe Stunde lang nicht zu vermuten war. Er hatte wahrhaftig seinen Ausweis bei sich, so daß er nur den Eintrittspreis für Studenten bezahlen mußte.

– Ja wissen Sie ...: murmelte er blicklos mit Handrücken und baumelnder Brille umgeben von der friedlichen Malerei eines vergangenen böhmischen Jahrhunderts, streckte sich, stieß zu; kumpanenhaft zwinkernd wollte er (wahrscheinlich) zugestehen daß er nicht gelebt haben wollte wie ein anderer das aufschrieb: daß einer nicht schreiben wird wie ein anderer lebt; bunte Kuhflecke an beläutetem Bahndamm gehörten zu Achims Jahr neunzehnhundertsechsundvierzig, er hatte sich dessen nicht entsonnen, warum also ihm zurückgeben was er heute nicht mehr brauchte?; das Staunen eines preußisch gedrillten Jungen über die amerikanische Verwendung von Helmen zu Sitzplätzen verlor bei Karsch das Zeichen des Ausrufs und kam gleich zusammen mit den notdürftigen Tauschgeschäften, die aber erst eine Woche später eingeübt waren; selbstsicher drängte die Erwähnung des zerstörten Bürgermeistergesichtes sich vor Kaufmannswitwe und Ausrufer und Totengräber und Tantenbesuch, die allesamt auch vorhanden und mitunter wirksamer gewesen waren unter dem ausgehungerten Himmel; die Fickerei in der Scheune war dreiwortig über den Platz vor dem Rathaus gegangen und hatte die verstrebten Holzbalken im Innern des Bauwerks unterdrückt, die doch nicht zu leugnen waren; der Wald, mit welcher Bezeichnung Achim das begehbare Unterholz gemeint hatte, war in Karschs Verständnis angekommen mit dem Zusatz zierlich verzweigter Spitzenränder vor faserigem Schneehimmel; was Karsch an einem fünfzehnjährigen Mädchen aus Ostpreußen heilige Neugier nennen wollte war Achim nicht faßlich, denn er benutzte eins der beiden Worte gar nicht und das andere nicht für solche Gelegenheiten, die Gestalt ihrer Zusammenstellung jedoch täuschte ihm die erinnerte weg, die greifbar als kleine entsetzte Hand sich in seinen klammernden Fingern gewunden hatte, als er Karsch erzählte: sie konnte so große so ernste Augen machen. Wenig war geholfen mit dem Strich, den Karsch über das ungünstige Wort zog, denn an die leere Stelle oder woanders sie ergänzend hin gehörte eins, das Achim nicht zur Hand und nicht von Nöten gewesen war als er es lebte. (Am Ende hätte Karsch vergleichen können für welche Vorkommnisse und Beziehungen Achim seine Worte einzeln und in Gemeinschaft mit anderen anwandte: ob also nur eins von ihnen Novemberhimmel und dreistündige Versammlung und Geräusche von mehr als vierzig Phon und Lippensprödigkeit und Kinderzeichnung gleicher Maßen in sich zog und ins Verhältnis setzte, so daß er aus ihren Überlagerungen Achims ungefähre Erlebnisgestalt Novemberhimmel hätte begrenzen können und dann nicht mehr Worte (kein anderes) als Achim benutzen zur Kennzeichnung einer dreistündigen Versammlung, mit der Häufigkeit solchen Ausdrucks für Krach gewann er aber nur die sprachliche Außenseite von Achims Leben, die mochte nun in einer bloß vermutbaren Nervenzelle in Achim ebenso das zitterig umrissene Tastgefühl für die blütenhaft feucht aufgehende Vorstellung des versäumten Kusses aufrufen, und wollte er aufschreibend mit dem (selben) Wort die ungelenke Zeichnung einer Vogelfeder befestigen – die

Achim seit dreizehn Jahren als letzte Postkarte und Abschied aufbewahrte – so mußte doch auf die durchgeprüfte sprachliche Nachahmung von Achim kaum jeder (der nicht Achim war) antworten mit der gleich wandelbaren Empfindung von Traurigkeit ... die Achim nun mit diesem einzigen Wort für alles im Sinn gehabt hatte.) Da wollte Karsch froh sein, wenn Achim seine Person und die Geschichte dieser Person überhaupt mitbrachte zu dem Treffpunkt, den der verständigende Gebrauch von Sprache zwischen ihnen verabredete; die ihm da vorbereitete und wörtlich eingezäunte Stelle betrat er kaum freiwilliger als ein möglicher Leser fremd und gutgläubig mit dem Gedenken eigener Sechzehnjährigkeit sich hoffentlich hineinbegeben würde – er hätte denn ausgeliehene Worte zu eigen nehmen müssen. Ja wären sie ein Herz gewesen und eine Seele! So konnte der eine nicht vom andern reden und für ihn gemeint haben: ich, wenngleich Achim schon glauben wollte daß Karsch da mehr an ihn dachte, so höflich war er, wer, Achim doch. Seine Sekunden waren stets länger oder kürzer ausgespannt als die Sätze von Karsch; und standen sie nicht nebeneinander in unterschiedlicher Haut, und war da je zu erwarten daß Karsch diesen listig wohlwollenden Schlag zwischen die Schulterblätter auch nur ungefähr verstand und ergänzte? Denn die beiden Herren an dem vormittäglich lichtklirrenden Fenster äußerten sich eigentlich nicht über gegenseitiges Verständnis und mochten einer des anderen Vorteil besten Falls im Auge haben, als dem einen unschlüssige Hand mit eingeknickter Brille vom eigenen Hinterkopf in den Rücken seines Begleiters rutschte; selbst nachdenkliche Museumswächter, die ihr weißes Haar und Würde im Umgang mit so schwierigen Gegenständen wie Gemälden und Galeriebesuchern erworben haben, werden vorüberschreitend nicht für gewiß nehmen mögen ob die zögernde Auslassung des einen im Gesicht des andern den Ausdruck unmißverständlicher Auffassung hervorbringt oder hervorgebracht hat. Es

ging denen am Fenster um beschriebene Blätter, und bevor sie Einzelheiten erörterten, schlug der eine dem anderen auf die Schulter und sagte etwas Vertrauliches auf deutsch. – Ja: sagte Achim: wissen Sie ...
und wollte somit vielleicht verzichten auf was er nicht erwähnte, bevor er entschiedener einräumte: Aber sonst ist es so ungefähr gewesen.
– Na ja: sagte Karsch zweifelnd, denn er hatte ihn nicht durchaus verstanden.
Dann sprachen sie über jene abgezählten zehn Seiten, die Achim am folgenden Morgen auf dem Fensterbrett seines Hotelzimmers unauffindbar liegen ließ und während der folgenden Fahrt über einhundertachtzig regnerische Kilometer überhaupt vergaß: so daß auf denen sein Leben nach dem Krieg nicht vorkam als einzelne Abhandlung über die sowjetische Armee und herausgenommene Entwicklung zum Rennfahrer, wie ich dir nun beantworte was du fragst. Karsch hatte da die Baustellen beschrieben, auf denen Achim seine Lehrjahre verbrachte, die frühe Straßenbahnzeit und die Verhärtung von Handhaut und Muskeln und wie die mühsame Geduld gegen Bierkästen und Rückenschmerzen sich verwandelte in Stolz auf den weißen Kittel und auf eine eigenartige Aussprache des Berufsnamens. Wenn wir denen keine Häuser bauen, können sie nicht regieren. Aber das taten sie ja nun und setzten daraus Lebenslauf zusammen mit Radfahrten am Wochenende und Tauschgeschäften auf dem verbotenen Markt hinterm Hauptbahnhof; das Zeichen der neuen staatlichen Jugendorganisation war eine steif ausstrahlende Halbsonne in blauem Schild unter den auch goldenen Anfangsbuchstaben von Frei und Deutsch und Jugend, die Hauptstraßen bekamen sämtlich andere Namen, fahnenschwenkende Menschen auf beschädigten Lastwagen forderten laut schreiend die Überführung der Großbetriebe in den Besitz des Volkes, was soll das eigentlich heißen. Geht das nun schon wieder los. Vielköpfige Menschenmenge

schwärmte in die Neueröffnung der Kaufhäuser und besah betroffen Teppiche und Kochtöpfe und Käseblöcke und Preisschilder, an denen nichts mehr zu handeln war. Vielleicht schaffen wir es noch einmal. Als das Geld gewechselt wurde zu einem Zehntel des vorigen Wertes, sah Achim einen älteren Herrn von gesetztem Betragen mit Hundertmarkscheinen Feuer legen in den Papierkörben des Umtauschbüros. Gerüchte verlauteten, daß die gehenkte Staatsmacht den Krieg verschuldet und auch noch nebenher noch viele Menschen umgebracht habe. Sieh mal du: ein ganz neues Auto, das müssen die doch jetzt gebaut haben. Ein Bild aus dem Jahr der ostdeutschen Staatsgründung zeigt Achim lang und schmächtig neben einem sehr kleineren Mädchen in weißem Sonntagskleid, dem die Haare auf eine fröhliche Art ums Gesicht hängen; im Hintergrund ist die Tür des Gartenschuppens zu erkennen. Wir haben eigentlich gar nicht gemerkt wann wir aufhörten zu hungern.
Entgeistert von Fanfarengetön und Trommelschlag, die aus einer Kleinstraße einschwenkend sich vor den Zug der Bauarbeiter setzten auf dem Weg zur Versammlung und später zwischen den Reden den Marktplatz mit diszipliniertem Lärm überfluteten vom rot verhängten Podium aus, lehnte Achim den Beitritt zu dieser Vereinigung ab. Wir können ihn uns hier denken als einen standesbewußten aber umgänglichen Maurergesellen, der den Bauführer ausreden läßt und dann den Kopf schüttelt.
– Ich weiß nicht. Wissen Sie ich hab die Nase noch voll von dem einen Mal.
– Aber das ist doch nicht das selbe! Beim Marschieren muß Ordnung sein, verstehst du das denn nicht, aber wofür man marschiert!
– Das mit der Ordnung weiß ich. Ich kann die Sorte Lärm einfach nicht mehr hören.
– Weißt du, ich mach dir hier ein Angebot. Das würd ich mir doch mal genauer überdenken.

– Ich möcht meine Ruhe. Arbeite ich schlechter als andere? fragen Sie die doch. Solange die Kohlen stimmen ... und brach ab. Die vertrauliche Unterhaltung mit dem Vorgesetzten schien eine Auszeichnung, da mochte er nicht geradezu widersprechen. Das wäre doch ungefällig gewesen.
Aber wenn Achim diese Einzelheiten lieber ersetzt haben möchte durch den in langsamem Tempo zum Mitschreiben formulierten Satz: Nach anfänglichem Zögern erkannte ich (also da müssen Sie schreiben: er) daß man sich nicht mit dem eigenen Leben zufrieden geben darf sondern sich beteiligen muß an der Gesellschaft, und bat um die Mitgliedschaft – so mußte Karsch eben anerkennen daß Achims Erinnerung auf den Besitz der Anstecknadel schneller hinauslief als das vollständige Jahr, das er damals mit (anfänglichem) Zögern verbracht hatte. Nun dachte Karsch die getilgte Stelle zu füllen mit dem blauen Hemd aus hartem Baumwollstoff, das als Uniform in der Hose getragen wurde, auf der Brust zwei Taschen mit Klappe aufwies für den Mitgliedausweis etc. und auf den Schultern aufknöpfbare Achselklappen, deren Bestimmung Achim nicht mehr wußte. – Aber meinetwegen: sagte er. – Das wurde bei der Arbeit nicht getragen, nur zum Marschieren und so.
Und so? Waren das die Schwarzhosen, für die das Land erst später Stoff und Fabriken aufzubringen hatte, die mit den kurzen und langen Beinen und Knopfklappen über den tiefen Taschen? oder die schweren Schnallschuhe aus Leder, das keinen Glanz annahm? Nein. Die Versammlungen doch. Wir haben auch getanzt.
Na schön: wie er die Stadt mit dem Fahrrad vermessen hatte kreuz und quer, so eignete nun der Beruf sie ihm zu. Was wir so harmlos an ebenen Wänden und polierten Fußböden bewohnen hatte er zusammengearbeitet aus einzelnen Steinen; es gab Häuser, die gehörten ihm; er verstand und wußte die Straßen gründlicher, denn er konnte den alltäglichen Anblick von Haus begreifen nach den unterschiedlichen

Macharten von Fundamentsockel und Fensterlaibung und Dachform, die ihm das Bild mit schärferen Kanten anboten. So sagten ihm die Versammlungen: wofür, und wofür nicht; warum bauen wir einen Staat ohne amerikanisches Leihgeld? Wir wollen erst arbeiten und dann ohne Schulden essen; alles soll uns gehören. Es ist ein Ding der Ehre daß wir der Ansprache des Sachwalters beiwohnen in der Kluft unseres stolzen Millionenverbandes; er hat gesagt: heute, da Westdeutschland den Weg des Krieges von neuem beschreitet, warum kratzen Sie sich am Hals: glauben Sie das nicht, hat er gesagt: jeder darf nicht mehr sagen: Ohne mich. Das hab ich da eingesehen für mein Leben, das müssen Sie beschreiben als hätten Sie es verstanden, und dies hier streichen Sie mal: sagte Achim, zog die beiden ersten Blätter aus der Klammer und gab sie Karsch zurück.

– Ach so: sagte Karsch. Er erkannte darauf das Mädchen aus Ostpreußen, die Hübsche mit dem zurückgegebenen Fahrrad, das eigentlich auf einen Bauernhof der nächsten Ortschaft gehören mochte. Ja, wen geht das an?

– Nein: sagte Achim noch im nörgelig diktierenden Tonfall, schüttelte den Kopf enttäuscht. Vielleicht erkannte er allein an Verzögerung und Tonfall einer fremden Antwort ob er verstanden war und mußte auf die Worte nicht hören. Er hatte sich locker niedergelassen auf den Heizkörpern unterhalb des Fensterbretts, schaukelte sich zwischen ausgestemmten Armen und blickte aus hoffender Kopfschräge zu Karsch empor. Aber Karsch verhielt sich diesmal kaum. Er wartete, und Achim wartete, und am Ende sagte einer von ihnen in überredendem Ton na. Na?

– Die Rote Armee müssen Sie wegnehmen: sagte Achim. Er hob wie kurzsichtig die Sonnenbrille an die Augen und wandte sich mit solchem Aufblick an ein junges Ehepaar, das auf der Reise durch diese Stadt nunmehr an die Koje kam, in der zwischen den Bildern achtlos zwei Herren beschriebene Papiere schwenkten und für einander Rätsel lösten.

– So wie sie bei Ihnen steht: sagte Achim, aber vielleicht verstanden die Passanten gar nicht Deutsch, er nahm die Brille aus der Gegend der Augen, an der ein Mensch zu erkennen ist. – So wie die da rumziehen und Fahrräder wegnehmen.
So daß die Großmutter Achim befohlen hatte für die erste schlimme Zeit das geschenkte Rad zu zerlegen und die Teile an verschiedenen Stellen zu verstecken, damit sie es behielten. Der nachmalige Weltmeister saß sechzehnjährig in einem thüringisch sommerlichen Hofschatten und überlegte mit seinen harten ungeübten Händen wie man so ein Gerät auseinandernehmen kann. Er hatte nur eine Kneifzange. Er brauchte eine Stunde um die Befestigung des Hinterrads zu begreifen und zu lösen; unablässig hämmerte er sich ins Gedächtnis wo die Schrauben gesessen hatten. Das Sattelstützrohr wird allein durch Verengung des hinteren Rahmenrohrs gehalten. Als er die Vorderradgabel ausschraubte, rollte das Kugellager aus der Schale; kniend kroch er hin und her auf dem hartgetretenen Boden und tastete nach den unsichtbar kleinen Kugeln, die er dann mit dem Hemdzipfel polierte. Ins schweißige Gesicht hatte sein Handrücken so viel Öl gewischt, daß die Haarspitzen herunterhängend geschwärzt wurden. Er trennte was er nicht hätte zerlegen müssen. Reifen und Schrauben und Sattel und Lenkstange und alles lag schwierig um ihn geordnet. Ab und zu stellte er sich hinter geschlossenen Augen vor wohin ein Teil gehörte und wie ein montiertes Rad aussah. Er stöhnte aufgeregt und zufrieden. Am Abend sah die Großmutter nach ihm. Da hatte er alles wieder zusammengesetzt und spielte mit der Freilaufbremse, die den sausenden Schwung des freilaufenden Hinterrades in harter Klammer anhielt, wenn er den Pedalenarm sanft gegen die Richtung des Kettenlaufs drückte. Und nun etwas härter. Und nun in zwei Stufen drücken, lockerer: sieh. Ja doch.
– Willst du das wieder weggenommen haben? sagte die Groß-

mutter. Mit in den Beinansatz gestemmten Händen stand sie fast zornig vor ihm; er hätte an diesem Nachmittag Kartoffeln häufeln müssen (so spät waren sie in diesem Jahr unter die Erde gekommen). Das sagte sie nicht, sie schüttelte mißmutig erheitert den Kopf, schickte ihn zum Waschen und versteckte das Rad in dem Heuhaufen vor dem Stall. Die Plünderer zerstachen den Gemüsegarten mit ihren Degen und stocherten auf dem Scheunenboden, aber das anscheinend frisch aufgeschüttete Heu zwischen den Stalltüren übersahen sie, denn die erste sowjetische Garnison des Dorfes kam aus bäuerlichen Gebieten:
Karsch verzichtete nicht gern auf Gegenstände.
– Für damals für damals! sagte Achim nachhelfend. Er brachte es nicht fertig auf den Heizröhren Bequemlichkeit einzurichten, er rutschte auf angewinkeltem Ellbogen in seitwärtige Stützlage, zog sich wieder aufrecht, schlug die Beine übereinander und löste sie. Sobald er steif wurde, bewegte er sich. Er zog den beengten Hals aus der Krawatte, starrte aufgereckten Kinns nach oben. – He! sagte er versöhnlich. – Karsch! überredete er ihn. Aber der war gar nicht störrisch. Der eine, der Stehende, redete ziemlich schnell auf den anderen ein, schlug sich sinnbildlich vor die Stirn, wollte den Sitzenden an den Oberarmen hineinrütteln in die eigene Auffassung. Der stellte sehr kurze Gegenfragen mit Pausen, die er abstützte mit einem gelassen fragenden Ja.
– Alles können Sie ja doch nicht schreiben, ja? sagte er.
– Nu müssen Sie auswählen, ja, und da nimmt man doch das Wichtigste, ja? worauf es ankommt, Mensch!
Karsch sollte fragen worauf es ankam. Er versuchte es mit Nicken, und Achim verhielt sich zu seinem Verhalten, er sagte: Es ist doch wichtiger, ja? von heute aus gesehen! daß die Rote Armee uns vom Faschismus befreit hat und geholfen beim neuen Leben, ja? und nicht daß sie ab und zu mal sich hingelegt haben mit einer Frau, oder Fahrräder, oder so.

– Ja so: sagte Karsch, denn er glaubte zu verstehen daß er Achims Meinungen schreiben sollte; und diesmal warf Achim ihm den ausgestreckten Zeigefinger bestätigend entgegen: er wollte gar nicht verheimlichen ein Mädchen aus Ostpreußen. Sein Leben gehört ihm nicht: Daß ich immer noch zu ihr gefahren bin war ja gut für die Ausdauer, und statt mit dem Gestrichenen können Sie doch hiermit auf den Ersten Versuch kommen . . . er zog mit dem Finger einen schwingenden Strich über das erste Blatt, warf es um in einem Schlag, ließ den Finger mit zielsicherem Schlenker landen in der Mitte der nächsten Seite. Das war in seinem Leben drei Jahre später.
– He! sagte er. – Karsch! sagte er.
Erster Versuch war die Bezeichnung für offene Rennen, zu denen die Radsportvereine Jugendliche einluden, um ihre Fähigkeiten zu prüfen. Nicht beschäftigt und nur neugierig lungerte Achim in der Nähe der Veranstaltung und beobachtete die Fahrräder, die an den niedrigen dünnen Lindenstämmen lehnten. Es war ein Tag im grauen März, Wind sauste näßlich durch die Parkallee heran. Achim hielt am losen Rand einer Gruppe, die mit betroffenen Reden ein blankes Gerät umstand. Das schmale Reifenprofil, die tüchtige Form des ganz verchromten Rahmens machten Achim sehnsüchtig. Er hörte den Besitzer siebzehnjährig und geschmeichelt wiederholen: Hat mir mein Onkel geschenkt. In Westberlin bauen sie so was schon wieder.
– Gib bloß nicht so an: sagte Achim. Im Sprechen wurde er wütender.
– Wer gibt denn hier an? sagte der mit dem neuen Rad. Er hatte fast weißes Haar und erinnerte Achim an die Blondheit von Mädchengesichtern; er blickte ihm sanft und hübsch entgegen.
Achim wußte nichts zu sagen, sein lässiges Dastehen über dem zwischen die Beine gekippten Rad wurde steif. Der Blonde half ihm, indem er die Köpfe des umstehenden Kreises wieder zu sich herumzog mit der gelassenen Bemerkung:

Damit bin ich an einem halben Tag von Berlin hergefahren. Macht richtig Spaß.
– Was ist das für eine Schaltung! sagte Achim.
– Dreigang: antwortete der andere höflich. Sie waren daran sich zu einigen, aber die Gruppe, zu der er offenbar gehörte, war gegen Achim aufgebracht. – Versuchs doch mit deiner Mühle: sagten sie (nicht ganz entschieden, weil sie mit einem Älteren sprachen), kehrten sich ab.
Achim stand so plötzlich vor dem Tisch der Rennleitung, daß er dem Vorsitzenden mürrisch ins Gesicht murmelte: Werden wir ja sehen.
Aufblickend unerstaunt wiederholte der Funktionär daß sie es sehen würden, und wandte sich den Beisitzern zu um sein Lächeln auszuteilen.
– Name? Beruf?
Immer solche Fragen beruhigten Achim mit der Empfindung von Zugehörigkeit. Er wurde verlangt, er war nicht vergessen, man brauchte ihn, er war nicht allein. Er wollte freundlich sein und Vertraulichkeit haben; er brachte über sich eine abschätzige Grimasse, als der Rennleiter ihn aufforderte: Zeig mal dein Rad.
Achim trat über das Hinterrad weg, damit es gänzlich zu sehen sei. Aber es war sein einziger Wertbesitz und ihm bis in den Traum vertraut als Gefühl und Laut der Bewegung. Es unterschied sich in nichts von den Verkehrsmitteln, mit denen die Maurer aus der Stadt zur Baustelle zusammenfuhren. Der Lack war an vielen Stellen abgeschlagen, die freien Stellen setzten immer mehr Rost an, obwohl er sie mit Schmieröl zu schützen versuchte. Die Lenkstange blieb verbogen, er hatte sie nicht zurechtklopfen können. Die Zahnkränze waren abgeschliffen, manchmal setzte die Kette über. In der letzten Zeit dachte er nur mit Sorge an die Speichen. Die Normalmäntel waren zu dick für den Rahmen; sobald eine Speiche riß, schlug die verzogene Felge die Bereifung an. Besonders im Hinterrad rissen sie eine nach der

anderen. Er hatte an diesem Tourenrad nichts verbessern können. Es gab keine neuen. Jedoch versprach er sich daß das herabsetzende Grinsen nicht so gemeint sein sollte.
Sie ließen ihn mitmachen.
Den Neulingen wurde ein zehnminütiger Vorsprung zu den eingeübten Fahrern des Vereins gegeben. Sehr abwesend wartete Achim, ließ sich an den Start schieben, bedachte noch während des Antretens die Straßen, durch die die zwanzig Kilometer des Kurses führen sollten. Sein Gedächtnis beschaffte die Hausblocks und Kleingartenzäune des nördlichen Wohnviertels, die schoben ihm Randsteine und Kurven und Pflaster zu, er berechnete das schütternde Beben auf einem Stück von geriffelten Steinen, bevor er überhaupt da war. Das kostbare Rad aus Westberlin war nicht wunderbar davongezogen, er sah es. Er verzögerte sogar einen Tritt um beim nächsten den Rhythmus des Blonden zu versuchen, sie traten ungefähr gleich schnell, aber die Schaltung war ihm durch einen anderen Fahrer verdeckt, da mochte noch ein Zahnkranz frei sein für eine höhere Übersetzung. Mit einem Mal hatte das Nachdenken über die Schaltung (wie ist das eigentlich) seine Beine ins Träumen getrödelt; er war fast am Schluß des Feldes, hob sich auf die Pedale, warf sich schwer und wütend hinein und zog am Rand der Straße nach vorn, genoß das geschickte Ausweichen und Durchfahren, sein Rad half ihm wieder, er war das Rad, mit ausgeschwenkten Knien balancierend kam er an den keuchenden Neffen geschwungen und zog ihn halsruckend mit, sie fuhren schneller nebeneinander eine Radlänge vor dem Pulk. Komm doch. Gib nicht so an. Nach einigen Minuten war er sicher daß die Kette nebenan auf dem kleinsten Kranz lief. Mehrmals beobachtend rutschte er aber zurück in den Windschatten des krumm krampfigen Körpers, der schräg vor ihm schaukelte. Er war sehr erstaunt über die Erleichterung. Er ruhte sich aus im geringeren Druck der durchrissenen Luft, redete mit seinen schmerzenden Lungen, vertröstete sie, täuschte sie mit dem

Rest von fünfzehn Kilometern und drängte sie endlich mit Gewalt fast geblendet an die Gruppe der Vereinsfahrer, als die nun auf ihren fünfgängigen Rennmaschinen die beiden Ausflügler überholte. Seine Aufmerksamkeit begann auszuwählen. Fenster und Zurufe und begriffsstutzige Zuschauer auf dem Bürgersteig ließ sie blicklos fallen, riß nur Armabstand Reifenspur Asphaltlöcher unaufhörlich biegende Bordsteine heran vorbei hinter sich. Herz und Lungen heulten in ihm wie losgerissen, er sprach nicht mehr mit ihnen, ihn gab es nicht, den Befehl über Fahrgefühl und schmerzhaften Beinwirbel hatte übernommen was er heute Disziplin nennen würde den blinden harten Willen über die Schwäche und Vernunft des Körpers gesetzt.
Er wachte auf an einen Baum hinter dem Ziel gekippt, haltloser Hals ließ den Kopf an der rauh bröckelnden Rinde zittern, er glaubte die Augen offen zu haben aber sie übermittelten ihm nur Schwärze. Er hatte wieder vergessen ob die Übersetzung steigt oder abnimmt, wenn die Zahnzahl des Hinterradkranzes vermindert wird, wie ist das eigentlich. Er fühlte sich auch gewarnt. Es war seine zweite Erfahrung mit Gleichgültigkeit (im Schnee. Und die Bäume so schwarz. Ganz dunkler Himmel); diese dauerte länger.
Gleichberechtigung redete auf ihn ein. Schulterklopfen und Anrufe und dünne Regenkälte und entferntes Gespräch verquirlt weckten ihn auf den elften Platz. Er war Elfter geworden. Er hatte Trikots hinter sich gelassen. Du bist gefahren wie ein Verrückter. Hör mal: dein Sattel ist zu niedrig. Wenn du das Bein auf die Kurbel stellst, darf es nur ein bißchen gebeugt sein. Nein. Mit dem Ballen. Mach mal so. Setzt dich mal hin. Siehst du. (Mit diesem zusammengewikkelten Schrotthaufen ist er vorne geblieben!)
Der Rennleiter gab ihm die Hand. Sie luden ihn zu den Übungen des Vereins ein. Er sollte Mitglied werden. War er schon in der staatlichen Jugendorganisation? Unterschreib mal.

– Ja: sagte Achim. – Ja. Ja. Nein ... noch nicht. Ja. (Der Blonde, der den er mochte, der hatte aufgegeben. Nach zehn Kilometern. War ihm zu blöde. Ach: der wird bloß nicht mehr gekonnt haben.)
Er sah die Funktionäre reden. Sie sprachen über ihn. Sie sagten: in diesem unausgewachsenen langen Jungen, der bei schlechtem Wetter auf bruchreifem Gebrauchsrad mit Straßenschuhen und bremsend flatternder Windjacke ein solches Rennen gefahren hatte, sei ein Talent zu erkennen. Aus dem wird mal was. Und sein bescheiden verwirrtes Lächeln war das, mit dem er berühmt wurde.
Er blieb bis zum Abend mit den Angehörigen des Vereins zusammen. Er fuhr mit ihnen zum Klubgelände und ließ sie nicht aus den Augen, griff ihnen die Redeweise ab, erkannte eine fremde stolze Welt. In der Dunkelheit genüßlich langsam fuhr er nach Hause. Er war traurig daß nicht mehr von ihm gesprochen wurde. Die dünnen Holzwände des Schuppens dröhnten im Wind. Er sah den Kopf des Vaters im Mondlicht schlafen. Er hätte sich gern versöhnt mit ihm. Ist da auch was zu streichen?
Irgend einem hatte Achim auch diesen Ort noch genannt: vor den Fenstern pfiff es, Atemstrom wirbelte über zwei auf die Zunge gelegte Finger in die Mittagsluft, Achim ging in großen Sprüngen davon, ein weißbärtiger Alter sah den Papieren nach, die nicht ausgetauscht worden waren. Museen sollen günstig sein für solche Zwecke. Karsch trug die Blicke der versammelten Besucherschaft im Gesicht, denn zuletzt hatten sie sich dem Rundgang durch die Ausstellung angeschlossen, laut und harthalsig war Achims fuchtelndes Reden vom Rand der Gruppe in die Erklärungen des Führers gedrungen und hatte die Einheimischen erinnert an die Deutschen des Krieges. Karsch allein hob den Kopf zu den Gemälden, folgte polnisch deutender Hand, trat inmitten der Besucher voran durch die Jahrhunderte und sollte sich das allein überlegen. Er war fast sicher daß er schreiben sollte:

nach anfänglichem Zögern, wo immer auch der staatliche ostdeutsche Jugendverband erwähnt war; noch jedoch begriff er nicht was Achim vorschlug zu dem Rad aus Westberlin: sei diese ungleiche Fahrt nicht ein Sinnbild gewesen für die unterschiedliche Erholung der westdeutschen und ostdeutschen Wirtschaft, erst arbeiten und dann essen, und jetzt bauen wir solche Maschinen auch wie es sie im Westen gleich nach dem Krieg wieder gab, Achim als Achim und Sinnbild über altersschwach knackende Technik gebückt, Karsch hatte gesagt: Und die sowjetischen Demontagen doch auch. Immer noch geduldig unterwies ihn Achim: Hatten wir schon. Karsch dachte die Gegenstände und Ereignisse nach der Reihenfolge und gegenseitigen Wirkung zusammen, Achim verlängerte seine Meinung und bündelte sein Leben damit in eins, Karsch wollte nur wissen wie es gewesen war bei was für einem Wetter und in Anwesenheit welcher Zeugen, er hatte nicht Meinung, Achim war bereit das Wetter und die Zeugen und zarthäutig umgebene Mädchenaugen zu vertauschen dafür. Und die Demontagen der ostdeutschen Wirtschaft für die geschädigte Sowjetunion, über die sie demnach schon einig waren, Karsch wußte nur nicht wie.

– Hören Sie mal: sagte er am Nachmittag in Achims Hotel, denn er mußte am Abend aus der Stadt, zu der das große Rennen gestern herangebraust war, in der es heute auf der Stelle trat, aus der es morgen rasen würde im großen Glanz geschmückter Straßen und fassungsloser Männer mit Mikrofon am Kehlkopf; Karsch konnte es nicht begleiten, denn er war gekommen mit einem Visum für Touristen im Bus voll Reisegesellschaft, die morgen mehr wissen würde von der Stadt Prag als Karsch über das Leben Achims. Empfehlenswert ist das gleichsam natürliche Wachstum der Gedanken, aber ein Eiliger hat eilig zu gestehen daß er wieder nicht begriffen hat. – Hören Sie mal: sagte er.

Um ihn und Achim an der Ecke der Speisetafel saßen noch fast alle Mitglieder der ostdeutschen Mannschaft, alle im grauen Straßenanzug in hüftlange Röcke gewickelt wandten sich zu dem Gespräch zwischen Achim, der sie anführte, und dem, der will ein Buch übers Rennfahren schreiben, der hat noch Fragen. Karsch kannte sie alle vom Sehen, er hatte an fast Jedes Bett gesessen und aufgeschrieben Eltern Schule Arbeitsplatz, wie kam der bisherige Lauf ihres Lebens zum Fahren auf dem Rad? Karsch war nach dem Essen hinter ihren Stühlen vorbeigegangen, er hockte sich seitlich neben Achim an die Kante, aber sie rückten ihm Platz, sie winkten ihm zu wie Bekannte, die sich schon blickweise erkennen und begrüßen. – Na: sagten sie, und Karsch antwortete lächelnd: Ganz gut.

Achim schüttelte Karschs fragenden Blick mit dem Kopf auseinander, zog ihn handschwenkend hinein in die hilfsbereite Aufmerksamkeit der Mitfahrer, vor denen er Geheimnisse nicht hatte. Karsch bestand nun darauf: daß Achim aber doch alles erzählt hatte was er nunmehr gestrichen haben wollte.

– Damit Sie sich das vorstellen können: sagte Achim; – Sie waren doch damals nicht hier: setzte einer der Jungen weit auf Ellbogen vorgestützt hinzu. Karsch glaubte an ihren Gesichtern zu sehen daß ihnen allen selbst die Frage noch verständlicher war als ihm. Sie kannten das.

– Es gehört aber doch zu Ihrem Leben: sagte Karsch. (Und kann ja auch erwähnen die tschechische Mailuft in stiller Nebenstraße vor dem offenen Fenster, den Geruch der vielmals gewaschenen massierten selbstbewußten Körper, ihre karge Höflichkeit gegen den störenden Fremden: mit der das Gefühl ihrer Kameradschaft sich auf ihn übertrug, ihn einlud zu ihnen.)

– Sie können von meinem Leben nur wissen was ich Ihnen davon sage: sagte Achim. Er blieb gelassen zurückgelehnt und schälte eine Apfelsine, Falten krochen um seine Augen hart und nett. Da nun alle beobachteten ob Karsch verstanden hatte was jedem klar geworden war, nickte er wie ein

Unschlüssiger, der den Heimweg aber sieht. Lärmender Aufbruch schwemmte sie ins Foyer zwischen die Mannschaften der anderen Länder, und Karsch mußte sich bei den Dänen erkundigen was sie von allem hielten. Er hatte nicht mehr fragen können ob alles zu Achims Meinung stimmen sollte was Karsch von seinem Leben aufschrieb; ob Achim alles, was nicht stimmte, nicht gesagt haben wollte; ob dies am Ende eins sei. Er hätte nur begreifen können nach den Gewohnheiten seines Landes was Achim in einem fremden Land nicht meinen würde.

Ich habe versucht dir zu beantworten ob es Achim recht war. Sie konnten nicht wünschen sich zu streiten. Achim tat sich manchmal schwer mit der mehrzahligen Anrede für Karsch, da er alle Welt du zu nennen gewohnt war, denn in seiner standen alle gleich nahe zu ihm. (Das war nicht Vertraulichkeit sondern eine Erleichterung des Umgangs.) Seit Karsch den Vorschuß genommen hatte vom Verlag für Junge Literatur, hatte Achim in seiner Wohnung Alkohol zu stehen, obwohl er selbst nichts trank und Karin mißtrauisch beobachtete dabei (aber sie veränderte sich nicht). Bei manchen Redensarten von Karsch pflegte Achim schon erkennend und hinnehmend zu lächeln, – Unser guter alter Karsch: sagte er nachsichtig. Als Karsch abends ankam in Prag, hatte er ihn der Mannschaft vorgestellt: Das ist er. Sieht ja aus als ob man mit ihm gar nicht reden kann. Wird aber immer besser. Es gibt eine fotografische Aufnahme dieser Begegnung: in der illustrierten Wochenzeitung zeigt sie Achim und Karsch nebeneinander und Achims Hand im Zuschlag auf Karschs Schulter, beide haben den Mund offen vor Lachen, der eine scheu der andere brüllend verstehen sich gut, das ähnelt den einen Kopf dem anderen an, aber den von Karsch mehr an Achims.

Und sonst nichts von Prag?

Kaum mehr. (Na weißt du: würdest du darauf antworten und dich verwundern was doch manchmal so gefragt wird.) Na weißt du die unbeschädigten Straßenfronten zu gefälliger Flucht aufgebaut als Bild: sah Karsch nur als Hindernis, hinter dem Achim zu suchen war; er bemerkte die Brunnen und Standbilder und Bauten aus vergangener Zeit, auf die ihn der Schulunterricht vorbereitet hatte; er wurde auch nach dem Straßenbild gefragt, er verglich es, es ließ sich vergleichen, es zeigte Wohlstand. Es gab ihm den Gedanken ein an seine zurückgelassenen Freunde zum ersten Mal von neuem, er schrieb ihnen Ansichtenpostkarten, die zeigten glaszellige Wohnblöcke und bürgerliche Straßenszene mit Frauen in hellen Kleidern und kleinen Hunden unter niedrigen Bäumen. Er wollte ihnen das besondere Licht angeben, er unterstrich das Datum des Tages, er wollte das Besichtigte vervollständigen und nannte die westdeutschen Städte, an die ihn mancher Straßenzug und Brunnen erinnerten; er wollte den Unterschied nicht auslassen, der in den Häusern der Regierung das Land verwaltete (erstens) und (zweitens) leben konnte ohne Stoffbahnen über die Fahrbahnen an Häuser an Zäune gespannt mit Schriften, die rot und weiß das Straßenbild ermahnten zur richtigen Auffassung seiner selbst: da riß er durch was er geschrieben hatte. Da wollte er erst noch einmal fragen.

– Damit soll ich mich ja nicht vereinigen: sagte er, aber Achim wiegte zweiflerisch den Kopf und wollte lieber gemeint haben: Noch eher, denn es ist ein sozialistisches Land; und Karsch sagte: Hören Sie auf. Hören Sie auf, und so erfuhr er nichts von Prag. Und warum eigentlich nur reden von Prag?

Warum denn sollte Karschs beiläufige Ausflugsreise über Sonntag eher zu erwähnen sein als Karins Umzug für lange? denn umgezogen war sie; sie wartete nicht mehr zwischen kündbaren Möbeln, sie hatte aber Achim nichts davon gesagt. Achim klingelte mitternächtlich an die Tür von Frau Liebenreuth, er stand in Karschs Zimmer, bevor die schlaftrunken entsetzte Frau die Kette wieder vorgelegt hatte; er setzte sich auf das Buch über den Radsport, neben dem Karsch eingeschlafen war, und nach einigem unschlüssigen Nebeneinandersitzen wach und schlafend fing er an den anderen zu rütteln. – Wo ist sie! sagte er. – Karsch! Wo ist sie hin!

– Wer? sagte Karsch, und Frau Liebenreuth stand in der offenen Tür und bot ihnen Kaffee an für diese nachtschlafende Zeit. Achim versuchte etwas zu begreifen. Er ließ Karsch los und stand auf. Er ging zur Tür, er bot Frau Liebenreuth die Hand, fast zärtlich zog er ihr den Mantel zurecht über dem Nachthemd. Sein Lächeln versöhnte sie. – Ich weiß jetzt auch wer Sie sind: sagte sie, ihr knittriges Gesicht strahlte von gutem Willen. Er stand vor ihr in seiner langen verlegenen Gestalt und lächelte wie er es gelernt hatte. – Herr Karsch möchte gewiß einen Kaffee: sagte er.

Er kam zurück und bog die Falten aus dem Buch, schlug es vorsichtig zu; er beugte sich über die Schreibmaschine, in der noch ein halb abgerissenes Blatt stak; er ließ sich auf die Sofakante nieder und sagte: Entschuldigen Sie bitte. Karsch nannte ihm die Straße und das Haus.

– Hier in der Stadt? sagte Achim.

Er war im Trainingsanzug. Er war erst vor wenigen Stunden zurückgekommen mit dem Rennen durch die Länder und nicht an seinem Ende. Karsch war mit Frau Liebenreuth hinuntergegangen in die Gastwirtschaft, da stand ein Fernsehapparat. Sie hatte eine Stunde gebraucht um ihr Feiertagskleid anzuziehen, in verwirrten Locken stand ihr das halbgraue Haar ins aufgeregte Gesicht, als sie mit Karsch das Lokal betrat, in dem sie zum letzten Mal vor dreißig Jahren gewesen sein mochte mit ihrem Mann. Der Wirt begrüßte sie und saß eine Weile bei ihnen am Tisch, als die ersten Bilder

aus dem Stadion den Schirm erleuchteten. Die Kamera zeigte die angenehmen Wolken des Nachmittags über dem Rand des Kraters, den die Bewegung kleiner Figuren zerfaserte; ein freudig brüllender Mann mit einem Fähnchen füllte die Sichtfläche ohne Ton; aus größerer Entfernung erschien ein Segment gebogener Reihen von unzähligen Flecken, die menschliche Zuschauer waren; groß und gefährlich warf sich der Aufschrei der Erwartung auf die Aschenbahn, die leer lag und immer unerträglicher gespannt im Anschwellen des allmählich verwischten Geschreis. Die Einfahrt katapultierte Punkte auf die Bahn, in weiter Kurve schwenkten sie ein, ordneten sich wie willkürlich nebeneinander, zuckten in ungleichen Sprüngen heran, erwiesen sich in schwingendem Rundblick als harter Trikotbogen über im Rasen erstarrten Geräten, denn die Trägheit des menschlichen Auges vereinfachte die Zieldurchfahrten zu struppig umrissenen Geschossen. In der vollgedrängten Gaststube riß das fiebrige Gespräch entzwei zu Stücken von Ruf und Schrei, wie anwesend setzte Achims Name sich um, bis endlich Lautsprecher und Eigenakustik der Gastwirtschaft wie erlöst zusammenfielen in der schweren Schwingung des gezerrten *A* zum zuschlagenden *chim* und trotz mehrmaliger Überlagerung den innigen Anschluß hielten; Karsch hörte kaum Frau Liebenreuths kleine Stimme andächtig sagen und wehrlos: ja. Ja. Ja.
– Hier in der Stadt noch? fragte Achim.
Achim kam in der zweiten Gruppe; die Übertragung blickte seltener auf die Zieldurchfahrt, im Auge behielt sie das Zelt des Roten Kreuzes am Rand des Spielfeldes. Achim war auf den Steg des Lenkers gestützt hereingekommen in der vorbildlichen Haltung, die sich auszeichnete durch Unbeweglichkeit des Rückens über sehr bewegten Beinen; der Schirm zeigte ihn im Stillstand geschüttelt von Atemnot, er atmete ins Mikrofon (das am unteren Ebenholzrand erschien), er sah sehr befremdet auf die Leute der Ersten Hilfe und die Betreuer der heimischen Mannschaft, die ihn schützend

umringten. Als sie ihn vom Rad hoben und auf den Armen zu tragen anfingen, verzog sein Gesicht sich anfangs zu unwilligem Krampf. An der Strohbarriere wiedergesehen schwenkte er Blumen und Arm müde ins begrüßende Gebell, während neben ihm immer noch Einfahrten rasten und zu spät kamen, denn Achim war schon da. Die ihn trugen meinten es begeistert. Er hätte nicht mehr gehen können.
Seine Stimme wurde leiser fast tonlos. Er ließ Karsch erzählen daß Karin das oberste Stockwerk eines niedrigen Hauses zwischen städtischen Bäumen gemietet hatte, das Dach war vielmals geschwungen, die Fenster halbrund. Es ist das Haus am Rande des südlichen Ruinenfeldes an der Innenstadt, in die Allee gerettet steht kaum gerupftes Gemäuer in ordentlichem Garten zwischen wüsten wilden Unkrautwäldern. Eine Straßenbahn hält vor der Gartentür, es ist das letzte Haus, dann fährt sie lange durch unbewohnte Nacht in die südliche Vorstadt. Wenn da Licht ist, kommt es aus den flach gelängten Fenstern unter dem Himmel, dann ist sie dahinter mit ihren unbenutzten Möbeln und wohnt für sich allein. Wollen wir hinfahren?
Achim schüttelte den Kopf.
Sein rückwärtiger Platz befreite ihn von Ehrenrunde und Auszeichnung der Sieger; sehr plötzlich verschwand er im Einstieg des unterirdischen Ganges zwischen Spielfeld und ausgehöhltem Innern des Betonwulstes. Auf der Tragbahre sitzend legte er die Arme überkreuz an den Saum seines Trikots, wollte sie heben. Der Griff zerfiel ihm. Sein Gesicht war unkenntlich hinter Schmutz und Schlaf. Sie zogen ihn aus und wuschen ihn und weckten den Körper mit verdichteten Wasserstrahlen, sie kneteten ihn und flößten ihm Saft ein. Zugedeckt blieb er zwei Stunden lang liegen.
Karsch konnte nicht stillsitzen im Reden. Wenn er innehielt, hörten sie hinter der zugestellten Tür Frau Liebenreuth stöhnen. Sie mußte sich lange wenden, ehe sie einschlafen konnte. Achim war gegen die Sofalehne gelegen mit halb angezoge-

nen Beinen. Er blinzelte gegen das übernächtige Licht und versuchte sein Gesicht offenzuhalten. Als Karsch beim Umzug half, wollte er gesagt haben: Hingegen er kenne einen, der warte mit einer Frau und zwei Kindern seit Jahren auf eine Wohnung, der brauchte gar nicht eingewohnte Zimmer in altem Haus und Fenster im schönen Verhältnis verjährter Baukunst in umgebendem Park: dessen Antrag sei nicht erledigt worden in zehn Tagen. Karin (die im Mantel an der Tür stehenblieb, die sich vor den Möbelträgern schämte für ihren kostbaren mageren Hals und das günstlerische Wohngehäuse) drückte sorgsam Zigarettenglut in den parkettierten Fußboden, den sie bewohnen wollte, sagte mit dem Blick auf drehende Schuhspitze leise aufgebracht: Kann ich für diesen Staat, du. Soll ich vielleicht ... Und ließ sich erst wieder blicken, als wir die Zimmer eingeräumt hatten und alle auf den teuren Möbeln saßen, wir in unsern angedreckten Kitteln, und zwei Kästen Bier auf dem Teppich aus Marokko: sagte Karsch.

Achim öffnete seine Augen gewaltsam weit. Die Mundwinkel rutschten mehr als sie gingen in steife Grimasse. – Schon recht, Karsch: sagte er: Schon recht.

Im grauen Straßenanzug die Begegnung mit den Berichterstattern. Achim entschuldigend: Wir haben eben heute so würgen müssen. Bilder: Achim allein vor grauer Fläche, Achim in der Mannschaft hängend auf Schultern, die Fernsehübertragung wird beendet. Karsch ging mit Frau Liebenreuth nach Hause, aber Achim sprach noch über die Aussichten für die Etappe des nächsten Tages: Start morgens zehn Uhr, zweihundertsechzig Kilometer, Ankunft nachmittags im Zentralstadion, Begrüßung durch die Person des Sachwalters. Wir werden alle den Verdienstorden der Republik kriegen. Wenn wir so weiterfahren. Der zweite Platz in der Mannschaftswertung ist doch nicht schlecht, oder? Karin ist nicht zu erkennen im Hintergrund, der in Rauch und Reden ertrinkt. Sie kommt auch nicht zum Abendessen. Nach dem Abendessen ruft er ihre Wirtin an. Die Wirtin sagt: Was ist denn los, die wohnt doch gar nicht mehr bei mir. Um zehn Uhr ist Schlafenszeit. Achim zieht irgend einen Mantel über den Trainingsanzug und geht auf den Fußspitzen die Nebentreppe hinunter aus dem Haus.

– Wie geht es ihr denn so? sagte Achim. Er rückte die Tasse mit dem frischen Kaffee weg. Morgen würden ihm zwei Stunden Schlaf fehlen. Kaffee durfte er jetzt nicht trinken.

Karsch sagte: Wie immer, damit Achim sich Rundfunkmikrofone vorstellte und Verbeugungen am umklatschten Bühnenrand zwischen schwer schwenkendem Vorhang; er sagte: Wir sind viel zusammen. Sie ist fröhlich, damit Achim ihn im Auto warten sah vor den Portalen und Karin mit seitlichen Schritten die Treppen hinunterspringen, sehr geduldig auch erheitert wandte sie die Augen über Karschs Blätter und gab ihm Achims mögliches Leben zurück ohne Einwände aber ungläubig; und Karsch sagte: Kennst sie ja, damit Achim die Auskünfte einschränkte nach seiner Erfahrung von ihr. Er sagte ihm nicht daß sie Sorgen hatte. Aber Achim hatte nicht zugehört.

– War sie immer so, Karsch? sagte er. Er hatte den Kaffee genommen und trank von dem heißen Zeug, das ihn Schlaf kosten würde, – ich meine: sagte er unschlüssig. Die Augen waren ihm halb zugefallen vor Anstrengung.

– Daß keiner versteht was sie tut, und ist doch nicht zu reden mit ihr?

Karsch hob die Schulter, er ließ sie wieder fallen. Er hielt für obenhin verständlich daß sie umgezogen war, das war doch zu sehen. Er wußte nicht was Achim da fragte.

Achim ließ sich von ihm zurückfahren ins Hotel, aber beim Abschied hielt er ihn fest am Unterarm und sagte mit vergeßlich schrägem Kopf schon im Abwenden: Bleiben Sie doch hier. Am anderen Morgen fuhr Karsch das Rennen im Pressewagen mit auf der letzten Etappe. Beim Frühstück holte Achim ihn an seinen Tisch; er bereitete ihn auf die Strecke vor,

über anderes sprachen sie nicht. Die Nacht war ihm nicht anzumerken. Am Start noch einmal rückwärtsgekehrt hob er die Hand für Karsch, und unterwegs bei Begegnungen verständigten sie sich blickweise über was Achim nicht ausgesprochen hatte und was der übernächtige Verfasser einer Lebensbeschreibung in Hemd und Hose auf der wilden Fahrt neben rasenden Trikots im Gespräch mit Journalisten aus allen Ländern allenfalls sich denken konnte. (Er mochte von Karin nicht ausrichten was ihm nicht aufgetragen war. Er konnte sich nicht vorstellen daß einer wie Achim so anhänglich blieb.) Es war nie die Rede gewesen daß er das Rennen sollte begleiten dürfen.
Soviel von Prag. Da war viel, das zu Achims beschriebenem Leben gehörte und vielleicht nicht gehörte.

Was hatte sie denn für Sorgen?

Das erst recht hat nichts zu tun mit dem Radfahren!
Das kam so: Karsch hatte Besuch von einem Freund, der schrieb darüber in der Zeitung, da stritt sie es nicht ab, da geriet sie in Ärger.
Eines Mittags zur Stunde der Arbeitspause, die die Straßen der inneren Stadt mit langsamen Passanten eindickte, bewegte sich da ein dreißigjähriger Herr locker und neugierig. Über dem Hemd hatte er drei Fotoapparate hängen, die fielen ihm abwechselnd in die Hand, er nahm auf was den Einheimischen des Aufnehmens nicht wert schien, die Ansicht des Rathauses und alten Brunnen an historischer Ecke ließ er stehen. Er fotografierte eine Ladentheke seitlich und die Hand der Verkäuferin am verborgenen Butterstapel, er kniete sich auf den Fahrdamm und holte Ladenschild mit leerem Schaufenster in seine gedächtnisträchtigen Gehäuse, das Licht von Plakatanschlägen Spruchbändern Eisbuden Menschengesichtern ließ er springen auf sein empfindliches

Material, er schwitzte, Aufmerksamkeit schob ihm die Zunge zwischen die Zähne. Der geriet aufblickend an ein Paar jüngerer Personen, die mit ineinander schlenkernden Armen an den Auslagen entlangtrödelten mit lachlustigem Gespräch in der heißen Luft, die vielfältig riechend die Baumblüte im Park und arbeitsamen Schornsteinrauch und die Anwesenheit lang eingesperrter Körper versammelte in der Helligkeit. Da rief er eher überwältigt: Mensch Karsch.

Der sagte: Das ist der, von dem ich dir erzählt habe, der mit der beweglichen Nase; und er sagte: Darf ich dir vorstellen das ist ein Freund von mir, und Karin gab ihm die Hand, begrüßte ihn aus beiden vorgedrückten Schultern, und beide lächelten. Sie gingen zusammen weiter.

Sehr westdeutsch zwischen ihnen sprach der andere sehr laut, zeigte mit dem Finger auf Unverständliches, fragte, lachte, schlug auf Schultern, fotografierte in einem. Er besaß in der Tat Gewalt über die Muskeln seiner Nase: wenn er schräg blickend ihren dicken Rücken in kleine Falten schürzte, wollte er zu verstehen geben daß er sich freute: daß er Vertrauen weder aufbringe noch erwarte: daß man für gewiß nichts nehmen könne aber seine Umgänglichkeit. Den konnte man an der Nase kennen und erinnern. Und er hielt sich gern auf in fremden Ländern: er war nicht lerneifrig, er bewegte sich nur gern.

Der führte Zeitungen mit sich, in die Karsch beim Essen verschwand aus dem Gespräch, denn seit er hier war, erreichte ihn kaum Nachricht von seinem Land. Die städtisch regierende Zeitung berichtete nur von der kriegerischen Rüstung des westdeutschen Staates, sprach von ungerechten Gerichtsurteilen gegen Volksredner und von der zunehmenden Verrohung der Sitten; Karsch sah nach ob zu Hause gelebt wurde: es wurde gelebt, aber die westdeutschen Zeitungen sprachen unüberhörbar von der kriegerischen Aufrüstung des ostdeutschen Staates, von ungerechten Gerichtsurteilen gegen Volksredner und wachsender Verrohung der hiesigen Sitten.

Karsch kannte viele, die das schrieben, er wußte die Räume, in denen sie arbeiteten, und manche Wenden und Kehren und Löcher in den Worten begrüßten ihn als säße er in einer anderen Stadt beim Essen und alle kämen auf ihn zu mit Händedruck und Begrüßung und Frage nach dem Ergehen. Was machst du denn hier? Der Karsch soll ja in Ostdeutschland sein; was mag er da bloß wollen?
Aufblickend kam Karsch in das verträgliche Gespräch seiner beiden Nachbarn, die einander gutartig (als ständen sie nebeneinander und gingen neugierig um einander herum, erfreut von den wechselnden Ansichten) verständigten und verschwiegen daß sie sich auf ein Gespräch nicht einlassen würden aber nicht ungern so saßen mit Reden und Ansehen. Karsch bemerkte an der geringfügigen Freundlichkeit in ihren Augen und an Karins abwartenden Lippen daß dieser seiner Freunde so umging mit ihr wie er selbst. Er würde bald abreisen müssen.
– Was machst du denn hier?
Der (nennen wir ihn Hans) war gekommen um zu berichten über die Umwandlung des bäuerlichen Eigentums in genossenschaftliches. Dafür hatte er einreisen dürfen; eigentlich sollte ein Bauer sich erhängt haben. Und du?
– Ich bin zu Besuch: sagte Karsch, und er sagte auch das von dem Balkon in Westberlin.
– Ach so: sagte der Berichterstatter, höflich nahm er den Blick zurück, steifte seinen Hals, betrug sich vertrauenswürdig.
– Nein: sagte Karsch, und Karin beulte ihre Lippen; vielleicht hatten alle das selbe verstanden.
– . . . sich jemand umgebracht: fragte Karin hartnäckig. Sie hatte sich nicht bewegt aber schien starrer zurückgelehnt und entfernt.
Wegen der Kollektivierung: bestätigte der andere, konnte es nickend nicht ändern mit Lippenlängen und eingängigem Betragen und allen drei Fotoapparaten. Er hatte den Mund

schon wieder offen zu einer Frage (wie wohnst du hier? ist es teuer?), als Karin sagte: Komm. Und aufstand, und auf der Straße war und mit einem Mal viel Zeit hatte für den Nachmittag. Es war sehr hell. Sie hatten im Freien gesessen an einem weißgedeckten Tisch unter großem buntem Sonnenschirm bedient von einem Lehrling, der viel nachgedacht hatte über die Augen hinter Karins dunkler Brille und mühsam gelächelt wenn sie lächelte.

Sie waren nach wenigen Stunden in dem Ort, dessen Name als Gedächtnis oder Empörung oder Stolz über die westlichen Grenzen des Landes gegangen war, außerhalb gehärtet und als Nachricht verkauft wurde an den, der das meiste bot. Unter den Mitbürgern übten einige solche Ämter, gingen als Passantenanblick durch die Straßen, waren Hausinhalt und Zusammenleben und geselliger Nachbar am Arbeitsplatz. Das Dorf saß auf welligem Boden gereiht um die aufgeplatzten schieferdachigen Gebäude des wüsten Gutshofs, dessen Land nach dem Krieg den Tagelöhnern Flüchtlingen Kleinbauern vorerst zu eigen gegeben worden war von der neuen Macht; städtische Villen mit scharfen roten Satteldächern zusammengebaut mit Stall und Innenhof umstanden das aus großen Steinen dauerhaft hingestellte Gemäuer seit langem vererbter und nun vergangener Herrschaften. Die Seitenwege nicht aber die durchgehende Straße des Orts waren grob gepflastert und holperte sie voran zu einem kahlen Platz, der zwischen zehnjährigen Bäumchen die Gastwirtschaft mit dem Neubau der Bürgermeisterei versammelte. Leer in der Sonne standen Lastkraftwagen aufgefahren in dem dünnen Rasen des Angers. Auf der Straße war niemand. Sie hatten auch auf den Feldern keinen Menschen arbeiten sehen. Hinter den verschlossenen Hoftoren waren die Hunde los und sehr unruhig. Die Sonne stand schräger und machte den Anblick freundlich. Alles roch noch belebt.

Der Friedhof war in den Ausläufern eines Wäldchens angelegt. Auf seinem neuen Teil, den die Gemeinde erst vor wenigen Jahren aus dem Acker geschnitten hatte, waren an der niedrigen Mauer zwei frische Grabhügel, einen deckten Blumen und Kränze, der andere lag blank und lehmig. Die abgeplatteten Sandkanten waren ausgetrocknet und weiß, bröckelten bereits. Die Kirche war im Dorf, rundum stand junges Korn, auf den Feldwegen rührte sich nichts. Bis zum Abend erfuhren sie von den Einwohnern so: Nachdem eine Dorfversammlung die Bauern nicht einig gemacht hatte, ihren Besitz zu einer Genossenschaft umzubilden, war wenige Tage später eine Brigade von Chemiearbeitern aus der Stadt gekommen, die waren mürrisch wegen eines solchen Auftrags, denen machte das Wetter heiß, die gingen schweißig neben den Eigentümern her wo immer sie waren und redeten hinweisend auf die gemeinsame Mundart und den gemeinen Nutzen der Kollektivierung. Sie kamen namens des Sachwalters, sie sprachen von der Wiedervereinigung Deutschlands, sie sagten die Umwandlung sei eine Tat des Friedens, sie fragten wer für den Krieg sei und seine westdeutschen Handlanger. Das soll so gewesen sein, es wurde nur erzählt. Da nun den Werbern der Zutritt zu versperrten Höfen von der staatlichen Polizei erzwungen wurde, da auch wegen Landfriedensbruch verhaftet wurde wer die Hunde auf die Eindringlinge hetzte, da auch eine Erklärung gegen die erwähnte Art von Frieden eine mißliche Sache gewesen sei in Verhältnissen ohne Überblick, hatten zehn von den elf Wirtschaften der Siedlung endlich den Vertrag angenommen, damit schnell aus den Augen kam was am Hals ja doch würde hängenbleiben. Der elfte aber, dem die Klassenbrüder aus der Stadt tagelang nicht von der Seite gegangen waren, dem sie die frisch gepflügten Furchen wieder zudrückten und hartfuhren mit ihren eigens beschwerten Lastwagen, erschien endlich mit ihnen auf der Bürgermeisterei und bat beitreten zu dürfen. Er ist nicht beschrieben als ein Eigensinniger. Damit wären nun die erheblichen Ackerflächen der Gemeinde erfaßt gewesen; der elfte unterschrieb abends unter den auf ihn gerichteten Blicken einer Versammlung (alle waren inzwischen den dritten Morgen nicht hinausgekommen in den Alltag) und soll in dieser allgemeinen Besinnung nochmals den Vertrag geprüft, darin das Wort Freiwilligkeit in versicherter Form entdeckt, hierauf das Dokument zerrissen und den Raum verlassen haben; mit diesem unbesonnenen Entschluß waren aber alle Unterschriften vernichtet und nun schwierig zum zweiten Mal zu beschaffen, da die unverzügliche Festnahme des Saboteurs und seine Überführung zu den Behörden der Stadt den Zurückbleibenden weitere Bedenkzeit hergeschenkt hatte. Er wurde vielmehr beschrieben als einer, der Freude hatte an der Arbeit, der evangelischen Kirche einige Behauptungen glaubte und mitten im Dorf lebte vertraut und vertraulich und nicht einmal achtenswerter als der Nachbar. Der einzige Sohn ist im Krieg umgekommen. Ein langsamer Alter von sechzig Jahren, der den Hof nicht von der Regierung hatte sondern von seinen Eltern. Das hat er nicht verstehen können. Nun nächtlicher Abtransport auf dem Lastwagen, nun Sprung von der Wagenpritsche in den Weggraben, nun Jagd über die Äcker, Umstellung seines Hofes: dahin wird er sich retten wollen. Die Posten standen lange und immer noch, als die Frau ihren Mann schon am Strick gefunden und abgeschnitten hatte. Er soll sich kaum je ratlos gezeigt haben. Der Pfarrer betrug sich mit wortkarger Würde, verstand nicht die Frage: Wenn einer sich umgebracht habe, dürfe er nicht christlich begraben werden. Es habe aber ein regelmäßiges Begräbnis stattgefunden, und wo er liegt ist nicht die Selbstmörderecke. Dann soll noch etwas mit den Kränzen geschehen sein oder nicht geschehen sein, aber da widersprachen sich alle, das war nicht herauszufinden. Andere Geistliche haben sich anders verhalten; es gab auch Bauern, die über die Grenze liefen; und die meisten blieben zu Hause unter dem neuen Vertrag. In diesen sechs Wochen war die Landwirtschaft des ostdeutschen Teilstaates sämtlich kollektiviert worden, wie viele

Bauern sind das im Verhältnis zu einigen nicht mehr nachweisbaren Todesfällen. In dieser Gelassenheit beschrieb einer der Freunde Karschs seine Eindrücke, als er zurückgekehrt war in sein Land, er übersandte Karsch auch die Zeitung, die kam nicht an. Denn unter den Mitbürgern, deren Anwesenheit uns erscheint als Zusammengehörigkeit und gemeinsames Arbeiten am Weiterleben, müssen einige mit Geschäften befaßt werden, die erst ein höher sachwaltender Überblick der Gesellschaft anordnen kann als notwendig zum Gedeihen der staatlichen Wohlfahrt, die sichtlich oder unverständlich das Befinden selbst der Unwilligen zu verbessern trachtet. Oder so ähnlich.

Karsch las in dieser Zeitung während einer Versammlung der staatlichen Gewerkschaft, zu der Karin ihn hatte mitbringen dürfen als Gast. Sie hatten ihre Stühle vom Tisch abgerückt und saßen dichter nebeneinander im Abstand zu den Versammelten, die nach dem dritten Punkt der Tagesordnung müder und gleichmütiger dem Vortrag des Präsidenten nachhörten. Der Vorsitzende unter dem zutraulich blickenden Porträt des Sachwalters saß über Ellenbogen gebeugt und redete aus seinen Papieren über die verbrecherische Sabotage der westdeutschen Regierung an der Wiedervereinigung, er forderte Äußerungen der Anwesenden ein; er übermittelte die Freude des Sachwalters über den lang ersehnten Abschluß der Kollektivierung und weiterhin eben dessen Bedauern wegen gewisser Übergriffe, er forderte Äußerungen ein. So wie hier saßen in diesen Tagen überall im Land Personen zusammen in solchen fahnengeschmückten Zimmern und redeten das selbe und hörten das selbe; von den Vorsitzenden mochte dieser sich allein auszeichnen durch den aufgeblähten Schnupfen, der ihm Atem vorenthielt, der sein Gehirn neblig machte, der unhinderbar war und erstaunlich für diese Jahreszeit nicht weniger als ungerecht. Der trug am Ende eine Bitte der städtisch regierenden Zeitung vor: die wollte von den auffälligeren Teilnehmern des ostdeutschen

Lebens mit Kunst und Wissenschaft Verachtung unterschrieben haben für die verleumderische Berichterstattung eines gewissen westdeutschen Journalisten, der die Gastfreundschaft mißbrauchend gewissenlos hetzte gegen den Aufbau des Sozialismus in der näheren Umgebung der Stadt, wieder lehnte der Vorsitzende sich zurück mit einer Schulter in die Armstütze, strich über die halbgrau gerundeten Haare, in seinem Kopf zuckten senkrechte Falten neben den waagerechten Bewegungen des Mundes. Sein einzigartiger Schnupfen gab ihm ab und an das Aussehen eines Eingeschlafenen. Der längsgestreckte Raum war heiß und vollgeraucht mit Ungeduld, kühlerer Wind strich vor den offenen Fenstern entlang und trat nicht ein. Karsch neben Karin zurückgesetzt blätterten in der schweren edelpapiernen Zeitung, die wie vergessen auf dem Tisch gelegen hatte, sie hielten sie an den äußeren Kanten und unterstützten den Falzknick mit Handrücken und hochgedrückten Knien. Der Bericht verschwieg die Lage des Ortes und machte ihn verwechselbar mit allen anderen, die ein etwa dreißigjähriger Herr neugierig und vorurteilslos aufgesucht hatte und festgehalten in Gesprächen und Fotografien und in den ungenaueren Eindrücken des Gefühls. Er beschrieb die Frage nach dem Friedenswillen, die ihm in allen besuchten Dörfern dargestellt worden war als Mangel an Ausweg und Wahl, er erklärte säuberlich die Vorzüge der genossenschaftlichen Nötigung, er zeigte in Bildern den Zustand der Höfe und Frühjahrsbestellung. In kleinerem Absatz erwähnte er einen tödlichen Ausgang, zeigte häufige Lastwagen auf ähnlichem Anger, beschrieb die Erfordernisse für ein christliches Begräbnis. Ihm war gelungen ein Bild des Toten aus seinem Wehrpaß zu beschaffen, eingeengt von Hakenkreuzstempeln blickte ein verarbeitetes Gesicht aus niederer Stirn und engen Augen und festen Lippen in gedrungenem Kinn unaufmerksam und gutmütig über dem Uniformkragen der geschlagenen Armee auf den heutigen Betrachter. Am Rande des Grabhügels waren die frischen

Spuren von Karins Schuhen erkennbar am klarkantigen Absatzloch, um das die Sohle unschlüssig hin und her getreten war. Die Witwe war nicht zu sehen; der Leser konnte sie sich vorstellen als frühere Bewohnerin eines behäbig dasitzenden Anwesens hinter zugesperrtem Zaun aus Staketen, auch den Hund hatten sie so tückisch geärgert liegen sehen auf einem Kartoffelsack vor dem verlassenen Haus, er ließ schwarz und gelbäugig das Knurren erst, als Karin die Hand von der Torklinke zurücknahm. Vorsichtig umstritt der Bericht die Umstände des Todes und zweifelte an der gewaltsamen Festnahme der Witwe, die gegen die endlich eindringenden Polizisten mit einer Wagenrunge tätlich geworden sein sollte; fast mit den selben Worten jedoch hätte Karsch eingezäunt was die Bäuerin des Nachbargrundstücks vor Karin stehend als Gebärde angedeutet hatte: daß die ratlose Alte zugeschlagen habe wie eine geballte Faust vom krampfigen Kinn schräg ausfährt und die andere etwas tiefer am hochatmenden Hals zögernd mit größerer Wucht und blinder zuschlägt in die Leere, die aber damals ein jungenhaft verstörtes Polizistengesicht gewesen sein muß, denn die Anklage lautet auf Widerstand gegen die Staatsgewalt.
– Nein: sagte Karin. Sie war nicht trotzig, locker lagen ihr die Hände auf den Knien, die Augen waren schmal aber gelassen gegen das blendende Licht gerichtet, das dem seitlich sitzenden Zuschauer leicht bebende Härchen aufhellte zwischen starren Lidern und straffer Haut über dem Jochbogen.
Ihr Name, der in der nächsten Ausgabe der Zeitung für das Volk der Stadt nicht verzeichnet war unter der Empörung gegen die gaunerhaften Methoden westdeutscher Berichterstattung, erzwang keine Lücke, sie war die Jüngste aller auffälligen Unterzeichner und bedeutete nur wenigen Kinobesuchern die Erinnerung an bestimmte Wendungen eines länglich dunkelhäutigen Mädchengesichts vor schwenkender Kamera oder an eine manchmal gläserne manchmal rauhe

Stimme anwesend im verdunkelten Zuschauerraum; Herr Fleisg aber stellte in Zusätzen der Redaktion die redlich verbitterte Frage wie ein Mensch (der in diesem Staat für Geld hatte arbeiten und leben dürfen) sich dieser Art abseits stellen könne zu den Menschen eines besseren Gewilltseins. In den folgenden Tagen druckte er Briefe von Lesern des Blattes aus fast jedem Stadtteil, die über ihrem vollen Namen sich verwahrten gegen die Duldung von Personen, die sich nicht einlassen auf die Wahl zwischen den beiden deutschen Staaten, die den westdeutschen Machthabern den Rücken stärken etc., die überhaupt seit längerem schon überschätzt worden seien in ihrer Fähigkeit und Leistung. Nun stelle dir Küchen vor in verschiedenen Zuständen der Arbeit und Ausstattung, in manchen war gerade das Essen auf den Tisch gekommen, andere stapelten das benutzte Geschirr, in einer wurde getanzt, wenn Karin mürrische Männer beim Abendbrot oder rechthaberische Frauen beim Strümpfestopfen oder gleichaltrige Mädchen beim Bügeln nach den Briefen fragte, die ihr in die Zeitung kamen, und wie das eigentlich gemeint sei; nun Karsch wartend vor hölzernen oder kunsteisern verglasten Haustüren und nun Karin die Treppe hinunterkommend mit ihren langen seitlichen Schritten und sehr verschlossenen Gesichts. Sie wiederholte die Unterhaltungen nicht in der Nachahmung, sie stellte nicht die aufgesuchten Räume vor, sie sagte lediglich was sie als Antwort bekommen hatte: sie haben es nicht so gemeint.

Sie blieb locker aber nicht immer fröhlich. Sie verlor die Erlaubnis zur Mitwirkung in einem neu aufgeführten Stück im Theater, sie hatte weniger Geld, sie zog um ohne Achim Nachricht zu hinterlassen. Wenn Karsch sie tagelang zu anderen Rundfunkstationen fuhr, zu denen das Gerücht nicht gedrungen war und die ihr einen Platz ließen vor dem Mikrofon zur Umwandlung von geschriebenen Texten in glaubwürdige aber gelassene Äußerung einer jüngeren Frau, war sie oft vergnügt und erzählte Karsch von den vergangenen acht

Jahren als hätten sie Spaß gemacht und seien gut zu leben gewesen. Und Karsch erzählte ihr von anderen fremden Ländern, in denen er gewesen war, sie verglichen die unterschiedlichen Farben der Briefkästen und das nicht ähnliche Betragen verschiedener Ausländer bei der Ordnung ihres privaten Lebens, das sieht lustig aus auf den Landstraßen. Sie hatte abends nicht weniger Gäste als vorher, und oft traf Karsch bei ihr Herrn Fleisg, der im abgeschabten Aufzug des Nachkriegs mit Karin zusammensaß in abgetrenntem Gespräch mit dem Glas in der Hand und allmählich gedämpften Bewegungen; nach und nach wurde er unruhig, wenn er sie nicht sah, und suchte mit seitlichen Blicken ungesehen in ihrem Gesicht als wäre da zu finden was er nicht verstand. Herrn Fleisg war es nicht gut gegangen in der Zeit seines Studiums. Er hatte zwei Kinder und eine kränkliche Frau, die war so alt wie er und von verschüchtert hübscher Erscheinung, sie saß abwärts blickend neben ihrem Mann und redete nicht mit, wenn Karsch gelegentlich kam und ihn laden wollte zu einem Bier und allgemeinem Gespräch über die deutsche Herstellung von Zeitung einmal so einmal so. Gegen seine vierjährigen Söhne war er ungeduldig und streng, das Benehmen des Hausvaters saß ihm unpassend locker, wenn einer zusah. Zu Karin kam er allein im bunten Hemd, schluckte in magerem Hals, rieb traurige Augen hinter oft abgerissener Brille aus der Zeit des Mangels und schwieg befremdend, wenn Karin mit anderen redete.
Manchmal sagte sie so entschlossen wie Tapferkeit aussieht: Aber die Großraumwirtschaft, wie sie die werden machen können auf den zusammengelegten Feldern in der Genossenschaft, die ist doch im Vorteil; das werden sie gewiß noch einsehen, du, Karsch,
wandte ungeduldig den Kopf, erhob sich seufzend und ging auf die andere Seite des Tisches, zu Herrn Fleisg, zog ihn am Nacken ins Gespräch zurück und schob nur für gelegentliche Seitenblicke zu Karsch die Lippen vor. Dem schien das eine

Gebärde des Planens. – Mit Achim brauchst du gar nicht zu reden darüber.
Und Achim sagte, als er später die Zeitungen bekam und in allen Seiten lesen konnte: Karsch, sagen Sie ihr das geht nicht.
– Wieso: sagte Karsch.
– Das geht nicht: sagte Achim, sehr still wandte er den Kopf zu kleinem Ruck hin und her, dachte nach hinter fast geschlossenen Augen, wiederholte die verneinende Bewegung. Das war am Ende des großen Rennens vor der Heimfahrt: als er Karin am nächsten Tag hätte selbst aufsuchen können. Das war auf einer Bank in vorsommerlichem Park in einer Pause zwischen den Empfängen bei der Regierung, da trug er am Jackenrevers schon den Orden für Verdienste um das Vaterland. Er war müde.
Er hörte nicht mehr zu, als Karsch ihm die Vertrauenswürdigkeit seines Freundes beschrieb und daß sie den doch begleitet hatten auf der Fahrt zu dem Berichteten. Achims Hand winkte abfallend aus dem Gelenk, als Karsch Grüße ausrichtete. Denn dieser dreißigjährige muntere Herr, der sich gern und angeregt in fremden Ländern bewegte, hätte auch gern den Radrennfahrer einmal gesehen, der in dem mit edlen Hölzern getäfelten Saal der Volksvertretung als Vertreter des Volkes billigend die Hand hob für die Maßnahmen des Sachwalters in der Landwirtschaft, sich erhob und von seinem Platz aus Worte des Dankes sprach im Namen der Bauern, die ihn kaum hatten kennenlernen können in ihrem sehr anderen Gewerbe abseits der großen Straßen und ihn dennoch einstimmig gewählt hatten ein Jahr vorher.
Das Wort Sorge mag vielleicht übertreiben. Für Karsch waren es ja lediglich Umstände für die Beschreibung eines Lebenslaufes. Er hätte sie gewiß erwähnt, aber er befaßte sich mit einem Radrennfahrer und dachte du würdest von diesem allen nichts wissen wollen.

War denn unter solchen Umständen etwas zu schreiben?

Karsch mochte Zwischenrufe gern. Er schrieb sich nackenspannende kopfruckende Gebärde von Gleichgültigkeit auf, denn ihm war Achim erheblich vorgekommen, er merkte sich also eigensinniges Lippenstülpen an einem jungen Studenten der Mathematik und auch Achims Vater, der Kopf auf Arm ins offene Küchenfester gestützt ihrem Streit zusah als habe er Freude daran (das waren so kleine zuckende Grimassen um seinen Mund, er schien zu kauen was sie einander unnachsichtig auferlegten:)
– Schreiben Sie besser über was anderes.
Ein älterer Mann in zementstaubiger Kleidung hing manchmal abends seine Mütze an die Theke, vor der Karsch saß. Er kam nicht allein, aber nach einigem Trinken wurde er gutmütiger und pflegte sich auf den Ellenbogen lehnend zu wenden an den Nachbarn, oft war es Karsch, daher taten sie bekannt. Dem versuchte er aus den Notizen zu erzählen was einmal ein Buch zusammensetzen sollte und den Lauf eines Lebens, er hätte es gern verständlich gehabt, selten war es eindeutig. Der Alte wandte rauhes Kinn und engeren Blick über die Schankbrücke zum Bilde des Sachwalters, der hier strenger blickte auf die ins Gespräch oder über Gläser geneigten Köpfe von oben, und fragte:
– Der fährt nun immer, aber wie kommt er mit dem zusammen?
– Das kann man bloß sagen.
– Siehst du. Und dann ist es nicht drin.
Als Karsch einzog bei Frau Liebenreuth, hielt sie die Hände unter der Schürze und schüttelte angestrengt grübelnd den Kopf. Sie begriff nicht mit wem Karsch sich befaßte. Er nannte ihr Achims bürgerlichen Namen. Sie war beschämt, sie hob die Schultern, sie hätte es gern gewußt, aber sie kannte ihn nicht.
– Hab ich nie gehört.

Karsch saß oft bei der Serviererin, in deren Garten Achim angefangen hatte sein Leben herzugeben, er genoß das Schwanken zwischen Neugier und Ablehnung, denn wenn das Mädchen eben noch neugierig gewesen war auf den berühmten Gast mit der Sonnenbrille, warum besann sie sich, was dann machte sie mißtrauisch? Halb am Tisch lehnend hob sie angewinkelte Arme und setzte das steif gefältelte Häubchen zurecht in der vorderen Haarwelle, sagte nicht unfreundlich:

– Ich meinte: bloß so.

– Würden Sie denn ein Buch über sein Leben gar nicht erst lesen mögen?

– Das ist doch kein Leben wie der lebt.

Herr Fleisg schaukelte lang geknickte Beine ohne es zu merken, hing an Karin mit vorsichtigen Augen und sagte zögernd: Das müssen Sie wohl anders sehen; er war behutsamer geworden mit Worten, seit er die Abende nicht bei seiner Familie aber mit Karin verbrachte. Karsch ist erzählt worden wie er abends ausbrach aus dem Gehstrom von der Druckerei zur Straßenbahn und durch kleine Straßen langsam in den Park streifte, an dem Karin wohnte; Karin hat es erzählt, Karin sah ihn ankommen. (Karsch machte ihm nicht Vorhaltungen: er konnte brauchen, daß Herr Fleisg jetzt ihn in Ruhe ließ.) Frau Ammann wollte Karsch nicht treffen, bevor er im Rücken hatte daß Achim sagte: Ungefähr war das so, stimmt schon. Wie sollte man es sehen? Alle meinten sie einen dreißigjährigen Mann, der lebte bei ihnen mit Radfahren und berühmt, sein überraschtes Lächeln war glaubwürdig, sein langer harthäutiger Kopf war faßlich und befremdete kaum, er betrug sich bescheiden, was er tat war überschaubar und lobte der Sachwalter. Der und alle meinten nicht ihn sondern ihren eigenen Blick auf ihn, die brachte Karsch nicht zusammen, die notierte er, aber Zwischenrufe mochte er gern.

Ein Beispiel. Zum Beispiel war Karsch in dieser Zeit an der

Geschichte mit der Dreigangschaltung, die Achim einmal gekauft hatte in Westberlin. Er war nicht danach gefragt, er hielt sich mit Karsch auf in Berlin, die Anwesenheit stieß ihn an, er entsann sich, sagte: So haben wir angefangen. Meine erste Dreigangschaltung, bin ich rübergegangen, hab eine gekauft... war alles so sonntäglich, und ich so schüchtern. Er blickte schräg und belustigt, schüttelte fast begriffsstutzig den Kopf, wiederholte: Heute bauen wir sie selber, und auch die Maschinen dazu.
Mithin neunzehnjährig im blauen Hemd marschierte er zwischen blauen Hemden und blauen Blusen durch die Hauptstraßen Ostberlins. Vom Kopf der Kolonne drückte Fanfarengekreisch rückwärts in die Schrittpausen, sackte flatternd ab, kam gekräftigten Atems zurück als Melodie und Tonart für das Lied der Kommunisten, die im spanischen Krieg auf der Seite der rechtmäßig gewählten Regierung gekämpft hatten, – Freiheit: sang nachklappernd der hintere Marschblock, bloße Arme in bloße Arme geklammert marschierten Jungen und Mädchen voran, traten auf der Stelle, standen still, hackten aus vollem Hals die erste Silbe des nachfallenden Schlußwortes in vier aufsteigend schwankende Töne und schlugen mit der zweiten kräftig hinterher, während vorn längst die neue Strophe schrie aus Kehlen und vibrierendem Blech. Rote und blau Stoffstreifen redeten Buchstaben auf die überzogenen Fahrbahnen hinunter, die Ruine eines Fleischerladens trug auf brandigem Schaufensterrahmen großes Papier mit schreckhafter Frakturschrift, Passanten standen als Zuschauer aufgehalten über die Bürgersteige hin, der Mittag wurde heiß. Mitten im blauen Gedränge warteten leere Straßenbahnen ohne Verständnis gelb, Autos standen verzichtsam seit Stunden vom unabsehbaren Marsch an den Rinnstein gedrückt, einschwenkende Kolonnen dämmten die gerade Richtung zurück, Fahnen schaukelten hoch über Köpfe gestemmt neben weißpappenen Schildern mit dem Heimatort der einzelnen Gruppen. Sehr oft stockend brach die eckige

Ordnung der Gestalten in Ruckwellen, Klumpen dickten ein, Haustore saugten Uniformen heraus und verschlangen sie, Abstände schwangen von Weite zu Enge, in sehr großen Kreisen tanzten Gruppen zu Händeklatschen und Bauerntänzen auf der Ziehharmonika. Es war ein festlicher Treffpunkt des staatlichen Jugendverbandes und kostete viel Geld in einem zerschlagenen Land. Die schwingenden Mädchenröcke, die ungewohnt schmuckhafte Ausstattung der Straßenzüge, die unzählige menschliche Nachbarschaft löste Achim zu einverstandener Begeisterung, singend und steif rechts gewandten Kopfes trieb er mit im heilig ergriffenen Aufmarsch vor der sehr erhöhten und entfernten Tribüne des Sachwalters, hielt unschuldig Arme umklammert an sich, lachte, redete viel, und wurde erst im langen durstigen Rückmarsch zu den Unterkünften mißmutig wegen des Einkaufs, den er gegen das Verbot machen wollte im anderen Teil der Stadt. Wenn er wieder zu Hause war, würde er weiterleben müssen. Dann war all dies nicht und nur das Fehlen der Gangschaltung, die seine Selbstachtung brauchte im Training mit den anderen, die hatten eine. Auf einer sehr breiten Vorortstraße, die unversehens blank lag unter der Hitze, floß der Marschblock auseinander. Der Bruch mit der Ordnung: der vergleichsweise häßliche Anblick einzeln davonlaufender oder schlendernder Gestalten in zusammengehörig blauen Hemden streifte ihm den Rücken. Er erbitterte sich, bis es notwendig war daß er etwas tat gegen das feierliche Verbot wie alle um ihn. (Der Rückmarsch zum Lager erfolgt in geschlossener Formation.)

Ein Junge in weißer Windjacke und kurzen Hosen lehnte im Türengang eines fahrenden Zuges der Berliner Tiefbahn und verglich oft unruhig blickend den seitlich im Wagen angenagelten Schemaplan der Streckenführung mit der augenscheinlichen Ansicht der Stationen, die aussteigende oder neue Fahrgäste ihm in der Doppeltür aufrissen und die wieder verschwanden im hart einrastenden Zusammenprall der beiden Flügel; er wartete auf den dickeren Strich, der im Plan das Verkehrsmittel politisierte. Sein Gesicht war noch nicht zurechtgewachsen, es schien unschlüssig und mitunter gierig auf etwas, das im jähen Abwenden des Blicks verborgen blieb. Er strich sich oft über die Haare, denn früher war ein Scheitel, wo er inzwischen den dichten Blondschopf modisch und gewaltsam nach hinten gekämmt hatte, der stand auf wie bucklig und wurde schnell gestreckt und kam doch wieder bucklig. Der letzte rot umrandete Punkt vor dem gestrichelten Grenzwurm verwandelte sich in langes Kachelgehäuse mit kleinen Buden, unterirdisches Licht sprang in den einfahrenden Zug und in dem die verstärkt sprechende Stimme des Beamten, der die Teilnehmer des staatlichen Jugendfestes zum Aussteigen ansprach, gelassener aufblickend den Namen der Station bekannt machte, wieder im Stehen über sein Mikrofon gebeugt vor dem Weiterfahren warnte mit dem Blick wie bekümmert gegen den grauzementenen Boden. Der Junge in der Windjacke beobachtete wie der Bahnsteig die blauen Hemden aus dem Waggon sog, aber es gelang ihm sich nicht zu rühren. Der Ruck des Anfahrens riß ihn mit in den Tunnel und schüttelte die Steife aus seinem Dastehen.

Es ist ihm sonntäglich erschienen. War der Tag frei gewesen von Arbeit? Nein. Meinte Achim eine locker und niedrig umbaute Straße mit stillen Bäumen und Gartenzäunen, in der eine Frau mit einem Kind sehr geruhigen Ganges spazieren geht, durch unverhängte Fenster ist der Blick eines gelangweilten Alten zu sehen, ein Auto hält, alles ist wieder kaum bewegt? In einer solchen Gegend werden doch keine Gangschaltungen verkauft. Nein, er war zwischen sehr hohen Häusern hindurchgegangen lange Zeit, nur einmal war da ein kleiner sauberer Platz mit alten Bäumen im Gras, er erinnerte sich der Kette parkender Wagen am Rinnstein, Hunde schritten gemessen neben Einkaufstaschen, alles sah so aufgeräumt aus. Aber daran dachte er eigentlich nicht. Da ist einer ausgestiegen vor neun Jahren auf irgend einem Bahnhof in Westberlin, aus dem Schacht aufsteigend kam er in das nachmittäglich gedämpfte Licht eines Augusttages, überquerte den mäßig befahrenen Damm, sah sich um, ging wie suchend in eine kleinere Straße. Der hatte eine Windjacke an, die zog er am Kragen immer zusammen als wollte er etwas an seinem Hals nicht sehen lassen. Was ist ihm erschienen wie Sonntag? Die Stille abseits der städtischen Mittelpunkte? Achim zögerte. Die Ruinen waren begradigt und die Häuser ausgebessert wie geputzt zum Wochenende, ungewohnt viele Frauen begingen die Straße und mußten nicht arbeiten wie festlich, Mäntel und Kleider aus besserem Stoff waren besser genäht wie beste Kleidung am Feiertag? Das hatte Achim nicht gemeint. Von allem etwas aber nicht daß er aus einem ärmeren Land gekommen war. Wenn nicht die Stille dann also den Lärm und die Vielfalt und den Wohlstand des hiesigen Straßenbildes? Hören Sie auf mit dem Straßenbild. Die unbedenklichen Gesichter der Passanten und ihre buntere Kleidung und der größere Raum, den sie einnehmen mit mehr Gegenständen und mit mehr Anstalten des Lebens! Achim schüttelte den Kopf. Er hatte bei dem Wort etwas anderes gedacht. Vor den Schaufenstern einer Holzbude stand ein Junge mit magerem Hals, der hatte die Daumen in die Gesäßtaschen gehängt und betrachtete aus etwas zu sicherem Stand auf auseinandergestellten Beinen die Fahrräder, die an Haken aufgehängt waren hinter dem kleinen verschmutzten Glas. Die Wände des Ladens waren rissig und verwittert, platzender Lack umrandete notdürftig die beiden Luken. Die Bude war errichtet auf dem verschütteten Fundament eines Wohnhauses, neben ihr ragte makellos verputzt die Wand eines Neubaus, auf der anderen Straßenseite arbeiteten Bagger, die Bude wartete auf sie. Nach drei Schritten seitwärts kam der Junge zurück und las wieder was mit blauem Stift auf Pappe geschrieben das zuvorderst hängende Rad bezeichnete: Französisches Fabrikat, achtgängig, Preis im Laden. Die Achse des Hinterrades war von der Wand verdeckt. Innen schien es sehr dunkel. Achim wandte sich ab, prüfte fast im Gehen das Fenster mit den Zubehörteilen und trat ein mit der knarrenden Tür. Ein Mädchen in blauem Kittel kam aus dem rückwärtigen Verschlag und fragte den Kunden nach seinen Wünschen, während sie einen Bleistift zwischen Ohr und fülliges Haar steckte. Achim stotterte fast. Er nannte nicht den Fachausdruck, er hatte ihn im Gedächtnis und wagte ihn nicht zu sagen, so daß er umständlich und heiß im Gesicht beschrieb daß er drei Gänge brauchte und daß alles in ein gewöhnliches Rad einzubauen sei, in ein gewöhnliches, verstehen Sie. Das Mädchen bückte sich ohne ihn aus dem Blick zu lassen, griff einen Karton unter dem Tisch hervor, schob ihm den zu. Er verstand daß darin die Schaltung war. Er erkundigte sich lange, wog die Vorrichtung in der Hand, redete, um die Frage hinauszuzögern: Nehmen Sie Ostgeld? fragte er. Es hatte beiläufig und weltmännisch herauskommen sollen, er stockte. Verstoß gegen das Gesetz über den innerdeutschen Verkehr der verschiedenen Währungen. Während das Mädchen den Wechselkurs auf den Preis umrechnete, starrte er auf ihr dichtes verworrenes Haar und war glücklich. Er war bereit ihr träges Gesicht hübsch zu finden, er war ihr dankbar, er redete sehr: das ist sehr nett von Ihnen daß Sie Ostgeld nehmen (daß Sie mir überhaupt etwas verkaufen, entschuldigen Sie) daß ich nicht von hier bin. Er versuchte das Geld aus der Brusttasche zu holen ohne die Windjacke zu öffnen. Auf der Straße war er plötzlich müde. Müdigkeit war stolz auf das kleine schwere Paket, Müdigkeit war einsam mit dem kostbaren Gerät, Müdigkeit fragte die Passanten hochmütig nach dem Weg: Ich will in den Osten, wie soll ich gehen. Er war aber anderthalb Stunden unterwegs, da er sich mit seinem Geld nicht zu den westlichen Eingängen der Untergrundbahn traute, er hielt den Wechselkurs fast für eine Gefälligkeit der Verkäuferin. Auf einer breiten Allee durch langen Park kam er mit der Dunkelheit auf einen Platz nahe der Grenze, wo auf einem Bretterpodium Jungen und Mädchen des staatlichen Jugendverbandes Sprungtänze vorführten und sangen. Am Rand der umstehenden Zuschauermenge kaufte ein Junge ein Eis, der hatte eine Windjacke. Er trug die oberen Knöpfe offen und hatte den Kragen seines blauen Hemdes eben über die Jacke geschlagen. Seine Hände waren sehr schwarz neben dem weißen Eis, und er erinnert sich an Ziehharmonikamusik, den erstaunten Blick der Verkäuferin, zwei Groschen, schweißschmutzige Hand neben etwas Kühlem, an die Empfindung von Heimat und Rückkehr. Sonntäglich. Er sagt es sei sonntäglich gewesen, er sagt man kann es nicht sagen. Hören Sie mal. Er hätte nicht gewußt an wen sich wenden. Wenn er sich verlaufen hätte, wenn er hätte bleiben wollen: die Polizisten trugen anders geschnittene Kleidung in anderer Farbe und betrieben mürrisch oder leutselig Aufgaben, die ein Neunzehnjähriger aus einem anders verwalteten Staat nur ahnen konnte. Die Tafeln vor den Ämtern waren ihm unverständlich bezeichnet, an den Zeitungskiosken waren Neuigkeiten groß geschrieben über Ereignisse, die ihm nie zu Ohren gekommen waren, die er bezweifelte. Er wußte nicht wie das hiesige Geld aussah und wie anzutasten, er sah die Bankgebäude riesiger in den Himmel sausen aber Wohnblocks auch, wer mochte hier regieren. Nichts lud ihn ein. Rätselhaft lebten die begegnenden Passanten und arbeiteten in Fabriken Geschäften Ämtern, die er nicht hätte vermuten können wie am zufälligen Nachbarn doch in seiner Heimatstadt, sie fuhren in ihren Wagen oder gingen mit unerklärlicher Geschäftigkeit an unvorstellbare Orte und bewegten ihre Gesichter zu Dingen und Verhältnissen, die er nicht einsah; sie waren alle da, er sah alles, er erriet nichts. Fremde sprachen über Fremdes in fremder Sprache, neben ihm her lebten sie im warmen Abend eines anderen Staates mit einander und waren sicher im Unbekannten, er war von ihnen entfernt wie das Gefühl des Sonntagmorgens ihn trennte vom Leben in der Woche; um ihn war Bewegung, die ihn stehen ließ wie ein Sonntag anhält und hinstellt und allein läßt ohne Hilfe in einzeln bewohnten Räumen. In dieser sauberen Ferne dieser aufgeräumten Fremde wie sonntäglich allein und nicht sicher.

– Vielleicht so? sagte Karsch.

– So eher: sagte Achim. – Vielleicht: sagte er: Irgend wie ...

Irgend wie (dachte Karsch) war sehr genau. Irgend wie war Irgend wie vielleicht auch zu beschreiben.

Die Marineposten vor dem kunsteisernen Eingang zum Amtssitz des Sachwalters standen steif und hielten die Maschinenpistolen schräg mit beiden Händen vor sich. So hält man kein Kind im Arm. Sie sahen auf der anderen Straßenseite die beiden Herren wiederum neben den Parkbänken herankommen. Der eine im grauen Straßenanzug mit der Sonnenbrille, der so lockere Schritte tat, erinnerte sie an jemand. Der andere war viel kleiner und redete mit den Händen. Sehr gesprächig gingen sie hin und her vor dem abendlich eindickenden Licht, das die übersichtlichen Wiesen färbte. Sie gaben sich nun die Hände, der Lange trat über den Bordstein auf das Palais zu. In Gedanken aufgehalten wandte er den Kopf zurück und fragte etwas.

– Warum fragen Sie immer danach, wollen Sie am Ende darüber schreiben?

Die Anfahrt einer Lastwagenkolonne verdeckte den Anblick der fürstlich gelben Fensterfassade, viel Gesang und Motorenlärm stopfte das Torhaus. Die Sperrkette fiel klirrend gegen das Pflaster. Ein Offizier winkte mit einer rot und weißen Kelle, die Wagen fuhren wieder an. Starr und schweigend sahen die Ehrenposten den Langen drüben stehen wie er gestanden hatte, er sah seinen Begleiter aber nicht an, hielt ihm den Hinterkopf zu, schüttelte diesen Hinterkopf gesenkten Gesichtes, nachdenklicher Ausdruck war zu erraten. Dann kam er unaufhaltsam heran über die Straße, nahm wenige Schritte vor den Stufen die Sonnenbrille ab und lächelte. Sie erkannten Achim. Sie begrüßten

ihn mit kaum merklichem Ruck, straffer stehend ließen sie ihn hindurchgehen.
War Achim über die Grenze gegangen, kam ihm die Fremde sonntäglich, besaß er vor neun Jahren eine Schaltung mit drei Gängen? Das ist alles lange her. Das weiß keiner zu erinnern. Was war in dem Jahr?
In dem Jahr nahm Achim teil an einem Treffen des staatlichen Jugendverbandes in der ehemaligen Hauptstadt, die geteilt war. Im darauf folgenden Jahr konnte der Außenhandel des Landes zum ersten Mal auch einige westdeutsche Rennräder aufbringen; eins davon wurde Achim zugesprochen.
Das ließ sich unter diesen Umständen schreiben. Die Umstände kürzten was länger nicht eindeutiger gewesen wäre. Und nun noch die Zwischenrufe. Und nun noch: Irgend wie.

Das ist aber doch nicht wahr!

Achim war über die Grenze gegangen und hatte Geld verbracht gegen das Gesetz. Das lag undeutlich entfernt hinter zugewachsenem Jahrzehnt. Er erwähnte es einem Westdeutschen in einer Unterhaltung über dessen Straßenbild, zufällig entsann er sich seiner ersten Ansicht von den Unterschieden, er meinte die und nicht den Einkauf. Das Gespräch war nicht von Dauer. Das Buch über sein Leben sollte haltbar gebunden unter die Leute. Im Gespräch vertraulich ja aber nicht in der Beschreibung wollte er gelebt haben mit dem Erwerb eines Zubehörteils. Das ist nicht wahr?
Ist wahr wie es gewesen ist? Wahr also regloses Eingetretensein im dämmerigen vollgestellten Budeninnern, der sanfte Geruch nach Metall und Maschinenöl, knarrendes Stillstehen auf verzogenen Bodenbohlen, die mit dem Balkenfundament dem lockeren Schutt zusinken; wahr also der Stolz eines Neunzehnjährigen, der einen Wunsch heimlich aber selb-

ständig umgesetzt hat ins Handfeste, ebenso die einsame Gefahr der Gesetzesübertretung und die angstzerrende Leere um ihn auf den Bürgersteigen und Straßenrändern während des Rückwegs, und das ohnmächtige Wüten gegen den vervielfachten Preis wie gegen ein Schicksal, und das Schicksal trägt das unerbittliche Antlitz höherwertigen Geldes? sind nicht wahr, denn ist es so gewesen? Nämlich Karsch schrieb auf was Achims Gedächtnis unsichtbar und ungesehen zurückfischen mochte an Wrackteilen eines vordem verlebten Nachmittages; Achim wußte was Karsch nur vermuten konnte.
Mit keiner Rede von Grenzübertritt und Vergehen gegen die Währung des eigenen Staates wird ausgelassen was war, und Unvollständigkeit ist gelogen? Diesen hatte Karsch ausgewählt von dreihundertfünfundsechzig Tagen des ganzen Jahres: aber nicht den Nachmittag in der dicht verwachsenen Autobahngrube, da Achim badete mit einem Mädchen in dem eiskalten lehmigen Wasser und sie zu sich nahm, und erschrak als sie kam und den hellen Himmel verdeckte über seinen aufgerissenen Augen mit schwingenden Haarsträhnen und dem immer mehr fließenden Umriß ihres Kopfes; aber nicht den Tag und seine Feierstunde, in der Achim aufgerufen wurde aus der von Fahnen und Schriftbändern festlich umstellten Versammlung, und sein hochrotes Atmen auf übersichtlichem Podium, da ihm der gelbe Glanz des ehrenden Abzeichens versehen wurde für gute Arbeit, nach dem Händedruck mit dem Beauftragten des Sachwalters sprang er fast blicklos in die Kehrtwendung zur Treppe und wäre gestolpert ohne die gutmütigen Zurufe seiner Brigadenfreunde in der zweiten Reihe; und nicht die Stunden Gartenarbeit an den Erdbeerbeeten an einem noch anderen Tag, als er sich mit seinem Vater wieder für den Rest ihres Lebens versöhnte neben ihm kniend in der sandigen Hitze; und nicht den regnerischen Vormittag von Heiligabend, als Achim in der Maurerkolonne nach dem Verputzen des Neubaus nun auch

noch die Gerüste abbauen mußte, was nicht ihre Arbeit war und verschuldet von dicken Leuten vergeßlich am Schreibtisch ohne Kenntnis des Regens bei gefährlicher Arbeit, alle waren aufgebracht, schwenkten die Bretter zu Boden ohne hinzusehen wie sie segelten mit dem Kopf voran und brachen und splitterten, sie rissen die Verankerungen aus den Haken, ließen die schwanken Stangen kippen und pfiffen nur noch auf die Schrammen und Löcher im frischen Putz, und erst der Anblick ausrutschender Beine und dann das seufzende Geräusch von Gummisohlen auf naßverschmierten Bohlen und dann das teilnehmende Schreckgefühl mitsausend im torkligen Abschwung eines Maurers durch die freie Luft dem stachligen Gewirr von Balken und Ziegelstapeln entgegen und endlich der gemeinsame Aufschrei brachten ihre Wut zu Ruhe und vorsichtigem Griff, da wußte Achim immer noch nicht worauf sich freuen am Abend: die Tage alle hatte Karsch nicht beschrieben, die hatten nicht gepaßt in seine Auswahl oder waren zu viel, die hätten sie vervollständigt, immerhin, unvollständig aber ist lügenhaft? Karsch wollte nicht alles von Achim sondern nur beschreiben was ihn (nach seiner Auffassung) kenntlich machte vor den Menschen und den Radfahrern, dazu wählte er aus unter den einzelnen Teilstrecken eines Lebenslaufes, das wollte er von den Wahrheiten. Und was willst du mit der Wahrheit?
Dir nicht und Karsch nicht gehört was Achim hergeben wollte von seinem Leben. Was am Ende bei Karsch stand auf dem Papier und käuflich wurde als Achims Leben in Worten: das sollte ihn zeigen wie er sich neuerlich verstand. Es sollte sagen: Seht euch an. Ich, Achim T., war jung nach dem Krieg und wollte nur noch leben irgend wie. Ich habe euch Häuser gebaut, von euch bekam ich etwas auf den Leib und zu essen. Ich habe gearbeitet und hinterher gelebt wie ihr, ich hatte nichts gegen euch, ich habe mich nicht gekümmert um euch, wir haben Geld getauscht und Anstrengung. Dann kam der Staat in der Partei des Sachwalters und sagte:

Es genügt nicht. Da tat ich mehr. Da half mir der Staat zu zu meinem Vergnügen und machte es mir zum Beruf, da gab er mir etwas zu tun und Verantwortung für die besondere Art unseres Zusammenlebens, da hatte ich etwas für euch und kümmerte mich. Ihr, ehe ihr den Sachwalter so sehr befeindet und seinen Staat, bedenkt doch was er für euch tut und setzt einen Radfahrer in seine Vertretung des Volkes und spricht mit ihm. Das sollte es sagen. Achim leugnete vor sich nicht, er deckte den flaumütigen Einkauf nicht zu in dem Tag des begeisterten Festes: vor sich, er entsann sich aber entsann sich mit Scham und nannte es Fehler. (So wie er den Achim nicht gerne wiedersehen mochte, der rüde ein Mädchen verlassen hatte in einem feindseligen Dorf vor fast vierzehn Jahren wie taub.) Es sollte nicht heißen: Achim ging nie über die Grenze und verbrachte nie Geld im Widerspruch zur zweiten Durchführungsbestimmung des Gesetzes über den innerdeutschen Verkehr der Währung, es sollte nur nicht laut werden, unabgestritten blieb es im Leben, Achim hatte das Recht sich dessen zu schämen. Wer ihm zujubelte am Rand der Straße oder ihn unterwies in den Fragen der staatlichen Wohlfahrt oder ihm Ehe Verehrung Nachfolge anbot in Briefen mengenhaft, der sollte aber Den meinen von heute in grauem Anzug in ehrendem Empfang bei der Macht des Staates und in lächelnder Verbeugung und beim kameradschaftlichen Händedruck den, der gern mit Notwendigkeit gekommen sein wollte durch die Zeit hierher aber nicht durch Zufall und bloß überredet dazu. Zu ihm, der Geld nahm vom Sachwalter und Orden und Vergünstigung in allen Behelfen des Lebens, paßte nun nicht mehr der vergangene Tag, an dem er dies Geld verschleppte wie Abfall, an dem er eigensüchtig gewesen war und mißtrauisch gegen sein Land als würde es niemals Rennräder kaufen für ihn und schließlich auch bauen für ihn. Er wollte nicht der sein, der roh und gern war im alten und zerschlagenen Verband der staatlichen Jugend, das streichen Sie mal; nicht einer, den ängstigte die

Rote Armee, der hätte seinen Vater verraten (für eine schlechte Sache verraten), den haben wir ja mit Gewalt hineinbringen müssen ins blaue Hemd und eingesehen hat er es doch nicht. Er wollte gelebt haben schon wie immer jetzt und seit fünf Jahren Mitglied in der Sachwalterpartei: so endlich unterwiesen und entschieden für eine staatliche Gerechtigkeit, die ihm nicht anders denn angenehm gefiel. Er suchte nach den Spuren dieses Denkens und nicht nach anderen in seinem Leben, das wollte er von seinen Wahrheiten, und ihm gehörten sie wohl.
Allerdings waren sie kürzer und drängten heraus was Karsch hätte sagen mögen als den Lauf eines Lebens: schüchternes Jungengesicht über braunem Hemd und straffes über blauem, die Ansicht von Wohnküchen in der Nacht, Schreck und Schulgeruch und so fort, du weißt schon: was du wahr nennen würdest, denn dir kommt es so vor.

Das läßt sich doch nicht ersetzen!

Oh. Die Kahlschläge aufforsten können hätte was Achim nannte Meine Entwicklung zu einem politischen Bewußtsein: solche Fußspuren im Gang der vergangenen Alltage. Etwa ein junger Maurergeselle als Flügelmann in den Aufmärschen zum Marktplatz jedes Mal, wenn die Abgesandten des Sachwalters Neuigkeiten auch denen bekannt machen wollten, die immer noch die Zeitungen nicht kaufen mochten (Warum muß die westdeutsche Regierung ja unsere Vorschläge ablehnen? Nicht wir haben den Krieg in Korea angefangen aber die anderen), das Rad leitend kam er heran, hörte eine Weile zu, dann mit dem Rad an der Hand teilte er die Reihen rückwärts gehend, stand noch eine Weile mit mürrischem Gehaben in den dünneren Zonen des Lautsprecherlärms am Rand des vollgedrängten Platzes an Simse oder Schaufenster gelehnt, irgend wann hatte er das Rad zwischen den Beinen und schaukelte sich mit beidseitigen Fußstößen an den lockerer stehenden Menschen vorbei zu einer Straßenmündung und raste davon über die kahlgetriebenen Fahrbahnen wie mit Notwendigkeit; manchmal aber blieb er länger, endlich stand er einmal bis zum Ende der Kundgebung am unteren Rand des Podiums und hielt die Oberlippe zwischen den Zähnen wie in Gedanken, schwenkte den Blick von schreiendem Kopf und hämmernder Faust des Redners zu den Lederschuhen, in denen er stand auf der Höhe der versammelten Augen; und wieder war er (Achim?) nicht zufrieden, wenn die Menschen unter dem hochherzigen Fanfarengekreisch in wirren Gruppen und Strähnen auseinanderliefen und nicht in der allerdings widerspenstigen Reihenordnung, die sie herangeholt hatte von ihren Arbeitsplätzen aus allen Richtungen der Stadt; sie hätten auch mal zuhören können. Und wer ihn kannte sah daß er diesmal nicht vor der Zeit gegangen war und sagte verschieden nach Vorhaben und Laune aber mit den gleichen Worten zu einem anderen auf dem Heimweg: Sieh an, so einer ist das, der soll mal so weitermachen. Oder Versammlungen in der Gewerkschaft Bau, oder Streit wegen der Arbeitsnorm: fünf auf halbhoch gemauerter Wand sitzend in der Frühstückspause reden gehässig ein auf den sechsten, der möchte sie überreden zu willentlich vermehrtem Fleiß zu Gunsten des Staates (der war vielleicht ein Mal auch Achim gewesen?) und war unversehens allein ohne Anrede oder Gefälligkeit inmitten stiller Verachtung oder hämischer Stichelei, der will sich anschmieren bei der Partei; das würde zu machen sein mit dem hohen Blick über die Stadt, die ausgebreitet lag unter den Rändern des Neubaus mit dämmerig verlaufenden Straßenzügen und rußgeschwärzten Außenseiten und wüsten Lücken, die sie alle noch bebauen mußten ihr Leben lang, und unter schmalem Bündel Sonnenlicht in der septemberlichen Ferne leuchten vergoldete Spitzen, die aus der Nähe nicht zu sehen sind. Das würde zu machen sein mit Gesprächen:

– Los, du könntest auch mal ein Transparent tragen.
– Hab schon beim vorigen Mal.
– Ich hab mein Rad dabei, willst du dann das so lange tragen?
– Was steht denn drauf?
Und dann entweder mochte es Achim gewesen sein, der nicht feindselig aber unerklärlich sich weigerte das ernst blickende Bild des Sachwalters am Stock über die Köpfe der Marschierenden zu halten, und darunter nicht sichtbar sein wollte als der Träger von so etwas; oder jedoch mochte es Achim sein, der ein über Holzleisten gespanntes Spruchband festhielt an einem schwankenden Stangenbein und schrie im engen Gang des Bürogebäudes, während alle an ihm vorbeiliefen in deutlicher Eile: Nun nimm das doch mal einer verdammte Drückeberger!
Oder:
– Ihr nehmt bloß immer vom Staat, der gibt euch die Ausbildung, schickt euch auf Urlaub. Ihr könntet auch mal was dafür tun.
– Schieb ab Mensch. Das macht er mit unseren Abzügen. Schieb ab! wobei Achim der eine gewesen sein konnte, der nervös aber geduldig wiederholt was er sagen soll: oder der andere, dem er im Wege steht, der gelassen ohne aufzublicken nach dem Stein greift, Mörtel von der umgekehrten Kelle klatscht, den Stein zurechtdrückt, nach hinten langt, die Kelle in die Wanne sticht, steh doch hier nicht rum. Den er früher verstand und jetzt versteht, denn er hat früher auch sich gekümmert um nichts so wie der, so was über die Steuern ist ihm auch einmal eingefallen.
Oder ein Achim, dem die Funktion des Gruppenvorsitzenden zugeschoben wird im staatlichen Jugendverband, keiner will sie, jetzt mit einem Mal sitzt er allein an der Kopfseite des Tisches und soll reden über die Pläne des Sachwalters so, daß die Umsitzenden ihn wieder aufnehmen als einen der ihren und dennoch glauben was er noch nie zum Sagen vor-

gedacht hat; also ein finster grübelndes Gesicht über Papier gehalten, unwillig hervorgestoßene Satzreste, krampfige Lockerheit, wieder das ausgesetzte Gefühl.
Oder ein Achim, der dem zusieht: froh daß er es nicht ist.
Oder undeutlicher die flackernden Schatten eines Lagerfeuers über ihm an den Abenden eines Ernteeinsatzes, ungeschicktes Brummen zwischen klareren Mädchenstimmen in den neuen Liedern aber wieder am Lagerfeuer jedoch nicht allein und mit vielen singend in der menschlicheren Nacht. Wie?
Denn ob er das eine tat oder das andere war: sie würden ihn nicht gehänselt haben. Er konnte immer noch zuschlagen wie er es gelernt hatte: nicht wütend aber hart und bis der Gegner sah daß er auf den Boden kommen würde unter diesen ausgerechneten zweckdienlichen Stößen. Auch der Eigensinn, mit dem Achim seine freie Zeit auf das Rad setzte und sein Geld auf die Ausstattung des Geräts, machte ihn nicht komisch für die Kollegen (so nannten sie einander); zweimal ließen sie die Luft aus den Reifen, dann nicht mehr, inzwischen kannten sie ihn. Er galt fast für einen Sonderling. Die Poliere nannten ihn tüchtig, weil er seine Kolonne mit zähem fast gedankenlosem Arbeiten voranbrachte, den Architekten fiel auf daß er ihnen zuhören und Zeichnungen lesen konnte; der erste Blick mußte damals in ihm einen Verschlafenen sehen. (Was er in der Berufschule überhört hatte lernte er doch Kopf in die Hände gestützt einen Winter lang, denn damals glaubte er noch er müsse sein Radfahren mit besserer Arbeit verteidigen.) So machten die Direktoren ihn zum Lehrausbilder, und nach wenigen Wochen hielten die Jungen wie eifersüchtig um ihn zusammen, sie liefen ihm nach, sie glaubten dem Älteren was er schnell und leise aus dem Mundwinkel sagte, sie bewunderten daß so einer am Feierabend im Radsportverein trainierte und fragten nicht einmal wozu. Dann kamen seine ersten Siege (in örtlichen, später sächsischen Rennen) in die Schlagzeilen der Seite für

Sport, dann wurden sie scheu gegen ihn, das machte der Stolz auf ihn, endlich war er ihnen überhaupt entfernt: zwei Jahre lang hüteten sie das Gedächtnis seiner unnachsichtigen Kameradschaft und arbeiteten dafür wie zusammengebunden, dann durften sie Brigade mit seinem Namen heißen, und heutzutage noch fragten ihn einige in Briefen um Rat: wie sie es mit einem Mädchen halten sollten, da wäre schon ein Kind von einem anderen, aber sie könnten davon nicht lassen, und was würde Achim da tun? und Achim antwortete ihnen dankbar, denn so nah waren ihm danach keine Freundschaften mehr gekommen und auch so glaubwürdig nicht.

Ja. Und als er nach wenigen Jahren so berühmt war wie einer in diesem Lande es herausfahren konnte aus sich, bot ihm die Sachwalterpartei das erste Rennrad an, das insgeheim hergestellt war in einem ostdeutschen Werk. Das war im Training für die Rennen des Sommers, und die Mannschaft wollte lieber die aus Westdeutschland eingeführten Maschinen behalten. Aber Achim sagte:

– Wolln doch mal sehen.

– Du machst dich bloß kaputt! Ja, wenn wir Zeit hätten

– Wolln doch mal sehen

und überredete den Jüngsten der Mannschaft: Mach mit. Der hatte mehrmals auf eine ganz unwörtliche Weise begriffen was Achim mitten im Rennen meinen konnte mit leichtem Rückenschaukeln vorwärts rückwärts und war ihm mit seiner ganzen ungeprüften Kraft zur Seite gewesen, wenn er eben erst aufgestanden war in den Pedalen und hart tretend abfuhr aus der überraschten Gruppe. Das war so ein Kleiner Stämmiger, der zum Spaß fuhr und auch nicht vom Beruf hatte lassen wollen, der war Schuhmacher in einer kleinen Stadt und nahm die pralle Handgreiflichkeit der Rennsaison mit zu seinen Eltern und Freundinnen wie stolze Erlebnisse aus Ferien; reden konnte Achim mit ihm nicht. Mit dem fuhr er die neuen Maschinen im Werk eine Woche lang zurecht, bis an denen umgebaut war was sie den westdeutschen ähnlich machte. Dann waren sie eigentlich nur noch schwerer. Auf zweitausend Rennkilometern hatte jeder einen Rahmenbruch und Achim eine zersprengte Schaltung, die Ärzte stellten ihnen am Morgen nach den Stürzen das Weiterfahren frei, da fuhren sie weiter, das wollten sie nun sehen. Achim beendete den Sommer auf mittleren Plätzen, und der kleine Schuhmacher war kurz vorher auf eine von den eingeführten Maschinen umgestiegen, beide sehr hager ließen sich fotografieren, der eine finster grinsend und der andere spitzbübisch unter seinen kurzen schwarzen Haaren sagten unerbittert:

– Also, der letzte Dreck ist es wirklich nicht damit.

Das konnte die Sachwalterpartei Achim nicht vergessen. Das nächste Jahr fuhren sie alle auf ostdeutschen Maschinen, aber vorher war der Trainer hartgesichtig und weißhaarig, mit dem Anschein der Güte zu Achim gekommen, der fragte im Vertrauen: ob Achim denn nicht ein Mal erlebt habe wie die neue Lehre angewachsen sei in bekannten Gelegenheiten des eigenen Lebens? oder für längere Zeit die Empfindung der Zugehörigkeit?

– Ich versteh nicht.

Das war im frühen Herbst auf der Terrasse eines Erholungsheimes, der Blick ging auf sehr still stehende Kiefern und einen ruhig glänzenden See, zwei Wochen lang hatte Achim faul gelegen mit den Beinen auf der Balustrade und dem Werk Briefe geschrieben wegen möglicher Verbesserungen an der Maschine, die ihm nach diesem Sommer tiefer in den Gliedern saß als das westdeutsche Fabrikat. Da in respektvollem Gespräch erfuhr er daß er etwas für das Ansehen der Sachwalterpartei getan hatte, und nun war es nur billig (denn die gedankliche Verbindung kam ihm bei, und er wollte nach dem Ende der Kur in das entfernte Leben des Alltags nicht ungern zurückkehren als ein Veränderter, den kennt ihr noch gar nicht, ich werde euch mal was zeigen) zu sagen: Ja, wenn das so ist, dann will ich in die Partei.

(Wo der andere, der mit den keinmal überspannten Sehnen, der gegen Flauheit und Ermüdung nie mehr hatte tun müssen als die Brauen enger zusammenziehen, der mit dem fast umgänglichen Schalk in den Augen wahrscheinlich geantwortet hatte: Nachher will ich nicht der letzte gewesen sein, denn den fragten sie auch, und der ging über die Grenze, weil er sich ungefähr sagen mußte: nach diesem überstandenen Sommer würde er mehr überstehen können. Als er genug Geld zusammengefahren hatte im anderen Land, setzte er sich zur Ruhe in ein eigenes Schuhgeschäft mit angegliederter Reparaturwerkstatt und ließ seine Eltern wenn auch keine Freundin nachkommen und verzichtete auf den Ruhm: den streichen Sie mal.)

– Ja: sagte Karsch, und wollte damit angeben bis wohin er Achims politische Entwicklung mitdenken konnte: Und was ihr mit den Bauern macht? sagte er.

Stell dir Achims unwilliges Hochfahren vor aber nicht Hartherzigkeit, versieh sein gewaltsam geduldiges Sprechen nicht mit deiner Empfindung von Grausamkeit, denn vielleicht war Achim nicht einmal ohne Mitleid und lediglich entfernt von Unglücksfällen, als er Karsch auseinandersetzte wie zum siebenten Mal und mit der Langmut des Nachhilfelehrers: daß es bei der Umwandlung der landwirtschaftlichen Struktur ankomme auf die Zukunft des ostdeutschen Teilstaates und nicht auf private Mißverständnisse.

– Natürlich sind die bedauerlich: sagte Achim, nahm den Blick zurück, schwieg als dächte er nach über die Kümmernisse des Alltags, der ihn in lärmminderndem Abstand umgab. Dann lächelte er, und er schien sehr vertraut mit möglichen Fehlern in ihrer Verständigung, als er mit netten Augenfalten komplicenhaft und überlegen hinzuforderte: Aber vergessen Sie nicht daß ich davor etwas anderes gesagt habe!

Karsch war also bereit das Fehlende zu ersetzen mit der minutengerechten Beschreibung aller Rennen, die Achim je gefahren war. Ihn hatte ja ohnehin die darstellende Vorführung des Rennfahrens verleitet zur Beschreibung eines Lebens.

Na, Radfahren bleibt aber Radfahren

Zugegebener Maßen sind die gröbsten Kennzeichen dieses zweirädrigen Fahrgeräts die Einspurigkeit und Antrieb durch kreisende Tretbewegung. Der Anfänger mit dem Fahrrad, der oft eher als sprechen lernte sich mit Fuß- und Beinmuskeln aufrecht zu halten über seinen vier Stützpunkten von Hacken und Ballen, berührt hierauf den Boden nur noch zweifach, wieder kippt er wie ein Kind. (Vergleich: wie er auf Stelzen ginge.) Ohne klares Bewußtsein versucht er seinen Schwerpunkt (das ist ein Wort für den vorstellbaren Treffpunkt all seines Körpergewichtes) im Bereich seiner zusammenwirkenden Erdberührungen zu halten, hier sind es lediglich die zwei Laufstellen von vorderem und hinterem Rad, die fahren unter ihm weg, der Schwerpunkt kurvt in dem tretend bewegten Körper. Mit noch unbekannten Lenkungen des Vorderrads muß der Lernende seine Schwankungen auffangen vor dem Moment des Fallens: aber indem er lenkt wohin er zu fallen beginnt. Anfangs wird ihm so die Richtung der Fahrt vorgeschrieben. Hat er einmal das Fahrrad und dessen mögliche Bewegungen ausgelernt und erworben als wärs ein Stück von ihm (denn er fällt und fährt mit ihm zusammen), wird er sein Gewicht planend verlegen können, Schwankungen berichtigen die Absicht, krumme Umwege auf engem Pappelweg nötigen zu versammelter Aufmerksamkeit, die ist bereits besser unterrichtet und neugieriger auf Wiederholungen. (Eine weitsichtige Ausbildung hätte begonnen mit Übungen am Kinderroller, dessen Einspurigkeit diese Wirkungen in ungefährlicher Verkleinerung hervorbringt, aber als Achim sich noch einen hätte wünschen können, wäre er schon lieber erwachsen gewesen und Hitlerjunge.) Vermehrte Fahrgeschwindigkeit jedoch scheint den Lernenden wie übermächtig zu ergreifen, zwischen Kippen und Auffangen geht die Fahrt fast frei hindurch, dem ist nicht zu trauen, er gewöhnt sich wie an Unheimliches (nachdem ihn die eilige Kraft unausweichlich auf einen seitlich herjagenden Pappelstamm zuführte ohne daß er Zeit hat zu denken zu lenken zu bremsen. Er fiel mit der Schulter an den Stamm und begann sich festzuhalten mit bloßem Druck, der Schreck wuchs immer noch. Der Vater kam lange Zeit herangelaufen ohne anzukommen. Dann schüttelte er ihn. Hast du was! – Die Lampe: sagte Achim kleinmütig, denn er glaubte Schuld zu haben. – Ach was: sagte sein Vater unwillig, riß die zersplitterte Kunststoffkappe des Scheinwerfers vom Rahmen, besah sie kaum, warf sie weg, bückte sich danach. Er richtete den Jungen auf dem Rad gerade, führte ihn zurück auf den blauschwarz schwingenden Weg, der von tiefem Sonnenstand warmschattig gefleckt war. – Treten! sagte er schwer atmend ruhiger, und Achim beobachtete aus hängendem Kopf die eigenen Fußbewegungen, setzte sich zurecht, sicherer entfernte er das Rad aus dem Schreck. Das war noch vor Beförderung und Umzug; der Vater saß am Abend über den Bruchteilen des Scheinwerfers, denn sie hatten wohl nicht Geld für einen neuen). In den schneller drehenden Laufrädern tritt vergrößert eine Kreiselwirkung auf, die das Gleichgewicht des Fahrenden beruhigt. (Versuch: ein an den Achsenden gehaltenes Einzelrad läßt sich seitlich umlegen. Ein schnell umdrehendes Rad wehrt sich gegen das Umkippen mit einem Widerstand, den Drehzahl und das Gewicht der außen sausenden Felgen und Bereifung kräftigen. Das kannst du nicht kippen ohne daß es dir schmerzhaft in die Finger schneidet, am leichtesten hältst du es aufrecht an starrer Achse.) Krümmt der Anfänger seine Fahrtrichtung zur Kurve, überrascht ihn die Fliehkraft und schleudert ihn mehrmals nach außen, bevor er sie begreift und wie er ihr durch Neigung nach innen widerstehen könnte, je schwerer der Fahrer je enger die Kurve desto mehr. (Versuch: schwinge einen Stein am Bindfaden um das Handgelenk oder um den drehenden Körper im Kreis. Hand oder Körper werden angezerrt von einer Kraft, die mit schnellerem Kreisen, mit schwererem Stein, mit Kürzung des Fadens mächtiger wird.) Wird sie mächtiger als die haftende Reibung des Rades auf der Fahrbahn, rutscht das weniger belastete Vorderrad weg und schmeißt den Fahrenden hin. Er hätte bremsen sollen und nämlich das Hinterrad, auf das der Sattel mehr Gewicht drückt. Nachdem er auch die Kurve gelernt hat durch Schaden und Geratewohl, wird er allenfalls und eher spielerisch versuchen können die Lenkstange loszulassen und über tretenden Beinen stillsitzend mit den Händen in den Taschen oder über der Brust gekreuzt einfahren in den geschotterten Weg der Siedlung an kopfschüttelnden Erwachsenen oder betroffenen Spielkameraden vorbei als wär es nichts. Aber das ist nach der Straßenverkehrsordnung nicht erlaubt, und willst du dir ansehen wie einer zeigt auf der Rennstrecke was du kannst in den dicht geflochtenen Fahrfäden längs der öffentlichen Fahrbahn und in wendigem Einschwenken und Kurven zwischen den von roter Ampel gestauten Autos und auf dem rauschenden Riffelpflaster immer schneller bei Fahrten über Land? Bezahlst du Geld um das zu sehen, wenn Radfahren Radfahren bleibt, und der kann es nicht einmal besser?

Gib bloß nicht so an

Du kannst es ja so finden. Karsch wußte nicht recht wie das nennen, obwohl es ihm beinah für einen neuen Anfang gereicht hätte:
wie Achim umstieg zum Rennfahrer. [Nicht gleich auf eine Rennmaschine. Wenige Tage nach der ehrenden Ankunft im

Ersten Versuch brach ihm auf unebenem Pflaster der Rahmen dicht am Kopfrohr weg, denn das auf einem thüringischen Bauernhof requirierte Rad war für gewöhnliche Benutzung gemacht und nicht vermufft; Milchkannen hatte es noch ausgehalten. Erschrocken führte er den leise knirschenden Bruch an der Hand neben den Bürgersteigen von einem Mechaniker zum nächsten durch fast die ganze Stadt, bis er zu einem kam, bei dem er überhaupt noch nicht gewesen war, den er mit keinem Recht um Hilfe bitten durfte. Der ließ ihn in der Werkstatt-Tür stehen und bereitete wie allein mehrere Schläuche zum Flicken vor. Inzwischen wandte er sich auch zu anderen Arbeiten auf dem Werktisch, ließ eine verzogene Felge durch die Richtgabel laufen, zog Speichen ein, kehrte zu den weitergetrockneten Schlauchflicken zurück, sah gar nicht auf seine Hände, blickte über den Tisch in den hoch umbauten Innenhof wie in Gedanken, betrachtete den linkischen Bittsteller nur unmerklich, so daß Achim nach einigem schamhaften Gerede schwieg und bloß noch neugierig stehen blieb mit dem zerbrochenen Rahmen an der Hand und auch verlegen. – Kann man das nicht so schweißen lassen? Der Mann fuhr ihn an. Er hatte ein festes aber ungreifbares Gesicht. Das war zugewachsen. Die dicken blonden Haare über den groben Stirnfalten gefielen Achim nicht aber der Blick, der war gelassen als wäre er guten Willens, während zähes Geschimpfe niederging wie Regen: Das haben sie dir doch schon überall gesagt in der ganzen verdammten Stadt daß an der Stelle Zug und Druck zusammenkommen du Dussel steh doch nicht so beschissen da kannst du dir das nicht denken! Da schweißen! Der Meister wurde nicht atemlos, wandte den Blick nicht, hielt schweigend eine Weile den Kopf hoch mit abgewandter Aufmerksamkeit, spannte den Schlauch abermals prüfend über den Handrücken und schien heimlich zu lächeln. Achim war da achtzehn. Er wehrte sich nicht. Er fing an unglücklich zu sein wegen des Schadenfalls. Das war in der Zeit, da die Schaufenster noch nicht voller

Fahrräder standen wie heute, viele waren noch mit Holz verschlagen, und für manche Gefälligkeiten oder Kaufwünsche galt das Geld des Okkupationsheeres noch gar nicht als Währung. Achim mußte überlegen was er bieten könne und wußte bisher nicht wofür. Er stand da eine Minute zu lang im Zwielicht zwischen Innerem der Werkstatt und hellerem Hof an der Klapptür, das sah vor Unschlüssigkeit geduldig aus, da sagte der Meister mit neuem Blick auf die geschwärzten Glasplatten im eisernen Fensterrahmen: Hättsde nich fragn könn ob ichn aldn Rahm hawe?
– Ham Sie manchmal nochn aldn Rahm? sagte Achim sofort. Kleines Kopfschwenken wiederholte das boshafte Mundwinkellächeln und wies ihn in die Werkstatt.
Nach einer Viertelstunde Aussuchens kam er zurück mit einem zerkratzten Rahmen ohne Tretlager, dessen hintere Stützrohre kaum fingerdick waren und ungewöhnlich ausliefen in Haken als Achsstützen (da muß man vielleicht das Rad von unten einhängen, wenn ich aber nun nicht umdrehen will, den Rahmen zwischen den Knien, ist ja ein Rennrahmen Mensch!) – Den: sagte er.
Der Meister nahm die Hände von der Klebepresse, sah den Rahmen, riß ihn an sich und trug ihn ergrimmt zurück zu der galgenähnlichen Aufhängung an der Rückwand.
– Is mir zu schade für dich. Da sind noch andere für Achtundzwanziger.
– Gerade! Weil es ein Rennrahmen is! Den.
- Dein Tretlager paßt da gar nicht rein. Und ne Gabel hab ich auch nicht dafür.
– Da hab ich noch nicht nachgesehen.
– Dein Maulwerk ... hol ihn dir.
Achim bekam zwei Schlüssel in die Hand (mit denen mußt du auskommen) und wurde auf den Hof geschickt. Auf den blankgewetzten Steinen kniend nahm er das Rad auseinander, das die Rote Armee ihm geschenkt hatte. Die Tage dauerten wieder länger; ab und an kam warme Luft mit

Grasgeruch in den Hofschacht. Kinder und Katzen und Kunden blieben neben ihm stehen, alle stutzten vor der erbitterten Geduld des Jungen, der den Kopf auch nicht für die erstaunteste Frage anhob. Nach Feierabend kam der Meister mit einem Dreibeinhocker heraus und setzte sich an die Hauswand angelehnt wie ein Zuschauer. Er sagte nichts, nur mitunter glaubte Achim zu fühlen wie sein Blick vom falschen zum richtigen Schraubenschlüssel schwenkte. Einmal sah er rasch hoch, da erwischte er nur so ein Kopfwiegen an kratzender Hand. Achim begriff daß er sich den neuen Rahmen erst verdiente: daß der nicht für Geld zu haben war.
Als er am Tretlager war, richtete er sich hoch auf den Knien und sagte mit hängenden Händen aufs Gehschlechtaus: Das kann ich nicht. Er fühlte daß es richtig war. Er sah so etwas wie ein einverstandenes Zwinkern bei dem Aufstehenden, der knurrte mit lang erwarteter Befriedigung. Er kam mit einem Hakenschlüssel zurück und reichte ihn schweigend hinüber, wieder an die Wand gelehnt fing er an zu rauchen. Achim wagte nicht ihm eine Zigarette anzubieten, das wäre aber die übliche Einleitung für Verhandlungen gewesen. Genüßlich zusehend aus seinen halbgeschlossenen trüben Augen und rauchend mit dem Kopf an der Wand wies der Meister ihm die einzelnen Griffe an. Einige Sprüche hatte er: Kraft ist nicht Gewalt. Die Felge darf nicht schlagen: aber was schlägt nicht. (Kettenblatt und hinterer Zahnkranz stehen in berechenbarem Verhältnis:) Alles hängt zusammen, aber Zugroß arbeitet nicht gut mit Zuklein, Zuhoch nicht mit Zuniedrig. Und: Lernen kann man nicht bezahlen. Nachher lag er nicht mehr gegen die Wand, da hockte er vorgebeugt mit starrem Hals und nur noch von den kniegestützten Händen zurückgehalten, dann kauerte er auf dem Boden neben Achim, dann teilten sie sich die Arbeiten. Mit der Azetylenlampe wurden sie fertig. Ihre Schatten sprangen riesig auf und nieder an den Hofwänden, als sie sich aufrichteten. Der Meister betrachtete die fertige Montage, wischte sich die

Hände, schwieg. Achim mochte ihn eigentlich nicht mehr als zu Anfang, obwohl er sich im Betragen und in seiner breiten Fünfzigjährigkeit kaum von vergleichbaren Männern unterschied. Es war anstrengend mit ihm: eine unaufmerksame Antwort würde das Gespräch und die Zusammenarbeit verdorben haben. Schon ein unverschuldeter Fehler hätte genügt.

– Jetzt müßtest du noch ne Schaltung haben: sagte der. Aber Schaltungen gab es im Land nicht zu kaufen. Wie Achim dann doch zu einer Schaltung kam (denn im nächsten Jahr unversehens hatte er eine) kann mit Sicherheit nicht mehr festgestellt werden. Es ist nämlich lange her.

Achim bestieg das neue Rad nicht als erster. Der andere nahm es ihm unter dem Sitzen weg, lief durch den Kellergang auf die Straße, und hier im dünnen Laternenschein in der hohen grauen Märznacht fuhr er kleine Kreise langsam von Rinnstein zu Rinnstein kurvend über die Fahrbahn, fühlte das Rad unter sich durch schräggehaltenen Kopfes als horche er es ab. Dann stellte er es Achim hin, stand auf dem nächtlichen leeren Bürgersteig mit hängenden Händen und sah dem Jungen beim Fahren zu.

– Was bin ich schuldig? sagte Achim endlich. Er hielt neben dem Meister mit einem Fuß auf die Bordkante gestützt und versuchte Ausdruck zu erkennen in den schrundig umfalteten Augenhöhlen, die waren dunkel, und der Kopf hielt sich wie blicklos. Zögernd stieg Achim ab und stellte das Rad zwischen sie als Gegenstand des Handels.

– Wenn du mir das nicht in einer Woche vorzeigst und du hast es lackiert! sagte der Meister drohend.

Achim war nicht Geschenke gewöhnt, dies hat er nie angenommen. Er fuhr nach Hause auf den breiten Straßen in der Nacht geruhig von Laternenlichtkreis in den Schatten ins Licht und prüfte mit jedem Tritt das wertvoll geänderte Gefühl des Radfahrens. Die Übersetzung war gesteigert, und einen nach unten gebogenen Rennlenker hatte er vor acht

Stunden auch nicht besessen. Er war aber nicht glücklich. Und er wurde kaum vertraut mit der rüden Herzlichkeit, die ihn wieder und zuverlässig begrüßte beim nächsten Mal, denn er wußte ihr nicht zu trauen. Die Wortkargheit schien ihm hinterhältig, weil sie unzweifelhaft unterkellert schien mit Verschwiegenem, auf das er sich nicht einlassen mochte. Als dem Meister nicht mehr Lehrlinge erlaubt wurden für die Werkstatt, war Achim schon obenauf und holte ihn dahin als Mannschaftsmechaniker, aber er glaubte ihm immer noch etwas schuldig zu sein. Sie waren nicht freundlich miteinander, sie knurrten sich an, aber Achim deckte alle seine Äußerungen gegen die Handlungen des Sachwalters. – Ist ein alter Mann: sagte er. – Wo wärt ihr ohne seine Arbeit, die ist gut, aber er kann doch nicht mehr lernen wie wir denken. Laßt ihn in Ruhe! pflegte er zu sagen oder ähnlich, damit der Alte die Stellung behielt. Der dankte es ihm nicht mit Verträglichkeit und niemand sah wie. Inzwischen waren sie sieben Jahre zusammen und Achim gab seine Maschinen an keinen anderen Mechaniker als ihn. Sah man sie nebeneinander in der Werkstatt, konnte man sie für unzertrennlich halten, und viele Journalisten hatten schon ihre über einem Werkstück angenäherten Köpfe in die Zeitung fotografiert als sinnbildliche Zusammenarbeit der Generationen. Einmal stand Karsch neben ihm, als Achim vom Rad gehoben wurde und fast torkelnd neben ihnen zu den Kabinen ging mit hängendem Kopf. Der Alte sagte unter unbewegten tiefen Stirnfalten mit seiner harten Stimme: Der Affe, der. Dann sprang er ins Gedränge und schrie mit den Betreuern, die die Räder einfach hatten liegen lassen auf dem Rasen, mit Achims Maschine auf hochgestemmtem Arm kam er zurück und prüfte sie schon im Gehen durch mit schnellen Blicken, die sahen aus wie besorgt.)] Eine moderne ungebrauchte Rennmaschine für sich allein bekam Achim sehr viel später und nämlich als Anerkennung. Als Rennfahrer erschien er zum ersten Mal im Gespräch dreier Radsport-Funktionäre, von denen einer ihn beim Ersten Versuch gesehen hatte. Da fiel ihnen nur die rohe Kraft des Jungen auf, die würde sich bilden lassen: vielleicht. Sie ließen ihn beobachten durch den Verein, an dessen Training er teilnahm. Sie hörten daß er beim ersten Besuch um die Fahrer und Maschinen herumgestrichen war neidisch und sehnsüchtig und demütig wie ein junger Hund, sie hielten nur für möglich daß er eines Tages sich hinstellen würde mit dem Gefühl der Gleichberechtigung und hartmäulig wie alle aber nicht mit mehr Anspruch. Wenig später erfuhren sie zu ihrem heimlichen Entzücken daß er sich aufsässig betrug und nicht anhören wollte was er wußte; er fuhr meistens die besten Zeiten und dauerte aus, als sie ihn stauchen wollten mit Übungen in der Ausdauer. Sie sahen sich an, den probieren wir aus, und strichen die Bewerbung für ein landesoffenes Rennen, die er auf eigene Faust abgeschickt hatte. Er kam zu ihnen und war nicht mehr demütig, er atmete geringschätzig die Luft des Schreibtischzimmers, er fragte was sie eigentlich von ihm wollten. Sie dürften ihm den Arsch mit der Zunge polieren, wenn sie ihn nicht nach oben lassen wollten. Er sei sehr gern Maurer! Sie erklärten ihm daß er nur vorsichtig anfangen solle, zu große Anstrengungen am Anfang würden ihn verausgaben vor der Zeit. Er legte die Mütze auf die Tischdecke, setzte sich wortlos. Er begriff daß sie über ihn nachgedacht hatten. Sie hätten ihm nun nicht einen Platz im Lehrkurs versprechen müssen. Er war schon einverstanden. Sie ließen sich sagen daß an seinem Rad die Klotzpedale ersetzt waren mit regelrechten Rennpedalen, deren Chrom war noch nicht abgetreten, und die Lederriemen waren offenbar auch neu dazugekauft sie wußten schon wo. Sie hörten von der Schaltung, deren auf Landeswährung umgerechneter Preis den Tatbestand eines Verbrechens übererfüllte, und sie schwiegen. Saßen in einem engen Hinterzimmer abends bei dürftigem Licht und redeten förmlich über die Belange des Radsports, die sie ablösten von ihren Berufen tagsüber; sie erwähnten

Achims Namen mit Hohn und Hoffnung. Endlich rechtfertigte sie einer vor dem milden Spott ihrer Freunde und der drohenden Streitsüchtigkeit ihrer Frauen, denn in ihrer Stadt und in ihrem Verein hatten sie einen entdeckt, der ihre Liebhaberei erwähnenswert machte: der fuhr die begrenzten Pflichtrennen wie gelangweilt und hatte nie genug, der lernte was sie ihm sagen konnten, der würde noch ganz oben auf sie zurückweisen und sie bestätigen nicht mit Liebe aber mit Achtung. Nur einer von ihnen war vor fünfundzwanzig Jahren auf dem Rennrad in die Schlagzeilen eingefahren, dann gewöhnte der Krieg es ihm ab, jetzt war ein Bein steif und andere fuhren für ihn. Die andern beiden auch in ortsansässigen Berufen und älter nach dem Krieg hätten kaum mehr sagen können als daß sie Anteil nahmen am Sport, der die Gesundheit der Nation und so weiter, was vielleicht umschloß was ihnen vorkam als Gefühl beim umbrüllten Einfahren der anderen auf den kostbaren Maschinen und mit Schwung erschöpft wie Helden.

Na ja und?

Und der Stahl für eine Straßenrennmaschine wird zu hohem Preis elektrisch erschmolzen, der Rahmen muß eine Zugfestigkeit von siebzig Pfund auf den Quadratmillimeter erweisen unter hydraulischer Zerrung und für alle Fälle, und wiegen darf sie nicht wie deine Mühle sechsunddreißig sondern höchstens einundzwanzig Pfund. Komm du an darauf im Straßenverkehr, und ist schon Finsternis am Himmel, kühl und höflich werden die im weißen Umhang mit dem Gummiknüppel am breiten Bauchgurt dich anhalten und dich fragen. Wie denn das sei? Du kommst vom Baden, du wolltest was einkaufen, du hast Überstunden gemacht, da ist es später geworden. Davon reden die nicht. Sie reden von der Lampe, die die Vorschrift will, sie suchen nach Dynamo und

nach Kabel, was soll dir das an einem Rennrad, was soll das ihnen mitten in der gesetzlichen Ordnung der Straße gefährdend ihr Leben und deins und das vielleicht herankommender Leute, daß du das nicht weißt in deinem Alter!
– Fahr ich eben: hatte er vorher gesagt und damit meinen mögen die Lust an beschleunigter Bewegung und die Zufriedenheit mit der geschickten Arbeit der Maschine. Das gewöhnten sie ihm ab im Dezemberkurs: es ist eine komplizierte technische Sportart mit Gerät. Sie ist wie Schwimmen Laufen Gehen und so weiter zyklisch und soll nicht irgend eine sondern eine nur noch lange Strecke hinter sich bringen in der kürzest möglichen Zeit. Fahren sollst du, das Ankommen schlag dir aus dem Sinn.
Er war anfällig für die Eigenkraft und Ausmaße der Welt, in die er nun hineinkam als Jüngster und Neuling, fremd aber stimmig ordnete das Fahrrad das seitlich verbliebene Leben des Alltags zur Kulisse. Den vermummten Bauern, die von ihren Langholzfuhren herunter wieder und wieder dem jagenden Rudel Radfahrer nachsahen auf immer der gleichen von Kiefern umstandenen Straße, hätte er nicht mehr erklären können was er da lernte zu tun, es war sehr anders, es mußte nicht gleich Nutzen zeitigen, fast also war es besser. Er war anfällig dafür wie ein blind ausweichendes Ducken vor drückendem Wind verwandelt vorkam als handliche Denkbarkeit: im Begriff. Der aufrecht sitzende Rennfahrer bietet dem Wind eine Angriffsfläche von etwa sechshundert Quadratzentimetern, er kann sie aber durch Bücken oder tiefes Krümmen verringern auf fünfhundert und dreihundert sogar; und der Widerstand der Luft wächst ja um das Neunfache, wenn die Versuchsperson ihre Geschwindigkeit verdreifacht. Wir können bei manchen harten Ratschlüssen der Staatsmacht nicht mehr reden über zurückbleibende Familien und ärmliches Leben in ungeheizten Zimmern, durch die der Wind geht wie brüderlich: wir sollen nicht vergessen daß diese Staatsmacht mit uns den Sozialismus macht, dieser

Grundsatz erst schafft unserem Blick die Ordnung in den vielen auch widersprüchlichen Vorfällen des gewöhnlichen Lebens. Achim war anfangs lieber im Unterricht als im Training, denn was er lernte hatte er so nie gedacht und kam ihm vor wie Sicht aus großer Höhe, die die Einzelheiten zusammennimmt zu besser geplantem Zweck, da leben die andern nun so vor sich hin und wissen alles gar nicht. Er schrieb recht eifrig mit und war eifersüchtig auf jedes undeutliche Wort, wandte sich flüsternd an Nachbarn, die dasaßen mit den Händen am Gesäß und schläfrig an den Lehnen gelegen. Ach so. Für Zeiten abwechselnd nahm er den Eifer zurück. Sie waren zu zwanzig angekommen, am ersten Abend in einem fremden Haus waren sie alle schon dagewesen, er hatte keine Freundschaft im Rücken, die meisten kannten einander, und er wollte eben sich richtig verhalten haben, wenn sie ihn fragten: Was bist denn du für einer!

Sie brachten ihm bei daß er beim schnellen Fahren den Rücken nicht nur an den Schultern sondern in seiner ganzen Länge gleichmäßig krümmen solle, nicht weil das befohlen war, sondern weil anders die freie Brustatmung beengt oder die unteren Organe bei Bauchatmung zusammengepreßt würden. Die Arme winkle an, so fängst du Stöße ab und kannst auch besser atmen. Das war vernünftig, so würde es auch sein mit den Berichten über die Pläne des Sachwalters, da ist nichts befohlen, warum soll eins nicht wahr sein, wenn doch das andere stimmt. Sehr ergiebig für hohe Geschwindigkeiten, über deren Sinn alle einig waren, ist der runde oder doppelte Tritt mit den Pedalen, denn treten die Beine nur senkrecht nach unten, so sind die tiefsten und höchsten Punkte des beschriebenen Kreises tot und der Tritt wirkt auf weniger als die Hälfte des gesamten Pedalweges: senk doch vor dem oberen toten Punkt die Ferse und schieb das Pedal mit der Fußspitze nach vorn statt senkrecht nach unten, unten hingegen heb die Ferse und stoß mit den Zehen das Pedal nach hinten und zieh es rückwärts hoch, während der andere Fuß;

und dreh nicht die Knie, und kurbel mal in einem weg ohne dich anzustrengen, damit die hemmenden Muskeln still werden und die anderen locker. Merkste wie das immer besser geht? Natürlich ist Sport nur im Frieden möglich, und wir haben bei uns keine Kapitalisten mehr sitzen, die mit ihrem Geld nicht wissen wohin, dann machen sie Krieg, und dagegen müssen wir uns natürlich verteidigen, natürlich.
Sie brachten ihm bei den Start: fliegend und stehend, einzeln und in der Mannschaft; die Ablösung und die Führung; das Fahren auf ebener Strecke, Berge hinauf und hinunter, in enger und weiter Kurve, am Hinterrad eines anderen; den Vorstoß aus der Gruppe, das Vorwerfen über den Zielstrich; das Springen mit dem an festgeschnallten Pedalen hochgerissenen Rad. Sie sahen ihn genau an und merkten daß er schaukelte mit dem Rumpf bei nicht allzu aufgeregtem langwährenden Fahren; er hatte Spaß gehabt an den leichten Schleifen aber sie nicht eigentlich begriffen, er war dem Trainer dankbar. Der erinnerte ihn an den ersten Lehrer in der Grundschule, denn wie damals galt er hier erst einmal nichts und bekam doch statt der Verachtung, die er erwartete, Aufmerksamkeit, die er nicht verdient hatte. Nur war der andere älter gewesen mit gebleichten Haaren und leergelebtem Gesicht, dieser mit dem harten Kinn und dem verjährten Ruhm wollte seine Kameradschaft doch umkämpft sehen.
– Kannst du freihändig fahren?
Achim nickte. Vorgebeugt stützte er sich aus der stehenden Gruppe langsam auf die Straße, hob sich tretend aus dem Sattel und zog so rasch er konnte auf den Wald zu, der in hundert Metern Entfernung klamm und düster fror im frühen Nebel. Gewendet kam er zurück, ließ bei einiger Schnelligkeit die Hände vom Lenker, fiel erschrocken auf ihn nieder, endlich so sicher wie sonst richtete er sich auf und trieb tretend das Vorderrad vor sich her in gerader Fahrt. Er wußte daß es falsch war aber legte die Arme vor der Brust

zusammen; verlegen kippte er vorwärts und bremste vor den Wartenden. Einige lächelten, aber der Ausbilder stand strengen Blicks als hätte er eben noch den Kopf geschüttelt. Allen stand der Atem weißwolkig vor dem Mund in der grauen Luft.

– Weißt du wie es zu der Selbstlenkung kommt?

– Klar: sagte Achim: weiß doch jeder. Kreiselwirkung bei Geschwindigkeit!

– Weißt du: sagte der Ausbilder als zögerte er, sah ihn aber unverwandt an wie einen bedauerlichen Fremden. Jetzt lächelte niemand mehr. Achim kam sich sehr allein vor, obwohl niemand zur Seite getreten war: So einen Ton . . . den können wir nicht brauchen in unserem Kollektiv.

Achim erwiderte den Blick frech und wortlos, hob die Schultern, wandte sich ab. Sie hatten es alle nicht gewußt, sie mieden ihn nicht den Tag über, aber sie sprachen behutsam mit ihm als sei er von einem einsamen Unglück betroffen. Beim Abendessen hielt er es nicht mehr aus, verließ den Aufenthaltsraum und legte sich auf sein Bett. Allein mit den anderen drei Lagerstätten lag er mit den Händen unter dem Kopf und starrte gegen den unebenen feinrissigen Deckenputz. Der schwere Pappschirm der Hängelampe schaukelte ihm Licht ins Gesicht. Als die Stubengenossen hereinkamen, hatte er den Kopf unter der Decke. Er schlief nicht. Er erwartete was sie über ihn sagten. Aber sie umgingen ihn mit so beiläufigen Worten, daß er die Verabredung ahnte. In der Nacht wäre er am liebsten vor die Tür gegangen, vielleicht liegt Schnee: dachte er. Das ließ die Hausordnung nicht zu. Er mußte liegen bleiben unter dem mondlosen Licht inmitten dreifachen Schlafens unbeweglich und immer mehr vereinzelt.

Am nächsten Morgen stand er auf hinter seinem Tisch und bat um Auskunft über die Gründe der Selbstlenkung. Er sprach sehr leise und merkte erst während seiner letzten Worte daß er wieder aufgenommen war, Gesichter kamen

ihm zugewandt und wurden deutlicher vor klarerem Blick, der Lehrer nickte einverstanden und gefällig, sehr beruhigend suchte das Gefühl der Ordnung ihn auf, rettete ihn in den Geruch der fichtenen Tische der Tinte der kreidigen Wandtafel, lehnte ihn im Stuhl zurück, entspannte ihm die starren Mundmuskeln. Gegen Ende der Stunde wurde er an die Tafel gerufen, zeichne doch mal einen Rahmen.
Die Kreide in seiner schweißigen Hand führte der erinnerte Eindruck von Bauzeichnungen, das Gefühl des festen durchsichtigen Papiers und der allgemeinen aber unausweichlichen Striche lenkte ihn. Er spürte Anerkennung aus dem versammelten Schweigen. Der Raum war warm, von irgend woher roch es nach Tannenzweigen. Als er an die Vorderradgabel kam, ließ er sich blickweise bestätigen daß die diesmal dazugehörte. Dann war er zu glücklich und bog die Zeichnung der Gabel in der ganzen Länge.
– Denk mal nach.
Achim wischte sich auch die linke Hand weiß, versuchte sich an Vorderradgabeln zu erinnern. Sie mußten es ihm sagen, und nun krümmte er nur das untere Ende nach vorn, wischte sich die Hände am nassen Lappen, trat zur Seite.
Der Rahmenkopf ist nach hinten geneigt, die Vorderradgabel am unteren Ende nach vorn geknickt (deutender Finger an ausgestrecktem Arm). Verlängert man die Mitte des Rahmenkopfrohrs bis auf den befahrenen Boden (Achim zog mit der größten Seitenfläche der Kreide eine breite Bahn unterhalb des Rahmens, setzte die gerade Verlängerung des Rahmenkopfes in unterbrochener Linie an die gedachte Fahrbahn, schräg kam sie an), so liegt der Laufpunkt des Vorderrades (Linie vom Ende der Gabel senkrecht zu Boden) hinter dem Schnittpunkt der Rahmenkopfverlängerung mit der Fahrfläche: das Rad läuft dem Schnittpunkt nach. Was geschieht beim Anheben einer Maschine am vorderen Rahmen?
– Das Vorderrad schlägt nach unten: sagte Achim bescheiden. In ihm dachte so vieles, daß er nur mühsam mitkam.

Weshalb nämlich? wegen der Gabelkrümmung. Zum Mitschreiben: der Bodendruck hebt das belastete Vorderrad nach oben: in die gerade Fahrtrichtung. Neigt sich der Fahrer in der Kurve, so schlägt das Vorderrad infolge seines Eigengewichtes um den Bodenstützpunkt ein und lenkt zur Seite der Neigung (der Einschlag wird durch eine Nebenkraft der Kreiselwirkung gefördert). Das macht das Rad von ganz allein, du mußt es bloß nicht stören. Jetzt kannste sagen klar.

– Klar: sagte Achim.

Er wäre gleichmütiger und locker zu seinem Platz zurückgegangen, hätte er gewußt daß er als einziger es verstanden hatte. Mehrmals wurde er gebeten das noch einmal zu erklären, beim Mittagessen kamen die Köpfe um ihn zusammen zu der Zeichnung, die er mittlerweile auf jeder Tischplatte mit nassem Finger und auf glattem Erdboden mit der Schuhspitze wiederholen konnte (er weiß das heute noch), und das betroffene Kopfschütteln der älteren Fahrer über diese unverhoffte Entdeckung galt auch dem, der sie auf Anhieb mitbekommen hatte. Ohne Aufforderung gewöhnte Achim sich das Rumpfschaukeln ab mit langem Fahren freihändig, und am zweiten Abend danach ging er sich entschuldigen. Er stand vor dem Bett des Lehrers, der im Trainingsanzug lesend neben einem rosa nebelnden Nachttischlämpchen lag, und hörte steif lächelnd an daß der Staat die Einordnung in die Gemeinschaft verlange, denn er begünstige alle und nicht wenige zu einem sehr neuen Ziel. Er glaubte es nicht, denn er wußte nicht mehr wofür er um Verzeihung bitten mußte, befangen ging er rückwärts aus der Tür, noch auf dem Gang bewegte er die Schultern ratlos (die immer mit ihrer Politik) und kratzte sich am hinteren Kopf, ging beunruhigt weiter auf seinen gelehrteren Beinen. Aber er sah daß sie das von ihm verlangen konnten. Er dachte nicht mehr daß sie ihn alle am Arsch lecken dürften wie vorher. Er anerkannte: die hätten mich ja noch ganz anders fertigmachen können.

Dann kam er nach Hause in den Gartenschuppen und saß verdrossen neben dem Weihnachtsbaum, den der Vater ihm aufgebaut hatte, beide enttäuscht schrien sich an. Achim entbehrte daß sie so viele zusammen gewesen waren, enttäuscht wachte er auf am Morgen, denn es gab keinen Morgenlauf durch das kahl schlafende Nachbardorf im Frühlicht und nicht Gymnastik in Reihen angetreten vor dem Institut, da lagen immer die Küchenmädchen in den Fenstern und sahen zu, jetzt fehlte ihm das überwältigte Staunen vor dem theoretischen Abbild einer vertrauten Körperbewegung und die wohltätige gedankenlose Erschöpfung nach wissenschaftlich auszehrendem Fahrtraining. Als er am Morgen nach dem Fest auf den Bau zurückging, fürchtete er ernstlich, daß sie ihn vergessen würden und nicht aufnehmen in das pausenlos prächtige Leben der Rennfahrer, denn das ahnte er vielmals in der umständlichen kritteligen Vorbereitung, die konnte doch unmöglich hinauslaufen auf etwas Gewöhnliches und mußte unvergleichlich sein mit dem dürren immergleichen Alltag alle Tage.

Hör endlich damit auf!

Beschwere dich nicht. Genauigkeit, mit der du bedient werden willst, würde noch mehr als den Zusatz erlauben: wie lang sind so Rennräder eigentlich, ich meine über alles. Damit aufhörend erkläre ich dir endlich die vorletzten Pläne zur Ordnung der Zettel, auf denen Karsch Stücke aus Achims Leben bereithielt. Von Kindheit und Jugend war nachgerade geblieben die schwere Zeit für Menschen guten Willens und wenig mehr: Kinderspiele, Kinderstreiche, vierzig Seiten zu einer gekürzt waren nicht wenigstens ein Wort von jeder sondern neue noch gar nicht geschrieben. Und vergleichen wir mehrere Radrennfahrer nach Größe und Umfang der Brust und Gewicht, so waren sie es nicht am Anfang (gebildet durch

Kindheit und Jugend vorher) sondern wurden es mit dem Training und häufiger Wiederholung. Man kann auch damit anfangen, weitere Ausreden sind denkbar.

A. Nun wollte Karsch nicht alle zehn Radfahrjahre nacheinander beschreiben, sondern die versammeln in Achims letzter Rennsaison: was er gesehen hatte mit dem ihm Erzählten. In der Gegenwart sah er die Starts prächtig umgeben von ungezählten Zuschauern jubelnd beurlaubt vom Arbeiten auf ansehnlichen Platz geschickt inmitten der Städte, in hoch umstehenden Fensterreihen flatterten weiße Tücher, lächelnde Polizisten stemmten sich gegen den Andrang, oft in der Zeitung gütig genannte Personen aus dem Leben der Kultur traten applaudiert und applaudierend vor das Startband und schnitten es durch, und alle waren vereint unter Schwärmen losgelassener Tauben etc., selbst am frühen Morgen bei Einzelstarts im Stadion fanden die Fahrer die Ränge weiß und blau belebt mit den Hemden und Halstüchern schulfreier Kinder in Uniform, zierliche Stimmen brüllten im Chor, in Fahnen gewirkte Embleme und Antlitze knitterten an weithin geschwenkten Stangen, Armeekapellen marschierten über den taufeuchten Rasen und glitzerten eckig bewegt in der mageren Sonne, keine Sekunde war leer: jedoch zehn Jahre früher standen wenige Leute zwischen eilig berannter Fahrbahn und durchlässigen Hausruinen und schüttelten den Kopf wenn sie nicht schüchtern schrien, die Fahrer waren begeistert nur längst nicht gekräftigt für die Art ihres Sports, ihre mangelhaften Maschinen hatten versteckt unter der Erde gelegen oder als Gerümpel auf Dachböden während des Krieges, klapprige Fahrzeuge begleiteten sie, selten ein ungeschickt gemaltes Plakat begrüßte die Ankömmlinge, vorgesehene Straßen waren leer oder nicht zu finden, verwirrte Bürgermeister plünderten die Fleischerläden und standen dann da mit der Hand am Kopf, weil die weitbauchigen Emaillewannen voll Brot und Wurst nicht noch gereicht hatten für die unentwegten Nachzügler der Durchfahrt, und schlafen

mußten die Anfänge des ostdeutschen Radsports auf sparsam geschüttetem Stroh und kaum gesättigt und begeistert am Morgen und nicht überall von Herzen erwünscht in den vernichteten hungrigen Städten.
B. Oder nicht den Anfang hinter das Gegenwärtige gesetzt sondern eins in dem anderen zeitgenössisch verglichen: Die alljährliche Fernfahrt durch die Grenzländer des östlichen Militärvertrags, deren Ergebnisse Vorfälle Stimmung heutzutage allenthalben in der Welt erwogen werden am Telefon vorm Fernschreiber, hatte vor Jahren begonnen mit der leerlaufenden Reise der Gleichgesinnten durch die eigenen Länder hin und zurück und her. Nunmehr aus fast allen Staaten Europas drängten sich Fahrer zur Meldung, die lobten die Staatlichkeit mit Vorsicht aber mit festerem Ton ihren vorzüglich gerichteten Etappenkurs und nutzten ihn als harte Übung vor den Rennen ihrer Heimat für Ehre oder für Geld, denn was dies auszahlte sollte der Welt den Frieden bringen dem Namen nach und ist insofern eine Folge des Krieges. Sie kamen wie Abgesandte, ihr Kampf nach den Regeln gegeneinander galt als Sinnbild für die mögliche Verständigung ihrer Nationen, einst war den Ostdeutschen in Warschau jede Ruine gewiesen worden von geballten Fäusten, die Franzosen jetzt durften die Kosten ihres algerischen Krieges verschweigen, Freundschaftlichkeit oder Fairness: und dort ein Sieg erhöhte den Kurswert auf den westlichen Börsen des veranstalteten Sports. Einst hatten die Teilnehmer in Schlangen warten müssen vor den Ausgabeschaltern ärmlicher Fabrikkantinen neben den Arbeitern, da waren sie unter sich, inzwischen standen da Köche für alle Eigenarten nationaler Ernährung und Dolmetscher jeder Mundart, und die Gastgeber sagten: Seht ihr; niemand kam mehr mit Kartons und Säcken zum Start, alle ließen ihr Gepäck stehen und liegen in den vorbereiteten Hotels, denn am Abend würde es ihnen gefolgt sein zum nächsten Ort der symbolischen Reise, das kostete sie nicht Geld. Sie überfuhren die Grenzen als wären

sie nicht, und hatten doch einmal gestanden vor Baracken und Schlagbaum alle zusammen und keiner als erster, da hatte wer anders nicht telefoniert; mittlerweile wer hätte die Züge nicht warten sehen auf den Gleisen vor dem Übergang der Straße, der die Personenbeförderung wohl aber nicht die bunte Jagd für außenpolitische Zwecke anhalten sollte? Leer waren die Landstraßen gewesen bis zum kargen Empfang durch Bürgermeister und Funktionäre, herangefahrene Schulklassen sangen nunmehr, Bauern warfen die Arbeit weg am durchgesagten Zeitpunkt und winkten vom Rande der Äcker unter blühenden Bäumen, die, nein: welche noch ausgereicht hatten vor vierzehn Jahren. Und jedes Mal am Tag der deutschen Kapitulation kam der Führer der ostdeutschen Mannschaft mit roten Rosen zum Kapitän der sowjetischen und dankte umarmend für die Befreiung von einer ungerechten Diktatur wie für die Errichtung einer gerechten, und entschuldigte sich stellvertretend wegen der Taten der deutschen Armeen in der Union der sowjetischen Republiken: aber nicht bei den Belgiern und nicht bei den Franzosen und nicht bei den Niederländern und nicht bei den Dänen Engländern Italienern, die standen dabei; die farbigen Fotos sind meistens aufgenommen von unten her, man sieht geschüttelte Hände an säulenhaft straffen Beinen und blauen Himmel über Warschau Ostberlin Prag, denn die deutsche Kriegsmacht ging unter im Mai. Dies Rennen zog Achim auf und machte ihn ansehnlich, nach Westdeutschland eingeladen gewinnt er eine Meisterschaft, und Achim in Rom wird verfolgt als der sagenhaft Starke, und Achim in Dänemark wird umflüstert als das ehrenhafte Hirn seiner Mannschaft, und Achim nicht erwünscht in einigen Ländern des westlichen Militärvertrags sagt ohne Erregung: sie können an uns nicht vorbei, eines Tages bitten sie uns, wirst sehen. Und die ostdeutsche Mannschaft auf den Bahnen der Olympiade, und der Sport macht den Völkern Verständnis für einander, dies ist kein sehr ergiebiger Absatz.

C. Ein anderes Verfahren konnte Achims Berühmung zeigen als wär sie vergleichbar dem Aufstieg zu Höhen geschäftlicher Macht oder Würde des Bürgers, rückwärts gesehen: Achims Brust neben dem hartkantig umspannten Busen einer Sportschwimmerin, die Kamera will hinweisen auf den Orden des Sachwalters am Jackenrevers, auch Achim hat seine besten Sachen an, sie lächeln und heben Gläser voll Sekt im schwenkenden Filmblick und grüßen den stillen Betrachter als die am meisten geliebten Sportler des Jahres, denn er hat sie auserwählt und bestaunt ihre unerfindliche Schnelligkeit zu Wasser zu Lande. Ein Jahr vorher hatte Achim den besten Sieg sichtbar verschenkt: in der Wochenschau stehen auf hitzeweißer Zementbahn zwei Männer in Trikots, beide haben die Arme abwechselnd erhoben und bewegen sie redend, auf der Leinwand erscheint groß das aschen zitternde Gesicht des unvermuteten Siegers, der sagt ACHIM das kann ich nicht wieder GUTmachen; der Bildschnitt erinnert an steile Straßenkrümmung, über die sehr klein auf zierlichen Rädern zwei Fahrer nebeneinander in die Höhe staken, der Kleinere sackt abwärts, der Größere reißt aus unabänderlich schnellem Treten einen Arm von sich, weit ausgereckte Hand packt des anderen Sattel und reißt ihn vor und hoch und vorbei an Achim, der gemächlicher fährt hinter dem sausenden Abfall des anderen vom Gipfel der Steigung, gedankenreich springt der Film zurück in die Unterredung, Achim geht krumm wie drohend auf den Beschenkten zu, sekundenlang überdeckt sein singender Ton (QUATSCHE nicht! JETZT bist mal du Meister!) die erklärenden Worte des Kommentars, der unverzüglich schwindet unter dem Aufschrei der paukenden Musik, die zeigt beide auf dem Siegespodest aber Achim auf dem zweithöchsten Sockel, von des Kleineren Hals geht der Blick der Kamera auf das ausgefahrene Gesicht Achims, der gleich den Kopf wendet, anschließend die Neuigkeiten vom Fußball. In den Vorführsaal des staatlichen Filmarchivs drang heiß die tobende Vorsommerluft durch die Wände.

Karsch schrieb die Filmberichte blind in Notizen um auf den Knien; manchmal in grellem Widerschein sah er neben sich Karins maskenhaft starrendes Gesicht, die Bilder huschten als Licht und Schatten über die Augen aber bewegten sie nicht. Sie waren allein. In dem langen Raum vor ihnen standen dick und würdig Reihen gepolsterter Sessel. Der Vorführer war ein kleiner Mann in weit schlenkerndem Blaukittel, der säuerlichen Gesichtes die Genehmigung eingesteckt hatte und wortlos davonging. Er antwortete nicht aus dem erhöhten Maschinenraum, wenn Karsch um Wiederholungen bat und neue Jahreszahlen nannte. Einmal fragte er nach oben: Können Sie das mitsehen? Leise nörgelnd sagte eine Stimme von der verschatteten Leinwand her: Ich mache was Sie wollen. Wenn aber ... Unvermittelt erlosch die Stimme im Verdämmern der Raumbeleuchtung. Fast jeder Bürger vermochte sich so unbestimmt auszudrücken. Als Bild und Ton erschien der achtundzwanzigjährige Achim mit dem sehr augenblicklichen Lachen des Siegers, eine Stufe höher aufgestellt schüttelt der Sachwalter schmunzelnd ihm den ungeschickt ergriffenen Arm am schmutzstarrenden Trikot aufwärts abwärts. Ein Mädchen in blauer Bluse sucht auf Achims Jackenbrust freien Platz für noch einen Orden, bei der Verbeugung kippen ihm die Haare mit zitternden Spitzen senkrecht. Mit sechsundzwanzig Jahren berühmt lehnt Achim in Schulaulen an der Tischkante vor schweigender Jugend und erzählt von Rumänien oder Ägypten: das mit den Pyramiden stimmt schon, die sind wie auf Bildern, aber wir haben sie schneller vergessen als diese elend heiße Strecke, und so ein Sandstaub wißt ihr. Zu Anfang des vergangenen Sommers stockt er auf vorsorglich zugegossenen Straßenbahnschienen, das Rad dreht wie ein Kreisel weg unter seinem schrägen Absturz, reglos bleibt er liegen am Rinnstein. Krankenhausbett von oben gesehen nötigt ihn zu Nackenrucken vor ehrenhaftem Besuch, er lebt das Jahr in bürgerlicher Kleidung zu Ende, Empfänge, Ehrenzeichen, Wahl in die

Vertretung des Volkes. Der vorhergehende Mai bringt ihn erstmals in die Würde des Kapitäns, halb geöffnete Zimmertür weist auf Versammlung der Fahrer und Funktionäre um den kameradschaftlich redenden Achim, Großaufnahme sieht ihn über Zahlentabellen gebeugt, aus schmalen Augen rechnet er was der gewöhnliche Zuschauer nicht mehr erfaßt, er leckt am Bleistiftkopf, aufblickend sagt er das Richtige. Diese Aufnahme schien mehrmals und nicht bis zur Vollkommenheit eingeübt. Die rechnend bewegten Lippen hatte Karsch oftmals erwähnt gefunden als menschlich verbrüdernde Gebärde; er bat um Wiederholung und fand doch nicht heraus woran es lag. Geräusch von Straßenbahn und Fahrzeugen vor dem fensterlosen Bau mischte sich heutigen Tages ein, Karsch hörte auch Karins Gespräch mit dem Vorführer nebenbei, irgend wann hatte sie den Kopf geschüttelt wie über Unverständliches und tastete sich nach draußen. Er strich durch was er aufgeschrieben hatte, nicht einmal Achim würde sich dessen entsinnen. Vor gestaffeltem Blumenaufbau streckt er die Hand nach dem Mitgliedsbuch der Sachwalterpartei. Vierundzwanzigjährig ist sein Name unverwechselbar und läßt an niemanden denken als ihn, ein wirbelndes Rennen durch Ostdeutschland bindet an ihn die Redensart: Hat er heute (diesmal) einen anderen gewinnen lassen? (Stadträte treten diskret vor den Gartenschuppen, Sonnenblumen müssen den ansehnlich gemacht haben, er bekommt als Geschenk das Haus davor, er verläßt den Bau zum Studium des Sports und lebt vom Stipendium des Staates: aus jenem Jahr sind über ihn keine Berichte erhalten.) Von der ersten Mitreise zu Veranstaltungen des seinem Staat befreundeten Auslands kommt er zurück mit den Brustringen der besten Einzelleistung, bescheiden dreht er den Kopf aus dem sinnbildlichen Trikot, schüchtern und oft wegblickend spricht er vor der Öffentlichkeit über die opfermütige Einladung eines westdeutschen Sportvereins, warum habe ich sie abgelehnt, weil ich . . . Er nickt dankbar zu allen erklärenden Einwürfen

der Umstehenden, wischt sich über die Haare, tritt weg. Die früheste Aufnahme zeigt ihn am Rande einer Sieger-Ehrung als Dritten, zufällig erwischt die Kamera verwunderte Teile seines Gesichts zu Kindern gebückt, die ziehen ihm ein blaues Halstuch über den Nacken und verknoten es fahrig unter seinem unbekannten Kinn, er hält still wie horchend. Auf ein in der Hand knickendes Schulheft macht er sein erstes Autogramm, reicht es hin, schüttelt feige lächelnd den Kopf, der hochgerutschte Tuchknoten bewegt sich am schluckenden Hals (dem Kameramann war es auf das Häufige an dieser Szene angekommen). Das war vielleicht im Jahr nach dem Winterkurs, da rauchte er schon nicht mehr, da kam er nicht mehr um Mitternacht vom Tanzen nach Hause in der Straßenbahn lehnend an sehr schmalen Hüften und blicklos wegkippenden Kopfes, der mager gewesen ist und nicht kühn. Da hatte er heiraten wollen und Möbel kaufen und Kinder haben mit dem Mädchen, das nach dem Baden im Autobahnsee neben ihm lag im üppigen Gras, sie erschreckte seine Schulter mit gewichtlos haftendem Fingerdruck und sah ihn an aus sehr offenen Augen. (Eine Frau mußt du erst finden.)
D. Oder physiologisch. Der Körper eines Straßenrennfahrers muß tüchtig sein übers ganze Jahr. Er darf nicht unregelmäßig schlafen, er darf sich nicht lösen mit Tabak und Trinkbranntwein, sonst hat er nicht genug Vorräte auszugeben und flackert im Nervensystem. Sie haben eine ärztliche Genehmigung beizubringen. Im Winter schon, wenn die Straßen noch kalt sind, soll er alle Muskeln vorbereiten mit vielerlei Bewegung und lernen kräftig ausdauernd schnell gewandt zu sein. Rauf und runter die Schwedenleiter, die Hantel reißen und stemmen und schwingen, den Medizinball werfen und stoßen und hochheben mit den Beinen aus angespanntem Liegen, Rollen am Reck, Kniebeugen allein und mit einem Partner im Nacken, lange Treppen hochlaufen allein und huckepack. Sprinten, Laufen, Starten hoch und tief, werfen den Speer und Diskus, Weitsprung und Hochsprung, Ball-

spielen, Laufen auf dem Eis. Stehen auf dem Kopf und auf den Händen, Radschlagen, Kerze, Ringen, sehr schnell über den Schwebebalken laufen. Schließlich rennen in verschneitem Gelände auf die Dauer zu Fuß oder mit Skiern. Nun radfahren mit kleiner Übersetzung ohne Freilauf, raus aus der Halle, mehrere Blätter der regierenden Zeitung unterm Pullover, der Frierende muß absteigen und schieben, Gymnastik der erstarrten Finger am eisigen Lenker, und fahren im Alltag zur Arbeit zu Freunden zum Einkaufen zum Training, jeder Kilometer zählt, und nicht aufhören für auch nur wenige Tage, sonst vergißt der Körper die erworbene Motorik. Im Frühjahr vorbereitet muß er lernen schnell zu fahren und ausdauernd wiederholentlich, die Beine müssen jederzeit fühlen und mitteilen können wie schnell sie eigentlich sind. Schon vorher muß er wissen wann wohl er auf den Tod ermüdet sein wird, der Wille (psychologisch) muß den Toten Punkt schon im Erkennen überwinden und weiterfahren bis er aufhören möchte aber noch nicht muß, er soll auch schnell anfangen können mit schwerer Arbeit und die Leistung lange nicht vermindern, er soll die Geschwindigkeiten präzise wechseln können, dies alles erwirbt er sich abgewandten Bewußtseins. Der eine muß aber die Eigenarten umschleifen auf das verschränkte Gefüge der Mannschaft, der Schwächere unter ihnen muß mitgezerrt werden, der Stärkere sich mäßigen, denn über lange Strecken müssen sie alle fahren im gleichen ausgewogenen Tempo, denn der Führende darf nicht schneller sein als die Geführten, die sich ausruhen an seinem Hinterrad mit Seitwärtstreten und Rumpfbewegen, jeder muß aber das Äußerste erwarten, denn die Mannschaft im Kampf mit anderen Gruppen kann ihn nicht fragen wie eilig es ihm lieber wäre; hier braucht er (psychologisch) Disziplin und Selbstvertrauen, die den Zurückgebliebenen noch vorwärtsdrücken können zur unsichtbar entschwundenen Konkurrenz. Und darf nicht wissen was er tut, unsichtbar ungesehen automatisiert das Gehirn ihm die Bewegung, er soll denken woran er will aber nicht an seine Nerven. Der Körper soll ruhig essen lernen inmitten auszehrender Arbeit und sich gewöhnen an Kohlehydrate, Zucker und Salz, Fett jedoch macht müde, zuviel Flüssigkeit drückt aufs Herz, trink zwei Liter täglich und dann spül dir nur den Mund. Er merkt ja selbst wie ihm das bekommt an Geschwindigkeit von Puls und Atem, Weite des Lungenraums, wachsendem Umfang der Oberschenkel (die Muskelfasern werden dicker aber nicht mehr); ist er matt und blöde, oder macht es ihm Spaß zu fahren, kann er nicht genug bekommen? In der Zeit der Rennen soll er nicht müde herumliegen an Ruhetagen sondern sich bewegen im Wald im Wasser, denn so erholt er sich genauer für den nächsten Morgen; allmählich hilft ihm die Massage. Das ist natürliche Erschöpfung, stell dich nicht so an. Schlimmer ist der Streik der Großhirnrinde: dann ist nichts mehr zu sehen von Schnelligkeit Gewandtheit Ausdauer, die Bewegungen werden nicht mehr zur Vollkommenheit zusammengesteuert, eine sehr fremde Stimme sagt daß es überhaupt Quatsch ist mit dem ganzen Rennfahren, unheimlich kann einer nicht mehr schlafen, fällt vom Fleisch, mag nichts essen, ist bleich wie sterbend, die Handgelenke flattern ihm. Der soll kein Fahrrad sehn für vierzehn Tage, er soll leben wie in den Ferien und zur Kur, sie untersuchen ihn, schicken ihn auf Gänge in den Wald, spielen Tennis mit ihm, geh mal ins Kino, zum Tanzen warst du lange nicht, komm aber bald zurück, die Nerven ruhen sich aus, erinnern sich ihrer Arbeit mit immer weniger Ärger, der Organismus versammelt sich wieder, schon fährt er auf dem Rad sehr schnell, verringert das Tempo, rast weiter, tritt langsam, jagt von neuem sich durch die Gegend und Blut durch die arbeitenden Muskeln, im Pausenintervall aber weniger, das Herz speit große Mengen Blut in den Körper zu Anfang der Pause, mehr Sauerstoff kommt ein, der Atem wird tiefer, wohlvorbereitet wirft sich der Körper in das Intervall der schwereren Belastung, Achim schrieb seine Examenarbeit über das vergrößerte Herz eines Sportlers, bei mir hat man festgestellt wie günstig es auf intensive Ausdauerreize reagiert, und fährt, und fährt als wäre nichts gewesen. Der Herbst des zyklischen Trainings bewahrt den Stand der Leistung, will ihn gar nicht steigern, läßt die Nerven in Ruhe, schickt ihn zum Wintersport, hält ihn unter ärztlicher Aufsicht, wieder beginnt die frühjährliche Trainingphase, zu Silvester kannst du aufbleiben bis Mitternacht, aber trink nicht so viel, der März wird schlimm.

Oder als Film, nicht wahr?

E. Oder als Film. Im Bild erscheint unwiderlegbar der dreißigjährige Held vor dem tosenden schrägen Zuschauerwall, leergefahren möchte er sein wehrlos scharfes Atmen lächeln machen, immer wieder treten die grauen Kanten der Atemnot unter der weicheren Mimik hervor, auf dem dazu synchronen Tonband schaukeln die Berge und Täler des brüllenden Tonfalls um in die schwer flappenden Überschläge von Meeresbrandung (um den Vergleich doch endlich zu rechtfertigen), in unverhofftem Schweigen stumm tritt auf das Sandsteinportal des Standesamtes inmitten bröckelnden Rauhputzes, Finger mit angebrochenem Federhalter schreiben seinen Namen, die Rubrik für den Todesfall verschwindet leer unter dem wischenden Handballen. Unzweifelbar marschieren von links nach rechts und von oben nach unten und aus dem Hintergrund ineinander gewaltsam singende Marschkolonnen in brauner Uniform, dicht absperrend stehen rote Fahnen mit großem Hakenkreuz beisammen im Wind und neigen sich vor Böllerschüssen, eine lang verlaufende Häuserfront verliert die Augen und wird hohl und sinkt bebend zusammen in hoch aufwolkendem Schuttstaub, die Paßbilder der Mutter aus vier Jahren rücken ruckend neben die maskenhafte Strenge des Hochzeitsbildes den fülligeren aber engäugigen Kopf über hängenden Schultern, ein mageres Gesicht hält dünnlippig Kahlheit zusammen, die letzte Aufnahme zeigt gedankenloses Lächeln und das aus schüttertrockenem Haar herausgekämmte Ohr, wird umgekehrt zum Negativ, das an die Knochen des Schädels erinnert, noch leer unter sommerlich pfeifendem Wind liegt eine unermeßliche Grube in ungleichen Sandwülsten, die Kanten sind schräg abgestochen, eingequetschte blasse Grashalme, ein Lehmklumpen löst sich vom scharfen Rand und poltert auf den ungeglätteten Grund der Ausschachtung und zerplatzt prasselnd in kleine Stücke und wegspritzenden Sand. Abermals das Bild vom Tag der Hochzeit thüringisch und lieblich, ein Schwung Dunkelheit zieht es in sich, löst sich noch einmal über der mädchenhaften Zärtlichkeit, die sofort verschwindet wie genug gesehen. Noch einmal dokumentarische Aufnahmen wie üblich montiert: dunkle Städte festlich von Bränden erleuchtet, Stalingrad kyrillisch dann deutsch dann kyrillisch geschrieben auf wegweisenden Schildern, Mauern mit Gewehreinschüssen, leere Galgenschlingen hängen lange Zeit still, Achims tückisches Gesicht über dem braunen lederverknoteten Uniformkragen (aus dem Familienalbum). Zum anderen Beispiel nach dem Krieg die Zustände der deutschen Grenze in der Welt: in herbstlich verdämmernde Waldwege treten andersfarbig Soldatenmäntel und Maschinenpistolen, das Spiegelbild des Mondes in nächtlichem See stürzt ein unter dem puppenhaften Fall einer menschlichen Gestalt (und schaukelt ungesehen ins Schilf), Laufschritte hämmern auf Eisenplatten, blinkende Bahngeleise rosten stumpf und wachsen zu unter stacheldrahtigem Gewölle, Breitscharpflüge in Staffeln hintereinander ziehen wie arbeitsam voran durch den Unterbaukoffer einer Landstraße auf eigenem Kurs entlang Birkenwäldern, tief gegründete Betonpfähle strecken Drahtnetze zum Zaun, ein verwirrt blickender Mann windet sich inmitten ausgeräumter Koffer unter den wortlosen Blicken umstehender Uniformen und zieht sich das Unterhemd über den Kopf, er scheint gut ernährt. Auch für den Unbefangenen verständliche Bilder aus dem so genannten Renngeschehen: über die ganze Straßenbreite rauschen bunt besetzte Rennmaschinen unaufhaltsam, der Ton der Rollreibung schwillt an mit der hinzugefügten Annäherung und verklingt mit der Entfernung, eine Stimme sagt sehr ruhig: Wir bügeln; das Feld zieht sich auseinander, die Spitze scheint zu springen, manchmal bröckelt ein Trikot weg, ein Loch wächst zu reißt auf, die Stimme sagt alltäglich: Gleich geht die Post ab. Da sind welche auf Arbeit gegangen, da sint welche uff Arbeet jejang, da sin welshe uf Arweid gegangn, gleich – zurückschwenkender Blick sieht auf stämmigen Beinen einen Fahrer allein am Bankett stehen, er winkt Lastwagen zu, sein Rad hängt ihm in der Hand wie zerbrochen, endlich schaukeln Maschinen auf einer Plattform in Galgen aufgehängt heran und stoppen neben ihm, deutsch verlangt der Aufblickende Hilfe, französisch wird ihm ein Rad nach unten geschwungen, hinterherspringend schiebt der Monteur den Fahrer an, und während der buckelnd die Strecke ausmißt zwischen unbeweglichem Materialwagen und in der Ferne zuckendem Feld, sagt die Stimme: Kameradschaftliche Hilfe; sie überlagert ihren vorigen Satz und sagt hämisch unwillkürlich: Es gibt aber Prämien für die hilfswilligsten Monteure, abends, auf der Bühne, Armbanduhren; irritiert fährt sie fort im verlassenen Ton der amtlichen Bekanntmachung: Wenn aber alle Völker so sich die Hände reichen –, der zurückgebliebene Fahrer zappelt in den faserigen Schwänzen des Hauptfeldes, der Kopf hängt an geknicktem Nacken tiefer als der Rückenbogen, wirbelnde Beine verknoten sich in der Wahrnehmung des Betrachters. Und so. Die Kamera fährt lange Zeit über rifflige Quadern Blaupflasters, hebt den Blick nur bis zum Fuß schnell zusammenwachsender Baumstämme, Staubfahnenpfeil zischt hervor unter der schmal weglaufenden Reifenspur im Sandstreifen neben aufgeplatztem Streumakadam, zweite Spur kreuzt die erste, die Hinterradnabe senkt sich ins Bild, Fuß rutscht hinein mit starrer Pedale, tonlos erstarrt die Bewegung im Fall, während über die liegende Gestalt andere in steilen Kurven zu Boden geworfen werden wie abgeschossen, aus der fortschreitenden Leere wird Wolken spiegelnder Asphalt, Regennässe, Staub, Schneetreiben, Frostlöcher, Risse, Fugen, stumpflichtige Betonplatten unter Sonnenschein, Bohlenbrücke donnert das zierlich diagonal kurvende Muster hannoverschen Kleinpflasters, hinter einer qualmenden Dampfwalze knien Männer nebeneinander auf teerverklebter Schotterlage und streichen den zähheißen Asphaltbrei mit Brettern eben, ihre Hände stecken in plumpen Handschuhen, sie halten die Lippen fest geschlossen über dem säuerlichen Rauch und blicken nicht auf; die Stimme sagt: Damit wir fahren können. Neben den Straßen die Schulen und Werke und Denkmäler und Zuchthäuser von Achims Land, wüst aufgewühlter Schlackenboden vor Schornsteinen und dunstigem Stahlfeuerwerk am Horizont, Bagger kratzen schräg gestufte Kohlentagebaue aus, ein altväterisches Fabriktor mit dem Namen des Sachwalters in modernen Schriftzeichen, Planierraupen rupfen Baugruben aus magerem Tannenwald, eine Dampframme nagelt überlange Betonpfähle in sandtrübes Wasser, Kinder kriechen kriegerisch durch Heidegebüsch und belauern einander tückisch, drei Rekruten strecken die Hand nach hingehaltenem Fahnentuch und blicken auf den gemessen bewegten Mund des Offiziers, viele Personen sitzen in einer kalten Lagerhalle unter eisern verstrebtem Dach auf ihren wartenden Koffern, steil aufragender Hügel trägt alte gelbe Mauern mit dick vergitterten Fensterluken, eine in weiten Stuhlreihen gefächerte Versammlung von Menschen in gewöhnlicher Kleidung betrachtet stumm einen rot verhängten Tisch auf höherem Podium, blauhemdige Marschblöcke kommen gewaltsam singend von unten nach oben und von rechts nach links und plötzlich aus dem Vordergrund unaufhörlich ineinander, Fahnen stehen dicht nebeneinander im Wind, aufgerissene Augenblicke beben, Mauern mit Gewehreinschüssen. Neben den Straßen die Pyramiden von Gizeh, die Tour Eiffel, das römische Kapitol; neben den Straßen die westdeutsche Fremde, die marmornen Häuser des Geldes kämmen den Himmel, unzählig und lärmlustig treibt der Verkehr in den Städten, Schulen Denkmäler Fabriken Gefängnisse, drei Rekruten strecken die Hand nach hingehaltenem Fahnentuch und blicken auf den gemessen bewegten Mund des Offiziers, insektenhaft eingegleist spritzen Autofahrten in engen Abständen, Schaufenster, Straßenzustand, die statistische Mitte im Gesichtsausdruck der Passanten, Mauern aller Art, und so weiter. Das heißt nur, das sieht bloß aus. Finnste? Lieber nicht.

F. Oder als Anekdote. Dem berühmten Radrennfahrer Joachim T. wurde einmal die Frage gestellt: ob er von innen wahrnehmen könne was beim Fahren mit überhöhter Geschwindigkeit auf seinem Gesicht als Abwesenheit in Rausch oder Traum erscheine? was sein Bewußtsein eigentlich wisse von dem fast fließend lockeren Zusammenspiel seiner Bewegungen? ob es da noch eine von ihm beaufsichtigte Mitte gebe? Die Frage kam auf nach der Vorführung einer Filmaufnahme, die mit mehr als fünfhundert Belichtungen je Sekunde einen traumwandlerisch schwebenden Endspurt nicht mehr in einzeln angesetzte Bewegungen hatte zerlegen können. Joachim T. antwortete: In den Lehrjahren habe er das Radfahren um die Wette als unbillig harte Arbeit aufgefaßt, er sei krampfig gefahren und habe gemeint das müsse einem viel höher bezahlt werden. Er habe im Studium erfahren, daß die Fahrbewegungen eines hochtrainierten Körpers durch das Zentralnervensystem gesteuert werden, und jede Aufsicht durch Willen und Bewußtsein verwirre die Automatik für längere Zeit. Mit Hilfe dieser Erklärung habe er die Zustände leerer Entrückung hingenommen, als Gewöhnung und Ausdauer sie doch erzeugten. Beim ersten Mal habe er sich der Trance nur mit Bestürzung entsinnen

können, mittlerweile allerdings vermöge er sie vorzubereiten und zu dosieren, sobald einmal die rechnerische und taktische Verarbeitung eines Rennens seine Aufmerksamkeit nicht mehr beanspruche: beim Einzelfahren, in gewissen Spurts, bei längeren Anstrengungen seltener. Er könne es nicht genau sagen. Das Bewußtsein trage dann Scheuklappen, er sehe kaum die Straße nur die Fahrbahn, und das anfeuernde Geschrei komme an als sehr fernes homogenes Geräusch. Es wolle ihm nun vorkommen als erinnere er sich dann an die Zeit seiner Kindheit, da er die Schnelligkeit des Fahrgeräts und dessen Verwachsenheit mit dem Körper zum ersten Mal empfunden habe, denn Gefühl und Stimmung dieses Zustands seien gefärbt wie das Gedächtnis der damaligen Jahre. Und weil er diese Annehmlichkeit (die doch für die Meisten verloren sei, sie dürfen nicht zurück in ihre Kindheit und müssen mit festen Dingen leben und erwarten nichts Unmögliches) im Beruf des Radfahrens mehr und mehr wiederfinde und damit vereinbaren dürfe: so fügte er hinzu: sei er sicherlich ein glücklicher Mensch. Das war in seinem einunddreißigsten Lebensjahr und fünfzehn Jahre nach dem zweiten deutschen Krieg.
G. Oder noch anders. H. Oder gar nicht. I. Wieviel Buchstaben hat das Alphabet?

Nun mal was anderes

Etwas anderes war es mit dem Brief, den Karsch in den ersten Junitagen bekam. Er bekam ihn nicht sondern hatte ihn vielleicht in der Jackentasche, denn eines Morgens fand er ihn am Stuhlbein liegen unterhalb der sehr schräg aufgehängten Jacke. Frau Liebenreuth würde schriftliche Mitteilungen auf den Tisch legen (daß Karsch beim nächtlichen Heimkommen doch immer die Sperrkette vorlegen solle und es immer vergaß: mochte sie ihm nicht sagen; solche Beschwerden schrieb sie ihm auf in so schleifiger winziger Schrift, daß das Papier vergilbt aussah), aber sie war seit vier Tagen zu Besuch bei einem verwandtschaftlichen Todesfall, in der düsteren säuerlichen Wohnung war niemand außer Karsch. Er stand auf und ging gedankenlos von Tür zu Tür. Frau Liebenreuths Zimmer sah unberührt aus. Die Sperrkette baumelte lose herunter, aber Flur und Küche sahen nicht aus wie beraubt. Gähnend kam er zurück: der Brief lag wie vorhin übereck mit der Lichtkante des Fensters auf den rostbraun gestrichenen Dielen, grünes sommerliches Licht wärmte den verrußten Straßenzug. Zu anderen Leuten würde die Postbotin erst eine Stunde später kommen. Karsch hob den Brief auf.

Er frühstückte auf dem Brett des offenen Fensters sitzend und blickte in die Straße hinunter oder auf den dürren quadratischen Park, der sie zustellte. Er sah Kinder mit Schulranzen in Hüpfschritten über den blendenden Sandweg ziehen, unter ihm trat ein Mädchen verschlafen in die Tür der Bäckerei und kam auf den Bürgersteig zurück mit einer weißen Tüte, blickte unter vorgehaltener Hand gegen das Licht. Gegenüber legten nackte Arme Betten an die Sonne. Manchmal betrachtete er den Brief und drehte ihn in der Hand. Der regelrechte Umschlag war weiß und enthielt etwas Steifes; die unausgefüllten Ränder des Beutels waren um den unbiegsamen Inhalt geknickt worden als sei die Sendung irgend wann einmal zu groß gewesen. Die altmodischen Brieftaschen, die Karsch gesehen hatte, würden auch den verkleinerten Umfang noch nicht aufnehmen können. Der Umschlag trug Flecken wie von nassem Lehm und inmitten der Vorderseite den Namen Karsch in den verwechselbaren Großbuchstaben, die etwa deutsche Architekten benutzen. Das Steife war schwerer als Pappe. Dann vergaß er ihn und schrieb ohne Lust ein altes Fotoalbum von Achims Familie in Bildbeschreibungen um. Er wollte nur nicht vergessen weswegen er nicht nach Hause fuhr.

Mittags auf dem Weg zum Essen rief er Karin an. Das war in einer kleinen Gastwirtschaft der weltlichen Vorstadt zwischen den Brücken, das Telefon stand neben Blumentöpfen im Fensterkasten, Karsch sprach deutlich, neben ihm an der Theke lehnten drei junge Zimmerleute und schaukelten Bier in redselig erhobenen Gläsern. Den Brief hatte Karsch in der selben Tasche, aus der er wahrscheinlich gerutscht war, wenn einer ihn vorher hineingesteckt hatte.

– Was ist das mit dem Brief? sagte er, als das Rufzeichen unterbrochen war.

– Was ist das mit dem Brief . . .? sagte er. – Was für ein Brief: fragte die Stimme von Herrn Fleisg wie nach Endgültigem.

– Ja: sagte Karsch begeistert: Oder Sie. Schreiben Sie normale Großbuchstaben?

– Entschuldigen Sie! sagte Herr Fleisg, Karsch stellte sich sein regelmäßiges Kopfschütteln vor. Dann war zu hören wie Karin über den Hörer fiel und fragte was Karsch da rede.

Karsch gab zu, daß er von einem Brief rede, und beschrieb ihn. Er war jetzt der einzige Gast. Hinter der Theke war niemand als die Fliegen.

– Mach ihn nicht auf: sagte sie.

– Ach was: sagte Karsch.

– Zehn Minuten: sagte sie.

Karsch an der Haltestelle der Straßenbahn wartend dachte Spaßes halber nach. Die Jacke war ein weites lockeres Ding, die Seitentaschen hatten keine Klappen. Er hatte sie täglich getragen, denn in ihr war er gekommen. Am vergangenen Abend hatte er in seinem Zimmer gesessen und die Geschichte des Radsports gelesen (viel anderes tat er zur Zeit nicht); am späten Nachmittag war er drei Stunden lang durch die Stadt gezogen auf der Suche nach Maschinenpapier (denn er mochte Frau Ammann nicht aufsuchen, er war mit ihr noch nicht im reinen wegen Achims Kindheit), er entsann sich kleiner Privatläden mit verbitterten Verkäufern vor der Universität, dann hatte er in einer Schlange vor dem Bürowarenstand eines stattlichen Kaufhauses gestanden, eine dicke Frau zog ihn mütterlich am Arm vor auf ihren eigenen Platz, – Ich will ja bloß Weihnachtspapier: hatte sie gesagt. Als er an die Reihe kam, war da nichts Tintenfestes mehr, er konnte aber kein anderes nehmen, denn Frau Ammann schrieb ihre Randeinwände mit Tinte unabänderlich. In einem anderen Kaufhaus stand er mit zwei Studentinnen (die er für Studentinnen hielt) längere Zeit hinter einer größeren Gruppe von Frauen, die die Ansichtskarten in den Kästen durchwühlten; währenddessen sprachen die Wartenden in undeutlich einverstandenem Ton vom Brand einer Papiermühle, dem die städtisch regierende Zeitung den Papiermangel zugeschoben habe. – Eine einzige Mühle? sagte Karsch verdutzt unwillkürlich, er wollte sich nicht einmischen, er erkundigte sich nur, da waren sie beide nicht mehr da, die eine hatte ihn im Abwenden angesehen wie gekränkt. Schließlich bekam er sehr brauchbares bläuliches Luftpostpapier, nachdem er sich bereit erklärt hatte die Briefmappe samt den Umschlägen zu kaufen. Die Verkäuferin schien froh den Artikel loszuwerden. Zum Vorrat nahm er noch ein Kontobuch, von dem überall hohe Stapel gelegen hatten, und fuhr sehr langsam nach Hause unter dem weißlichen Himmel durch die feierabendlich begangenen Hauptstraßen zwischen unzähligen Menschen hindurch, die ihm alle an die Jacke gekommen sein mochten, aber wozu denn. Er tastete nach der leicht herabgezogenen Tasche und fühlte das Steife, worauf die neben ihm sitzende Frau, die still prustend gegen die Hitze geatmet hatte, seufzend abrückte. Meinetwegen: dachte Karsch, und suchte im Tag davor. Nachmittags war er aus Achims Trainingslager zurückgekommen, da Achim zu einer Vortragsreise durch den Süden des Landes aufgebrochen war. Auf der Autobahn hatte er einen jungen Mann mitgenommen, der eine ausgebleichte Monteurkombination trug und sich als Student ausgab, er gab aber auf Erkundigungen immer weniger genaue Antworten, so daß Karsch ihn lieber fragte was er von Achim wußte. Der hatte gesagt: Als Westdeutscher? da werden Sie aber Ärger bekommen zu Hause, oder? – Man hört doch: sagte er zur Erklärung und nicht mehr. Von Achim wollte er nichts erfahren haben als die Höhe des Einkommens, die Summe war höher als Karsch bekannt, darüber redeten sie. Der andere war schüchtern und äußerte sich meist in fragendem Ton, am Ende zögerte er als wolle er etwas sagen, schluckte es doch weg. Er bedankte sich fast herzlich. Der ließ sich absetzen vor der Stadt an einer Flußbrücke, da weit und breit keine Straße abzweigte und nur unten neben dem weißflockigen Wasserlauf ein Pfad in den Mischwald lief: unwahrscheinlich. Am Abend war er mit Karin eingeladen bei einem jungen Ehepaar, das Instituten der Universität assistierte, auch Freunde kamen hinzu, die den Fremden ehrerbietig kurz begrüßten und dann allein ließen; sie sprachen nur über ihre Wissenschaften, benutzten das Radio nicht und blickten Karsch nur an als wollten sie sich vergewissern daß er gut unterhalten sei. Auf Fragen nach ihren persönlichen Umständen antworteten sie allgemein: was man eben so macht, eigentlich so wie alle, davon habe ich nichts gehört. Gelangweilt versuchte Karsch zu streiten über die politische Justiz des Landes, wiederum taten sie unwissend, konnten es nicht beurteilen, sahen Karin fragend an, brachen zu zweit aus dem Thema aus und holten insgesamt das Gespräch zu sich zurück. Steif aber wißbegierig hörten sie an was er von Achims Leben erzählte; er fragte sie nach den Jahren, bei denen Achim immer anfing mit Meiner Entwicklung zu einem politischen Bewußtsein, da konnten sie sich nicht an Einzelheiten erinnern, da war es lange her. Er hatte nur das Aussehen der Lebensmittelkarten erfahren wollen. Die Gastgeber waren sehr verlegen und redeten anderes dazwischen; Karin saß ihm gegenüber, atmete mitunter lautloses Lachen ein, war ihm nicht behilflich.

– Hier soll doch mal der vorletzte sowjetische Ministerpräsident als Denkmal gestanden haben, die Straße heißt jetzt gar nicht so, wo ist denn das geblieben: sagte Karsch.
– Ach? Ach so. Er meint das . . . (verstehst du). Der Vorvorletzte. Ja das weiß man nicht so recht.
– Würden Sie sich das in einem Schuppen vorstellen können? sagte Karsch.
– Von einem Schuppen hat ja keiner gesprochen: sagten sie, gossen ihm ein, betrachteten ihn fast verdrossen.
– Nun fährt dieser Kerl immer: wiederholte Karsch träumerisch: Das ist Knochenarbeit, alles messen die Ärzte ihm nach jeden Tag, nichts was er sich nicht erlauben lassen muß . . . ob ihm das mal einer dankt?
Sie nickten mit Verständnis. Das Ehepaar war unterschiedlich groß und blickte zärtlich. Sie saßen da alle in Hemden und Blusen um den niedrigen Tisch, schwitzten gemeinsam, redeten unterschiedlich.
– Ich meine: was Sie davon halten?
– Ja: sagten sie. Damit hätten sie sich noch gar nicht befaßt. Grundsätzlich müsse wohl anerkannt werden daß der Sport und die Gesundheit eines Landes, eines beliebigen Landes übrigens . . .
Keiner bestritt daß man über Achim lange reden konnte. Karsch erzählte: daß Achims Name in Westdeutschland nur Eingeweihten bekannt sei.
Das hätten sie wiederum nicht gedacht.
Als er vom Flur zurückkam, wo er seine Jacke gelassen hatte, sprachen sie über den Radius der absoluten Zerstörung (zerriebene Ziegelsteine) nach einem modernen Atombombenwurf, lasen einander vor, waren unter sich. Als er ging, schienen sie betrübt. Auf dem Weg durch die menschenleere schwüle Nacht über graulichtige Plätze unter Alleebäumen im Laternenschatten zwischen Liebespaaren und Betrunkenen erzählte Karin was sie wußte. Der Lange mit den dicken Haaren in der knochigen Stirn, der immer so abwesend aus-

sah: der hatte sich nach dem Aufstand in Ungarn öffentlich für etwas entschuldigen müssen. Er soll einen Aufsatz geschrieben haben; er sei auch schweigsam von Natur, der liebt eine, die bringt er nie mit. Das Ehepaar (die Gastgeber) hätten über ihr Leben in dem einzigen möblierten Zimmer nicht reden mögen, weil ihnen eine Wohnung vom Staat seit einem Jahr versprochen ist, nun mochten sie nicht undankbar scheinen. Die möchten eigentlich leben im neunzehnten Jahrhundert, die kümmern sich nicht um den Sachwalter, denn er tut nichts gegen sie. Die Kleine, die immer bloß zugesehen hat und so viel geraucht, mit der wissen sie nicht so recht, sie hat einen Freund, der ist ganz plötzlich nach Westdeutschland gegangen, darüber will sie nicht sprechen, aber sie gibt sich auch sonst nicht zu erkennen. Als sie das von der sportlichen Volkserziehung sagte

– Da sah sie sehr sanft aus: sagte Karsch verblüfft.

– Siehst du: sagte Karin.

– Ich lerne es nicht mehr: sagte er. Sie hätten alle einen Herrn Fleisg herzlich begrüßt und mit Schweigen behandelt. Sie wohnten alle in gewissen Stadtteilen Straßen Häusern, und nicht wo die Vorortbahn mal gebaut werden soll oder in der Opernhausgegend oder da im Norden: wie sie aber gesagt hatten, sie hatten hier nur am Abend sitzen wollen und reden unter sich, sie waren da ganz zufrieden mit dem dämmerigen Bunt der Sommerkleider und der Zigarettenglut in der warmen Finsternis, die möchten in Frieden leben für sich immer so weiter, verstehst du das nicht, das konnte Karsch nicht begreifen: ihm war unheimlich daß die Einwohner dieses Landes die Macht und die Gewohnheiten der dick regierenden Häuser mit den Telefonen als Verhaltensvorschrift eingezogen hatten in das tägliche Leben am Arbeitsplatz noch auf den duftenden Straßen noch im abendlichen Gespräch unter Befreundeten und es unkenntlich machten, die würden einem doch nichts in die Tasche stecken, der sich falsch benahm. – Es war sehr hübsch: sagte Karin auflachend.

Karsch hob die Schultern an und schwieg mürrisch. – Sie haben dich doch nur ausprobiert: sagte sie.
Bis Mitternacht war er noch allein in mehreren Gaststätten gewesen, er war umarmt und gestoßen worden, einmal saß er an einem frei stehenden Tisch allein mit einem Mann, der sah aus wie ein Fernfahrer und redete in seiner Lederjacke zusammengekrochen wie nüchtern aber lauthals von den Angehörigen der Intelligenz, die alle aufgehängt würden eines Tages; er wandte sich aber an niemanden. Dann begriff Karsch daß die schweigenden Leute an den umgebenden Tischen schon lange zugehört hatten und warteten. Sie waren zufrieden, als er ging. Auf der Treppe vor Frau Liebenreuths Tür fand er zwei schläfrige Herren unter ihren verrutschten Hüten schon auf ihn warten, die gaben sich für Polizisten aus und wollten wissen: wo er einen als Monteur getarnten Burschen abgesetzt hatte. Karsch erinnerte sich dessen nicht. Sie rieten ihm sich dessen zu erinnern. Er entsann sich eines Parkplatzes an der Autobahn jenseits der Elbe; sie standen noch eine Weile gähnend und höflich um ihn und machten das Zimmer eng, blickten begehrlich auf die offenen Fächer des Schreibtischs, entfernten sich lustlos, damit er allein nachdenken mochte ob er am Nachmittag überhaupt gewesen sein konnte wo er gehalten haben wollte, er fand es unwahrscheinlich, und nun zum ersten Mal dachte er: Ach so, und wiederum: Ach was. Immer noch und auch bei alltäglichen Entscheidungen kam er nicht aus ohne nachträgliche Besorgnis: als hätte er doch lieber einen Einheimischen um Rat fragen sollen, und dies unter Leuten, deren Sprache Gesten Gesichter er als vertrauenswürdige Nachbarschaft hatte erlernen müssen von Kindesbeinen an.
Er hatte den Brief schon in der Hand, als Karin aus der Straßenbahn sprang, der Wind hielt ihr den weißen Mantel wie eine Glocke vom Leibe weg, sie lief mit langen Schritten, das offene Haar flog ihr um den Kopf. Sie war nicht atemlos,

durchsuchte Karsch mit einem einzigen Blick, packte seinen Arm und schlenderte zärtlich mit ihm davon unter den breiten Linden in der ferienhaft hellen Straße: so daß die anderen Insassen der Straßenbahn an einem Liebespaar vorbeizufahren glaubten.

– Das hättest du Fleisg nicht sagen dürfen! sagte sie.

– Hast du ihn aufgemacht! sagte sie.

– Ich kann mich auch irren! sagte sie.

In Karschs Zimmer legte sie sich den Brief auf die Knie, drückte ihn mit dem Taschentuch fest und riß den faserigen Falzrand behutsam mit Karschs Zündschlüssel auf. Karsch bemerkte daß sie das Papier mit den Fingern nicht berührte, sah sie ins Haar greifen, den Kopf schütteln in einem. Er gab ihr den Schlüssel und sagte: Du bist ja albern.

Krumm geknickt riß sie weiter, sah auf, nickte verständig. Sie wischte sich das Haar aus dem Gesicht, nahm den Brief zwischen Daumen und Finger, öffnete ihn ganz. – Ich war aufgeregt: sagte sie. Sie kippte den Umschlag und schaukelte sich den Inhalt in den Schoß. Unwillkürlich sah sie sich um. Karsch beugte sich vor.

Ihm sagte es nichts. Was Karin ansah zwischen steif erhobenen Händen war eine scheckige Aluminiumplatte mit zwei frisch angeschnittenen Kanten, auf die war inmitten der Kontaktabzug eines gewöhnlichen Kleinbildes geklebt. Das zeigte sonnige Straße und zwischen den Häusern einen Marschblock ohne Fahnen, der Blick ging auf die erste Reihe weißkittliger Männer, die einander mit den Armen zusammenhielten. Auffällig zwischen ihnen war ein junger Mann in weißem Hemd und dunklerer Hose, der blickte nicht so gelassen wie die anderen sondern hatte den Mund offen wie zu ungelenkem Lachen. Der Marschzug war zu erkennen bis in den Hintergrund, wo er die linke Zinke einer Fahrbahngabel zusperrte. Alle Kanten waren klar, alle Gesichter kenntlich; natürlich sah Karsch daß in der ersten Reihe Achim mitging, es sagte ihm nur nichts.

– Jetzt kannst du abreisen: sagte Karin. Sie warf die Platte achtlos auf den Tisch hinüber.
Karsch lehnte wieder vor ihr, um sie genauer zu verstehen. Ohne Verständnis sagte er: Gewiß.
Sie saß vor ihm mit den Händen an den Schläfen und sagte ganz leise rasch: Ja siehst du denn nicht daß das der Aufstand ist, die Sonne am ersten Morgen, kennst du nicht die Ecke mit der Tankstelle, da waren sie erst zweihundert aber man hatte sie auf dreitausend Metern schon gesehen, da kamen noch die Leute zu ihnen vom Bürgersteig, dann kamen die Panzer ihnen entgegen. Dann kam das Zuchthaus, und Achim vornean, siehst du das nicht, hat dir das denn keiner sagen mögen!
Sehr für sich allein erstaunt stand sie auf, strich sich den Rock glatt wie zum Weggehen und sagte so gesenkten Kopfes abwesend: Das habe ich nicht gewußt. Das wußte ich nicht: sagte sie stillgeworden. Es war offenbar daß sie sich nicht helfen konnte. Das hatte sie sieben Jahre nicht gewußt, denn so lange war es her.

Und Achim?

Karsch schrieb ihm einen Brief aufs Geratewohl in seine Vortragsreise. Na klar.
Ohne viel Verzug schickte Achim ihm eines Nachmittags eine junge Frau in lederner Kleidung, die stand beim Reden mit den Händen in den Joppentaschen und ging die Treppe vor ihm abwärts steif wie ein Mann; am Dienstwagen der Hochschule bückte sie sich überraschend weich vor der hinteren Tür. Achim saß krumm in dem von seinen grauen Anzügen, dem das Staatswappen an die Stelle des Herzens genäht war; sehr eckig wandte er den Kopf zu Karsch, sagte der Fahrerin sofort seine Wohnung an. Er schien verlegen und schnitt Karschs Rede ab. – Später: sagte er, und lauter: Später

doch! Während der Fahrt durch den menschenleeren Nachmittag der arbeitenden Stadt betrachtete Karsch den mädchenhaft dicken Zopfknoten, den die Frau über dem Ledernacken bewegte. Im Spiegel sah er ihre Augen den spärlichen Verkehr ergreifen; sie sah weder wach noch müde aus nur gleichmütig. Sie hielt die dunklen Brauen eng zusammen, so daß ihr blasses Gesicht finster zu blicken schien. Einmal blickweise streifte sie die Fahrgäste ohne sie anzurühren. Da schien sie hübsch. Der Wagen war heiß von der Hitze des Tages aber geschlossen. Er schien von vielen Personen benutzt, unter dem Rückfenster lagen Schals und Zeitungen wie vergessen. Vor dem dicken Hausbogen unter den altertümelnden Arkadengängen versuchte Karsch der Fahrerin die Hand zu geben; sie sah darüber hinweg als sei die Geste ihr nicht bekannt. Achim hatte den Kopf in den Nacken gelegt und starrte an der ziergiebligen Fassade empor zu den Fenstern, hinter denen er eine Wohnung hatte; er wartete ärgerlich. – Seid ihr so weit! sagte er. In der Tür umgewandt sah Karsch die Frau auf der vorderen Bank mit schräg abgestemmten Beinen hinter das Lenkrad rutschen, gleich saß sie aufrecht und griff nach dem Fahrtenbuch. Achim war seit einer Woche unterwegs gewesen mit einer Frau, der er nicht traute; das ist ein Eindruck, den stritt Achim später ab. Er hatte nichts gegen sie. – Sie müßte nur mehr in die Sonne: sagte er.
Noch während sie zu den hitzeschalen Räumen die Fenster öffneten über dem leeren Straßenbogen, sagte Achim mehrmals: Daß Karin gleich abgefahren ist! Das hätte sie nicht müssen! Ohne ein Wort!
Karsch erklärte ihm: daß sie gar nicht in die Richtung des Bahnhofs gegangen waren. Karin zog Karsch durch die Stadt und zeigte ihm die vernarbten Schauplätze des Aufstands: in diesem Treppenhaus standen Frauen und schrien über die Straße zu den Fenstern des Polizeigefängnisses: Ihr kommt frei! Ihr kommt frei!, und am nächsten Tag standen Ge-

wehre vor dem Hauseingang und keine Hände und Kinnspitzen waren mehr von unten zu sehen an den vergitterten Fenstern. Sie war auf eine zähe dauerhafte Art aufgebracht, das ließ sie achtloser laut sprechen als selbst den Westdeutschen; auch beachtete sie nicht wer neben ihr ging oder hinter ihr. Viele sahen ihr ins Gesicht und waren befremdet wie von einer Weinenden, die neben einem hilflosen Begleiter geht. Ihre Stimme wurde hart und selbständig: als habe die eine Person darzustellen, die ihr glaubwürdig erschien.
– Ach so: sagte Achim. Er zeigte sich gelangweilt wie über vermeidbare Fehler, die den Erfahrenen nur noch belästigen. Er betrug sich mürrisch. – Habt ihr denn wenigstens Anzeige gemacht: wann werden Sie endlich begreifen daß man solche Bilder nicht im Brief schickt? sagte er nörgelnd. Sie standen mit den Händen in den Hosentaschen umher im Sonnenstaub der vorderen Zimmer und wandten einander oft den Rücken. Karsch betrachtete die geschorenen Wiesen im Park, hinter dem bei seiner Ankunft der Kran noch über leerer Grube gearbeitet hatte. Jetzt beugte er sich über den weißlichen Rohbau eines kleinfenstrigen Blocks, dessen Kantenlinie die Baumspitzen strichweise verband. Er sah Studenten in Gruppen über die rotsandigen Wege ziehen, alte Leute im Sitzen sahen ihnen zu. Auf der steilsten Kuppe der bergig zugerichteten Anlage war der Ausflug eines Kindergartens angelangt, die kleinen bunten Gestalten trieben in langsamem Wirbel um die Schürze der Hüterin. Bevor das entlegene Kurvenpfeifen einer Straßenbahn über die Gegend sprang, glaubte Karsch die Kinderstimmen staunen zu hören: Der Kran! der Kran! wie Kinder, aber andere Bewohner der Stadt hatten sich verwundert über die ungewöhnlich tiefe Gründung des Baus in sargähnlichen engen Zellen, wozu soll das nun wieder, das kenne ich doch. Er hat ja nichts gesagt! man wird sich doch was ansehen dürfen. Eine Anzeige hatten sie nicht aufgegeben; sie hätten der Polizei doch ebenso die Kindergärtnerin und Rentner auf Parkbänken nam-

haft machen können unter den sechshunderttausend Einwohnern der Stadt. Als Karsch sich umkehrte um zu antworten, hatte Achim seine Frage offenbar vergessen. Er ging von einem Möbel zum anderen und vergewisserte sich durch Handauflegen daß Karin seit sechs Wochen hier nicht mehr gewohnt hatte. Er beherrschte seine Haltung nicht, die Schultern hingen ihm, die Füße setzten sich selbsttätig. Ziellos umherblickend und träumerisch fragte er ob in der Stadt irgend wo ein Film gezeigt werde, in dem Karin zu sehen sei.

– Sie hat auch erzählt wie sie den Rennfahrer in die Volksvertretung gewählt hat: sagte Karsch.

– Ja: sagte Achim aufgeschreckt, und Ja! immer erboster, Kopf zwischen Schultern gezogen kam er heran und rückte Karsch ins Gesicht als sei er so sicher verstanden zu werden, aber seine Blicke rutschten ab und waren bei einer anderen Sache, während er mit leisem erbittertem Ton aufsagte: Sie hat dir erzählt wie sie hinkam zum Lokal des hundertsten Wahlbezirks, das war so dünne Mittagsluft zwischen den Jahreszeiten . . . (solche Pausen im Aufzählen kamen ihm unwillkürlich, Schweigen unterbrach ihn, nachprüfend und nickend setzte er hinzu: sagt sie . . ., dann redete er weiter, bewegte eckig den Kopf ohne Ausdruck:) da standen Schulkinder und schwenkten Zeitungen, drückten hausmütterlich Geld in den Fäusten zusammen, was kann sie doch reden Karsch! die waren aufgeregt wie bei einem Fest, und vor der Schultür hat schon ein kleines Zopfmädchen auf mich gewartet: auf sie, verstehen Sie, und schüttelte eine Pappbüchse daß die Münzen klingen sollten und sagen: Da haben schon ganz andere gegeben . . . sagt sie . . . nun hatte ich die Hände in den Taschen und bedankte mich, ich wollte ja wählen . . . dahinter war ein Schulflur und ist gar nicht wahr daß alle Schulen gleich riechen, ich war in einer anderen gewesen, da waren Plakate an den Wänden IHR HABT DIE WAHL, das lese ich und das daneben auch und so den Flur entlang

Schritt für Schritt gezögert, ein Wahlhelfer weißt du mit Armbinde kam von der Seite und fragte mich dringend: Bitte? Bitte? fragte er, die Leute blieben stehen und sahen herüber wie mit Hoffnung, die waren alle so festtäglich gekleidet, Sonntag war ja außerdem. DAS KANN JEDER WISSEN DASS DU FÜR DEN FRIEDEN BIST haben wir alle gelesen, aber wir blieben nicht zusammen sondern wurden nach Straßen und Wahlräumen getrennt, da ... sagt sie (Achims Kopf wurde hochgerissen von einem Ruck im Hals, den er auch behalten haben mochte) ... die Klasse war heller als der lange Flur, Tabakrauch, die blasse Sonne, was nützt uns das, darunter zehn Oberkörper amtlich an rot verhängtem Tisch, Leute gingen davor entlang wie auf Gleisen, das sah ich zuerst ... neben der Tür am Tisch mit den Listen sitzt wie ein Posten eine Schreiberin, die will den Namen wissen, den Namen glaubt sie nicht, sie will den Ausweis sehen, ich hab ihn ihr gegeben. Nicht hingeworfen, immer noch nicht. Der Name war nicht in den Listen, sie weiß nicht recht soll sie sich fürchten, ich sage: Das ist ein Nachtrag. Da war ich eben erst in die Stadt gekommen, es sollte für die Dauer sein, ich hatt was aufgegeben und viel ... Ja: sagt die Schreiberin, sie nickt, weißt du der lagen die Haare so krumm am Kopf als hätte sie darauf geschlafen, damit macht sie einen Ruck in den Herrn neben ihr, der gibt mir von den Stapeln je einen Zettel, ich nehm sie, jetzt hatt ich eine Hand schon raus aus der Tasche. Der Wähler steht mitten im Raum gleich weit entfernt von allen Tischen, auf die Wandtafel hat man die Kinder was schreiben lassen, jetzt haben sie ihn so befangen, daß er die Zettel immer noch einmal liest, er läßt sie hängen, noch will er gar nichts durchstreichen. Die Wahlkabine stand in der hintersten Ecke. Das waren zwei kleine Tafeln im stumpfen Winkel, weiß du so ... gegen einander gestellt auf einem Tisch, zwischen die hätte man sich bücken können, aber vor die Ecke hatten sie lange Tische gebaut, hinter denen saßen sie, der Zwischenraum reichte für einen einzigen Menschen wie ein Rahmen und die Demokratie in der Ecke ... nein, das hat sie anders gesagt. Noch ein Plakat SEID OFFEN FÜR DEN FRIEDEN und von Blicken ausgesperrt so wegrangiert, später erzählen die Freunde: sie haben ohnehin keinen Bleistift gefunden zwischen den beiden Tafeln, es war schon vorher umsonst. Wenn doch nur nicht noch das kleine Kerlchen knochentrocken angetrippelt wäre, ein Rentner, dürr, gebildet wegen Brille, der nimmt mir die Hand mit den Zetteln und erklärt mir zuvorkommend zuvorkommend!

– Chja das sin nu de Scheine, ne'wahr! Die misn'Se da driem nein'schdägn. Chädnfals, wän Se for de Gandidadn däs Friedns sin. Da braochn'Se o geene Vor'änderungn vornäm ne'wahr.

(Sie hatte es Karsch anders erzählt und kürzer. Nicht viel mehr als den Satz: Nicht meinetwegen. Aber daß sie es mit allen so gemacht haben.)

– Wän'Se awer (Nu. Das gomd o schon vor) wän'Se echndlish for'dn wäsd'daidschn Imbrialismus un'dn Undergang von unsern Vaderlande sin, da gän'Se m'Ände de Gabine ofsuchn. Bide scheen!

Was will er nur von mir sagt sie (Was wollen Sie nur von mir) sage ich und bin am schmalen Durchgang zur Kabine schon vorbei am letzten Tisch ich weiß nicht wie. Im Ohr die plötzlich angehoben fistelnde Stimme (Na das'is doch –, und vor dem Nächsten, dessen Hand mit Zetteln hilfreich hochgegriffen wird: Also, das sin nu de Vorschläche ... cha! cha! nadärlish!) seh ich Fingerspitzen springen über den Listenkarrees, ich hebe die Hand mit den Zetteln, eine andere Hand hilft meiner lahmen das Papier in den geöffneten Schlitz zwängen und schiebt die Urne zu geschickt und rasch, ich stecke die Hand in die Manteltasche. Dann hab ich noch einen Lastwagen gesehen mit blauen Hemden, die schrien wie mit Musik, später hab ich geredet bis ich einschlief irgend wo. Und bin die ganze nasse Nacht unter den Laternen

gelaufen und habe geheult über unsere geheime und demokratische Wahl für dich: ich will dich nicht wieder sehen ...: hat sie Ihnen erzählt: sagte Achim atemlos. – Hat sie Ihnen erzählt. Ja. So eine war sie damals.
(Als Achim sie kennen gelernt hatte.)
– Das vom Heulen hat sie nicht erzählt: berichtigte Karsch.
– Na ja entschuldige: sagte Achim entmutigt. Er winkte ab als sei ihm eins doch wie das andere. – Damals hat sie noch geweint über so was.
Gegen Abend hatte die aufgeräumte Leere der Wohnräume sie in die rückwärtig angebrachte Küche gedrängt. Am Fenster sitzend sahen sie wüstes Baugelände stilliegen unter dem roten Dämmerlicht, das ihren schmalen Hausring übersprang, und davor kalten grauen Schatten. Alle Türen standen offen wie für erwarteten Besuch. Achim fing viele Dinge an und vergaß sie wieder. Er versuchte Tee zu kochen, setzte sich wie eingeschlafen hin, durchsuchte den Kühlschrank abermals, wischte mit steifem Zeigefinger Ruß von den äußeren Fensterkanten. Engäugig überlegte er was er nicht sagen konnte, was herauskam war befürchtet, kam als Vorwurf:
– Sie hat dir erzählt ich habe ihr den Mund verboten! Und du hast das geglaubt! Weil du denkst du kennst sie!
Das wußte Karsch nicht. Von Karsch weggegangen hatte sie die Kurse ihrer Schauspielschule beendet. Es war ein großes ehrendes Haus, in das der Staat noch nicht eindrang mit blauen Hemden und nächtlichem Türenschlagen; sie war zufrieden gewesen in der Umzäunung (sie kaufte kaum in Westberlin, las auch die ostdeutschen Zeitungen nicht), sie dachte sie wär in diesem Lande aber für die Kunst. Dann kam sie mit einem Koffer in der Hand an das Theater einer Landstadt, sie hatte Rollen die der unkritische Zuschauer nur wahrnimmt wenn sie linkisch oder nicht auftreten; die Einwohner umstanden das Schauspielervolk auch tagsüber und erwarteten wiederholbare Kurzgeschichten nicht weniger als Anleitung für die modische Kleidung. Zwei Jahre fast all-

abendlich ging sie um mit dem Honoratiorenzimmer des angesehensten Restaurants und lernte die neuen Honoratioren auswendig: Funktionäre, Schullehrer, Ladenbesitzer waren übriggeblieben, Journalisten. So sind sie demnach. Gegen die Verehrung der Oberschüler, die sie hineinziehen wollten in die Einzelheiten des Widerstands gegen den Sachwalter, kam sie sich mütterlich vor. Der Sachwalter zerrüttete die notdürftig reparierte Wirtschaft, vergitterte die Grenze, vereinigte den überlegten wie den tölpelhaften Widerstand in den Zuchthäusern und tat alles, was ihr die tote Mutter beschrieben hatte als hinderlich für die Erlangung der ewigen Seligkeit. Der Aufstand ergriff die kleine Stadt nur mit den Fingerspitzen, da trampelten die sowjetischen Panzer schon zwischen die Pferdefuhrwerke, während die Einwohner vor ihren Radios saßen wie das Häschen in der Grube und sich erinnerten an die letzten Tage des Krieges und deren privates Gefühl. Da hatte sie viel Lust umzuziehen in das andere Land, in dem das Leben unparteiisch behandelt schien, in dem viele Leute ungehindert viel Verschiedenes anfingen einander mehr zu Nutzen als zu Schaden fürs erste: in dem es unverhofft kam und bunt und wohlhabend für einige doch. Dies hielt sie für verloren. Zu dieser Zeit besannen sich Schulfreunde auf diese Störrische, die mit den unbedingten Augen, und schickten ihr ein Drehbuch, aus dem sollte sie sagen dürfen: Ich danke dir, für alles. Für alles als Dolmetscherin eines Offiziers der Roten Armee beim nicht umarmenden Abschied, er hat in ihr das bessere Deutschland geliebt und doch nicht mehr als ihre Hand berührt wegen insgeheim wartender Ehefrau: Konflikt. Sie sah so hübsch und befangen nicht aus, ihr fehlte noch viel für den Satz, sie lernte ihn aber und stellte ihn dar. Sie war der Anständigkeit müde, die nicht mehr kann und sagt als Nein. Ich bin ein Waise, für mich sorgt keiner. Mir tut niemand die Butter aufs Brot, und ist die nicht das Wenigste? In einer größeren Stadt lebte sie einige vorläufige Zeit mit einem wiedergefundenen Mitschüler, der sie auf der Schule blickweise geliebt hatte. Der wollte inzwischen ein Kabarett machen als Brücke über den Abstand zwischen dem Sachwalter und seinen Bürgern, er glaubte und brachte ihr bei daß das Leben weitergehen müsse und verbesserbar sei, warum nicht im Scherz? Bei ihm konnte sie nur spielen was ihr ähnlich war: sie kam frech, unwissend, belehrbar, noch gedemütigt naseweis. Jetzt hatte sie im ganzen Land Leute, die ihr an die Hand gehen würden mit Arbeit, verläßlichem Betragen und lobender Nachrede gegen die regierende Partei. Sie hielten mich für kameradschaftlich, also bewiesen sie Kameradschaft, eigentlich taten sie es ihretwegen. Nämlich das Kabarett wurde geschlossen wegen eines Liedes, dessen Refrain einer Eigentümlichkeit in der Sprechweise der Sachwalterperson ähnelte; der Befreundete reiste nach Westdeutschland, das geschah in der Not und nicht aus Überlegung, es schien ihr lehrhaft für ihn und für die Zuschauer aber nicht für sie. Sie hatten ein kündbares Bündnis geführt. Erwiesener Maßen dachte die Staatsmacht ihr das Lied zu verzeihen und gab ihr namhafte Arbeiten, die ihren Anblick so bekannt machten, daß ihr Fehlen aufgefallen wäre. Das ist nicht viel. Sie begann die Presseberichte zu sammeln wie eine Sicherheit. Sie wurde gelobt weil sie das Verhalten verschiedener Personen glaubwürdig zeigen konnte, sie hatte verschiedenes Verhalten erlernt. Sie glaubte kaum zu lügen, wenn sie lobte was wohltätig war am Staat des Sachwalters und verschwieg was du nicht selbst erleben möchtest. Ja. Nein. Vielleicht. (Wenn man es so sehen will.) Einige Städte und Landschaften hielten sie fest und taten heimatlich, da war ich einmal gern gesehen, hier habe ich einen heißen Sommer gelebt, an diesem Ort kenne ich Leute, du mußt nur meinen Namen sagen, dann lassen sie dich übernachten. Sie lernte an Achim kennen daß der ruhig ist der entschieden ist einen Sozialismus zu sehen wo sein Name genannt wird. Ich will auch überleben. Westdeutschland ist nicht gerecht. Ostdeutschland ist nicht gerecht: vielleicht werden wir es eher. Ich möchte wieder einmal so lächerliche Reden hören wie die von Karsch. Man darf jedermann zwingen zu seinem Glück, ich hab es mir auch nicht überlegen dürfen. Dann glaubte ich redlich ich könnte nicht leben ohne eine beliebige Person täglich zu sehen zu erkennen. Zum ersten Mal war Achim ihr aus dem Weg gegangen, nachdem sie der Person des Sachwalters einen Händedruck verweigert hatte (ich will nicht noch anfassen was ich schuld sein werde); bis aber unter den umstehenden Zeugen einige unerschütterlich sich besannen auf das dicke Gedränge, in dem Karin, schüchtern wie wir sie kennen, aus der gratulierenden Gasse gedrückt wurde, so daß sie aus dem drohenden Fall mit einem raschen Schritt seitwärts sich retten mußte, anders als sie doch vorgehabt hatte, immer mit dem Sekt des Gastgebers an der Hand: besannen sie sich und konnten nicht anders. Achim zeigte sich von neuem mit ihr. Es hat sie Mühe gekostet ihm abzunehmen was er nicht aussprach. Ich darf seinem Ruf nicht schaden er nicht meinem. In seiner Nähe ist es sicher gewesen. Vielleicht ist es mir wirklich angekommen auf seinen steilgeschorenen Kopf (auf den Anblick) und weniger auf zuverlässige Auskünfte gegeben mit vertrauter nein verbündeter Stimme. Zum zweiten Mal ging sie Achim freiwillig aus dem Wege, nachdem sie nicht hatte unterschreiben mögen es sei glückhaft gewesen wie der Sachwalter die bäuerlichen Eigentumsformen hatte verändern lassen. – Ist sie noch in der Stadt? fragte Achim. Zu allen diesen Vorfällen hätte sie sich anders verhalten können als sie sagt: nicht notwendig mußte sie Furcht empfinden vor schußbereiten Stahlungetümen in den viel zu biederen Sträßchen einer Landstadt, nicht unumgänglich mußte sie festhalten an den Sätzen einer unwirksamen Religion über Recht und Sitte unter den Menschen, es war nicht ums Leben daß sie sich fürchtete vor den festen Häusern ihres Staates, nicht unausweichlich mußte sie ihr Dableiben hängen an nur einen deutschen Staat, und unwahrscheinlich verläßt einer sich auf einen anderen allein.

Wie auch immer aber davon war ihr Gesicht erzogen wie behauen zu einem vielflächigen Gebilde, das Licht und Blicke undurchlässig spiegelte, dessen weiche sperrige Kanten die träge gläserne Bewegung der Augen mit höflichem Umriß tarnten und verschwiegen; nur manchmal und beruflich glitt Ausdruck vereinigend in die Einzelheiten der Maske: wie Wetterleuchten eine vertraute Landschaft fremd und gefährlich verändert.

– Sie hat mir ja nicht von sich erzählt sondern die Ereignisse nacheinander: sagte Karsch einschränkend. – Auf dem Weg durch die Stadt: versuchte er zu erklären, aber Achim auf der vordersten Kante des nagelneuen Küchenstuhls sah nicht aus wie einer, der noch zuhört.

Irgend wann ging er in die dunklen Zimmer zum Telefon und sagte sich ab für die nächsten Tage. – Ich bin krank: sagte er. Von da an rief es ihn immer wieder. Denn selbst wenn Achim Orte und Personen aufsuchte um anzukommen und zu reisen, reiste er nicht: sie fuhren ihn. Flugzeugplätze wurden blockiert, Eisenbahnteile reserviert, Hotelzimmer warteten auf ihn, sein Name füllte in Terminkalender geschrieben künftige Tage von Trainern Ärzten Behörden Schulklassen Werkleitern Fotografen, lange bevor er davon wußte, ohne daß er etwas dazu tat. Für den folgenden Tag war er in einer Fahrradfabrik angesagt, in der Mittagspause sollte er sprechen über die Rennen des Jahres, über die Politik des Sachwalters, über Mängel in der Fertigung seines Rades; er mußte geradezu fürchten, daß die Bilder ihn im Gespräch mit steif umstehenden Mechanikern nicht zeigen würden als jemand, den kümmert was er sich erklären läßt: er mußte gewiß sein daß er über Zahnkränze gebeugt oder unter dem Bild des Sachwalters redend nicht erscheinen würde als einer, der glaubt was er sagt. Dennoch ging er immer wieder aus der Küche, wenn auf der anderen Seite die Klingel schrie; er schien auf eine Stimme zu warten, die ließ von sich nicht hören.

– Was wollte sie nur mit diesem Fleisg! sagte er, und vergaß es wieder.
– Ihr hättet die Kerle anzeigen sollen! sagte er.
– Wie soll ich das meinem Vater beibringen! sagte er.
– Deswegen fährt man nicht in den Westen! Die Dumme! sagte er in dem zärtlichen Ton von Nörgelei, in dem er Karin vorher abgehalten hatte von Handlungen, die ihm unklug vorkamen. (Dem gebe ich nicht die Hand. Das vergesse ich den Russen nie. Man muß es ihnen ins Gesicht schreien.)
– Er hat mich gut gekannt: hatte sie auf dem Bahnsteig gesagt neben dem wartenden Triebwagen. Sie kamen auf den Bahnhof um zu essen, da fiel ihr ein daß sie verreisen konnte. Das war am Abend, der unter den Ausfahrtluken der Bahnhofshalle zu sehen war als weiche Dämmerung zwischen den schärfer leuchtenden Signalpunkten und die Farbe der klumpig aufsteigenden Rauschwaden in sich sog. Karin trat vor Koffern und Reisenden zur Seite, behielt den Uhrengalgen im Blick, zog den Mantel aus dem kühleren Wind um sich zusammen und schien nicht wahrzunehmen was sie tat und was lärmend dahintrieb in der riesigen fahllichtigen Halle. Karsch von außen sah sie im Speisewagen sitzen und aufschrecken vor der Verbeugung des Kellners. Sie glaubte sich unbeobachtet. Wenn sie das offene Haar mit beiden Händen von den Schläfen zurückhielt, als wolle sie mit eng anliegenden Fingern ihren Blick festhalten und ausrichten, sah sie viel jünger aus und verletzlich. (– Achim hat mich ganz gut gekannt: so wie andere auch. Den Aufstand durfte er mir nicht sagen, weil er verstanden hatte daß wir alle die Zeit danach rechnen. Daß ich die Zeit danach gerechnet habe.)
Achim nickte ausdauernd wie zu Vorgewußtem, bevor er heftig widersprach, aufsprang, schrie. Oder er sagte mäkelnd, redete fast lächelnd mit kleinen erklärenden Aufschwüngen der gekrümmten Hand, nahezu spöttisch: Woher will sie denn wissen daß ich so marschiert bin wie auf dem Bild zu

sehen ist. Ich könnte auch zufällig hineingeraten sein. Sie haben mich mitgezogen, nicht wahr? Vielleicht wollte ich sie zurückhalten. Am Ende bin ich es gar nicht: schloß er so ermüdet und unachtsam, daß er doch nicht mehr wissen mochte was er gesagt hatte. Über das Rufzeichen des Telefons erschrak er.
– Hol sie zurück! sagte er. – Hol sie mir zurück!
Aber sie war zu Freunden in einer anderen Stadt gefahren und nicht über die Grenze. Das hatte er mißverstanden. Er hatte sich nun nicht vorstellen können daß sie mit ihm in einem Land blieb. Er dachte sie meinte immer noch ihn, weil er sie noch meinte.

Was hatte Achim eigentlich gegen Westdeutschland?

Beschreibbar ist der Vorfall, der vor gewissen Zeiten mit nicht mehr als sieben Zeilen in den westdeutschen oder nicht weniger als siebzig Zeilen in den ostdeutschen Tageszeitungen benutzt wurde für die gleiche Niedertracht von beschimpfender oder verheldender Verleumdung, bevor Achim überhaupt für sich wahrhaben konnte was ihn in der beschriebenen Zeiteinheit anstieß und wegdrückte: zum Ärgernis der Nation? zum Vorbild der Nation? In Ostdeutschland dann wiederholten Zeitungen und Zeitschriften und Rundfunkkommentare und Schriftsteller mit dem Mittel der symptomatischen Erzählung was Achim getan hatte, für einen dokumentarischen Film wurde eine ähnlich umgebende Szene errichtet auf dem Boden des ostdeutschen Staates, aus einheimischen Kehlen erklang die westdeutsche Hymne, Achim verließ den heimatlich gegossenen Betonsockel und strebte im Blick der Kamera so unbeirrt dem umdrängten Kabinenschacht entgegen wie damals unter einem kaum noch erinnerlichen Himmel, mehrmals von neuem mußte er den Sockel erklettern mit seinen Freunden, den Kopf, die Lippen bitte schmaler, herumreißen zu ärgerlichem Getön, die auf den tieferen Sockeln mit der Hand und blickweise anstoßen, bis der Regisseur des Films die Nachahmung lieber endlich glauben wollte. Was seitdem als Achims größte Tat für die Sache Ostdeutschlands an seinem Namen hing wie eine andere Bezeichnung seiner beruflichen Aufgabe: war sein siegesbewußtes Auftreten auf einem internationalen Sportfest in Österreich zur panischen Überraschung der Veranstalter, die von Ostdeutschland geglaubt hatten daß da die Russen seien und herrschen wie die großen Fürsten, daß es da nicht genug zu essen gebe, daß da allnächtlich viele Leute verhaftet werden wie unterm Hitler, daß es aber auch zu geringe Bodenfläche habe für noch einen selbständigen Staat in Deutschland; und daraus kleinstädtisch fortgesetzte Meinungen anboten, gegen die Achim schon vor dem Start schwitzend und kaum noch geduldig angehen sollte mit der Wahrheit wie sie ihm anders bekannt war. – Sehen wir unterernährt aus? sagte er. – Ja, ihr: wollten die Fragesteller ihm hingehen lassen. – Bin ich nicht auf freiem Fuß: fragte Achim sie. – Ja, hier: schränkten sie ein. – Unsere Rennmaschinen haben wir in Sachsen gebaut ohne fremde Hilfe! sagte er, bekam zur Antwort: Ja, die –; und konnte das ohnehin linkshändige Interesse der Gastgeber also nicht festbinden an seinen allerdings beidhändig hervorgestoßenen Behauptungen, deren Beweise er schon sämtlich hätte mit sich führen müssen. Vom neugierig umstehenden Mißverständnis und vom schwülen Wetter gelangweilt fuhr Achim den Wettbewerb im Vorgefühl der Heimreise sehr gedankenlos, erkannte hinter träumerischen Schleiern zwei Angehörige seiner Mannschaft und riß sie unnachsichtig mit gegen die Wellen weichen staubigen Windes, bis der mit einem Mal ungeheuer schärfer brannte und fraß und stillstand: da verdutzt hatten sie die ersten drei Plätze und Zeit sich umzuziehen, bis die Ehrung der Sieger nicht mehr von den Einfahrten der weit verbliebenen Nachzügler verstimmt würde. Dennoch demütigte der Anblick ihres Wartens an den Ehrensockeln noch viele, die ihre Lungen zerrissen glaubten vom krummen Hampeln über der bleigewordenen Maschine und nun doch das Rennen beendeten zu der bitteren Zeit, da die Überlegenen bereits gewaschen in trockenen Trainingsanzügen die Aufmerksamkeit des Publikums entwenden. Aus den dickbauchig geschwungenen Sitzreihen des ovalen Gebäus von nahem und von weitem sahen die Zuschauer, aus den überhöhten Glaskabinen überprüften die Rundfunksprecher und übersetzten im Moment des Blicks in die vereinbarten Worte: Daß aus den Lautsprechern dumpf die Ergebnisse der Einzelwertung hallen. Daß die drei tapferen Kämpfer das Podium erklettern, immerhin sind sie alle aus dem Deutschland: sagt die weithin tönende Stimme. Der Inhaber des ersten Platzes, ein magerer sehniger Mann, bückt sich ungeachtet seiner Erschöpfung, hält seinem Kameraden die Hand entgegen, zieht ihn, lachend, auf den Sockel neben sich. Daß dies ein Bild der Kameradschaft darstellt, alle geben sich die Hände, der Große streicht über sein, flachsblondes, Haar; daß aus dem übermenschlichen Rund des Stadions sie Beifall begrüße und würdige vor allen anwesenden Nationen. Während der Leiter der Veranstaltung ihnen die herangereichten Lorbeerkränze um die Hälse hängt, lächelnd beugen sie sich nieder, schon werden die Räder der Sieger herangeführt zur Ehrenrunde. Daß die Nationalhymne Deutschlands erklingt und die vieltausendköpfige Zuschauermenge die Helden mit Schweigen ehre. (Nunmehr alle aus dem Zentrum des Ehrenblocks elektrisch verbunden und angereizt und angetrieben wie angesichts des vorhin beendeten Fußballspiels:) Daß der Große den Kopf wendet, wohin wendet der denn den Kopf. Zum zunächst aufgehängten Lautverstärker. Aus dem, wie erwähnt, die ersten Takte der westdeutschen Hymne dringen, und, sieh an, eckiger als die funeber dahintreibende Melodie hebt der zuoberst Stehende gewinkelte Arm an den Kranz, drückt ihn über den Kopf, berührt mit dem herabgerissenen

Gebinde die neben ihm stehenden Genossen, die die Geste dem Takt synchron wiederholen. Daß die sehr kleinen Gestalten an einer Hand flankend oder in schlichtem Absprung die Sockel der Ehrung verlassen, daß von drei Armen hochgeschleuderte Blattringe, deren Schuppen matt die übrigens nachmittägliche Sonne spiegelten, auf den leeren Betonquadern verblieben: einsam oberhalb des zackig quirlenden Balletts, das die aufgestörten Figuren am Podium neben vor hinter den wegschreitenden Gewinnern betrieben quer über die Aschenbahn bis zu den Kabinen, so daß keuchend einkommende Rennfahrer unverständlich wie vom Schicksal sich gehindert sahen am Überfahren der Linie Ziel, die nämlich weiter oben mit weißer Farbe zweifach über die feingemahlene Schlacke gezogen auf sie wartet.
Während weiterhin aus einem stillen fensterlosen Kubus im Innern des schräggeschütteten Walles das vorbereitete elektromagnetische Band laufend das akustische Symbol der zu ehrenden Nation schickte für die verlassenen Kränze (einen dicken, zwei sparsamer gewickelte) und das säuberliche Muster des geometrisch angebrachten Publikums zu kräuseln begann unter dem Blick des Betrachters, traten den fast überwältigten Leitern des Festes in den Räumen der ostdeutschen Mannschaft nur noch deren Funktionäre entgegen, nachdem sie sich von allerdings offenen Koffern aufgerichtet hatten. Die Gastgeber, die seit Monaten Gelder des Staates, ihre freie Zeit, die zartesten Rücksichten aufwandten für einen ungetrübten Durchlauf der Veranstaltung, waren untröstlich daß sie so hervorragende Sportler sollten beleidigt haben, da sie erst später von den Pförtnern erfuhren mit welch spitzbübischem Fingergruß gegen die Schläfe die vier (empörten) Fahrer in diesem Augenblick durch die verdrahteten Einlaßgänge aus dem Stadion getreten waren. Die verstörten Herren nahmen bieder wenn auch beherrscht zur Kenntnis daß die beiden deutschen Staaten eine gemeinsame Hymne nicht besitzen geschweige denn mit einer auskommen könnten. Sie

knickten schweigend ein. Da sie aber die andere deutsche Musik weder kannten noch vorrätig hatten, wußten sie kaum wie sich entschuldigen vor dem ostdeutschen Staat, dessen Würde ihnen den Händedruck nunmehr verweigern mußte; für sich allein und verblüfft versuchten sie ein Gespräch, in dem sich alles besänftigen würde, und besänftigten nicht mit ihren herzlichen, betroffenen Erkundigungen: Wie geht denn die, Ihre eigentliche Hymne? Sie verfügen, in der Tat, über eine eigentümliche Hymne?

– Meinten es auch noch höflich: sagte Achim im Ton des Reisenden, der in fremden Ländern wenig Kenntnis von der Welt bemerken mußte: ganz anders als zu Hause.

– Wart ihr nun verabredet? fragte sein Biograph.

– Was? sagte Achim.

– Daß ihr die Ehrung geschmissen habt! ergänzte der andere.

– Die Frage versteh ich gar nicht! sagte Achim.

Ja, war es vielleicht die Melodie, die nicht nach seinem Geschmack zunächst einem Streichquartett des österreichischen Komponisten Joseph Haydn (1732 bis 1809) entwendet worden war um eine Anrufung Gottes zu Gunsten der habsburgischen Dynastie zu unterbauen, dann nach der Flucht des deutschen Kaisertums mit anderen Worten und Reimen zur nationalen Hymne der Weimarer deutschen Republik erklärt, danach aber übernommen wurde von einem Staat, der die Aufforderungen der ersten Strophe zumindest sinngemäß auszuführen dachte mit Deutschland Deutschland über alles von der Etsch bis an den Belt, da sind wir mit zu Bruch gegangen; so daß der später ausgerufene westdeutsche Staat, vorläufig wie er sein sollte, vorläufig die Melodie behielt wenn auch mit den bescheideneren Vorsätzen der dritten Strophe: Einigkeit und Recht und Freiheit immer nach derselben Melodie, die Achim vielleicht mißfiel, musikalisch, ästhetisch, von früher her? Der Meister der Radfahrer wiegte die Frage im Kopf, schüttelte ihn: die Melodie allein sei ihm nicht

zuwider. Auf das Streichquartett war er neugierig. Demnach mußte ihm etwas mißfallen haben an dem Land, das unter dieser Hymne lebte.
Ja was mochte denn da nicht nach seiner Nase sein und was hingegen stieg ihm lieblicher hinein? Was wählte er aus, indem er vergleichen durfte; was machte ihn fromm gegen einen Staat, der ... – Das wollen wir doch mal nicht vergessen! sagte Achim.
Der doch angefangen hatte mit der Wiedereröffnung des Marktes in Freiheit? da zeigte sich daß das Kapital gut über den Krieg gekommen war und solche Dinge kaufen konnte wie die Arbeitskraft. Da kam auch welches von überm Meer, und gemeinsam schickten sie die Kraft der Geschädigten auf Arbeit, produzierten, verkauften, legten an und zurück unter den Augen der Sieger, die wollten erst einmal sehen auf die Ordnung, die schützte den Besitz und die Freiheit ihn zu verwenden gegen den Unbesitz. Was paßte ihm da nicht?
– Und so ist es doch gar nicht! sagte Karsch.
– Lassen Sie mich mal meine Meinung sagen! forderte Achim, der schon nicht mehr zuhörte:
Und baute der unnachsichtige Wettbewerb der Ansprüche die Gruben des Krieges in wenigen Jahren aus mit Wohnhäusern, denn Fabriken lagen weniger zerstört, mit Straßen, Ministerien, Kasernen, und erzog die abgefundenen Bürger zur Sehnsucht nach immer mehr und besserer Nahrung nach immer mehr und besseren Geräten für den Bedarf des reichlicheren Lebens: was kann einen stören an der wechselweisen Benutzung der Menschen zu unterschiedlichem aber gegenseitigem Vorteil? Sah er denn schon die lebenswerten Früchte der ausbeuterischen Konkurrenz dahinschwinden unter der Zukunft und Wissenschaft der Arbeiterparteien? Oder mochte er nicht leben im abermals reichsten Lande Europas, da es gegründet war auf die wechselhafte Gesundheit des Kapitals; und sah er nicht gern die Alleinherrschaften heranwachsen im Handel wie in der Produktion unanfechtbarer, da die hatten

zerschlagen werden sollen nach der Kapitulation und ihm waren wie das Feuer, dem er nicht noch einmal trauen wollte wie ein Kind? Befremdlich sagte er: Das auch; was denn nun noch? Es müssen politische Gründe sein! Also hatten die Armeen des siegreichen Auslands die Erlaubnis gegeben zum Staat, da konnten die Parteien sich einmal nicht kümmern um die Zone sowjetischer Besetzung, da machten sie aus den alten Abmachungen Recht und Gesetz und Verfassung, damit es werde wie früher aber nie wieder Krieg. Ist es nicht recht so? Und mochte er nun nicht den Kanzler der namentlich christlichen Partei regieren, der mit den Machthabern von Industrie und Gewerkschaft und Standesgruppen feilschte und tauschte hinter dem Rücken des Parlaments?

– Das können Sie doch gar nicht wissen! sagte Karsch.

– Doch! widersprach Achim. – Lesen Sie mal die Zeitung, und ich hab sie Jahre lang gelesen, wie kann ich da gut reden von einem, der

der das Land mit Militärverträgen festband an den früheren Sieger und die Verfassung doch ändern ließ zur Wehrpflicht des Bürgers gegen die Armee des ostdeutschen Sachwalters? der sich beraten und verwaltet wünschte von einer Person, die schon dem Hitler die noch nicht ganz befriedigende Lösung von sechs Millionen Menschen gerechtfertigt hatte? der Richter Recht sprechen ließ, die Unrecht gesprochen hatten und Tod für die Gegner des Hitler, und denen den Lebensabend dicker versorgte als ihren Opfern? der seine Armee versah mit Generalen Offizieren Admiralen, die die Hand gehoben hatten vor einem Hitler und ihm dienten länger als er lebte? der seine Minister sonntags hetzen ließ um den Ural und die ehemals deutschen Gebiete im Osten?

– Was ist denn das für eine Zeitung? fragte Karsch.

– Das ist ja klar: sagte Achim: Daß eure nicht schreiben wie der

der die Bestechlichkeit seiner Beamten tröstete? der zum Gesicht des Staates vor der Welt einen Irgend bestellte, der

nämlich den Bertolt Brecht verglichen hat mit einem Zuhälter und Schläger? der die Meinung der Wähler fälschte mit Renten und Raten vor dem Tag der Wahl? Über den sich ärgern tat er ungerecht: denn der war wieder und wieder gewählt in ungehindert geheimen Kabinen, und abermals lief die namentlich sozialdemokratische Partei ihm nach in die atomare Armee, und die Abgeordneten der westdeutschen Länderunion hatten Übles nicht an dem gefunden in all den Jahren; über so viele wollte er nicht froh sein und die Bürger zudem verachten, weil es ihnen gefiel und sie es bezahlten? Hätt er nicht doch erst versuchen sollen zu leben mit ihnen in Freiheit: mit seiner Arbeit die Dinge des Wohlstands zu kaufen oder nicht, den Kanzler zu loben oder nicht, den Wehrdienst zu leisten oder nicht, der Justiz zu trauen oder nicht, dem Nächsten zu schaden oder nicht so sehr, gegen den Kommunismus zu handeln oder nicht, die Wahrheit zu verleumden oder nicht, und alles ohne Gefahr der strafweisen Einsperrung für mehr als drei Wochen? der Tüchtige schafft es. Gefiel ihm da zu wenig, als daß gleich alles ihm hätte lieb sein dürfen?
Achim zeigte sich betroffen. Öfters verständig nickend räumte er dem Fragesteller einen Platz frei im besprochenen Gelände, an dem der unbehelligt leben mochte in seinem treuherzigen Vertrauen auf die Verabredungen der bürgerlichen Demokratie: vorgebeugt aus starrem Nacken kippte er unbewegtes festlippiges Gesicht dem anderen entgegen, damit der bisherige Nörgelei verrechne mit dem befristeten Anschein von Duldsamkeit, ebenso hätte er mit halber Stimme beiseite sprechen können: Du – wohl; Karsch verstand ihn so friedfertig. Unverzüglich jedoch führte Achim die linke Hand in mäßiger Geschwindigkeit entlang den lahmen Konturen jener Gebärde, die allgemein ist für die schon ermüdete Mißbilligung von irgend etwas (wie oft soll ich dir das noch sagen. Du verstehst mich ja doch nicht. Deine Sorgen möchte ich haben!) und insoweit beschreibbar ist: jenseits ihrer Richtung auf was eigentlich.

Ja aber. Ja aber vielleicht hatte ihn auch nur das Gedächtnis seiner ersten Reise in die westdeutsche Länderunion vom Sockel gestoßen? Die erste Fahrt über die Grenze (und da war gar nicht Grenze zu sehen, und trat kein Unterschied in das Sonderabteil, in dem sie saßen zu sechst und in den stockfleckigen Wiesen den Anfang des Fremden Landes suchten, denn sie hatten die ostdeutschen Kontrollpolizisten von der Lokomotive springen sehen und zurückbleiben immer entfernter in der graufarbig fließenden Märzgegend, so daß sie nun außerhalb waren und ganz allein mit dem dumpfen Hohlraum aus zitternden Nerven oberhalb des Magens. Sie sahen die hölzernen Postenstände auf den langen verwitterten Stelzen, aber sie kannten die toten Scheinwerferaugen und den Umriß einer Uniformgestalt durchstrichen vom queren Gewehr schon längst von Armeegebäuden und Gefangenenlagern: es war noch nicht anders. Sie sahen die losen Verhaue aus stachelbesetzten Drähten vom Einschnitt des Bahndamms aufwärts gezogen zum dunstigen Hügelrand vor dem Himmel: es war noch nicht neu. Sie sahen Hofplätze durchrissen von eingesunkenen Pflugstreifen und verlassene Häuser und Feldwege verregnet mit Leere: es war noch nicht die Fremde. Sehr mühsam und geradezu willentlich mußten sie aus der Oberfläche der Landschaft und den westdeutschen Kontrollbeamten und einem Reklameschild für etwas Unbekanntes und aus rußigen Damm-Mauern und dem Überfahren einer breit durchdrängten Straße aus Marmor und Glas und Licht und aus den veränderten Bewegungen der Fahrt die angesagte Fremde zusammendenken, ehe sie die war, die sagen würde daß sie frei ist wir unfrei: sagt ihnen sie sind nicht frei aber wir. Sie werden sich demokratisch nennen uns eine Diktatur: sagt ihnen wir haben mehr Demokratie als sie denken können. Sie werden ihren Staat ausgeben für allein rechtmäßig und unsern für nicht rechtmäßig: sagt ihnen daß wir das Recht der Arbeiterklasse haben und sie nur die Nachfolge des zerschlagenen Deutschland; sie werden sagen daß sie rüsten weil wir rüsten: sagt ihnen daß wir rüsten weil sie rüsten; sie werden sagen daß wir sie mit Sabotage Spionage überziehen: sagt ihnen daß sie uns mit Sabotage Spionage überziehen; sie werden sagen daß der Tod nur steht für ihren Staat: sagt ihnen es nützt nur zu sterben für unseren freien demokratischen rechtmäßigen Staat, in dem zum Beispiel der Sport, das sehen sie doch, das zeigt ihnen einmal!) war grob zu ihm. Allenthalben griff er ins Leere. Kein Wort und keine Gebärde und nicht ein Lächeln klinkten ihn ein in die freundwillige Umgebung des Besuchs, noch die harte Luft des Frühlings ging ihm fremder auf die Haut als das Trikot, das von zu Hause mitgekommen war. Da der kleinstädtische Radfahrverein sie nicht zu Hotelzimmern hatte einladen können, wurden die Teilnehmer des Wettbewerbs in die Familien der Mitglieder verteilt. Achims weltsicheres Sächsisch traf sich selten mit der norddeutschen Mundart seiner Gastgeber; das Gefühl von Ausland erdrückte ihn übermächtig. In der kahlgescheuerten Küche stand ein Abendbrot gedeckt aus teurer Wurst und seltenem Fisch und echter Butter, aus den glitzernden Wisch-Spuren auf dem Wachstuch ragten Flaschen mit Bier. Im Schaukellicht der Zuglampe sah der Tisch zu klein aus unter dem allen. Und Achim hatte gedacht die Armut sei einig in allen Ländern. Aber die eine Armut war mit Lastentragen und Kindergroßziehen über fünfzig Jahre gekommen, da war nicht viel Zärtlichkeit verbraucht und kam fast ergänzt zu auf die andere, die bisher nur das Radfahren wußte. Da sagte die eine: Jung, nu iß doch. Iß dich doch einmal satt in deinem Leben. Da mußte die andere mit fester Stimme erklären daß sie genug bekam von den ostdeutschen Lebensmittelkarten: und hatte doch reden wollen von der Wiedervereinigung. Ihnen geht es ja auch nicht gut. – Du bist so mager: sagte die Frau, die auf der Stuhlkante saß und die Hände an der Tischkante feststützte, damit sie dem Kind nicht ins Gesicht strichen. – Ja aber hier wird ein Krieg vorbereitet: sagte das

Kind den alten Leuten eingeschüchtert, und legte das Brot wieder hin. – Ja: Daß du das auch noch mußt! entsetzten sich die Alten, und erzählten eifriger von den Anfängen des Radfahrvereins. Die Frau hatte immer nur zugesehen. Das war zum Lachen. Die Kinder lebten alle nicht mehr. Sie kamen gar nicht auf den Gedanken daß der Junge sein Land sollte verteidigen wollen. – Bei euch werden doch so viele Leute eingesperrt. Nun iß doch tüchtig. Sie waren breit und langsam geworden, mit ihrem Alter machten sie den Jungen bescheiden. Beide vorgestützt auf die Tischkanten wollten ihm zusehen und ein Fest haben von der Bewirtung. Es ist ihnen kaum aufgefallen daß der Besuch den Blick versteckte und scheu antwortete: schnell wie bedrängt. Man hatte ihm die genaue Zahl der Eingesperrten nicht mitgegeben. Die gutherzige Gastfreundschaft schien zwei Leben lang aufgespart für diesen Abend, gerade die spürbare Anstrengung verstörte den Jungen, denn sein Blut hatte sich nicht bewegen sollen. Er aß zu wenig. Er erkannte sich nicht in dem Bild eines unterernährten Jungen aus dem sowjetischen Deutschland, dessen vorlaute Reden man elternhaft begütigen konnte, denn er kennt ja rein nichts von der Welt. Die Gastgeber hatten seine Zärtlichkeit eben überrumpelt, als er sie anschreien wollte. Er hätte gern laut gesprochen und unwiderlegbar: daß etwas geschah. Auf die Straße gelaufen im feuchten Dunst zwischen den Häusern kam er wieder in das lahm am Nachmittag gefahrene Rennen unter die wunderlichen Spruchbänder, die für den Kauf von Gegenständen geworben hatten und nicht für die Gerechtigkeit des Sachwalters nicht einmal für die des Kanzlers. Womit sind sie hier nur zufrieden, daß sie so leben. Dann verlief er sich. Im nebelnden Wasser des Kanals schwammen weich verzerrte Laternenkuppeln, das Geräusch seiner Schritte blieb bei ihm, er wollte nach Hause. Immer neue Vorgärten und Haustüren, unmerkbar viel Formen von Fahrzeug und Rinnstein und tröstliche Fensterkreuze schickten ihn weg. Die Straßen waren nicht rechtwinklig gezogen nach seiner Gewohnheit. Sie hießen nach Leuten, von denen er nicht gehört hatte. Er stand vor der hellen Tür einer Bierwirtschaft und zählte in der Tasche sein Geld und ging nicht hinein; er dachte ihm sei etwas anzusehen. Mehrmals trat er sich durch Gassen um immer die selbe Kirche, er sah gar nicht mehr in die Höhe. Vor den erleuchteten Schaufenstern am Markt kam er an in gewissenloser Wut: das kann ich mir nicht kaufen. Sonst wollen sie nichts von mir. Dann fand er sein Quartier. Das Bett war in der Küche bereitet. Im Einschlafen gelang ihm an die Mutter zu denken. Am Morgen drückte er sich heimlich aus dem Haus. Er hat sich immer noch mit einer Postkarte entschuldigen und bedanken wollen; dann kam er nicht dazu. Zurückgekehrt war er bereit alles zuzugeben, aber der Jüngste der Mannschaft wurde gar nicht gefragt. Wie wars denn? – Hat mir nicht so gefallen. Schon beim nächsten Rennen in Westdeutschland war er berühmt genug für ein Hotelzimmer. Er glaubte genug begriffen zu haben und stellte keine Fragen mehr. – Eure klerikalfaschistische Regierung, die wäscht euch ja kein Regen ab: sagte er. Auch läßt sich reden über die Technik des Mannschaftsfahrens: Das machen wir anders. Wir machen es so.

– Ich mein doch dabei nicht was Sie meinen! sagte Achim sofort: Und so war es gar nicht. Sie nehmen es viel zu deutlich.

– Und es hat nichts zu tun mit der geplatzten Siegerehrung? vergewisserte sich sein Biograph. Sie waren im Gespräch darüber. Er hatte es weder aufgeschrieben noch konnte er es überdeutlich sehen.

– Nein: sagte Achim, – Das war viel früher. Da hatte ich es längst vergessen.

Ja dann war es vielleicht die ostdeutsche Melodie, die mehr nach seinem Geschmack entnommen war einem trutzigen Film der verbrannten Regierung über die harten Männer der nordamerikanischen Pionierzeit, die etwas verändert

dann nicht mehr bedauerte wie schön es war mit uns zwein. Aber leider, aber leider: kann es nun nicht mehr sein – sondern mit edlerer Wortgebärde die Singenden zusammenholte aus den Ruinen und der Zukunft zuwandte überhaupt, so daß dereinst die Sonne schön wie nie über Deutschland scheine, keine Mutter mehr ihren Sohn beweine. Leuchteten ihm diese Forderungen klarer ein, wollte er sie für vernünftiger halten und darum lieber dies Blaskonzert aus den Lautsprechern gehört haben als das andere? Achim gab zu daß ihm der feierliche Schritt seiner eigentümlichen Hymne verständlicher eingehe. Man hat mehr davon. Es ist eben was Neues. Aber wenn ich das nicht so lange kennte, dürfte die Melodie anders sein, meinetwegen. Er mußte eingenommen sein für das Land, das sich zeigen wollte zu dieser Musik. Ja wovon denn? Gefiel ihm da so viel, daß er gleich das Ganze lieben wollte und nicht tauschen, nicht vergleichen? Was mochte ihn besänftigen an einem Staat, der doch immerhin.
Der allerdings den Kommunisten geliehen war über ein Drittel Deutschlands nach dem Krieg, damit sie da zeigten was das ist: Sozialismus, nach diesem Krieg? Da konnte Achim nicht ändern wollen daß die sowjetische Armee noch die großen Ländereien verteilte an arme Bauern und Flüchtlinge für fünfzehn Jahre höchstens, gern sah er die Schulen und Gerichte leerer um die Lügner und Henker des Hitler, da wollte er lieber die zusammengerauften Werke und Geschäfte kleingeschlagen umgeschrieben sehen auf den Namen des Volkes, und mußte verstehen daß die Sieger sie leerräumten und aus. Wollte auch er den Krieg verloren haben? Und gefiel ihm etwa das Wort von der Umschirrung der menschlichen Eigensucht in die Arbeit zu Gunsten aller und nicht der Besitzenden? obwohl nach fünfzehn Jahren noch nicht die Gruben des Krieges zugebaut waren mit neuen Wohnhäusern und Straßen und Eisenbahnen, wenn auch mit Fabriken Kasernen Ministerien Gefängnissen? obwohl die Einwohner des Landes inzwischen erzogen waren zur mangel-

haften Versorgung des Alltags mit Nahrung und Kleidung und gegenseitiger Hilfe?
– Nun erklärt man einem alles: sagte Achim, und bitterer: Dann stellt er sich hin und redet!
– Ich erkläre mir das so: sagte der angenommene Karsch: Wollte Achim die Mißerfolge der Wirtschaft nicht achten, da es um die Wissenschaft ging und die versprochene Zukunft unter der verschönerten Sonne? Es müssen politische Gründe sein! Also gaben die Sieger dem Sachwalter Staat zu bauen nach den Lehren zweier Soziologen aus dem neunzehnten Jahrhundert und dem Vorbild der Sowjetunion. Da baute er im ganzen Lande für seinen Verein die Häuser mit Telefonen und stellte sich Soldaten auf die Höfe; gemeinsam schickten sie die Kraft der Geschädigten auf Arbeit, produzierten mit ihnen, verkauften ihnen ärmlichen Abschlag, legten an und zurück für die Rüstung gegen die Armee des westdeutschen Kanzlers und für die Ewigkeit ihrer Regierung, damit es nicht werde wie früher und nie wieder Krieg. Hatte er zugestimmt, als sie ihn fragten?
– Ja: sagte Achim.
– Na: sagte Karsch.
– Also was denn! sagte Achim.
Und mochte er arglos den Sachwalter regieren, der den Gewinn der Arbeit insgeheim verteilte und die Arbeitenden büßen ließ für die Lehrgelder seines ungeschickten Vereins? der ihnen vorenthielt was er plante mit ihnen? der sie prügelte in seine Vorschriften anstatt sie zu führen? der sie betrog um Wahlrecht und Mitsprache an der Verwaltung des Staates schlimmer als eine bürgerliche Polizei? der sie hetzte für die Verbreitung von Wahrheit, die ihnen nutzen konnte wider ihn? der sie preßte in seine Armee und sie festband an die andere Seite der Sieger? der sie absperrte vom westlichen Deutschland und sie nicht entlassen wollte in die Wiedervereinigung? der ihr tägliches Leben schändete mit seinen gezinkten Theorien, so daß die Wirklichkeit so er-

bärmliche Kinder bekam wie schlampige Produktion, Flüchtlingslager, gehorsame Angst vor dem eigennützigen Verein? der Strafe setzte auf Zweifel an seiner Unmenschlichkeit, denn er wollte des Irrtums nicht fähig sein?
– Es ist schofel wie Sie von uns sprechen: sagte Achim.
– Ja von wem spreche ich denn? erkundigte Karsch sich.
– Ihr fragt mich immer nach dem Straßenbild . . .
– Sie reden von jemand, zu dem ich Vertrauen habe, der mir ein Vorbild geworden ist! sagte Achim. – Das tut ein Gast nicht. Das ist nicht höflich!
– Ich rede doch nicht von Ihnen: suchte Karsch sich zu entlasten.
– Mich beleidigen Sie aber! schrie Achim.
So ist die Liebe zu dem beschreibbar an einem, der sagt: die Leute haben eine Wirtschaft in den Staat gebaut zum eigentlichen Ruhm des Vereins. Sie begnügen sich mit dem geringeren Anteil, weil sie nicht lassen können vom Antlitz des Sachwalters. Und sie haben ihn wieder und wieder gewählt. Sie halten den Alltag am Gehen, denn sie mögen den Verein nicht beschämen mit dem Streik. Sie sind nicht zu drei Millionen einzeln über die gefährliche Grenze gegangen, denn darauf steht Gefängnis. Sie stehen nicht auf gegen die Panzer der sowjetischen Armee, nachdem sie erfahren haben was Sozialismus ist nach diesem Krieg: mit dem Lohn die Dinge des Wohlstands nicht zu kaufen, den Sachwalter zu loben, den Kriegsdienst zu leisten, die Justiz zu fürchten, dem Nächsten nicht zu trauen, gegen den Kapitalismus zu handeln, die Wahrheit zu verleumden, und alles in der Gefahr der strafweisen Einsperrung für mehr als drei Jahre manchmal des Todes; also hätte Achim es geschafft.
Und warum nicht? Warum doch, oder ja um den Preis? Mochte er lieber leben in Ostdeutschland weil in Westdeutschland kaum so gern? Mochte er nicht leben in Westdeutschland, weil er in Ostdeutschland war? Lebte er da? Was ließ ihn zwei Staaten vergleichen: die Grenze zwischen ihnen?

Beschreibbar ist der Ausdruck, den der Dokumentarfilm zeigt: sehr helle trockene Haare und ultramarine Himmelsfarbe rahmen saubere Empörung. Es ist ein empfindliches Gesicht aber nicht verletzlich in dem Glauben an irgend was, das ist nicht da aber scheint bewußt. Es ist ein Gesicht, mit dem jeder dieses Alters vorkommen wollte in den Träumen seines Mädchens: jung und keiner bösen Regung fähig. Es scheint undenkbar die zu Ausdruck bewegte Haut abzulösen von der Absicht, die das Gehirn zu einer Nationalhymne schaltet. Sie ist selbst nicht aber macht den Betrachter fromm. Und so fort. In Erzählungen Leserbriefen Gedichten ist dieser Augenblick in die Worte Reinheit, zuverlässig, unbeirrbar gesetzt, denen geht der Atem betroffen; und selbst die dabei waren meinen sich dessen so entsinnen zu müssen: entsinnen sich so.

Dann hat er doch nicht mitgehen können auf die Straße!

– Die wollen mich reinlegen: sagte Achim. – Wenigstens mich wollen sie reinlegen: sagte er. Danach hätte jeder ihn am Telefon oder im Dunkeln ebenso fragen dürfen: sein Gesicht hielt den streng meditierenden Ausdruck, der unverändert gleiche Anblick machte die Engäugigkeit feindseliger aussehen mit der Zeit. Er schien sich zu erinnern.

Karsch war gesagt worden: sie haben allerdings nicht gesungen. Sie kamen in offenen Reihen den glänzenden Straßenbuckel herunter Mann neben Mann sehr locker. Unterwegs hatten sie Häuser gesehen für eine Familie allein zwischen fülligen Bäumen, an offenen Fenstern standen Frühstückstische weiß, ein Kind trat vorsichtig im feuchten Gras voran, eine einzelne Frau in einer Dachluke, Hunde hatten über leere Treppenstufen gelegen in der frühen Sonne. Auf dem Buckel fing die ältere Stadt an. Die Häuser waren ohne Lücke sehr hoch gebaut. Hinter solchen schmalen Fenstern wohnten sie auch. Das kanalisierte Morgenlicht zog die verrußten Fassadenzierwerke in einziges Flimmern zusammen. In den unzähligen Fensterhöhlen zerbrach das Spiegelbild des Himmels, vorgestütze Arme drückten Bettzeug beiseite, Arme winkten hinunter zu dem langen weißkittligen Marschzug, der die Straße prall bewohnte. Er quetschte einmündende Autos ab, verinselte Straßenbahnen, sog das Spalier von den Bürgersteigen, so daß die Farbe bunter wurde und die Gesichter dichter an einander kamen. Wo Achim gestanden hätte mit dem Rad zwischen den Beinen an einer zur Einfahrt gerundeten Bordkante, hörte er die breite singende Mundart laut und gegenseitig wie an keinem Tag zuvor. Die Bauarbeiter waren nicht ausgelassen, fast still zogen sie voran Arm in Arm; sie erwiderten Zurufe und winkten zurück mit der heiteren Würde erwachsener Leute, die alle zusammen auf den Markt gehen ihre Sache zu vertreten. Als Achim die Gesichter von seiner alten Lehrbaustelle erkannte (wenn Achim da war), schob er das Rad durch die unbewachte Tür einer ganz verlassenen Schusterwerkstatt, lief über den vollgedrängten Bürgersteig hinunter und stemmte sich mit beiden Ellenbogen durch zu den Marschierenden. Die Reihe öffnete sich für ihn. Oder war er dem Zug entgegengekommen auf der Fahrt zum Morgentraining, hatte er verblüfft gebremst vor dem unverhofften Aufzug in der leeren Vorortstraße, so daß sie ihn sofort erkannten und riefen: Achim! Hej! Achim! um ihn zu begrüßen, um ihm ihren Entschluß mitzuteilen, aber auffordern mußten sie ihn nicht? (Nach dem Bild angenommen. Übrigens soll wirklich ein auf Rennmaschine ummontiertes Rad in einer Schusterwerkstatt untergestellt worden sein; mehrmals wurde Karsch der versenkte Eingang angesagt als Unterschied zu den straßengleichen Haustürschwellen, und auf den niedrigen Arbeitstischen habe alles ausgesehen wie schnell hingeworfen. Da sollen drei Hocker gestanden haben. Das Rad lehnte nachher an der langen Wand vor dem Regal: wo sonst die Kunden auf ihre Schuhe warteten.) Es kann aber auch am Morgen der erste Blick aus einem der höhergelegenen Fenster gewesen sein, der ihn weckte mit dem derben Gewimmel unter dem Netz der Straßenbahndrähte, so daß er das Geräusch mehr verschmolzen in leiseren Wellen wahrgenommen hatte. So daß er das Hemd nicht zuknöpfte, das Mädchen aus dem Schlaf schüttelte und auf der Bettkante sitzend zu reden anfing (denn alle Augenzeugen meinen unverzüglich begriffen zu haben was da das Pflaster spülte) und doch nicht warten konnte, bis sie angezogen war und mitkam. Dann wird es ihm leidgetan haben. Denn er wollte nicht einmal um die Geliebte allein sein, als er sich nichts mehr hätte wünschen können zu der Nähe der kräftigen Körper in den zementenen Kitteln: zu dem frischen kühlen Juni: zu dem Vorgefühl von rascher Bewegung und Veränderung des Tages, das ihn einmal ermuntert hatte am ersten Ferienmorgen. Er war an dem Tag kaum berühmt. Niemand überhaupt versuchte ihn langsamer anzureden als einen anderen oder ihn von abseits erst genauer anzusehen. Er war noch nicht lange von der Baustelle fort. Die Maurer seiner alten Brigade waren lange vor ihm aufgestanden und durch die selbe Straße zur Arbeit gefahren in den vollgepackten Straßenbahnen, sie hatten dringender gewartet als er auf die Nachrichten des Morgens, aber sie nahmen ihn (wenn er da war) unbedenklich mit wie die Arbeiter aus allen Werken, die an ihrem Weg bereitgestanden hatten: reihten ihn ein, klammerten ihn zwischen sich und verließen sich auf ihn, diesmal noch.

– Und am Ende ist es niemand um die paar Pfennige gegangen: sagte Achim belehrend. Er hielt den Kopf weit hintenüber an die Wand und zeigte das schlaffe Gesicht eines, der sich allein befindet. Er sprach wie ein Blinder. Als kennte er nicht was er einmal gesehen hatte. Als ob in den Worten nicht wäre was sie meinen.

Karsch hatte sich gesagt sein lassen, daß es angefangen hatte mit den paar Pfennigen, die die Arbeiter an den Berliner Bauten zu Ehren eines sowjetischen Ministerpräsidenten mit der Aufstockung der geforderten Normen verloren hätten, das wollten sie nicht, da verabredeten sie den Streik. Was mit den westdeutschen Frühnachrichten ankam zweihundert Kilometer südlich war dennoch so unglaubwürdig, daß alle zur Arbeit fuhren mit der Ausrüstung für die Arbeit. Was alle versammelt einander bestätigten wandten die fünf Sätze der Nachrichtenstimme schon an. Sie mußten bisher so gelebt haben, daß es als Wahrheit zutraf. Die Versammlungen sollen kaum wo länger gedauert haben als eine halbe Stunde: dann waren die Werktore offen. Die Teilnehmer erinnerten sich an den Ton der Sprecher aber nicht an ihre Worte. Sie müssen allen gemeinsam gewesen sein: eins gab das andere: machte es möglicher, wirklicher, ausführbar. So konnten sie gar nicht anders als sich treffen in der Innenstadt, wo sonst die Rückkehr von der Arbeit sie zusammenführte. Sie fanden sich vor den Arkadenportalen des Prüfgefängnisses, weil sie auf die Freilassung ihrer Angehörigen warten wollten; sie hatten die Sprechchöre nicht üben können vorher aber waren auf die selben Worte geeinigt. Aus den oberen Fenstern wurde in die dröhnende Menge geschossen. Die Menschen schwemmten erbitterter vor, sie hatten nicht Platz zum Ducken, sie suchten Schutz in der Halle und drückten in ihrer Bedrängnis die kunstschmiedenen Gitter ein, die heutzutage still glänzen vor den leeren Stufen und Postenschritten. Aus den oberen Stockwerken warfen sie Akten, um sie auf der Straße zu verbrennen, denn ihre Namen standen darin. Da war einer, der schwang eine schwarzrotgoldene Fahne. Aber die Tür zum Zellenbau fanden sie nicht. So und vor anderen Häusern, die ihr Geld ihren Lohn ihr Leben verwalteten, machten sie Feuer auf dem dünn asphaltierten Holzpflaster und trugen ordentlich alles Papier hinein, das von oben zu ihren Köpfen und Händen geflattert kam. Du mußt dir vorstellen daß man nur Schritt für verstellten Schritt vorwärtskam in den Straßen, vergiß nicht das große Licht des ersten Tages, vergiß nicht die Einigung aller auf Vertrauen Erwartung Hilfe endlich. Die Straßenbahnen kamen herein ohne die

Schriftenbretter des Sachwalters, die Zeichen der Vereine an den Bordwänden waren mit Kreide durchgestrichen, wer sie an der Jacke trug sollte sie abnehmen, sonst wurde er offen gewählt. An der Marktecke zertrümmerten sie den Holzbau, der mit Filmen und Lautsprechern und Schrifttafeln ihnen die Rechtmäßigkeit ihres Zustands hatte einprägen wollen. Sie holten auf Leitern stehend die Buchstaben von den staatlichen Kaufhäusern, sie hatten offenbar niemals geglaubt daß die ihnen gehörten. Das alles waren Zeichen für die Worte Demokratie, Freie Wahlen, Wiedervereinigung, die erstaunlich sauber geschrieben auf Tafeln hochgereckt wurden, die das erregte Geschrei der Redner auf den Holzbuden am Markt verständlich machten. Aber sie waren nicht verabredet. Sie verbrüderten sich: sie waren ausgelassen wie auf einem Jahrmarkt. Sie wußten was sie nicht wollten aber nicht was. Sie warteten einer auf den andern was der tun würde. (Sie waren auf den Tag nicht vorbereitet, da er unmöglich geschienen hatte.) Sie vergaßen die Rundfunkstation. Sie vergaßen zu reden mit den Armeegarnisonen. Sie vergaßen die anderen Städte des Landes. Sie dachten an den nächsten Tag mit Freude aber nicht genau. Sie wählten keine Führung aus den Streikkomitees zusammen, die nahmen sich das Recht nicht. Sie hatten keine Waffen. Viele erzählen davon mit Worten, aus denen der Wert getilgt ist, die den Vorfall lediglich erwähnen: als schämten sie sich.

– Und es hat ihnen ja nichts genutzt: sagte Achim. Er war kaum je bis zwei Uhr in der Nacht wachgeblieben auf einem Küchenstuhl. Er sprach die Worte nicht mehr deutlich aus. – Eingebracht hat es ihnen nichts. Oder?

Denn im Hauptbahnhof hatten die Handlanger gleich die Macht behalten. Panzer fuhren um das Gelände. Von auswärts wurden keine Züge hereingelassen. Die sowjetische Armee verhaftete vor den Eingängen was die deutsche mit Knüppelhieben in die Büros und Gepäckräume trieb. Schon am Mittag des ersten Tages hat Achims Vater am sowjetischen

Einkaufsmagazin Jeeps warten sehen. Der zweite Tag war regnerisch und sonnenlos. Die Stadt war leerer geworden und nüchtern. Sie sah nicht verbessert aus. Die Außenseiten der Staatsmacht füllten sich von neuem mit Macht und wurden nicht mehr zerstört. Die Märsche kamen nicht wieder. In die gelichtete Menge feuerten Polizisten, die auf roten Feuerwehrwagen bäuchlings durch die Stadt fuhren. Die Lautsprechersäulen an allen Ecken fanden wieder Stimme und redeten Verbote und nannten die Verbrecher, die sie gebaut hatten und dafür bezahlten. Im Rinnstein zwischen zwei wartenden Haftwagen lag etwas krumm in einem Samtkragenmantel und sah alt aus, das wurde jetzt von Soldaten weggetragen und nicht mehr von Leuten. Nachts wurde geschossen, am Morgen waren die Raupenketten in den Asphalt gespurt. Drei Personen sind hingerichtet worden nach dem Kriegsstandrecht. Noch Jahre danach fahndete die Geheime Polizei des Volkes nach den Führern des Streiks und holte sie aus den Wohnungen, wo sie sich finden ließen in dem Glauben nicht schuldig zu sein. Es hat ihnen nichts eingebracht, das sagen sie selbst, aber nicht zu Achim.

Achim? Kennen Sie den auf dem Bild. Ist es der da. Sind Sie es selbst. Wo waren Sie an diesem Tag. Wie haben sich Ihre Nachbarn verhalten. Wie urteilen Sie heute über die Vorfälle. Kennen Sie den. Ist es der? so daß sie Achim aus dem Training aus dem Garten vom Bau holen konnten und ihn an den Händen gefesselt in einem verdeckten Auto durch die Stadt fuhren zu einer Haustür, die aussah wie jede andere? Oder hatten sie ihn schon in der ersten Nacht in die Zelle geprügelt, so daß er aus den Innenhöfen die Wachmannschaften fahrig schreien hörte und voranknüppeln: Locker! Los! Locker! Locker. Oder fuhr er noch Wochen lang vorbei an den Gefängnissen und sah in schrägem Aufblick gelegentlich die Posten auf den Dächern marschieren mit ihren Gewehren? er muß sich gar nicht vorgekommen sein als ein Verbrecher, bevor sie ihn dazu verhafteten. Er hat niemand mit einer Kleinbildkamera bemerkt: sagt er: wieso, ich war gar nicht dabei. Die sollen doch still sein. Was meinten die Erzähler denn für ein Rennrad, das bis zum August in der Werkstatt stand unter alten Säcken? Sie sprachen mit großer Achtung von dem technischen Gleichgewicht der Maschine, sie haben die Arbeit darin erkannt, aber sie haben vergessen wie der aussah, der sie abholte. Da ist einer gekommen, der hat gesagt: Wißt ihr noch, damals. War das Achim? Von dem Kellerladen bis zum Ort der Fotografie sind zweihundert Meter zu gehen. Man übersieht die niedere Tür leicht, die einzige Außenstufe ist schmal. Was sollte Karsch lernen aus dem Bild nach Meinung der Absender? Es waren auch andere Gesichter zu erkennen. Vielleicht war seit langem nicht mehr gefährlich für sie daß einer sie ansah, dem nicht zu trauen war. Sie trauten Karsch nicht. Er sollte sehen daß Achim dabeigewesen war. Daß er sich verändert hatte, wollten die ihn unveränderlich? War er früher im Gefängnis als seine Nachbarn? Hat er zurückgeschlagen? Hat er vor einem solchen Bild, das vergrößert auf dem groben Gewebe der Projektionsfläche zitterte, nach drei Stunden unbewegten Dastehens immer noch gesagt: ich kenne von diesen nicht einen. Reicht euch nicht, daß ihr mich habt, der Richtige bin ich noch lange nicht? Wer hat ihn besucht während der Haft? Hat er gewünscht daß jemand kommen sollte? Wofür ist ihm verziehen worden schon nach zwei Monaten, und was für einen Namen gab er der Straße, die ihn von dem rostig verscherbten Gemäuer zurückführte in die Stadt, was wollte er da, wollte er nun lieber fahren zehn Jahre lang wofür

Zeichen der Frage des Mißverständnisses schon nicht mehr des Erkundigens.

– Machen Sie sich doch nicht so viel Gedanken: sagte Achim gutmütig.

– Warum sollte ich mit denen auf die Straße gegangen sein? Es erinnern sich einige ungefähr.

– Die werden es mir nicht ins Gesicht hinein sagen wollen.

Nein. Und Karin hat ihn erkannt.
– Die wußte damals nicht mal meinen Namen.
Weil der in der vordersten Reihe ihm so ähnlich ist wie der aus dem Familienalbum.
– Ähnlich sieht er mir, der auf dem Bild: sagte Achim.
– Solche wie mich hat es damals nicht wenige gegeben. Aber vor sieben Jahren haben mir ganz andere Leute ähnlich gesehen als gestern.
– Nicht wahr? sagte Achim.
– Nicht wahr: bestätigte Karsch.
– In der Woche war ich im Training: fügte Achim hinzu.
In jener Woche war er im Training. Er war nicht einmal in der Nähe der Stadt.
– Richtig: sagte Achim. – Auf einem kaputten Truppenübungsplatz, an der See, verstehen Sie?
Zum Beispiel an der See. Zwischen gesprengten Bunkern und Batterieständen läuft das unversehrte Betonband auf der Landzunge umher. Aus der stillstehenden Luft des Mischwaldes (Farben des Mischwalds. Weiße Birkenstämme grüne Hängezweige pendeln schwere Hitze ungefähr) geht die Fahrt in den scharf andrängenden Seewind, gebückt sausen bunte Rücken zu auf das kräuselige Wassertuch, das an diesem Morgen grün aussieht. Eine Stoppuhr in ausgestreckter Hand über die Fahrbahn gestoßen simuliert die Bedingungen eines Rennens. Der Ort liegt entlegen im Land, leere Sandwege trennen ihn ab, am nächsten Tag trommelt der Regen auf das Barackendach, der Funkempfänger gibt achttaktig gebaute Musik, da war kein Mensch in der Nähe und so fort. Dann wieder Hochdruckfelder wärmen das Wetter, an der Streckenkante sich räkeln im zischelnden Gras und den Flugzeugen zusehen, die den Himmel über der Küste mit Kondensstreifen sperren, die einige Jahre später hier würden landen können und starten und landen wo jetzt noch junge Männer in blauen Trainingsanzügen zwischen ihnen Achim da der Lange siehst du doch siehst du nicht.

– Na? sagte Achim.
– Ich kann es mir nicht vorstellen: sagte Karsch.
– Du hast dir so viel vorstellen können: hielt Achim überrascht ihm vor. Er umfaßte ihn mit einem raschen aufgewachten Blick. Er fragte ob Karsch jetzt etwa aufhören wolle.
– Mir fällt nichts mehr ein: sagte Karsch. Ihm fiel das nicht ein.

Wie nahm Achim das auf?

Mit Bedauern. Er zeigte Bedauern. Er schien es zu bedauern.
(Vielleicht nicht dies. Sie verabredeten daß Karsch am nächsten Vormittag nach Hause fahren würde, Achim ließ sich eine Uhrzeit versprechen. Aber Karsch verspätete sich um eine halbe Stunde, so daß die beiden unter den verrutschten Hüten ihn noch trafen und fragten nach der Autobahn. Sie waren ausgeschlafen. Ein Junge im Monteuranzug mußte ihnen inzwischen ausgesagt haben: das war wo anders. Das war an der Flußbrücke vor der Stadt, ich werd es nie vergessen.
– Ach ja: sagte Karsch. Er erinnerte sich. Er konnte nicht alle Sitten eines Landes beachten, in dem er fremd war.
Die beiden Herren waren gekommen ihm das zuzugestehen. Sie hätten darum gern gesehen daß er vor dem Schlagbaum nicht mehr anhielt.
– Ist das förmlich? sagte Karsch.
– Begreifen Sie doch unsere Lage: baten sie ihn, und Karsch stimmte zu, obwohl er nicht begriffen hatte. Er hätte einen anderen Grund zum Reisen gehabt, da gibt es mehr, und denke nicht daß du den selben bekämst.)
Achim schien es zu bedauern. Sie redeten einander nun noch mit du an für eine Viertelstunde. Sie fragten einer den andern ob er das Gefühl von Schade kenne, kennst du

– Schade, und
– Vielleicht hätt ich das Buch gern lesen mögen, es war doch wirklich über mich
und sagten einander noch mehr was schnell vergessen wird am Vormittag auf der Autobahn an den Holzhäusern der Kontrolle beim Abschied von den Uniformen
und in Achims stellvertretendem Leben nach wenigen Tagen auch. Denn was ging immer wieder los, was stellte er dar von neuem? Nicht den Sieg (ein Meter Abstand von dem Vorgänger auf der Ziellinie ist ein Unterschied nach drei Stunden Fahrt zu je fast fünfzig Kilometern. Schräg vom Strich sitzend erscheinen dir beide nebeneinander, das menschliche Auge reagiert ohne Verständnis, selbst der Zielrichter kann von außerhalb der Bahn nur ein ungefähres Lot fällen auf die abfallende Linie Ziel, und erst die Zielkamera wird nach einer Viertelstunde beweisen was vor fünfzehn Minuten niemand hat sehen können außer ihr. Auch sind die Nachzügler nicht unehrenhaft, die sehr verspätet einfahren in die Ehrung für die ersten. Wozu eine Strecke auswählen und verabreden mit der Polizei oder der Rennbahn, einen Leiter ernennen für die Vorführung, die Kosten im voraus veranschlagen, die Straßen abfahren, Plakate drucken lassen, Kränze mit Schleifen bestellen für die fest erwarteten Sieger, Büros und Umkleideräume mieten, Trikots und Startnummern nähen lassen, Quartiere Bäder Verpflegung Ärzte Krankenwagen verpflichten, Lautsprecheranlagen hinschleppen lassen für einen Tag, Begleitfahrzeuge requirieren und Tankstellen vorbereiten, das Programm in Worte setzen, jetzt werden schon die Plakate an die Wände geklatscht, Urkunden Pokale Blumen verstellen dem Büro Augen und Arbeit, Rundenzähler und Ordner wollen unterwiesen sein, Spruchbänder sollen aufgehängt die Fahnbahn bemalt werden, die Zeitungen stellen ihre Telefone um, Strohballen drängen den gewöhnlichen Verkehr weg, Pfähle mit Tauen ins Pflaster gerammt und all der Ortswechsel von Geld und Personen erwarten doch nicht nur die

letzte Minute und den Sieg bloß Eines oder einer einzigen Mannschaft) sondern den Wettkampf von Einzelnen oder Gruppen um was du willst, oder einsetzt dafür. Der Teilnehmer prüft die Gegner vorher: wie sind sie bisher gefahren, zeigen Bilder den Eindruck von Halsstarrigkeit, verweisen die Tabellen und Berichte auf verwundbare Blöße, was in den Zeitungen hat ihnen den Rücken gestreift. Er prüft die Strecken in langsamem Abfahren oder auf der Landkarte: wo sind Löcher in der Straße, wo ist Schotter gestreut, werde ich diese Steigung mit der eingeübten Trittfrequenz erreichen, muß ich noch trainieren, dies Grobpflaster soll nicht mich überraschen, diese verstellte Kurve muß ich mir merken, an der nächsten Ecke reiße ich aus, soll ich die Übersetzung ändern, sind die Reifen zu schwer, und wenn es nun anders wird als ich mir das denke? Gesundheit und Zustand des Körpers, Vorkenntnis der Gegner, Lage und Beschaffenheit der Rennstrecke, wahrscheinlicher Wind und vorhergesagtes Wetter ergeben die taktischen Pläne für das Fahren des Einzelnen und seiner Mannschaft. Sie werden gestartet, sie stellen dar. Ho! Irre dich nicht! Ich tu bieder, ihr tut bieder, ihr sollt noch meinen Rücken sehen, da staunst du, es war nur ein Scherz, jetzt fahre ich ab ihr holt mich ein, jetzt fahrt ihr ab wir holen euch ein, wir werden euch schon müde kriegen, auf einen Fehler verfällst du noch, der Tüchtige schafft es, wir haben unsere Beziehungen, hau uns übers Ohr wir schlagen deinen Juden, alles in bestem Einverständnis genau nach den Regeln, unsere Zeichen sollt ihr nicht verstehen, nur der Erschöpfte ist leicht zu übertölpeln, wir machen euch kaputt und fertig und zur Sau, wunderbar wie das heute rollt bei mir, die Einzelgänger sollen allein bleiben, schon das Gesicht ist mir unsympathisch, wir helfen uns wir nutzen dich aus, mir muß alles zum Guten dienen, wenn nur der Mann mit dem Hammer nicht kommt, wir meinten es nicht für ungut, Vertrauen gegen Vertrauen, das hättest du nicht gedacht, das wirst du erst aus der Zeitung erfahren, schon dich nur dann unterliegst du, der Sieg ist nicht für Wehleidige, wer schwach ist soll verzichten soll es eingestehen, wie lange glaubst du denn daß die es noch machen werden, ob du das jetzt unterläßt, wie das dort zugegangen ist, wir dachten wir überstehen es nicht, die haben den Teufel mit sich, wie du dir das nun wieder vorstellst, wo das bloß noch hinsoll, das haben wir verdient, wenn er das nicht versteht, ein Freund muß einen Stoß vertragen können, wenn ich dich dabei noch einmal erwische, wenn du nur ein bißchen warten könntest, ja wenn das so ist, bis der aus dem Bette kommt!, eh du den überzeugst, weil du nie deine Klappe halten kannst, weil du uns ins Unglück stürzt, ich kenne dich nicht mehr. Oh Gott! jetzt bin ich selbst im Eimer, meine Feinde sie sind in der Überzahl sie haben meinen Stolz erbeutet, es zahlt sich nicht aus, bescheiden sollte man leben, warum tut ihr so fremd, warum helft ihr mir nicht, wartet das werde ich melden, das zahle ich dir heim, ihr werdet schon sehen, mich sollt ihr nie vergessen, schämen werdet ihr euch sehr, ich tu meine Pflicht, ich mach was ich kann, nicht auf mich kommt es an immer auf die andern, ich kann nicht mehr, es ist mir alles so egal, wenn es mir doch nicht so egal wär, wenn ihr mal in die Scheiße fallt, wenn das bloß einen Sinn hätte, es ist ein Zufall daß ich dich doch überhole, das möcht ich noch mal das war schön, ich habe immer noch was drin, wunderbar wie das heute rollt bei mir, das hättet ihr wissen sollen aha, man sieht doch gleich, ich habe mich unterschätzt das gibts, dazu also sind wir imstande, wir haben mehr als ihr leckt mich doch am Arsch, uns geht es besser und obenauf schwingt der Atem angenehmer, tief unten seid ihr aufgehoben, wir brauchen euch nur noch zum Vergleich, wir haben gekämpft ihr seid unterlegen, ich bin so stolz wie ihr wart, das Fallende stoß ich nicht, das habt ihr nun davon, auf dem Bauch sollt ihr liegen, nicht mehr kriechen können sollt ihr, da bin ich fein heraus, das ist mir doch zu dumm.

Und wie war die Reise?

Karsch kam mit der Dämmerung nach Hause. Er räumte die Hemden in den Schrank und den Rest auf den Schreibtisch, tat den Koffer auf den Hängeboden, legte die Platte mit dem Capriccio über die Wiederkehr von langer Reise auf und ließ sie laufen. Als er die Briefe geordnet hatte und die Filmkapseln gezählt (da die sich nicht würden ordnen lassen), war der Tee fertig; jetzt konnte er sich an den Tisch setzen und anfangen mit der Rückkehr. Die Platte lief noch. Mit dem letzten Ton (dem berühmten Nachklappen des Cembalos, das den Schlußakkord synkopierte, ihm immer witzig vorgekommen war) drückte er die Zigarette aus und stand auf. Er holte die Geräte aus dem Schrank, schwenkte die Lampe über den Tisch und schaltete ein. Das Zimmer war an den Wänden entlang mit Bücherregalen Schränken Couch Sessel Kochnische bewohnbar, in der Mitte unter dem langen Fenster zur abendlichen nassen Straße hin stand der Tisch, Telefon neben Plattenspieler neben Tonbandgerät, die Schreibmaschine links vorn, der Stuhl konnte auf Rollen bewegt werden. Er schrieb bis hier und
Telefon.
– Karsch: sagte er.
Die Verbindung ging zu einem Geräusch von leisem Gespräch unter mehreren Personen. Es schien weit von der Schallmuschel entfernt, die Stimmen wurden nicht kenntlich. Der Kontakt flackerte sekundenlang unter dem einmal unachtsam dann genau aufgelegten Hörarm und riß ab. Die Gebärde war vorstellbar.
Die meisten Briefe hatten zu lange gelegen und ließen sich nicht mehr beantworten. Das Bankkonto war leer. Nach einer Stunde war der Tisch abgeräumt. Sah auf die Uhr. Nahm das Blatt aus der Maschine
Telefon
– Wie war es denn? sagtest du.

Die Personen sind erfunden. Die Ereignisse beziehen sich nicht auf ähnliche sondern auf die Grenze: den Unterschied: die Entfernung
und den Versuch sie zu beschreiben.

Zeittafel

1934	geboren in Kammin (Pommern), aufgewachsen in Anklam
1952–1956	Studium der Germanistik in Rostock und Leipzig
1959	Umzug nach Westberlin
	Mutmaßungen über Jakob
1960	Fontane-Preis der Stadt Westberlin
1961	Reise durch die USA
	Das dritte Buch über Achim
1962	Stipendien-Aufenthalt in der Villa Massimo, Rom
1964	*Karsch, und andere Prosa*
	Fernsehkritik für den *Tagesspiegel*
1965	*Zwei Ansichten*
1966–1968	New York, zunächst ein Jahr als Schulbuchlektor
seit 1968	Berlin-Friedenau
seit 1969	Mitglied des P.E.N.
1970	*Jahrestage*
1971	Georg-Büchner-Preis
	Jahrestage 2
1973	*Jahrestage 3*
1974	*Eine Reise nach Klagenfurt*
	Umzug nach England
1975	*Berliner Sachen*
	Jahrestage 4

Von Uwe Johnson
erschienen im Suhrkamp Verlag

Mutmaßungen über Jakob. Roman. 1959
Das dritte Buch über Achim. Roman. 1961
Zwei Ansichten. 1965 (Sonderausgabe 1971)
Jahrestage. Aus dem Leben von Gesine Cresspahl. Roman. 1970
Jahrestage 2. Aus dem Leben von Gesine Cresspahl. Roman. 1971
Jahrestage 3. Aus dem Leben von Gesine Cresspahl. Roman. 1973
Jahrestage 4. Aus dem Leben von Gesine Cresspahl. Roman. 1975

edition suhrkamp
Karsch, und andere Prosa. 1964. Band 59

suhrkamp taschenbücher
Mutmaßungen über Jakob. 1974. Band 147
Das dritte Buch über Achim. 1973. Band 169
Eine Reise nach Klagenfurt. 1974. Band 235
Berliner Sachen. Aufsätze. 1975. Band 249

Über Uwe Johnson
Herausgegeben von Reinhard Baumgart
edition suhrkamp 405

Günter Blöcker, Roman der beiden Deutschland
Reinhard Baumgart, Hoffnungsvoll und hoffnungslos: utopisch
Gerd Semmer, Mutmaßungen über dialektische Schreibweise
Hansjürgen Popp, Einführung in »Mutmaßungen über Jakob«
Ingrid Riedel, Johnsons Darstellungsmittel und der Kubismus
Herbert Kolb, Rückfall in die Parataxe
Martin Walser, Was Schriftsteller tun können
Helmut Heißenbüttel, Politik oder Literatur?
Walter Jens, Johnson auf der Schwelle der Meisterschaft
Karl August Horst, Im Bauch des Trojanischen Pferdes
Marcel Reich-Ranicki, Mutmaßungen wurden Gewißheit
Dieter Sturm, Karschs Verwandlung
Horst Krüger, Das verletzte Rechtsbewußtsein
Heinrich Vormweg, Uwe Johnson oder Schwierigkeiten mit der Verallgemeinerung
Hellmuth Karasek, Die beiden Ansichten
Reinhard Baumgart, Statt eines Nachworts: Johnsons Voraussetzungen
Bibliographie der Publikationen Uwe Johnsons
Ausgewählte Bibliographie der Schriften über Uwe Johnson

st 238 Dietrich Hofmann (Hrsg.), Schwangerschaftsunterbrechung. Aktuelle Überlegungen zur Reform des § 218
352 Seiten
Dem vorliegenden Band geht es darum, der Vielfalt und der Unterschiedlichkeit der Auffassungen Rechnung zu tragen, welche die Position der verschiedensten Berufe, Kräfte und Gruppierungen unseres Landes kennzeichnen. Der Anspruch auf Sachlichkeit basiert auf der Klarstellung naturwissenschaftlicher, medizinischer Erkenntnisse, der Erkenntnisse eines Juristen, eines Moraltheologen, eines Soziologen und eines Psychiaters.

st 239 Bis hierher und nicht weiter
Ist die menschliche Aggression unbefriedbar?
Zwölf Beiträge. Herausgegeben von Alexander Mitscherlich
»Mitscherlich und mit ihm die Autoren dieses Bandes sehen heute die Aufgabe vor sich, jenseits aller ›Kollektivierungsmethoden‹ mit ihrem äußeren Feindbild und jenseits aller Tabuisierung durch herrschende Gruppen den einzelnen über seine Aggressionen aufzuklären, ihn erst einmal so weit zu bringen, daß er die Aggression erkennt, sie zugibt, mit ihr zu leben lernt . . . Das Ergebnis ist ein Buch, in dem wie niemals zuvor die gegenwärtige Diskussion zusammengefaßt ist.« *Karsten Plog*

st 240 Hermann Hesse, Lektüre für Minuten. Gedanken aus seinen Büchern und Briefen. Neue Folge. Hrsg. von Volker Michels
224 Seiten
Die editorische Sichtung des umfangreichen Nachlasses und der in der Zwischenzeit neuaufgefundenen Briefe

Hesses hat so viel neues Material zutage gefördert, daß es möglich und notwendig geworden ist, diesen Fortsetzungsband vorzulegen, um einmal mehr die Brisanz und zeitlose Aktualität der gedanklichen Basis des Hesseschen Œuvres zu dokumentieren und die Frage zu beantworten, was diesen Schriftsteller zum meistgelesenen europäischen Autor in den USA und in Japan gemacht hat.

st 241 Wolfgang Koeppen, Der Tod in Rom. Roman
192 Seiten
Der Tod in Rom ist die Geschichte einer Handvoll Menschen, die nach dem Krieg in Rom zusammentreffen: Opfer, Täter, Vorbereiter und Nachgeborene des Schreckens. Rom, die Stadt Cäsars und Mussolinis, die Heilige Stadt und die Stätte zweideutiger Vergnügungen, bringt die Vergangenheit dieser Männer und Frauen ans Licht. Koeppen beschreibt in diesem Zeitroman die verborgenen Krankheiten der deutschen Seele.

st 242 E. Y. Meyer, Eine entfernte Ähnlichkeit.
Erzählungen
154 Seiten
»Meyer denkt also klar, er denkt ernsthaft und verbindlich, er scheut vor dem Simplen nicht zurück, er ist in einem wohltuenden Sinne menschenfreundlich: und dies alles nicht theoretisierend, sondern so, daß er etwas erzählt, das ich womöglich auch erzählt haben könnte. Ich bin, wie gesagt, befangen, weil ganz und gar eingenommen. Ich wünschte, vielen ginge es so.«
Rolf Vollmann, Stuttgarter Zeitung

st 243 Erich Heller, Thomas Mann.
Der ironische Deutsche
364 Seiten
Diese große kritische Studie handelt von der Dichtung, nicht vom Leben Thomas Manns. Nicht Vollständigkeit ist ihr Ziel, sondern Analyse des Wesentlichen, Entscheidenden. In sechs weitangelegten Kapiteln führt Heller den Leser durch das Werk Thomas Manns. Im Mittelpunkt steht jeweils eines der Hauptwerke, dem Zugehöriges zugeordnet ist. Die Einheit des Werkes von Thomas

Mann wird sichtbar, seine Verknüpfung mit Vorhergehendem und Gleichzeitigem deutlich.

st 244 Dolf Sternberger, Gerechtigkeit für das neunzehnte Jahrhundert. Zehn historische Studien
192 Seiten
Sternberger zählt zu den Pionieren der Wiederentdeckung des neunzehnten Jahrhunderts. Dieses Jahrhundert ist die Epoche eines erneuerten Imperialismus der europäischen Großmächte, aber auch die Epoche der Sklavenbefreiung und aller Emanzipationsbewegungen. Es ist die Epoche der industriellen Verelendung, aber auch der Fabrikgesetze und der Sozialversicherung, des Nationalismus wie des Internationalismus, der bürgerlichen Vorherrschaft wie der Arbeiterbewegung.

st 245 Hartmut von Hentig, Die Sache und die Demokratie. Drei Abhandlungen zum Verhältnis von Einsicht und Herrschaft
138 Seiten
Man spricht von »Tendenzwende« und meint damit: das Ende des Traums von der Reform der Gesellschaft, die große Ernüchterung oder in den Formeln von Hentig: die Wiederherstellung der Sachgesetze gegenüber der Demokratie. Die Hoffnung der verunsicherten Menschen bleibt bei einem *common sense,* der beides vermag: sich der zunehmenden Sachkompetenz zu bedienen und sich von ihr wieder zu trennen, wo sie nur sachlich, unverständlich, unmenschlich wird. Die Weise, in der sich *common sense* organisiert, ist die Demokratie.

st 246 Hermann Broch, Schriften zur Literatur.
st 247 Kommentierte Werkausgabe, herausgegeben von Paul Michael Lützeler
Bd. 1 – Kritik, 432 Seiten
Bd. 2 – Theorie, 336 Seiten
Band 1 enthält Schriftstellerporträts – Thomas Mann, Karl Kraus, Elias Canetti, James Joyce, Robert Musil, Hugo von Hofmannsthal u. a. – sowie Rezensionen und Würdigungen der Werke von Alfred Polgar, Kasimir Edschmid, Charles Baudelaire, Aubrey Beardsley u. a., während Band 2 die thoretischen Schriften zusammenfaßt. Diese Ausgabe vermittelt erstmals ein vollständiges

Bild des Dichters, Literaturtheoretikers, Politologen, Massenpsychologen und Geschichtsphilosophen Broch.

st 248 Samuel Beckett, Glückliche Tage. Dreisprachig
Deutsch von E. und E. Tophoven
112 Seiten
»Beckett verärgert die Leute stets durch seine Ehrlichkeit... Er zeigt, es gibt keinen Ausweg, und das ist natürlich irritierend, weil es tatsächlich keinen Ausweg gibt... Unser fortgesetzter Wunsch nach Optimismus ist unsere schlimmste Ausflucht.« *Peter Brook*

st 249 Uwe Johnson, Berliner Sachen. Aufsätze
128 Seiten
Berliner Stadtbahn, aus dem Sommer von ausgerechnet 1961, dieser Aufsatz wird ja manchmal verlangt, dann war er nicht zu haben. Das soll von Anständen beim Schreiben handeln, dabei geht der Verfasser keinen Schritt von der S-Bahn runter. Wie, das könnte man hier nachlesen. Auch die Anstände, die Johnson mit den Westberlinern hatte, als sie die S-Bahn auszuhungern gedachten; damals zitierten die ostdeutschen Verwalter des Verkehrsmittels ihn gern. Skandal machten sie erst, als derselbe Text in einem Buch an die Teilnehmer der letzten Olympiade verschenkt werden sollte. Unerfindlich, außer, man sieht sich das an.

st 250 Erste Lese-Erlebnisse
Herausgegeben von Siegfried Unseld
160 Seiten
»Wie war jene erste Begegnung mit Literatur?«, so wurden Autoren befragt. Das Thema Erste Lese-Erlebnisse ist von Belang. Für den, der schreibt, wie für den, der liest. Für den also, der sich seines Weges durch Literatur bewußt wird. Vor allem jedoch für den jungen Leser, der dringlicher denn je der Orientierung, Anregung und Ermutigung bedarf.

st 251 Bertolt Brecht, Gedichte
Ausgewählt von Autoren
Mit einem Geleitwort von Ernst Bloch
154 Seiten
Deutschsprachige Autoren haben jene drei Gedichte ge-

nannt, die für ihr Denken und Handeln wichtig geworden sind. Aus dieser Zusammenstellung – von Volker Braun, H. M. Enzensberger, Max Frisch, Siegfried Lenz, Friederike Mayröcker, Anna Seghers u. a. – ergibt sich eine erneute Wirkungsebene der Lyrik Brechts und gleichzeitig ein Bild seiner Gegenwärtigkeit.

st 252 Hermann Hesse, Eine Literaturgeschichte in Rezensionen und Aufsätzen
Herausgegeben von Volker Michels
588 Seiten
Es gibt kaum einen »Klassiker der Moderne«, auf den nicht Hesse als einer der allerersten publizistisch hingewiesen hätte.
Besprechungen der frühesten Werke der Weltliteratur bis hin zu den Schriften zeitgenössischer Autoren (Max Frisch, Arno Schmidt, Peter Weiss) ergeben eine Literaturgeschichte in Rezensionen und Aufsätzen.

st 253 James Joyce, Briefe
Ausgewählt aus der dreibändigen, von Richard Ellmann edierten Ausgabe von Rudolf Hartung
Deutsch von Kurt Heinrich Hansen
272 Seiten
Der Herausgeber dieses Bandes war bestrebt, die Auswahl aus der riesigen Korrespondenz so vorzunehmen, daß alle wesentlichen Problemkreise und die wichtigsten menschlichen Beziehungen angemessen repräsentiert wurden.
»Die Briefe bilden eine Art Ergänzung zum Schöpfungskomplex des großen irischen Schriftstellers, ja, man könnte sagen, sie verstünden sich fast als Kommentar dazu.«
Werner Helwig

st 254 Ödön von Horváth, Die stille Revolution.
Kleine Prosa
Mit einem Nachwort von Franz Werfel. Zusammengestellt von Traugott Krischke
106 Seiten
Auch mit diesen kurzen, zum Teil skizzenhaften und fragmentarischen Arbeiten erweist sich Horváth als ein

scharfsinniger Kritiker nicht nur seiner, sondern auch unserer Zeit, der – vorausahnend – das bereits gestaltet hat, was uns heute bewegt.

st 255 Hans Erich Nossack
Um es kurz zu machen. Miniaturen
Zusammengestellt von Christof Schmid
120 Seiten
Nossack ist ein Meister der kurzen Form. Seine Erzählungen und Romane enthalten eine Vielzahl in sich geschlossener Miniaturen. Solche Etüden und Miniaturen, die bisher nicht, an apokryphen Plätzen oder in Sammelbänden veröffentlicht waren, sammelt der vorliegende Band. Diese kurzen Texte, geschrieben in den Jahren zwischen 1946 und 1974, vermitteln in Minutenbildern Quintessenzen einer langen literarischen Biographie.

st 257 Thomas Bernhard, Die Salzburger Stücke
Der Ignorant und der Wahnsinnige.
Die Macht der Gewohnheit
202 Seiten
Thomas Bernhards »Salzburger Stücke« sind über den äußeren Anlaß hinaus – sie wurden in Salzburg uraufgeführt – sowohl inhaltlich als auch formal an die Stadt und ihre Festspiele gebunden. Eine musikalisch-künstlerische Tätigkeit auszuüben, sie perfekt auszuüben, das ist das Thema, das Bernhard in beiden Stücken anschlägt. Die künstlerische Perfektion als Kompensation für die Unvollkommenheit der Welt, als Kontrapunkt der Notwendigkeit zum Tode ist es, die Bernhard in seinen Figuren thematisiert.

st 258 Peter Handke, Falsche Bewegung
Filmbuch
84 Seiten
Handke erzählt in seinem Filmbuch, frei nach Goethes »Wilhelm Meisters Lehrjahre«, eine klassische Entwicklungs- und Bildungsgeschichte.
»So genau sind noch nie die Neurosen der siebziger Jahre beschrieben, die Zweifel an der Veränderbarkeit statischer Verhältnisse durch politische Aktion, die resignativen Skrupel in bezug auf eine ordentliche Beschreibung unordentlicher Verhältnisse.« *Die Zeit*

st 259 Franz Xaver Kroetz, Gesammelte Stücke
504 Seiten
Inhalt: Wildwechsel; Heimarbeit; Hartnäckig; Männersache; Lieber Fritz; Stallerhof; Geisterbahn; Wunschkonzert; Michis Blut; Dolomitenstadt Lienz; Oberösterreich; Maria Magdalena; Münchner Kindl.
»Es ist grandios, wie Kroetz in den unprätentiösen Dialekt-Dialogen immer an den richtigen Stellen das Richtige sagen läßt.« *FAZ*

st 260 Peter Suhrkamp. Zur Biographie eines Verlegers in Daten, Dokumenten und Bildern
vorgelegt von Siegfried Unseld unter Mitwirkung von Helene Ritzerfeld
246 Seiten
Am 1. Juli 1950 gründete Peter Suhrkamp seinen eigenen Verlag. Aus Anlaß des 25jährigen Bestehens wurden Zeugnisse und Dokumente, Daten und Bilder seines Lebens und seiner Arbeit gesammelt. Aus den Mosaiksteinen dieses Bandes ergibt sich der Weg Peter Suhrkamps, der unbeabsichtigt und doch konsequent zu seinem Ziele führte: »mein Beruf – dieser schöne Verlegerberuf«. Seine Biographie ist ein Stück Zeit-, Literatur- und Verlagsgeschichte.

st 262 Herbert Achternbusch, Happy
oder Der Tag wird kommen. Roman
170 Seiten
»Das ist ein Heimat- und Familienroman, ein Reiseroman, eine Geschichte über das Lieben und ein Buch über das Kino ... Ein Heimatroman über eine Heimat, die einem Angst macht – und ein Reiseroman von Reisen dorthin, wo die Geschichten einfacher, klarer, schöner sind. Reisen mit dem Kopf: von Bayern nach Bali oder zum Sambesi oder Reisen in eine noch traumhaftere Traumwelt – ins Kino, in den Western. Und immer wieder Herbert Achternbusch und die Liebe: es sind die schönsten, spukhaftesten, verworrensten Liebesgeschichten, die er bisher geschrieben hat.« *Die Zeit*

st 263 Adolf Muschg, Im Sommer des Hasen. Roman
318 Seiten
»Die Geschichte enthält Momente von ungewöhnlicher

psychologischer Finesse und Töne, die innig und doch niemals innerlich sind ... Abermals erweist es sich, daß man eine erotische Geschichte deutlich und genau erzählen kann, ohne deshalb indiskret oder gar brutal zu wirken.« *Marcel Reich-Ranicki*

st 264 Hermann Kasack, Fälschungen. Erzählung
256 Seiten
Kasack erzählt die Geschichte einer Kunstfälschung, der ein deutscher Industrieller und Sammler zum Opfer fällt. Die Konsequenz, die der Sammer für sich aus der Erfahrung zieht, daß niemand mehr ein verläßliches Gefühl für die alten Kunstwerke besitzt, ist zugleich eine innere Läuterung: ihm wird die Lebensfälschung sichtbar, der er selbst unterlag.

st 265 Fritz Rudolf Fries, Der Weg nach Oobliadooh. Roman
232 Seiten
Die jungen Leute, die diesen Roman bevölkern, leben im Leipzig der fünfziger Jahre. Sie hängen ihren eigenen Sehnsüchten nach und pfeifen auf die strengen Riten der Gesellschaftsordnung. Sie folgen der Verführung des Westens, der sich ihnen in Oobliadooh, einem Schlager von Dizzy Gillespie entnommen, symbolisiert. Doch kehren sie bald von ihrem Ausflug zurück.

st 266 Walter Höllerer, Die Elephantenuhr. Roman
Vom Autor gekürzte Ausgabe
ca. 400 Seiten
»Höllerer schreibt einen stellenweise furios zeit- und gesellschaftskritischen Roman über das Deutschland dieser Jahre, mit bemerkenswerten Kapiteln über das Verhältnis der beiden Staaten in Deutschland oder über die Identitätsneurose in beiden Teilen Berlins, mit satirisch funkelnden Skizzen über die Zustände an den Universitäten ...« *Rolf Michaelis*

st 267 Ernst Penzoldt, Die Kunst, das Leben zu lieben und andere Betrachtungen
Ausgewählt von Volker Michels
144 Seiten
Diese Auswahl aus den Bänden *Causerien* und *Die Lie-*

bende versammelt 25 Betrachtungen von zeitloser Aktualität. Zwei Jahrzehnte nach Penzoldts Tod erinnert der Band damit an einen in der Literatur unseres Jahrhunderts nicht eben häufigen Autorentypus, der bei aller Sympathie für das Rebellische, bei allem Spott gegen das Inhumane, Routinierte und Überlebte, bei allem Esprit und übermütigem Witz nie das Naheliegende übersehen oder es einer Tendenz zuliebe unterdrückt hat.

st 268 Materialien zu Alfred Döblin
›Berlin Alexanderplatz‹
Herausgegeben von Matthias Prangel
272 Seiten
Döblin hatte seinen größten Erfolg mit dem 1929 erschienenen *Berlin Alexanderplatz* (Bibliothek Suhrkamp 451). Zu diesem Buch stellt der Materialienband Dokumente der Entstehung und Wirkung zusammen. Neben Vorformen, Passagen früherer Fassungen des Werks und dem vollständigen Hörspieltext stehen Selbstzeugnisse des Autors, zeitgenössische Rezensionen und wissenschaftliche Arbeiten, die den derzeitigen Forschungsstand umreißen sollen.

st 269 Fritz J. Raddatz. Traditionen und Tendenzen.
Materialien zur Literatur der DDR. Erweiterte Ausgabe
ca. 700 Seiten
»Der Raddatz« (*Peter Wapnewski* in der *Zeit*) gilt als verläßlichste, brauchbarste Information über die DDR-Literatur wie zugleich als kritisch-selektive Analyse eines kenntnisreichen Literaturhistorikers. Raddatz hat seine Studie auf den neuesten Stand gebracht, die Bibliographie wurde erweitert und erfaßt die Primär- und Sekundärliteratur bis 1975. Was hier vorliegt, ist Lesebuch und Arbeitsmaterial zugleich.

st 270 Erhart Kästner, Der Hund in der Sonne
und andere Prosa
Aus dem Nachlaß
Herausgegeben von Heinrich Gremmels
160 Seiten
Alle Bücher Kästners sind byzantinischen Mosaiken vergleichbar, und so bot sich an, die literarischen Fragmente ebenfalls mosaikartig zu ordnen. *Im erstenTeil* geht es

um Begriffe wie Wissenschaft, Technik, Verbrauch, also um Kästners leidenschaftlichen Umgang mit dem Wesen der modernen Zivilisation. *Im zweiten Teil* folgen wir ihm auf das Erlebnisfeld zwischen Vergangenheit und Zukunft, geschichtlicher, also erlebter und gemessener, also abstrakter Zeit bis hin zu den Grenzproblemen des Todes. *Im dritten Teil* kommt der Zeitgenosse ins Bild in seinen verschiedenen Aspekten als Habenichts, Wohlständler, Langweiler, als Schweiger, Künstler, Einsiedler. Nicht Modelle des täglichen Lebens sind gemeint, sondern Symbolgestalten des Zeitgeistes.

st 278 Czesław Miłosz, Verführtes Denken
Mit einem Vorwort von Karl Jaspers
256 Seiten
Miłosz, zwar nicht Kommunist, aber zeitweilig als polnischer Diplomat in Paris, beschreibt die ungeheure Faszination des Kommunismus auf Intellektuelle. Er stellt sich als Gegenspieler marxistischer Dialektiker vor, deren Argumente von höchstem Niveau und bezwingender Logik sind. Was der konsequente totalitäre Staat dem Menschen antut, zeigt Miłosz in einer Weise, die den Menschen am äußersten Rand einer preisgegebenen Existenz wiederfindet. Von solcher Vision beschreibt der Autor ohne Haß, wenn auch mit satirischen Zügen, die Entwicklung von vier Dichtern, die aus Enttäuschung, Verzweiflung, Überzeugung oder Anpassung zu Propagandisten werden konnten.

st 279 Harry Martinson, Die Nesseln blühen
Roman
320 Seiten
Dieser Roman des Nobelpreisträgers für Literatur 1974 erzählt die Geschichte einer Kindheit. In fünf Kapiteln stehen sich Menschen in der Unordnung von Zeit und selbstgerechten Gewohnheiten gegenüber. Von der Kinderversteigerung geht der Weg Martin Tomassons durch die Schemenhöfe der Furcht, des Selbstmitleids und der Verlassenheit, bis ein fremder Tod ihn aus dieser Scheinwelt stößt. Zuletzt kommt Martin als Arbeitsjunge ins Siechenheim. In dieser Welt des Alterns, der Schwäche, der Resignation regiert der schmerzvolle Friede der Armut. Martin klammert sich an Fräulein Tyra, die Vor-

steherin. Ihr Tod liefert ihn endgültig dem Erwachen aus.

st 281 Harry Martinson, Der Weg hinaus
Roman
362 Seiten
Dieser Band setzt dic Geschichte des Martin Tomasson fort. Das ist Martins Problem: die Bauern, bei denen er als Hütejunge arbeitet, beuten seine Arbeitskraft aus. Er wird mit Gleichgültigkeit behandelt, die Gleichaltrigen verhöhnen ihn mit kindlicher Grausamkeit. Ihm bleibt nur die Flucht ins »Gedankenspiel«, in eine Scheinwelt, aufgebaut aus der Lektüre von Märchen und Abenteuergeschichten. Die Zukunft, von der Martin sich alles erhofft, beginnt trübe: der Erste Weltkrieg ist ausgebrochen. Der Dreizehnjährige schlägt sich bettelnd durchs Land, um zur Küste zu kommen. Immer in Gefahr, aufgegriffen zu werden, erreicht er zu guter Letzt eine der Seestädte.

st 285 Kurt Weill, Ausgewählte Schriften
Herausgegeben mit einem Vorwort von David Drew
240 Seiten
Dieser Band druckt Weills eigene in wichtigen Musikzeitschriften veröffentlichte Beiträge wieder ab. Darüber hinaus bringt er zum ersten Mal eine Auswahl aus etwa 400 Artikeln, die Weill in den Jahren 1925–1929 für die Berliner Wochenzeitschrift *Der Berliner Rundfunk* schrieb. Diese Aufsätze zum Thema Rundfunk sind eine wichtige Ergänzung zu den theoretischen Aufsätzen, in denen Weill sich zu Funktion und Wirkung des Musiktheaters in einer modernen Gesellschaft äußert und die Aspekte seiner Zusammenarbeit mit Georg Kaiser, Bertolt Brecht und Caspar Neher untersucht.

Alphabetisches Gesamtverzeichnis der suhrkamp taschenbücher

Achternbusch, Alexanderschlacht 61
Adorno, Erziehung zur Mündigkeit 11
- Studien zum autoritären Charakter 107
- Versuch, das ›Endspiel‹ zu verstehen 72
- Zur Dialektik des Engagements 134
- Versuch über Wagner 177
Aitmatow, Der weiße Dampfer 51
Alfvén, M 70 - Die Menschheit der siebziger Jahre 34
- Atome, Mensch und Universum 139
Allerleirauh 19
Alsheimer, Vietnamesische Lehrjahre 73
Artmann, Grünverschlossene Botschaft 82
- How much, schatzi? 136
von Baeyer, Angst 118
Bahlow, Deutsches Namenlexikon 65
Becker, Eine Zeit ohne Wörter 20
Beckett, Warten auf Godot (dreisprachig) 1
- Watt 46
- Endspiel (dreisprachig) 171
- Das letzte Band (dreisprachig) 200
Materialien zu Becketts »Godot« 104
Benjamin, Über Haschisch 21
- Ursprung des deutschen Trauerspiels 69
- Der Stratege im Literaturkampf 176
Zur Aktualität Walter Benjamins 150
Bernhard, Das Kalkwerk 128
- Frost 47
- Gehen 5
Bilz, Neue Verhaltensforschung: Aggression 68
Blackwood, Das leere Haus 30
Bloch, Naturrecht und menschliche Würde 49
- Subjekt-Objekt 12
- Vorlesungen zur Philosophie der Renaissance 75
- Atheismus im Christentum 144
Braun, Stücke 1 198
Brecht, Geschichten vom Herrn Keuner 16
- Schriften zur Gesellschaft 199
- Frühe Stücke 201
Bertolt Brechts Dreigroschenbuch 87
Bond, Die See 160
Broch, Barbara 151
- Die Schuldlosen 209
Broszat, 200 Jahre deutsche Polenpolitik 74
Buono, Zur Prosa Brechts. Aufsätze 88
Butor, Paris-Rom oder Die Modifikation 89
Chomsky, Indochina und die amerikanische Krise 32
- Kambodscha Laos Nordvietnam 103
- Über Erkenntnis und Freiheit 91
Conrady, Literatur und Germanistik als Herausforderung 214
Dedecius, Überall ist Polen 195
Der andere Hölderlin. Materialien zum »Hölderlin«-Stück von Peter Weiss 42
Der Friede und die Unruhestifter 145
Dolto, Der Fall Dominique 140
Döring, Perspektiven einer Architektur 109
Duddington, Baupläne der Pflanzen 45
Duke, Akupunktur 180

Duras, Hiroshima mon amour 112
Eich, Fünfzehn Hörspiele 120
Eliot, Die Dramen 191
Zur Aktualität T. S. Eliots 222
Enzensberger, Gedichte 1955–1970 4
Ewald, Innere Medizin in Stichworten I 97
– Innere Medizin in Stichworten II 98
Ewen, Bertolt Brecht 141
Fallada/Dorst, Kleiner Mann – was nun? 127
Freisprüche. Revolutionäre vor Gericht 111
Frijling-Schreuder, Wer sind das – Kinder? 119
Frisch, Dienstbüchlein 205
– Stiller 105
– Stücke 1 70
– Stücke 2 81
– Wilhelm Tell für die Schule 2
Frischmuth, Amoralische Kinderklapper 224
Fromm/Suzuki/de Martino, Zen-Buddhismus und Psychoanalyse 37
Fuchs, Todesbilder in der modernen Gesellschaft 102
García Lorca, Über Dichtung und Theater 196
Gibson, Lorcas Tod 197
Glozer, Kunstkritiken 193
Goldstein, A. Freud, Solnit, Jenseits des Kindeswohls 212
Goma, Ostinato 138
Gorkij, Unzeitgemäße Gedanken über Kultur u. Revolution 210
Grossmann, Ossietzky. Ein deutscher Patriot 83
Habermas, Theorie und Praxis 9
– Kultur und Kritik 125
Habermas/Henrich, Zwei Reden 202
Hammel, Unsere Zukunft – die Stadt 59
Handke, Chronik der laufenden Ereignisse 3
– Der kurze Brief 172
– Die Angst des Tormanns beim Elfmeter 27
– Ich bin ein Bewohner des Elfenbeinturms 56
– Stücke 1 43
– Stücke 2 101
– Wunschloses Unglück 146
– Die Unvernünftigen sterben aus 168
– Als das Wünschen noch geholfen hat 208
Henle, Der neue Nahe Osten 24
Hentig, Magier oder Magister? 207
Hermlin, Lektüre 1960–1971 215
Hesse, Glasperlenspiel 79
– Klein und Wagner 116
– Kunst des Müßiggangs 100
– Lektüre für Minuten 7
– Unterm Rad 52
– Peter Camenzind 161
– Der Steppenwolf 175
– Siddhartha 182
– Demian 206
– Nürnberger Reise 227
– Ausgewählte Briefe 211
– Eine Werkgeschichte von Siegfried Unseld 143
Materialien zu Hesses »Glasperlenspiel« 80
Materialien zu Hesses »Steppenwolf« 53
Hobsbawm, Die Banditen 66
Hortleder, Fußball 170
Horváth, Der ewige Spießer 131
– Ein Kind unserer Zeit 99
– Jugend ohne Gott 17
– Leben und Werk in Dokumenten und Bildern 67
– Sladek 163
Hudelot, Der Lange Marsch 54
Jakir, Kindheit in Gefangenschaft
Johnson, Mutmaßungen über Jakob 147
– Das dritte Buch über Achim 169
– Eine Reise nach Klagenfurt 235

Jonke, Im Inland und im Ausland auch 156
Kästner, Offener Brief an die Königin von Griechenland. Beschreibungen, Bewunderungen 106
Kardiner/Preble, Wegbereiter 165
Kaschnitz, Steht noch dahin 57
Katharina II. in ihren Memoiren 25
Kluge, Lebensläufe. Anwesenheitsliste für eine Beerdigung 186
Koch, See-Leben I 132
Koeppen, Das Treibhaus 78
– Nach Rußland und anderswohin 115
– Romanisches Café 71
Koestler, Der Yogi und der Kommissar 158
– Die Wurzeln des Zufalls 181
Kracauer, Die Angestellten 13
– Kino 126
Kraus, Magie der Sprache 204
Krolow, Ein Gedicht entsteht 95
Kühn, N 93
– Siam-Siam 187
Lagercrantz, China-Report 8
Lander, Ein Sommer in der Woche der Itke K. 155
Laxness, Islandglocke 228
Lem, Solaris 226
Lepenies, Melancholie und Gesellschaft 63
Lévi-Strauss, Rasse und Geschichte 62
– Strukturale Anthropologie 15
Lidz, Das menschliche Leben 162
Lovecraft, Cthulhu 29
– Berge des Wahnsinns 220
Malson, Die wilden Kinder 55
Martinson, Die Nesseln blühen 279
– Der Weg hinaus 281
Mayer, Georg Büchner und seine Zeit 58
McHale, Der ökologische Kontext 90
Melchinger, Geschichte des politischen Theaters 153, 154
Miłosz, Verführtes Denken 278
Minder, Dichter in der Gesellschaft 33
Mitscherlich, Massenpsychologie ohne Ressentiment 76
– Thesen zur Stadt der Zukunft 10
– Toleranz – Überprüfung eines Begriffs 213
Mitscherlich (Hg.), Bis hierher und nicht weiter 239
Muschg, Liebesgeschichten 164
Myrdal, Politisches Manifest 40
Nachtigall, Völkerkunde 184
Norén, Die Bienenväter 117
Nossack, Spirale 50
– Der jüngere Bruder 133
– Die gestohlene Melodie 219
Nossal, Antikörper und Immunität 44
Olvedi, LSD-Report 38
Penzoldts schönste Erzählungen 216
Plenzdorf, Die Legende von Paul & Paula 173
Plessner, Diesseits der Utopie 148
Portmann, Biologie und Geist 124
Psychoanalyse und Justiz 167
Rathscheck, Konfliktstoff Arzneimittel 189
Reik, Der eigene und der fremde Gott 221
Reiwald, Die Gesellschaft und ihre Verbrecher 130
Riedel, Die Kontrolle des Luftverkehrs 203
Riesman, Wohlstand wofür? 113
– Wohlstand für wen? 114
Rilke, Material. zu »Malte« 174
– Materialien zu »Cornet« 190
Russell, Autobiographie I 22
– Autobiographie II 84
– Autobiographie III 192
Sames, Die Zukunft der Metalle 157

Shaw, Die Aussichten des Christentums 18
– Der Sozialismus und die Natur des Menschen 121
Simpson, Biologie und Mensch 36
Sperr, Bayrische Trilogie 28
Steiner, In Blaubarts Burg 77
– Sprache und Schweigen 123
Sternberger, Panorama oder Ansichten vom 19. Jahrhundert 179
Stuckenschmidt, Schöpfer der neuen Musik 183
Swoboda, Die Qualität des Lebens 188
Szabó, I. Moses 22 142
Terkel, Der Große Krach 23
Unseld, Hermann Hesse. Eine Werkgeschichte 143
– Begegnungen mit Hermann Hesse 218
Unseld (Hg.), Wie, warum und zu welchem Ende wurde ich Literaturhistoriker? 60
– Bertolt Brechts Dreigroschenbuch 87
– Zur Aktualität Walter Benjamins 150
Unterbrochene Schulstunde. Schriftsteller und Schule 48
Waley, Lebensweisheit im Alten China 217
Walser, Das Einhorn 159
– Gesammelte Stücke 6
– Halbzeit 94
Weber-Kellermann, Die deutsche Familie 185
Weiss, Das Duell 41
– Rekonvaleszenz 31
Materialien zu Weiss' »Hölderlin« 42
Wendt, Moderne Dramaturgie 149
Wer ist das eigentlich – Gott? 135
Werner, Wortelemente lat.-griech. Fachausdrücke in den biologischen Wissenschaften 64
Werner, Vom Waisenhaus ins Zuchthaus 35
Wilson, Auf dem Weg zum Finnischen Bahnhof 194
Wittgenstein, Philosophische Untersuchungen 14
Wolf, Punkt ist Punkt 122
Zivilmacht Europa – Supermacht oder Partner? 137